COLARES DE XANGÔ E SAPATOS BICOLORES

William Kennedy

COLARES DE XANGÔ E SAPATOS BICOLORES

Tradução
Elton Mesquita

BIBLIOTECA AZUL

Texto fixado conforme as regras do Acordo Ortográfico da Língua Portuguesa (Decreto Legislativo nº 54, de 1995).

Título original: *Changó's Beads and Two-Tone Shoes*

Editor responsável: Estevão Azevedo
Editor assistente: Juliana de Araujo Rodrigues
Preparação: Huendel Viana
Revisão: Tomoe Moroizumi
Diagramação: Jussara Fino
Capa: Elmo Rosa

CIP-BRASIL. CATALOGAÇÃO NA PUBLICAÇÃO
SINDICATO NACIONAL DOS EDITORES DE LIVROS, RJ

K43c
Kennedy, William, 1928-
Colares de Xangô e sapatos bicolores / William Kennedy; tradução Elton Mesquita. – 1. ed.
São Paulo: Editora Globo, 2014.
424 p.: il.; 21 cm.
Tradução de: *Changó's Beads and Two-Tone Shoes*

ISBN 978-85-250-5798-3

1. Romance americano. I. Mesquita, Elton. II. Título.

14-14987 CDD: 813
CDU: 821.111(73)-3

1ª edição, 2014

Direitos exclusivos de edição em língua portuguesa para o Brasil adquiridos por
EDITORA GLOBO S.A.
Av. Jaguaré, 1485
São Paulo-SP 05346-902
www.globolivros.com.br

Este livro é para
Natalia Bolívar Aróstegui, Norberto Fuentes,
Peter O'Brien, Leon Van Dyke
e
William Joseph Kennedy, Sr.

ALBANY, AGOSTO DE 1936

*Just because my hair is curly...** Não. Meu cabelo não é pixaim, foi o que passou pela cabeça de Quinn. As palavras deviam ter vindo pela balaustrada do saguão, intrometendo-se em seu sono. É alguém que está cantando. *Just because I always wear a smile...* Quinn conhecia a voz. Ele abriu os olhos para a escuridão da noite e escutou: *'Cause I'm glad I'm livin'...*

Quinn afastou as cobertas e se levantou na escuridão musical. Estava vestido, mas descalço. Então ele encontrou e calçou os sapatos e foi para o corredor, descendo até o primeiro lance de escada, de onde podia, entre os balaústres, ver quem cantava no saguão lá embaixo. Não era o rádio nem a vitrola. Alguém na casa estava cantando. *Just because my color's shady...*

— Bingo, o mesmo pra você? — perguntou alguém.

— Não vamos trocar o cavalo no meio da corrida, Alex. — Foi Bingo quem respondeu? Bingo era o cantor. Havia mais homens no saguão: Alex, o dono da casa; um negro que Quinn não conhecia;

* "Só porque meu cabelo é pixaim...", trecho da canção "Shine", de Cecil Mack e Lew Brown. Mais adiante: "Só porque estou sempre sorrindo...// Porque vivo feliz da vida...// Só porque minha cor é escura...// Só porque tenho o sorriso brilhante...// Cê é um cara matreiro...// Talvez seja por isso/ Que me chamam de 'brilhante'". (N. T.)

o homem a quem Alex chamava de Bingo e outro que era um estranho. A porta da frente se abriu e Quinn desceu dois degraus. Ele viu o pai entrar com mais dois negros que erguiam um pequeno piano por cima do batente, deixando-o em seguida sobre o piso de mármore do vestíbulo.

— Um piano vertical saindo, Alex — disse George Quinn.

— Atrás do sofá grande, no salão — disse Alex. Ele pegou um bolo de notas do bolso da calça e o entregou a George, que o dividiu entre os negros. Eles saíram.

— Muito bem, George — disse Alex. — Você conseguiu.

— Jimmy ficou feliz de emprestar — disse George. — Com o dinheiro ele pode até comprar um piano novo.

Alex foi até o bar e pegou uma garrafa — era uísque? Ele despejou o conteúdo em cinco copos e os distribuiu.

— Aos cavalos rápidos e às moças bonitas — disse Alex, erguendo o copo.

— Aos cavalos bonitos e às moças rápidas — disse Bingo.

— Aos cavalos rápidos e às moças mais rápidas — disse o estranho.

— Você é um sujeito rapidinho, Max — disse Bingo.

— Vocês querem que eu cate umas moças bonitas e as traga pra cá? — perguntou Max.

— Paciência, Max, paciência — disse Bingo.

— Este lugar é uma mansão, hein, Alex — disse o negro.

— Nem os faraós tinham isso tudo — disse Bingo.

— Onde a gente dorme? — perguntou o negro.

— Você fica na casa de hóspedes, Cody — disse Alex. — Eu te mostro o lugar.

— Eu não trouxe escova de dentes.

— Nós temos tudo.

— Você já esteve aqui antes, Bing? — perguntou Cody.

— Já vim a Albany, mas a esta casa, nunca.

— Bing e eu nos conhecemos há alguns anos em Saratoga — disse Alex. — Meu pai criava puros-sangues e Bing comprou um.

Bing, não Bingo.

— Cavalo bonito — disse Bing —, mas nada rápido.

Quinn conhecia Bing do rádio. Bing Crosby está mesmo cantando logo ali. Uma festa.

— Você andava com Paul Whiteman — disse George Quinn.

— Foi minha época na estrada — disse Bing.

— Whiteman fez meu cunhado ser demitido do Riley's — disse George. — Billy Phelan. Billy era o crupiê nos dados e Whiteman pediu um vale de quinhentas pratas. Ele chamou Billy de "escurinho". "Me dá quinhentas pratas, escurinho." Billy não quis dar e Whiteman perguntou: "Você sabe quem eu sou?". E Billy disse: "Sei, você é o cara daquela banda de matutos que toca em Piping Rock".

— Big Paul amou essa — disse Bing.

— Eles demitiram Billy.

— Que pena — disse Bing. — Ele tinha o ouvido bom pra sacar matutos.

— Música, Cody, precisamos de música — disse Alex.

Cody arrastou uma cadeira até o piano e se sentou. Ele tocou um acorde e Bing cantou uma nota e a susteve. Ele cantou algumas palavras:

Just because my hair is curly,
Just because my teeth are pearly…

Quinn olhava para os cinco homens, tentando compreender aquela reunião. Ele desceu mais alguns degraus. Bing cantou:

Just because my color's shady,

Então Cody cantou:

You's a shady baby,

Então Cody e Bing cantaram juntos:

That's the reason, maybe,
Why they call me shine.

Cody viu Quinn ao pé da escada e parou de tocar.

— Ei, quem é aquele rapaz ali?

— É o Danny, meu garoto — disse George. — Ele tem andado comigo dia e noite. Peg arranjou um trabalho em Atlantic City.

— Vem pra festa, Dan — disse Cody.

Quinn foi até o pai, que abraçou sua cabeça e a apertou.

— E aí, Dan — disse Bing. Ele estendeu a mão para Danny apertar.

Quinn apertou a mão dele e olhou para os homens, a quem não conhecia direito. O que estavam fazendo?

— Você é Bing — disse ele.

— Opa, você anda me seguindo? Botou escuta no meu telefone?

— Ouvi você no rádio.

— Não dá pra negar. Eu já toquei no rádio.

— Ele só vai dormir depois que seu programa termina — disse George.

— O menino vai longe — disse Bing.

Quinn olhou para Cody e pensou que também deveria apertar a mão dele.

— Você vai ficar na casa de hóspedes — disse Quinn.

— Você anda sabendo de muita coisa — disse Cody.

— Eu gosto daquela música — disse Quinn. — "Shine". O que significa?

Ninguém respondeu.

— "Brilho" — disse Alex —, vem de "dar um brilho no sapato".

— Ou como na música "Shine On, Harvest Moon" — disse Bing.

— Que nem aquele negócio que acende quando a gente puxa a cordinha na cozinha de casa — disse George. — Que brilha no escuro.

— "Shine" é uma canção — disse Cody. — Bing a gravou com The Mills Brothers. Já ouviu falar de The Mills Brothers?

— Não — respondeu Quinn.

— Bem, está perdendo — disse Cody. — Peça pro seu pai comprar os discos deles.

— Cantores muito bons — disse Bing.

— "Shine" não é só uma canção — disse Cody.

— Não — disse Bing. — É um insulto.* É uma palavra feia, mas é uma música linda. A canção vira o insulto do avesso.

— Que insulto? — perguntou Quinn.

— Depois te digo — respondeu George.

— Tenho um rapazinho assim, que nem você — disse Cody. — Ele tem três anos. Qual sua idade, Danny?

— Oito.

— Meu filho te alcança em cinco anos.

— Ele vai vir aqui hoje? — perguntou Quinn.

— Não. Está com a mãe dele.

— Qual o nome dele?

— Roy. Ele também é um *shine*. Que nem eu.

— Você é um *shine*?

— Ah, sim.

— De manhã eu te explico — disse George.

— Vocês podem cantar aquela música de novo? — pediu Quinn.

— Com certeza — disse Bing.

Cody se voltou para o piano e ele e Bing cantaram um refrão, então Cody tocou sozinho, com a mão direita passeando por metade

* Usado contra negros em referência ao ofício de engraxate — *shoeshine*. (N. T.)

do teclado e a esquerda movendo-se erraticamente, ambas voando baixo, velozes, elétricas, galvanizando Quinn, fazendo-o mexer a cabeça, mãos e pés de um modo como jamais fizera antes. Ele via os dedos rápidos de Cody e ouvia — sentia bem lá dentro — o murmurar que Cody fazia com a boca.

Então Cody cantou:

Bop bop a deep deep deep-a-deep dee...

Então Bing cantou:

Deet deet du duderidda bombom...
Doosaday sosadah spokety spone...
Bahnzay dreeeem doodlediddle diddle diddle diddle diddle...
Dayddle-dayddle-deedle-dahddle seneday's beem...
Dah day tour-it's-in-his-dream...
Dig dig the deep peninsulate deem...

Bing era engraçado, cantava rápido, muito, muito rápido, tipo tatibitate, conversa de doido. De todas as palavras Quinn só conseguia repetir *diddle*, mas as palavras de Bing deviam querer dizer alguma coisa. Quinn teria que descobrir. Para que servia uma linguagem secreta como aquela? Quinn não sabia. Mas era uma canção maravilhosa e ele amava a batida e o mistério e amava a voz de Bing e a voz de Cody e seu piano. Ele amava tudo que via e ouvia. Simplesmente amava.

Max veio do outro salão com uma câmera e tirou fotos de Cody e Bing. Então Cody tocou sozinho, respirando alto, cantarolando junto com o tempo — uma batida de *boogie-woogie*, uma descida num solo de baixos com a mão esquerda, depois as duas mãos devoraram o teclado velozmente, sem deixar fraseado inacabado, acertando cada nota, nenhuma nota errada nas mãos mágicas de um maestro murmurante murmurando e murmurando muito forte, depois mais lentamente, e Cody cantou:

Just because my color's shady,

E Bing cantou:

You's a shady baby,

Então Cody e Bing cantaram juntos:

That's the reason, maybe,
Why they call me shine.

Pá-pá-pum.

Fim.

Cody virou-se para olhar Quinn.

— *Shine* — disse ele.

— *Shine* — repetiu Quinn, sacudindo a cabeça, querendo dizer algo sem saber como, sem palavras para falar daquelas palavras, daquela música. — Foi muito bom.

— Não foi nada mau — disse Cody.

— Foi ótimo — disse George. — Linda, linda música. Talvez você nunca mais escute nada parecido, Danny.

— A não ser que ele ande com Cody e Bing — disse Max.

— Alguém tem que gravar você, Cody — disse Bing.

— Ah, é, um monte de gente vai me gravar — disse Cody, e se levantou. — Foi um prazer tocar para você, rapazinho — disse ele para Quinn. — Você escuta a música. Você vai longe.

HAVANA, 12 DE MARÇO DE 1957

Quinn conheceu Renata na noite em que criou coragem para falar com Hemingway. Ela também tinha ido a El Floridita para ver o grande escritor, em parte porque Alejo Carpentier, que começava a se apaixonar por ela, falou bem dele mencionando um tempo em que conviveram em Paris. Ele achava que *O sol também se levanta* era coisa de mestre. Renata lera muito e acreditava que talvez um dia pudesse escrever um romance; achava que se sentiria estúpida se tivesse tido a chance de falar com um grande romancista e dispensasse a oportunidade. Ela vira Hemingway olhando as pinturas no Palacio de Bellas Artes, onde ela trabalhava com artistas, estudava arte e servia voluntariamente como guia de excursão. Ela não precisava de salário, pois sua família era dona de dois engenhos de açúcar por parte de pai, e plantava tabaco por parte de mãe. Renata tinha vinte e três anos e fazia mais de um que vivia uma vida dupla: era parte da alta burguesia no intoxicante turbilhão social cubano e, clandestinamente, associava-se a revolucionários que agiam para derrubar o governo de Fulgencio Batista. Um de seus amigos revolucionários lutara ao lado das forças republicanas na Espanha, e mais tarde com o Exército norte-americano na Segunda Guerra. E ele admirava Hemingway porque este não tinha medo de encarar as bombas nas ruas de Madri. Max, cunhado dela, conhecia Hemingway e dissera que sim, se ela o abordasse do jeito certo no Floridita, ele talvez a levasse a sério, mas seria melhor se ele já tivesse tomado alguns daiquiris, porque o rum fazia aflorar seu lado afável. Ele tem outros lados, e por isso é melhor esperar o rum fazer efeito: para evitar conhecê-los.

Quinn já estava no Floridita havia quase duas horas. Fazia uma semana que estava em Havana e visitara o Floridita três noites seguidas para esperar Hemingway, que não aparecera. Então, naquela noite, eis que o homem surge sozinho. Hemingway se sentou em um banco no canto de sempre. Havia um busto de bronze dele mesmo em uma prateleira alta no fundo do bar. Ele conversou um pouco com o barman. Mas também virou as costas a duas pessoas que se aproximavam dele. Quinn esperou e, quando o viu sorrir e acenar para alguém do outro lado da sala, decidiu que chegara o momento. Ele se levantou, fez contato visual e, ao chegar diante de Hemingway, disparou:

— Meu nome é Daniel Quinn. Acabei de me demitir do *Miami Herald* para escrever um romance e você é o responsável por eu estar desempregado. Você não se incomoda com a quantidade de repórteres que já condenou à miséria?

— Você comeu hoje? — perguntou Hemingway, cerrando os olhos.

— Café da manhã.

— Você tomou café, está bebendo rum no melhor bar de Havana e está reclamando de pobreza?

— Eu exagerei para transmitir bem a ideia.

— Se continuar assim, vai acabar escrevendo um romance — disse Hemingway.

Sua barba era branca, assim como o que restava dos cabelos. Ele usava uma *guayabera** branca de mangas compridas. Ainda tinha o abdome proeminente, mas estava mais magro do que nas fotos; já não era o pescador robusto de antes, peitudo, de ombros largos.

* Tradicional camisa cubana com quatro bolsos frontais. (N. T.)

— Talvez eu saia da miséria — disse Quinn. — Posso trabalhar como autônomo pro correspondente do *Time* aqui. Será que consigo uma entrevista com Batista?

— El Presidente *hijo de la gran puta* — disse Hemingway.

— Você o conhece?

— Não, obrigado.

— Você vai escrever sobre ele?

— Não nesta vida. O que *você* está escrevendo?

— Histórias sórdidas sobre exilados políticos em Miami que compra armas para mandar à Cuba — disse Quinn. — A sordidez é atenuada por minhas sentenças simples, declarativas.

— Arranque a tecla da vírgula e do ponto e vírgula da sua máquina — disse Hemingway. — Evite advérbios de modo, diligentemente. O que você acha daquela mulher na última mesa?

Quinn olhou para a jovem morena sentada em uma das mesas quadradas de madeira. Nariz afilado, grandes olhos negros, lábios carnudos, oferecendo um sorriso sinuoso, radiante. Seus cabelos negros caíam logo abaixo dos ombros, cacheados, parecendo naturalmente selvagens. Esguia, usava blusa branca, saia escura e sandálias.

— Um espetáculo de mulher — disse Quinn. — Poderia me apaixonar por ela agora mesmo. Talvez até case com ela.

— O jovem foi visto pela última vez arremetendo em direção ao desconhecido a toda velocidade — disse Hemingway. — Uma manobra valente mas imprudente. Se você se casar com uma mulher dessas, quando vai escrever seu romance?

— Depois da lua de mel — disse Quinn.

— Com quem você acha que ela se parece?

— Com sua filha Ava Gardner.*

— Você claramente nasceu para ser escritor — disse Hemingway.

* Um dos apelidos de Hemingway era "Papa"; Ava Gardner (1922-1990), atriz e celebridade mundial, o conheceu na Espanha, tornando-se sua amiga. (N. T.)

A bela morena aparecera com um homem talvez vinte anos mais velho, e estavam conversando com o rosto próximo um ao outro. Ele era alto e magro, bem-vestido em um terno de veludo que os ombros preenchiam, sapatos brancos e gravata amarela, uma bela figura que parecia bem-vestida demais para a noite quente e úmida. Ele prestava bastante atenção na bela jovem. A saudação de Hemingway fora para eles.

— Qual a ligação dela com o homem? — perguntou Hemingway.

— Íntima, mas ele quer que seja mais íntima.

— Você está chegando no capítulo seis.

— Você a conhece? Eu vi você acenar para ela.

— Eu acenei para o homem. Max Osborne — disse Hemingway. — Ele trabalha na profissão que você abandonou: é editor no *Havana Post*, é muito inteligente e também um espião americano que fala de espionagem com todo mundo. Há quem o considere um bufão da política, mas parece que esse é o disfarce dele. Eu sei muito sobre espionagem. Fui espião por muitos anos e já me chamaram de bufão. Não sabiam patavina sobre os nazistas que eu caçava. Daqui a pouco Max vai vir falar conosco.

— Ele vai trazer a moça?

— Sim.

— Então não vou ter que armar pra conhecê-la.

— Um dia de sorte pro senhor Quinn. Enquanto esperamos, vamos analisar outra cena. Diga-me, quem é o maior escroto aqui hoje?

Quinn esquadrinhou o ambiente e fixou a atenção em três americanos barulhentos no bar, que se enchia — todas as mesas já estavam ocupadas.

— O sujeito de chapéu palheta e camisa laranja — disse Quinn.

— Vamos tomar um daiquiri e testar sua intuição — disse Hemingway. Ele pediu as bebidas e disse ao barman que fosse pedir ao homem de chapéu palheta que se aproximasse deles. Os três americanos encararam Hemingway e então o sujeito da camisa laranja foi até o bar. Tinha uma barba de dois dias e uma *panatela** entre os dentes.

— E aí, xará? — disse ele, mordendo o cigarro. — Quer falar comigo?

— Eu só estava admirando o seu chapéu e me perguntando o que o traz a Cuba — disse Hemingway.

— Minha esposa acha que estou em uma convenção de vendedores em Miami. Mas nós descemos aqui de avião para jogar e ver a mulherada.

— Que danadinho o senhor. Mas aqui não é o melhor lugar, nem pra jogatina nem pra encontrar mulher.

— Nós já encontramos. Quem é você?

— Eu sou o doutor Hemingstein e este é meu filho Daniel. E você?

— Joe Cooney, de Baltimore. Você é médico de quê, doutor Hemingstein?

— Médico da escrita. Na verdade escrevo coisas.

— Um escritor. Ei, eu também sou escritor. Escrevo letras novas pra músicas antigas.

— Você consegue escrever uma pro Daniel e pra mim?

— Claro. Alguma canção que você goste?

— Você conhece "Sliding Your Cellar Door"? Eu aprendi quando criança.

— Claro que conheço. Você quer letras novas pra ela?

— Você acha que dá?

— Me dê uns minutos e já volto e canto.

Joe Cooney se afastou e todos sorriram.

— Até agora sua intuição está bem afiada — disse Hemingway.

O homem e a bela morena se levantaram da mesa.

— Lá vem a noiva — disse Hemingway.

* Cigarro longo e fino. (N. T.)

Max deu alô e apresentou a cunhada, Renata Suárez Otero. Hemingway apresentou Quinn como seu sobrinho. Quinn fixou o olhar em Renata para gravar sua beleza na memória. Sentiu um impulso de tomar-lhe o rosto nas mãos e beijá-la antes de dizer qualquer coisa. Mas se conteve e disse apenas:

— *Hola.*

— Ela é cunhada de verdade, Max, ou é só disfarce pra você espionar a gente? — perguntou Hemingway.

— Eu me aposentei da espionagem ano passado — disse Max. — Não dá mais para confiar em ninguém.

— Nós somos parentes — disse Renata. — Max se casou com minha irmã, Esme.

— Esme Suárez. Eu conheço Esme — disse Hemingway. — Ela cantou para as tropas na Europa durante a guerra.

— Foi onde ela conheceu Max.

— Eu a ouvi cantar. Um talento enorme. Ela não está em Nova York?

— Ela estava trabalhando na Broadway — disse Renata. — Mas já voltou.

— E você, é casada?

— Ando pensando a respeito — disse ela.

— Meu sobrinho Daniel aqui também anda pensando. Na verdade ele pensou agora, quando olhou para você há alguns minutos. Entre um pensamento e outro ele está escrevendo um romance sobre contrabandistas de armas cubanos. Ele se demitiu do *Miami Herald* para escrever e o romance está ficando fantástico, já tem doze capítulos.

— Você conheceu os contrabandistas, Daniel? — perguntou Renata.

— Conheci alguns.

— Eles são corajosos?

— Às vezes parecem não ter medo, às vezes parecem não ter mente.

— Você acha que eles acreditam em alguma coisa? — perguntou ela.

— Sim. Acreditam na morte. Você conhece algum contrabandista?

— Eu li a respeito nos jornais.

— Você é atriz? Você é muito bonita.

— Estou estudando para ser pintora — disse ela.

— Eu compraria vários ingressos para ver suas pinturas. Onde eu poderia fazer isso?

— Trabalho no Palacio de Bellas Artes.

— Eu vou ver você então — disse Quinn. — Quero ver o que você acha da minha história de contrabandistas.

— Então pronto — disse Hemingway —, está combinado.

— Um amigo meu conheceu você na Espanha — disse Renata a Hemingway. — Carlos Sosa Prieto.

— Da última vez que vi Carlos, as tropas do governo estavam perseguindo os fascistas para fora de Teruel. Ele é um bom homem. Onde ele está agora?

— Em Havana.

— Vou ficar feliz de vê-lo. Mande *mis saludos* a ele.

Joe Cooney voltou e trazia uma canção no coração.

— Você está pronto pra minha letra, doutor Hemingstein?

— Permitam que eu apresente Joseph Cooney, o melro de Baltimore — disse Hemingway. — Ele vai cantar uma canção antiga com letra nova, que fez especialmente para nós. Som na caixa, maestro.

Cooney cantou com ginga e entusiasmo:

Descendo pela porta do porão
Eu senti uma emoção
Caindo pelo terreiro,
Vinte farpas no traseiro.

Pensando no tempo de outrora
A gente lembra e até chora.
Quem sabe inda vou rever
Aquela porta a bater,
me deixou com dor profunda
E encheu de farpas minha bunda.

Quinn observava Renata, que não sorriu. Ele achou que ela considerava o sujeito um demente. Max parecia divertir-se.

Hemingway se inclinou para Quinn e sussurrou:

— Você tinha razão sobre esse songamonga. Deixa que eu cuido dele.

— Como assim?

— Vamos pedir pra ele cantar de novo e aí, quando ele terminar, já lhe mando um de direita e um gancho com a esquerda.

— Você é um crítico feroz — disse Quinn. — Talvez seja melhor só aplaudir com moderação.

Hemingway sorriu e falou com Cooney.

— Você escreve letras feito um poeta, feito T. S. Eliot. Mas cante de novo, com ênfase. Precisa de ênfase.

Cooney cantou de novo e, em "Encheu de farpas a minha bunda", ele tirou o chapéu, ergueu os braços em um acesso de lirismo exuberante e terminou em uma nota enfática que fez girar todas as cabeças no bar. Hemingway o atingiu como prometido: um de direita, depois um de esquerda com efeito, que o arremessou para trás. Cooney bateu com a cabeça na parede perto da porta e deslizou até o chão. Quando Hemingway mandou a esquerda, Max viu seu punho se erguendo, desviou para o lado e perdeu o equilíbrio.

— Jesus, Ernest — disse Max —, o que foi isso?

— Desculpe, Max — disse Hemingway, ajudando-o a se levantar. — Não era pra você. Derrubei dois com um gancho só.

O rosto de Renata demonstrava perplexidade.

— *¿Qué es esto? ¿Estás bien?* — perguntou ela a Max, tomando seu braço.

— *Bien, bien* — disse Max, batendo o pó do terno e da calça. — Ele não encostou em mim.

Renata encarou Hemingway.

— Tão brutal — disse ela. — *¿Serás estúpido?*

E então partiu em passo rápido. Max a seguiu.

Joe Cooney não se movera. Sua cabeça ainda pendia torta, encostada na parede. Seus dois amigos se aproximaram dele e o esticaram no chão. Um garçom pôs uma toalha sob sua cabeça para estancar o sangue.

— Leve aquele homem à *casa de socorros* — disse Hemingway ao barman. — *Está herido.* E me traga um filé-mignon.

— *¿Crudo?* — perguntou o barman.

— Cru.

O garçom foi até a rua chamar um carro para levar Cooney até um pronto-socorro. Os amigos de Cooney estavam inclinados sobre ele, encarando Hemingway.

O barman pôs um prato com um bife cru diante de Hemingway. Ele pegou o bife e envolveu a mão direita nele. Depois ergueu a mão, mostrando os dedos ensanguentados para Quinn.

— Está vendo isto? Fui pescar, e a minha pele está seca de tanto sal e sol. *Otro doble* — disse ao barman.

— Eu achei que você estava brincando.

— Com escrotos não se brinca. Não se deve acomodar um escroto. Ele disse que era escritor. Não é um escroto quem fala uma coisa dessas para um escritor sem ao menos saber com quem está falando? Escrotos e gente besta são que nem a morte quando aparecem na nossa frente. Cantar aquela canção em público é igual escrever um bilhete de suicídio. Passei a vida olhando na cara da morte e lutando com ela. — Ele fez uma pausa. — Eu não falei sobre o que estou escrevendo, falei?

— Não falou, não.

— Não é um bilhete de suicídio. Estou reinventando meu passado em Paris e retornando com minha trilogia. — Hemingway secou o daiquiri duplo com uma virada do copo. — A terra, o mar e o ar, e a maior parte já está escrita há anos. Mas é preciso pensar no futuro, e se eu publicar tudo de uma vez, vamos acabar morrendo com os impostos sobre a publicação. Mas vai sair no tempo certo e deixar todo mundo de queixo caído. Você vai sentir muito orgulho de mim, senhor Quinn.

— Você já não escreveu sobre o mar em *O velho e o mar*?

— Só falei de uma parte dele. Eu escrevi aquilo para uma mulher. Tem mais por vir, rapaz. Vamos tomar mais dois *dobles*. *Dos más*.

Quando Quinn começou a publicar os próprios romances anos depois, ele examinou as anotações que fizera sobre Hemingway e sobre ele mesmo naquela noite improvável, e compreendeu que tinha omitido coisas importantes, assim como Hemingway omitira certas coisas quando conversaram. Mas como Hemingway dissera, não dá para omitir o que não se sabe, e naqueles anos ele tinha três romances em andamento e não conseguia parar de escrevê-los, ou finalizá-los de forma que fizessem sentido, como nos velhos tempos. Porque agora tudo tinha significado e valor equivalentes, sempre. E ele omitira isso quando falara a respeito. Mas é preciso perseverar. É preciso desafiar as forças que tentam matar o espírito. É preciso não somente perseverar, mas prevalecer. E assim Hemingway continuou escrevendo sobre seja lá o que estava tentando arruiná-lo, e sua obra tornou-se um hino de amor àquilo. Os dois socos que ele deu eram parte daquilo, assim como a canção sobre a porta do porão era o hino de Joe Cooney à sua falta de talento. Olhe o talento que não tenho. Veja quão bem eu o uso.

Quinn decidiu que o fracasso também pode ser um ato criativo interessante. É preciso olhar bem para a frente ao empreender a marcha forçada de volta pela história gasta. A morte da ambição, cavalheiros, é um excelente ímpeto para compreender isso, e logo você se empolgará com a velocidade da viagem, com o quão excitante pode ser essa busca pelo fracasso. O que você não sabe a esta altura é que sua busca pelo fracasso também pode fracassar.

O garçom voltou da rua e disse que encontrara um carro para levar Cooney. Um dos amigos apontou para Hemingway enquanto ele falava com o garçom, e o garçom aquiesceu com a cabeça. Um jovem negro e forte se aproximou e Hemingway o apresentou a Quinn como Juan, seu motorista. Juan estava alerta a possíveis hostilidades e ficou perto de Hemingway, atento à multidão. Cooney estava consciente e falava com os amigos, que o ajudaram a se levantar e o levaram até a rua.

A multidão no restaurante parou de olhar para Hemingway e a cena que ele tinha criado e voltou a beber. Um trio de cantores de rua negros com violões entrou no bar, mas o garçom disse que não eram bem-vindos. Um deles disse que tinham ouvido falar que Hemingway estava ali, e que tinham escrito uma música para ele, "Soy como soy", sobre uma prostituta que não tem como ser a mulher que Hemingway quer que ela seja. O garçom perguntou a Hemingway se ele queria ouvir a canção e ele disse que sim. Quinn escutou e tomou seu daiquiri. Quando os cantores terminaram, Quinn perguntou a eles:

— *¿Conoce la canción* "Sliding Down My Cellar Door"?

— *No, señor* — respondeu um dos cantores.

— Tudo bem — disse Quinn. — É uma canção muito triste.

Hemingway deu uma nota de cinco dólares ao trio.

El Palacio de Bellas Artes ficava na parte antiga de Havana, do outro lado do parque Zayas, perto do Palácio Presidencial. Era quase meio-dia quando Quinn perguntou por Renata no guichê de informações. Eles indicaram uma galeria no segundo andar, onde ele foi encontrá-la junto a quarenta e oito crianças, alunas do ensino médio. Ela falava para eles de um novo item exposto, um tríptico inspirado nos mitos da santeria, o culto religioso dos escravos africanos que foram levados para Cuba pelos espanhóis. Quinn entendia apenas em parte o rápido espanhol que Renata falava, mas as pinturas o impressionaram, e nos dias que se seguiram ele viria a aprender sobre a mulher de longos cabelos e o guerreiro que eram o tema dos quadros. A mulher era Obá, e no primeiro quadro seu rosto estava coberto por uma máscara branca com buracos para os olhos. Na segunda pintura, seus cabelos e um pano cobriam o lado esquerdo da sua cabeça — segundo Renata, Obá cortara a orelha para dar de comer ao marido, Xangô, o guerreiro, rei dos reis. Quando Xangô soube o que Obá fizera por sua causa, ele a rejeitou, pois não podia viver com uma mulher mutilada. Obá chorou sua perda tão intensamente e por tanto tempo que suas lágrimas formaram um rio, que fluía pelo terceiro quadro. Quinn concluiu que o tal Xangô era um filho da puta presunçoso, mas Renata não teceu julgamentos. Ela tentava passar aos alunos (a quem pretendia fascinar, chocar e instruir a respeito da crueldade daqueles deuses de aparência curiosa) a ideia de que a tragédia é inerente ao poder.

Renata viu Quinn chegando, sorriu para ele (um sorriso discreto) e continuou a falar. Ela usava uma blusa branca e saia preta, o uniforme básico dos guias de museu; mas ela melhorava o uniforme simplesmente por usá-lo, e Quinn decidiu que não havia roupa que ela não melhorasse ao usar. A excursão avançou, passando por quadros espanhóis, franceses e holandeses, e ao final Quinn disse a ela:

— A arte é longa, mas a vida é breve. Almoce comigo.

Ela o levou até o café americano perto do museu, aonde ia sempre, conforme disse. Ela só quis café.

— Eu não gosto do seu amigo Hemingway — disse ela.

— E com razão. Ele não se comportou bem ontem à noite.

— Ele bateu naquele homem por nada. Ele estava cantando.

— Por isso ele bateu nele.

— Você atira num pássaro quando ele canta?

— Ele se sentiu insultado pela estupidez do sujeito.

— Eu me senti insultada pela estupidez *dele*.

— E com razão, mas ele não anda bem, e parece gostar de violência. Não quero falar sobre Hemingway. Quero falar de você. Eu quero sair com você. Levar você à praia, ou pra jantar, ou pra dançar em alguma boate, qualquer coisa.

— Odeio dançar.

— Por quê?

— Eu danço mal. O que eu faço mal, prefiro não fazer. Minha mãe adora dançar. Ela já ganhou prêmios de dança.

— Meu pai era um grande dançarino. Ele ganhou prêmios dançando valsa.

— Minha mãe ganhou um prêmio dançando valsa.

— Isso é o destino. Nós somos filhos de valsistas premiados. O destino quer que a gente dance.

— Eu não danço.

— Eu ensino a você. Eu até que sei dançar bem.

— Não quero aprender a dançar. Estou aprendendo outras coisas.

— Que coisas?

— Estou aprendendo a estar apaixonada.

— Eu acho isso uma pena. Quem dera fosse por mim.

— São outras pessoas.

— Outras? Mais de um?

— Outros dois. Um é diplomata na embaixada argentina. O outro ensina antropologia na universidade. Ele é muito bonito, o homem mais bonito que deve existir.

— Você está apaixonada pelo bonito.

— Pelos dois.

— Sua vida amorosa é bem movimentada.

— É uma maldição. Eles descobriram que estou apaixonada e estão loucos de ciúme. Estão loucos para casar comigo. O diplomata quer me levar para a Europa, mas eu não posso ir. Minha mãe me mataria.

— Você ama o antropólogo mais que o diplomata.

— Ele precisa mais de mim. Ele é casado.

— O que você faz por ele?

— Eu dirijo pra ele e os amigos dele. Ele tem carro, mas às vezes não quer dirigir. Eu escuto quando ele fala. As pessoas o chamam de "El Rey" porque onde ele passa, vira o dono do mundo. Ele me excita de um jeito que ninguém mais consegue. Mas nós tivemos uma briga feia por causa do ciúme dele. Eu não sei onde ele está.

— Por que você está sentada aqui conversando comigo quando poderia estar com seu diplomata ou procurando seu rei poderoso e bonitão para ajeitar as coisas?

— Eu gostei de você. Na hora. *Anoche*. Você tem um jeito. Parece diferente.

— Dos seus amantes?

— Sim. Acho que sim. Você tem um jeito. Como você olha para uma mulher. Talvez um dia eu casasse com você, mas ainda é muito cedo pra saber.

— A sua mãe mataria você. Além disso, você não quer se casar, especialmente com três homens. Ou quer?

— Casar é exatamente o que eu quero.

— Eu jamais teria adivinhado.

— Acho que você se zanga. Você parece estar zangado comigo. Você olhou zangado para Hemingway.

— Geralmente fico zangado comigo mesmo. Você gostaria mesmo de ter três amantes ao mesmo tempo?

— É possível. Muitas mulheres fazem isso. Os homens têm muitas mulheres, algumas mulheres têm muitos homens.

— Eu só preciso de uma mulher.

— Você é um tipo raro.

— Você é que é, se acha que sou raro por só precisar de uma mulher.

— Os homens mentem.

— As mulheres mentem mais e são melhores nisso que os homens. Você quer mais café?

— Tenho que voltar ao trabalho.

— Encontro você depois. Podemos sair pra jantar.

— Talvez outra noite.

— Estou a caminho de me tornar seu terceiro amante?

— *Quizás*. Mas não hoje. Hoje está muito confuso.

— Eu vou me encontrar com seu cunhado Max e perguntar se posso escrever pro jornal dele.

— Ele está muito apaixonado por mim, porém eu não leio o jornal dele, que é pra turistas que não precisam saber de muita coisa. Mas ele é muito inteligente e parece conhecer todo mundo em Cuba. Ele fala de literatura com Alejo Carpentier, um amigo meu, joga golfe com Bing Crosby e almoça com Trafficante, o mafioso.

— Você vai pedir pra ele me contratar?

— Ele vai te contratar sem que eu precise pedir. Ele está sempre precisando de escritores. Eles vêm e vão feito ciganos.

— Você vai pensar melhor no meu convite pra jantar hoje?

— Esta não é a melhor noite, eu acho.

— Talvez acabe virando.

— Você é persistente, mas eu tenho que voltar.

Quinn a levou de volta ao museu, até um escritório onde os guias se reuniam entre uma excursão e outra. Estava prestes a dizer a ela que voltaria no fim do dia, mas então Renata viu algo atrás dele e seu rosto registrou uma surpresa contrafeita. Ela se afastou de Quinn e foi em direção a um homem que entrava no museu. Ela parou e falou perto do rosto do homem num tom íntimo. Então sacudiu a cabeça. O homem falou por algum tempo e Renata fez que sim com a cabeça. Ela olhou ao redor para ver se estavam sendo observados: estavam. O homem a abraçou, beijou-a e a manteve em seus braços por algum tempo. Depois se afastou sem olhar para trás. Renata viu que as pessoas tinham visto o beijo. Como podiam não ter visto? Ela voltou para perto de Quinn e disse:

— Eu não posso falar mais.

— Aquele é o seu amante que é um rei? — perguntou Quinn.

— Sim — disse ela. Seus olhos estavam úmidos de lágrimas e ela entrou no escritório.

Quinn leu o *Havana Post* por uma semana, considerando que suas doze páginas não deixavam lugar para ele, mas que talvez fosse possível criar seu próprio espaço. Era um jornal dinâmico, popular, com Earl Wilson, Winchell,* as tirinhas Blondie e Brucutu, as chegadas de navios, o calendário social anglo-americano, as manchetes da *Associated Press* e quaisquer notícias locais de esportes e sociedade que coubessem no resto do espaço. Quando Quinn entrou na redação, apenas quatro pessoas estavam trabalhando: um velho de torso robusto, cabelos brancos e pele bronzeada, lendo as provas de impressão em uma mesa comprida; uma morena de belos traços por volta dos quarenta anos, sozinha na mesa de copidesque, editando as notícias do telégrafo; um negro alto que digitava com dois dedos, parecendo traduzir uma notícia de um jornal de língua espanhola; e Max Osborne, de gravata e camisa de colarinho desabotoado, lendo o mesmo jornal em sua mesa, num cubículo de vidro. Quinn atravessou a sala, bateu no vidro e postou-se à porta.

— Eu pedi à Renata que insistisse para você me contratar — disse Quinn —, mas ela disse que você me contrataria mesmo sem ela pedir. É verdade?

* Harvey Earl Wilson (1907-1987), jornalista e colunista americano. Walter Winchell (1897-1972), repórter americano de fofocas no jornal e no rádio. (N. T.)

— E Hemingway gostar do seu estilo, é verdade?

— Ele nunca viu uma palavra da minha escrita. O que ele falou do meu romance foi pura ficção.

— Nós não publicamos ficção aqui.

— Eu trouxe alguns recortes para você. — Quinn colocou um envelope na mesa de Max.

— Você é bom?

— Eu tenho talentos raros. Leia.

Max abriu o envelope de recortes, alguns textos que Quinn escrevera para o *Times Union* de Albany e uma dúzia de artigos sobre cubanos para o *Miami Herald*, um sobre as duas facções pró-Castro, uma facção sem dinheiro, a outra endinheirada e provavelmente vinculada à CIA; e também uma entrevista com Carlos Prío, o presidente derrubado pelo golpe de Batista em 1952. Prío fugiu para Miami com milhões do dinheiro público, mas negou a Quinn que estivesse usando o dinheiro para comprar armas para os rebeldes derrubarem Batista.

— Você fala espanhol?

— *Suficiente*. Eu sei me virar.

— Você conversou com Prío.

— Eu o vi distribuindo dinheiro no quarto do hotel. As pessoas faziam fila no corredor e esperavam pra implorar dinheiro pra alimentar a família, ou pagar dívidas, ou tirar um parente da ilha, ou contratar gente para a próxima invasão. O assistente dele tinha uma pilha de dinheiro na mesa, e se Prío gostava do que o pedinte dizia, ele se virava para o assistente e instruía: "Dê um centímetro a ele". O assistente pegava uma régua, media um centímetro da pilha e dava ao pedinte, que saía com um sorriso.

— Eu gosto das suas frases — disse Max, depois de folhear os recortes. — Eu te contrato se você escrever algo importante.

— Sobre o quê?

— Aí é com você.

— Eu acho que posso entregar duas matérias por semana. Estou escrevendo um romance.

— Duas matérias bastam, se forem boas.

— E minhas credenciais?

— Você é rápido.

— Comigo não tem nariz de cera.

— Se eu comprar a matéria, você ganha uma credencial.

— Eu talvez precise da credencial pra conseguir a matéria.

— Vou te dar um bilhete. — E Max datilografou num papel timbrado do *Post*: "O portador é repórter deste jornal, trabalhando em uma reportagem de três dias. Favor tratá-lo com as cortesias costumeiras".

Ele pôs a data, datilografou seu nome e assinou de maneira ilegível.

— Por que você veio a Havana?

— É mais perto que Paris — disse Quinn. — Eu segui meu instinto e ele me trouxe até aqui. Pensei que Miami seria exótica, mas ir para lá seria inútil. Havana não é inútil. Em Albany eles só fraudam as eleições. Aqui eles encostam uma arma no ouvido do presidente e lhe mostram a porta da saída.

— Conheço Albany. A corrupção lá é bem interessante, e é bem exposta, como em Havana. Eu ia lá nos finais de semana com uma colega de classe.

— A corrupção de Albany ainda está florescendo e seu pecado é eterno.

— Que reconfortante. Você conhece Alex Fitzgibbon?

— Todo mundo conhece o prefeito.

— Nós estávamos juntos em New Haven. Ele vem aqui de vez em quando.

— Espere um instante. Você estava na casa de Alex quando Bing Crosby esteve lá? Mil novecentos e trinta e seis?

— Estava.

— Eu também. Eu era criança ainda.

— Sim. E seu pai arranjou um piano para Bing e ele e Cody Mason cantaram "Shine".

— Exato. Meu pai agora trabalha para Alex no Judiciário.

— E é *você* quem me aparece querendo trabalhar *pra mim*. Sua família é toda de Yale.

— Eu ainda não trabalho pra você.

— Mas você está tentando. Minha filha Gloria estuda num internato em Albany.

— Se continuarmos conversando, vamos acabar descobrindo que somos primos.

— Coincidência não é tão por acaso assim. Como você conheceu Hemingway?

— Eu me apresentei ontem à noite. Ele sempre se comporta daquele jeito?

— Não exatamente, mas sim. O sujeito que ele socou ligou hoje de manhã e quer contar a história. Mas Hemingway estourando a cara de alguém não é novidade. Se o prenderem, talvez, mas no momento a história não interessa.

— Não foi o que Renata pensou.

— Renata. Eu vi como ela te impressionou. Todo mundo fica louco. É fácil se apaixonar por ela, mas ela mesma não é fácil. Ela é difícil.

— Eu disse que estava pronto para casar com ela. Ela está pensando a respeito.

— Com você realmente não tem nariz de cera.

— O sujeito que cantou pra gente, o saco de pancadas de Papa, onde ele está hospedado?

— Cooney? No Regis.

— Talvez eu vá me desculpar com ele em nome de Papa.

— Ele também não dá uma história interessante.

— Eu poderia entrevistá-lo como compositor.

— Músicos vivem levando socos. Ainda não é uma boa história.

*

Renata não conseguia encontrar Diego, seu amante belo e perigoso. O motivo é que ele fora *acuartelado* em um prédio de apartamentos em Vedado* com cinquenta e dois outros homens por quatro dias, esperando o sinal para atacar o Palácio Presidencial e matar o ditador. Simultaneamente, outros quinze homens, liderados por José Antonio Echevarría, o líder do Directorio Revolucionario Estudiantil, sairiam de outro apartamento para tomar a Radio Reloj e anunciar para toda Cuba que Batista estava morto. Dias e noites se passaram. O luar frio cedia lugar ao dia novo e o apartamento voltava a ficar quente, sufocante, pois não podiam abrir as janelas. Nenhum som além de sussurros era permitido, pois a presença dos jovens ali era um segredo. Leia, não fale. Durma, não ronque. Só cinco podem fumar de cada vez, e somente na janela do quarto dos fundos. Ninguém sai além de Carlos, o líder do ataque, e Diego, que vai dirigir pelas ruas da Velha Havana no carro de Carlos para avaliar a presença de soldados.

O ataque fora marcado para o dia 12, mas na manhã do décimo primeiro dia Diego e Carlos encontraram a calle Colón totalmente fechada para o tráfego. Apenas a entrada para a ala sul do Palácio saindo da praça se oferecia ao ataque. A ala sul ficava de frente para o Palacio de Bellas Artes, do outro lado do parque Zayas. No início da manhã do dia 13 a rua ainda estava bloqueada, mas um informante disse que o ditador passara a noite no Palácio e estava lá agora. Às onze horas as barreiras foram retiradas e o tráfego fluía novamente. Carlos e Diego dirigiram até a praça. Um soldado com metralhadora monitorava um carro que chegava na entrada da ala sul. Então sim, havia acesso. Aquele soldado seria o primeiro a morrer.

— É melhor irmos ao Palacio de Bellas Artes — disse Diego a Carlos enquanto passavam. Eles viram carros da Inteligência Militar

* Bairro importante de Havana. (N. T.)

estacionados por perto. Diego entrou no museu e não viu tropas nem agentes do SIM.* Renata conversava com um americano. Ela viu Diego e foi até ele.

— Onde você estava? — perguntou ela.

— Não fale. Hoje você tem que trabalhar aqui o dia todo.

— Hoje eu saio às duas.

— Fique até as seis. Talvez seja preciso que você dirija pra alguém.

— Do que você está falando? O que está acontecendo?

— Não saia do museu. Fique trabalhando aqui dentro o dia inteiro, entendeu?

— Entendi.

— Você está com o carro da sua mãe?

— Não.

— Meu carro está em Agramonte. A chave está no cinzeiro. Se você não me vir mais tarde, leve o carro até algum lugar seguro e deixe lá. Alguém vai ligar pra saber onde você o deixou.

— Por que você não leva? Não vou te ver mais tarde?

— Quem sabe?

Ele a beijou ferozmente, esmagando a vida em seu corpo. Então disse adeus, meu amor e voltou até Carlos, no carro.

Às duas da tarde, os cinquenta e três invasores *acuartelados* enrolaram as Thompsons e Garands nas roupas de cama usadas e desceram aos pares em silêncio pelas escadas. Depois entraram no furgão de entrega rápida estacionado na lateral do prédio, perto da porta. Oito homens, incluindo os líderes, iriam, quatro em cada carro. Enquanto entravam nos veículos, dois homens acovardaram-se. Carlos disse que agora não poderia atirar neles, por causa do barulho, mas eles ficariam no apartamento sob a mira do revólver de um companheiro

* Serviço de Inteligência Militar. (N. T.)

ferido em um tiroteio anterior. Talvez ele atirasse neles depois. Eles sabiam que era uma missão suicida. Ou nós matamos Batista ou ele nos mata a todos.

O ataque prosseguiu. Carlos dirigia o carro principal com Diego e outros dois, e o furgão de entrega os seguia levando quarenta e dois homens. O furgão estava insuportável de tão quente, não tinha luz e estava tão sobrecarregado que os seis pneus rodavam achatados. O outro carro, dirigido por Aurelio, segundo no comando, com outros três homens, seguia o furgão. O plano consistia no seguinte: uma vez que os veículos tivessem conseguido invadir a entrada, mais cem guerrilheiros apareceriam com armamento pesado, certos de afugentar os guardas do Palácio. Se a primeira coluna encontrasse o acesso ao Palácio bloqueado, o ataque se concentraria em um segundo alvo: o Cuartel Maestre, o arsenal da polícia, onde obteriam armas. Depois partiriam para outra delegacia, atrás de mais armas. Não teria como voltar atrás depois disso. Os veículos moviam-se demoradamente no tráfego pesado. Menelao Mora era o homem mais velho no furgão, tinha cinquenta e três anos. Juiz aposentado da Cámara e antigo aliado de Prío, ele disse aos jovens companheiros o que esperar, como se mover e que nunca parassem. Machadito, segurando a corda que impedia a porta de lona traseira de abrir com o vento, viu a namorada atravessando Aguila e disse:

— *Mi amor, allí está.*

Seus companheiros olharam para ele.

O furgão entrou em Ánimas por um engano do motorista e se separou dos outros carros. Carlos e Aurelio ficaram esperando pelo furgão no Prado, e quando os três veículos se reagruparam, moveram-se para a praça Colón. E então, o alvo. Carlos desviou abruptamente para a entrada do Palácio, pisou no freio e saltou do carro disparando a M-1, correndo sob a arcada do portão do Palácio. A surpresa fora tão completa que os guardas não fecharam o portão nem sequer viram quem estava disparando a metralhadora que os estava matando. Diego estava atrás de Carlos, e Aurelio, saltando do segundo carro, derrubou os dois guardas que atiravam contra as costas de Carlos. Então outros saltaram do furgão — Machadito, Carbó e Menelao marcando o ritmo, os outros disparando em grupos de três ou dois, sem esquecer o conselho de Menelao: Não se agachem, não parem, corram até a parede do Palácio para sair da linha de fogo do andar de cima. Mas as metralhadoras do segundo andar trovejaram, cravejando o furgão e o calçamento com tamanha salva de balas que fizeram nuvens de pó de pedra subirem. Os homens instintivamente buscaram proteção ou quedaram-se estáticos diante do impenetrável e morreram arremessando uma granada ou disparando contra o céu. Carlos abriu o portão e gritou:

— *Arriba, muchachos*, é nosso!

Diego atravessou o portão depois dele. O Palácio fora invadido de acordo com o plano.

No terceiro andar do Palacio de Bellas Artes, Renata estava explicando para setenta turistas ingleses e americanos que a jovem representada na pintura se chamava Sikan, e que ela tinha encontrado Tanze, o peixe sagrado, por acidente. Mas para ambos aquele foi um encontro fatídico, pois a jovem Sikan seria sequestrada e desmembrada como sacrifício para recuperar a voz perdida dos deuses, que era a voz do peixe. Renata não teve tempo de explicar por que o encontro também fora fatídico para o peixe. Balas entraram zunindo pelas janelas frontais e começaram os gritos de medo e aviso: Estão atirando! Renata compreendeu que Diego iria morrer.

Ela gritou para os turistas:

— Abaixem-se! Estão atirando!

— Quem é que está atirando?

— Não importa quem se te acertarem. Se abaixa agora, seu idiota — e o idiota se abaixou. Renata sabia que Diego estava atirando em alguém, e que outros atiravam nele. Ele estava dizendo: Vamos matar o diabo, vamos sangrar o açougueiro, enquanto entrava no Palácio com sua M-1. Aquele jovem de tanta cultura, conhecimento e coragem seria sacrificado naquele dia. Renata o ouviu sussurrando para ela: tome cuidado, eles vão descobrir que eu te amo, vão lembrar que eu beijei você, eu não devia, mas agora eles vão te perguntar a meu respeito, diga a eles que nós só conversamos sobre pintura e santeria e eles vão acreditar em você, claro, você parece tão inocente. Ele estava atirando agora e vai matar antes de ser morto. A *guardia* no Palácio também fará sacrifícios hoje. Renata via Diego atirando na escadaria do Palácio, tão ágil, tão alerta ao momento presente. Ela se arrastou até a escadaria do museu para ver todos lá embaixo agachados ou abatidos pelos tiros, que paravam, recomeçavam, paravam novamente. Por que estão atirando no Palacio de Bellas Artes? Nós não temos armas.

Diego viu Aurelio ser atingido. Ele foi arremessado para trás com o impacto das balas e sua pistola e granadas saltaram do cinto. Ele viu Hernández, que em pouco mais de um ano se tornaria médico, correr em direção ao portão e morrer estatelado. Castellanos veio gritando, "*Lo logramos*", e atirou em um guarda que tinha largado a metralhadora e corria de volta para o Palácio.

O furgão estava todo esburacado e Gómez estava sentado atrás dele, batendo os braços, já morto, em meio à poeira de cimento que subia em nuvens. Diego viu Aurelio se sacudindo, depois se levantando sem arma. Os guardas tinham evacuado o primeiro piso, mas ainda choviam balas no pátio aberto. Diego subiu a escadaria para a ala esquerda do segundo andar do Palácio com outros quatro — Carlos, Almeida, Goicoechea e Castellanos.

Outros cinco tinham subido e percorrido a ala direita do segundo andar. De lá, Machadito acendeu o pavio de sete bananas de dinamite amarradas e arremessou-as nos soldados do terceiro andar, que acharam se tratar de um tiro de artilharia e pararam de atirar por alguns instantes.

Os cinco à esquerda prosseguiram por corredores e quando um telefone tocou em uma sala vazia, Diego o atendeu. A pessoa perguntou se era verdade o que José Antonio anunciara na Radio Reloj, que Batista estava morto. E Diego respondeu:

— Sim, é verdade, nós tomamos o Palácio e matamos Batista. *Viva el Directorio!*

Então ele seguiu Carlos por um corredor em direção ao escritório de Batista. Mas o mapa de Prío mostrava uma abertura onde havia uma porta fechada.

Carlos atirou na porta, que se abriu revelando uma sala de jantar com pratos sujos sobre a mesa e três empregados agachados a um canto. Goicoechea queria torná-los mártires, mas Carlos disse que não. Ele perguntou:

— Onde está Batista?

Disseram que ele tinha acabado de almoçar, mas que não sabiam para onde ele tinha ido.

— *A singar* — disse Diego. Porra! Ele correu em direção ao Salão de Espelhos, atravessando a porta de vidro e entrando na antecâmara do quarto de Batista. Diego ouviu vozes atrás da porta e disse que se rendessem. Um tiro estilhaçou a porta de vidro em resposta. Carlos arremessou uma granada através da porta quebrada, mas a granada não explodiu. Ele arremessou outra, depois outra — todas falharam. Diego arremessou uma das suas grandes, que arrebentou a porta, e então finalmente entraram nos aposentos de Batista atirando e acertando apenas dois cadáveres.

O açougueiro fugira.

Eles procuraram no mapa de Prío pela passagem secreta até o terceiro andar, mas não encontraram nada. Da balaustrada do Salão de Espelhos eles olharam para uma dúzia de viaturas na avenida de las Misiones, onde a polícia, encoberta pelas árvores, atirava neles. Eles passaram para a ala direita para encontrar os cinco, agora reduzidos a quatro: Menelao, ferido, incapaz de se erguer; Machadito, Carbó e Prieto disparando para cima; e Brinas, morto na frente deles.

Carlos experimentou subir as escadas, mas recuou com os tiros e disse:

— Precisamos de reforço, vou buscar.

Antes que Carbó pudesse detê-lo, ele desceu as escadas onde Brinas fora baleado e correu debaixo dos tiros que seriam a última coisa a tocá-lo em vida.

Diego tinha sido atingido, mas estava correndo.

— Eu te dou cobertura — disse Machadito, e sua metralhadora silenciou as tropas de cima enquanto Carbó, Prieto e Goicoechea desciam, e então os últimos cinco saíram do Palácio, sangrando e correndo dos tiros de metralhadora que vinham do teto.

Carbó corria com Diego na direção do Palacio de Bellas Artes, mas os atiradores do telhado atingiram os dois: Carbó, no braço, mas ainda assim ele continuou correndo; e Diego, com a camisa coberta do sangue de outros, que caiu de cara na água da fonte do parque Zayas. Os outros continuaram correndo na direção de Montserrate, atirando em qualquer um que se aproximasse ou que aparecesse à sua frente tentando impedir a fuga.

Quinn estava em uma minissuíte no quinto andar do Hotel Regis, estudando o formato da atadura que envolvia a cabeça de Cooney. Parecia um turbante enrolado por um árabe maneta, tão absurdo quanto a causa do machucado e tão grande quanto a reputação do homem que o causara. Cooney não sabia bem qual a razão para Quinn estar ali — e Quinn também não. Cooney certamente classificava Quinn junto com Hemingway, como inimigo, mas Quinn tinha se desculpado ao ligar para Cooney pedindo para vê-lo, a fim de explicar algo que ele não sabia ao certo se conseguiria. Ele não alegaria doença ou violência patológica da parte de Hemingway, mas era necessário examinar o assunto. Talvez ainda pudesse virar uma matéria para Max, mas Quinn também não precisava disso. Ele queria sobrepor a realidade à própria experiência, dele e talvez também de Cooney, resgatar o ocorrido, impedir que se perdesse feito lenda de briga em bar, terminando sem graça com a maca deixando o Floridita — outro cruzado de direita e gancho de esquerda de Hemingway acabando como nota de rodapé no arquivo. Tinha que haver algo mais naquela história.

Um dos camaradas de Cooney, de Jersey, estava sentado ao lado dele com os olhos apertados e o beiço espichado, de olho no visitante, que talvez quisesse nova encrenca. Quinn lembrava-se de tê-lo visto no bar. Ele não falou nada e Cooney não o apresentou.

— Como está sua cabeça? — perguntou Quinn.

— Disseram que o crânio não rachou, mas ficou inchado, abriu a pele. Aquele filho da mãe ainda vai ter notícia de Joe Cooney. Tô te falando.

— O senhor é um homem vingativo, senhor Cooney?

— Vingança? Pode apostar que sim.

— É um direito seu. Mas tenho que avisar... aqui ele tem dinheiro e poder. E ele é muito famoso e querido.

— Querido? Ele não andou esmurrando os cubanos também?

— Eu não ficaria surpreso. Ele já se meteu em muitas brigas. Mas ele é o rei do Floridita. Lá é domínio dele.

— Rei de um bar.

— E de todos que entram lá.

— Como ele ficou tão importante?

— Ele escreveu alguns livros excelentes.

— Não parece grande coisa.

— Ele também luta em todas as guerras.

— Eu lutei no Pacífico. Ganhei uma Estrela de Prata.

— Se ele soubesse, não teria te agredido.

— Por que ele me agrediu?

— Ele implicou com a sua música. Ele também gosta de poder, e acha que poder se ganha com os punhos ou com uma arma. Ele é um caçador e leva isso muito a sério.

— Eu também sou.

— Você e ele têm muito em comum.

— Ele te mandou aqui para ver o que eu vou fazer?

— Não. Ontem à noite foi a primeira vez que o vi também.

— Me derrubou com um soco, pra quê?

— Eu concordo, foi coisa de troglodita.

— Que diabo é isso?

— Selvagem, não civilizado. Arrogância primitiva da força. Rude exercício do ego. Quem não é ele é o inimigo. Não é nada pessoal, mas ele vê você como uma incógnita, um zero, um clichê… uma presa. Um alvo legítimo para um pensador requintado.

— Merda — disse o amigo de Cooney, e se levantou da cadeira.

Quinn ouviu pipocos do lado de fora, depois explosões. O amigo de Cooney abriu as portas com gelosia e foi até a sacada que dava para a rua e o parque Zayas.

— Estão atirando lá embaixo — disse o amigo. — Policiais ou soldados, parece.

Quinn e Cooney se levantaram para olhar. Homens de uniforme estavam atirando nas pessoas perto do Palácio. A rua estava caótica com pessoas correndo, agachando-se atrás de carros e portas, e o tráfego tinha parado. A polícia atirava contra civis que disparavam metralhadoras. Uma rajada de metralhadora acertou um ônibus, que subiu na calçada. Um soldado na torre de uma *tanqueta*, um furgão blindado, olhou para a fachada do hotel, então virou a metralhadora e a ergueu. Quinn gritou:

— Cuidado!

Instintivamente ele recuou, jogando-se no chão, e então o soldado disparou. O amigo de Cooney caiu para trás com o peito perfurado de balas. Cooney, melado de sangue, ficou em pé encarando o amigo, mas Quinn o agarrou pelo pulso, gritando:

— Pro chão, Cooney! Pro chão!

Quinn o puxou para o chão e depois começou a engatinhar em direção à porta enquanto mais balas atravessavam as portas e acertavam a parede. Gesso espatifado caiu sobre Quinn e Cooney.

— Pelo amor de Deus, que merda de país é este? — disse Cooney. — A gente apanha sem motivo, atiram na gente só por estar na rua, ou dentro de casa, porra, ninguém aqui fez nada contra eles! Que buraco do inferno!

— Por isso é bom ficar de cabeça abaixada — disse Quinn. — Talvez eles achem que você é um franco-atirador. Eles não sabem que você é um turista. Se arraste pro corredor de cabeça baixa. Qual o nome do seu amigo?

— Chet Looby.

— De onde ele é?

— Baltimore, que nem eu. Por que essas perguntas?

— Eu gosto de me manter a par.

Ele passou engatinhando por um quarto de onde vinha um som alto de música cubana. Ele a reconheceu. Era uma das poucas cujo nome ele conhecia, um *son*,* "Lágrimas negras". Ele a associava com as antigas mortes em Cuba que eram anunciadas pelo telégrafo do *Miami Herald*, ou com rebeldes mortos na rua tentando se livrar de Machado,** ou com as gargalhadas distantes na revolução dos Mambí*** sobre a qual seu avô escrevera: escravos e rebeldes a cavalo abrindo uma trilha mítica com os facões, um prelúdio ao cenário de

* Estilo de música originário de Cuba. (N. T.)

** Gerardo Machado y Morales (1871-1939), presidente de Cuba de 1925 a 1933. (N. T.)

*** Guerrilheiros cubanos que lutaram contra a Espanha na Guerra dos Dez Anos (1868-78) e na Guerra da Independência (1895-98). (N. T.)

agora, com cadáveres tostando ao sol nas calçadas do parque, um jardim florescente de morte rebelde. Em suas lembranças históricas, os guerreiros tinham morrido sem sangrar, mas agora a violência tornara-se íntima de Quinn: o sangue salpicara sua roupa e ele ouvia a música da morte lá fora. Nas ruas, em meio à onda de ataque, a nova geração de sacrifícios começou a perceber que sangrar até morrer era o seu destino e que o suicídio armado era uma saída nobre em uma guerra justa. E lágrimas negras caíram sobre aqueles cadáveres não só inevitáveis como necessários.

Os cem jovens rebeldes da segunda coluna, que agora esperavam em carros, caminhões ou casas, não ouviam música alguma. Alguns tinham ouvido na Radio Reloj que o ataque começara, alguns podiam ouvir o estrépito das metralhadoras do Palácio, mas o líder deles, tomado de indecisão, não deu o sinal para atacar as metralhadoras. E assim a primeira coluna foi massacrada e o presidente, preservado.

O ímpeto de sobrevivência é forte e instintivo enquanto o impulso do heroísmo suicida depende da força de vontade. Na terra da revolução perpétua, não dá para saber em qual das direções se está indo.

Quando Quinn e Cooney chegaram ao pé da escada no lobby, uma mulher histérica entrou correndo da rua. Um funcionário começou a trancar as portas, mas outras seis pessoas passaram atrás dela, se apertando antes que as portas fossem fechadas negando refúgio. As pessoas batiam nas portas em vão. Quinn viu umas vinte delas se protegendo pelos corredores do lado de fora do saguão, longe das janelas e das balas perdidas. Quinn e Cooney caminharam pelo corredor, passando pelos refugiados, e atrás de uma porta semiaberta encontraram um homem com ar de gerente aos prantos no telefone. Quinn empurrou Cooney na direção do homem e disse:

— Um turista americano chamado Chet Looby, de Baltimore, foi morto por um tiro que veio da rua, ele está no 503. Este homem é amigo dele e viu tudo.

O rosto do gerente registrou pânico. Quinn virou-se e disse:

— Até mais ver, senhor Cooney.

Cooney fez um gesto para retê-lo, mas Quinn já tinha se afastado.

Quando a polícia viesse falar com Cooney, recomendariam que ele dissesse que uma bala perdida acertara seu amigo. Mas Cooney insistia:

— Dois soldados apontaram as armas pra gente e atiraram de metralhadora. Não foi nada por acaso.

A embaixada norte-americana e o governo cubano se comprometeram a investigar as alegações de Cooney. A contagem de baixas inicial do dia seria de quarenta e sete rebeldes, seis soldados e talvez meia dúzia de civis: o chinês motorista de ônibus, que morreria enquanto tratava de sua cabeça ferida em um hospital militar; dois dos doze passageiros feridos, ambos crianças; e também Chet Looby e quem sabe quantos mais? Joe Cooney encontraria seu casaco esporte de anarruga azul no armário perfurado por balas de metralhadora. Uma pintura no Palacio de Bellas Artes, *Fauno e moça*, de Rubens, foi cortada ao meio pelos disparos da .50 da *tanqueta*, e a fachada do museu ficou tão destruída pelos tiros que foi preciso fechar por quinze dias.

Rebeldes e guardas do Palácio ainda atirariam uns contra os outros por quarenta e cinco minutos. Disparos dos telhados e das ruas, ecoando de lugares distantes do Palácio, continuariam por três horas, e Renata manteria os turistas no chão do museu por mais de duas horas. Um homem aos seus cuidados sofreria um ataque cardíaco, quatro outros seriam feridos por estilhaços de vidro e duas mulheres desmaiariam, tendo que ser acordadas aos tapas por Renata. Quando o silêncio final sobreviesse após a terceira hora, o diretor do museu diria a Renata que o cadáver de Diego fora encontrado na fonte do parque Zayas. Diria também que o Serviço de Inteligência Militar, o SIM, estava perguntando se alguém no museu conhecia Diego, e alguém dissera que Renata o conhecia.

— Eu só o conhecia por causa da pintura e da escultura, ele era um homem das artes — disse ela ao diretor.

— É claro — disse ele. — Agora vá pra casa, fique lá e não fale sobre Diego.

Quinn ligou para Max quatro vezes de um telefone público para dar notícias do ataque, das cenas nas ruas, da proliferação de corpos. Ele ditou uma matéria sobre a morte súbita do amigo de Cooney e Max o contratou na hora. Quando o tiroteio se acalmou e apenas um ou outro tiro esporádico se fazia ouvir à distância, Quinn foi para o Palacio de Bellas Artes para encontrar Renata, mas foi detido a um quarteirão de distância por soldados. Ele explicou seu trabalho e mostrou a carta de Max, que o soldado não conseguiu ler. Uma mulher saiu do museu. Quinn perguntou se ela podia levar uma mensagem para Renata e ela concordou. Dois homens do SIM saíram e levaram Quinn até o museu e lhe perguntaram como ele conhecia Renata, uma mulher que conhecia rebeldes. Quinn conhecia os rebeldes? Ele mostrou o passaporte e a carta de Max, e um dos homens telefonou para Max, que corroborou a história de Quinn.

A matéria em primeira pessoa de Quinn sobre as mortes no Palácio e na sacada do hotel correria o mundo com sua linha de assinatura pela Associated Press. Na semana seguinte, a *Time* o contrataria como correspondente e Quinn, o recém-chegado, subitamente se tornaria um repórter de Havana com reputação na praça.

— Diego estava no ataque. Ele morreu — disse Renata. Foram suas primeiras palavras ao deixar o museu. — Agora, porque eu o conheço, eles não confiam em mim.

— Eles não confiam em mim porque eu conheço *você*. Mas eles não nos prenderam. Aí está você. Aqui estou eu.

— Você veio me ver. Foi muita consideração sua.

— Eu considerei levar você pra casa. Sei que andaram atirando em você.

— Minha mãe está um caco. Ela acha que eu morri. Mas não posso ir pra casa. Preciso saber se Diego morreu mesmo. Quero ir ao *necrocomio*, pra onde vão os corpos.

— Não faça a polícia prender você. Eles estão muito, muito nervosos. Eu os vi matar um amigo daquele sujeito que cantou para Hemingway.

— Oh, não. Coitado. Tantos inocentes mortos. Tenho certeza de que conheço muitos dos mortos. Tenho certeza.

— Eu escrevi a história desse homem, e do ataque, para Max. Ele me contratou.

— Eu sabia que ele ia te contratar.

Eles caminharam em direção a Agramonte.

— Você tem carro? — perguntou ela.

— Não. Mas consigo um táxi.

— Eu tenho um carro.

Eles continuaram caminhando e quando Renata viu o carro de Diego, ela abriu a porta e sentou-se ao volante. Ela pegou a chave do cinzeiro enquanto Quinn entrava no Oldsmobile 1952 de quatro portas com manchas no carpete. O carro recendia a óleo.

— Este carro é seu? — perguntou Quinn.

— Às vezes é. — Ela encostou a cabeça no volante e soluçou.

— Eu posso dirigir — disse Quinn.

— É melhor se for uma mulher dirigindo. — Ela ergueu a cabeça e ligou o motor. — Este carro é do Diego.

— Diego? Jesus, Renata, você está louca? Eles estão procurando por ele. Devem estar procurando neste exato momento.

— Não é dele de verdade. É roubado.

— Ah, então não tem problema. Eles não procuram carros roubados.

— Ele disse para estacionar em algum lugar seguro e esperar uma ligação. Então era pra eu informar onde tinha deixado o carro.

— Você está correndo um sério perigo enquanto estiver neste carro.

— Já faz meses que estou correndo sério perigo. Saia, se quiser.

— Eu disse que levaria você pra casa. Vamos pra casa. A sua casa.

Ela manobrou em direção ao tráfego, que começava a fluir novamente. Centenas de pessoas saíam das lojas e dos escritórios, lentamente, com curiosidade. Ambulantes voltaram a vender amendoins e laranjas descascadas, e dois ônibus lotados retomaram o trajeto. As pessoas caminhavam de costas nas ruas, fazendo sinal para os táxis.

— Eu não posso dar carona pra ninguém — disse Renata. — Eles podem ser mortos se a polícia nos parar.

— É, pra que morrer mais gente? — disse Quinn.

Renata virou no Prado, ainda chorando. Mas o humor em seus olhos era diferente do restante do seu rosto, menos triste, mais alerta, e ele viu a capacidade que ela tinha para a dualidade. É claro. Dois amantes, quase três, menos um agora.

— Você disse que estava correndo risco há meses, já. Como assim? — perguntou Quinn.

— Andando com Diego. Nós alugávamos quartos para os amigos dele se esconderem, ou para esconder armas. Nós dizíamos que éramos marido e mulher. Acho que poderíamos ter sido.

— Então você é uma contrabandista de armas de verdade — disse Quinn.

— Sim, e você também. Há armas neste carro. Eu soube assim que o vi. A traseira está muito baixa.

A paixão secara suas lágrimas e seus olhos agora avaliavam a expressão de Quinn, que descobria-se subitamente cúmplice.

— Que tal ser um contrabandista? — perguntou ela.

— É uma maravilha. Eu não sabia que meus companheiros contrabandistas seriam tão lindos.

— Você tem medo de morrer se a polícia nos pegar?

— De modo algum. Eu vou explicar que estou fazendo uma matéria sobre contrabando de armas.

— Eles vão te matar mesmo assim. Eles matam qualquer um que tenha armas, qualquer um.

Quinn, o contrabandista, apaixonara-se antes de dizer olá para aquela mulher tão ardilosa quanto inocente — opostos extremos. Ela casualmente o expusera aos detalhes íntimos de seu caso amoroso com rebeldes vivos e mortos e especulara em voz alta que Quinn podia estar na fila. Suas pernas e coxas estavam à mostra; a saia subia enquanto ela dirigia, a saia suja do tempo passado no chão do museu junto com setenta turistas. Como ela os mantivera na horizontal, e vivos? Uma presença persuasiva. Agora ela confessa o envolvimento clandestino com armas e o transforma em cúmplice. Teria sido por descuido súbito, intenção proposital? Uma verdade inevitável que ela sente que eles devem compartilhar? Quem é ele para ser seu confessor? Há forças em jogo, Quinn, que só agora você começa a confrontar. Não há nenhuma mulher americana em sua vida como esta, que se apossou da sua alma de um dia para o outro. Os estágios iniciais de invasão de uma criatura que sequestra a imaginação: exótica, talvez letal. Onde você foi se meter?

— Você está pronta para morrer — disse ele. — Você sabe por quê?

— Porque acredito nas pessoas com quem estive. E porque é uma forma de amor. Não é a morte que a gente ama, mas o fato de a morte estar perto das pessoas que a gente ama e de nós mesmos. E a emoção me anima.

— Sabe o que me deixaria animado?

— Diga.

— Se você estacionasse a porra desse carro.

— Eu conheço o lugar perfeito — disse ela. — Eles nunca irão procurar por armas lá. É uma linda casa e está fechada. A dona é uma americana muito rica que só vem para cá no inverno. Minha irmã mora perto, e podemos pegar um dos carros dela emprestado.

Eles saíram da Quinta Avenida passando pelo Havana Yacht Club, onde Renata era uma golfista célebre. Eles passaram pelo Country Club Park, onde as elites americana, britânica e cubana construíam suas casas havia décadas, sobre amplos gramados e acres verdejantes que imitavam a aparência dos campos de golfe do Country Club. Renata virou em uma estrada ladeando um dos campos, indo em direção a uma vila espanhola elegante de estuque branco com meia dúzia de prédios próximos.

— Eles davam muitas festas aqui — disse ela. — Eu vinha à noite, quando era criança, e ficava olhando daquela colina os convidados dançando conga com tochas.

— Quem era a tal mulher?

— Rene Fellows. Ela pintava e escrevia. Tinha dinheiro do marido, que era armador. Ela foi amante de Hemingway e era linda. As pessoas dizem que ela teve muitos homens.

— Parece ser um passatempo popular.

Renata dirigiu até os fundos da casa de Rene Fellows e estacionou na entrada coberta de um prédio adjacente. Ela deixou o carro de frente para a rua de forma que quem fosse dirigir não tivesse que perder tempo manobrando. Eles estavam fora do campo de visão das casas vizinhas. Ela deixou as chaves no cinzeiro.

— Esme vive depois daquelas árvores.

— Eu quero ver as armas.

Renata pegou a chave e abriu o porta-malas, revelando uma Browning automática com tripé, seis metralhadoras, vários cintos de munição e seis pistolas .45.

— Eu me lembro da Browning e das .45 do meu tempo no Exército — disse Quinn. — Mas nunca mexi com essas metralhadoras.

— São Thompsons velhas, elas cabem embaixo do banco da frente. Qualquer dia conto a você uma história sobre isso. — Ela fechou o porta-malas e repôs a chave no cinzeiro.

— Quanto custaram essas armas todas?

— Milhares de dólares. Eu nunca mexo nessa parte.

Ela conduziu Quinn por uma fileira de figueiras-de-bengala, paus-rosas, louros, coqueiros, depois por arbustos densos, e quando saíram no topo de uma colina Renata apontou para um espetáculo: uma mansão estilo Renascença italiana com escadarias e terraços esculpidos em uma encosta de colina que descia até o mar.

— O palácio feio da minha irmã mais velha — disse Renata. — É tão grande que ela teve que instalar um elevador. Ela se casou com um espanhol rico que morreu em um acidente de avião e lhe deixou uma fortuna. A casa tem catorze quartos. E Batista. Ela ama Batista por causa do poder que ele tem. Acho que ela transaria com ele se pudesse. Fico me perguntando se já não transou. Eu me esforço muito para amá-la como antigamente. O segundo marido dela, Moncho, esse eu amo muito. Eles só ficaram casados seis meses e ela o deixou porque ele nunca estava em casa. Ele é advogado, é bem louco e um dos meus cunhados preferidos. Ele visita Esme direto, e eles se dão melhor do que na época em que estavam casados.

— Onde é que Max entra na história? Eu achava que ele era seu cunhado.

— Max foi o primeiro marido dela, mas ela se separou dele em 1953. Ele voltou a morar com ela quando o espanhol morreu. Mas eles não são casados.

— Sua irmã pensa em múltiplos, como você. O que você vai dizer a ela sobre como chegamos aqui?

— Eu penso em alguma mentira. Eu minto muito bem e sou mais inteligente que ela. Ela é mais velha e mais bonita, mas é tão bonita que eu acho que ela acaba ficando feia, que nem a casa.

Renata tocou a campainha e Felix, o jardineiro, abriu os grandes portões de madeira e os saudou. Disse que ia avisar Esme que eles estavam ali, e então Renata e Quinn entraram no salão principal, dominado pela presença de um retrato que Quinn achou ser de

Esme em cima de um cavalete de dois metros. Quinn procurou ali a bela feiura que Renata insinuara, mas encontrou apenas simples beleza e uma grande semelhança com Renata. Esme estava casada havia apenas seis meses quando posou para o retrato, feito pelo pintor espanhol Berenguer, que viera a Cuba e declarara estar fascinado pela sua beleza provocante. Ele fez muitos esboços e pediu que ela fosse até a Espanha para posar. O retrato finalizado emprestava a Esme uma aura espectral, uma presença régia e altiva, com uma expressão perplexa, com a mão esquerda apontando para o centro do corpo em um gesto de sensualidade ambígua. Berenguer disse que ela usava sua personalidade como uma arma, o comportamento agressivo de uma grande beldade. Foi a obra mais popular da exibição seguinte de Berenguer, e ele não quis vendê-la. O marido de Esme ofereceu vinte e cinco mil, mas Berenguer recusou. Depois de meses de persuasão ele finalmente cedeu a pintura a Esme como presente. Como Esme o persuadiu?

Isso é segredo meu, é o que Esme sempre responde.

Não é segredo nenhum, é o que Renata sempre responde.

Esme entrou na sala quatro passos à frente de Moncho. Ela beijou e abraçou a irmã, cumprimentou Quinn com um gesto estranho — lábios franzidos, dedos erguidos e os seios arfando pela respiração excitada, sinal de preocupação.

— Então você está viva — disse Esme. — Mamãe me ligou cinco vezes. Ela achou que você tinha morrido, foram tantos tiros.

— Eu liguei pra ela do museu — disse Renata. — Não deu pra usar o telefone a tarde inteira. As balas nos acertariam se tentássemos nos levantar.

Esme olhou para Quinn e Moncho estendeu a mão para cumprimentá-lo.

— Ramón Quevedo.

— Daniel Quinn. Prazer em conhecê-lo. Você vive aqui? Eu achava que não.

— Apenas historicamente — disse Moncho. — É impossível me separar de Esme. Não é coisa que se peça a um marido.

— Maridos parecem ter um papel peculiar em Cuba — disse Quinn.

— Os maridos estão extintos — disse Moncho. — As esposas são pra sempre.

— Eu talvez me recuse a virar um marido cubano — disse Quinn. — Eu já pedi Renata em casamento, mas acho que vou adiar a cerimônia.

— Você pediu? — disse Esme. — Quando?

— Hoje de manhã.

— Quando vocês se conheceram?

— Noite passada.

— Por que demorou tanto? — perguntou Moncho.

— Daniel me resgatou depois do ataque — disse Renata. — Ele conseguiu um táxi para nos trazer aqui, ninguém mais estava conseguindo. Ele é repórter e Max acaba de contratá-lo para escrever no *Post*. Ele estava perto do Palácio todo o tempo que durou o ataque.

— Que corajoso — disse Esme, sentando-se na cadeira pavão em frente ao seu retrato. — Você pediu mesmo Renata em casamento?

— Ele sugeriu a possibilidade — disse Renata. — Ele escreveu a reportagem sobre o ataque ao Palácio para Max.

— Pena que não mataram o *hijo de puta* — disse Moncho.

— Fique quieto ou vão te prender — disse Esme. — Você viu o tiroteio, Daniel?

— Sim, mas parece que estou tendo sorte. Não só não levei um tiro como encontrei a bela Renata quando o tiroteio acabou.

— Duas coisas ao mesmo tempo — disse Esme.

— Eu amo a beleza. Esse retrato seu é muito bonito e lhe faz justiça.

— O artista disse que me fez parecer bonita demais — disse Esme.

— Isso não existe. Um artista só pode imitar a beleza extraordinária que há em sua família.

— Mas que amável. Por favor, sente-se, Daniel. Quer uma bebida?

— Como meu tio dizia, a última vez que recusei uma bebida foi porque não entendi a pergunta.

Moncho explodiu numa gargalhada.

— Eu entendi a pergunta e vou fazer um drinque pra você — disse, e saiu da sala.

— Muito engraçado — disse Esme. E então perguntou a Renata: — Nena, o que a traz aqui num dia assim?

— Eu preciso de um carro. Depois de hoje, tenho mesmo que me afastar. Pra qualquer lugar, Cárdenas, talvez, mas não posso levar o carro da mamãe. Você não sabe, Esme... você não faz ideia.

— Claro que sei, meu bem. Leve o Buick. Essas pessoas horríveis tentando matar o presidente, atirando pela cidade toda, ninguém está a salvo em parte alguma, qual o problema deles? São todos loucos, de classe baixa. Assim que eu soube, tentei conseguir um voo para Nova York, mas eles fecharam o aeroporto. Agora os americanos vão ficar com medo de vir a Havana.

— Soldados mataram um turista americano — disse Quinn. — Eu estava na suíte dele no Hotel Regis quando atiraram nele.

— Não diga...

— Um furgão blindado e um soldado a pé atiraram na gente. Eu salvei outro homem puxando-o pro chão quando o tiroteio começou.

— Você salvou alguém? Você é bem esperto. O que você está fazendo em Cuba?

— É o que estou tentando descobrir. Meu avô escreveu um livro sobre a revolução Mambí e acabou enfiando Cuba na minha cabeça. Agora vocês estão com outra revolução e ela me puxou pra cá.

— Você veio para escrever sobre Castro? — perguntou Renata.

— Ele é um bom tema, não acha?

— Batista diz que Castro morreu ou fugiu — disse Esme. — Batista deve saber dessas coisas.

— É claro — respondeu Renata. — Batista sabe de tudo.

— Ele não sabe de nada, sabe menos do que nada — disse Moncho, retornando à sala. Oliva, uma empregada, o seguiu, empurrando um carrinho de serviço com uma garrafa de rum branco, um balde com gelo até a tampa, uma tigela de açúcar de confeiteiro, um prato com fatias de limão, quatro copos de coquetel e um misturador de prata. Quando Oliva saiu da sala, Esme disse:

— Se os empregados repetirem lá fora o que você disse, vão te fuzilar.

— Ela está certa — disse Renata.

— Claro que está. Se você fala a verdade, eles te matam — disse Moncho, espremendo os limões. — Os aviões de Batista bombardeiam a Sierra e matam *guajiros*,* mas não encontram cadáveres de rebeldes. Fidel não fugiu.

— Onde ele está? — perguntou Quinn.

— Na Sierra.

— Como faço para falar com ele?

— Só com convite — disse Moncho. — Sem convite eles te matam como espião.

— Como eu consigo um convite?

— Ninguém sabe.

Moncho derramou uma cascata de rum no misturador, acrescentou açúcar e o sumo do limão.

— Eu estudei direito com Fidel na faculdade. Ele sempre foi um conspirador fanático com os grupos políticos, nunca aparecia nas aulas. Mas uma coisa ele aprendeu. Ele está passando a perna no exército de Batista.

* Silvícolas. (N. T.)

— Vamos mudar de *tema*, Moncho — disse Esme. — O avô de Daniel escreveu um livro sobre Cuba.

— Ah! — disse Moncho, sacudindo o misturador.

— Ele veio em busca de Céspedes,* o revolucionário, e o encontrou.

— Céspedes! — disse Moncho. — Em 1948 fui até Manzanillo com Fidel pegar o sino de Demajagua, o que Céspedes tocou para iniciar a revolução. Assim como o Sino da Liberdade** de vocês, *señor* Quinn, um símbolo da nossa rebelião pesando cento e quarenta quilos.

— Eu conheço o sino — disse Quinn.

Moncho serviu daiquiris do misturador e os distribuiu.

— Nós o trouxemos para Havana para enfrentar Grau, o presidente — disse ele —, mas a polícia o roubou de nós. Fidel fez um discurso na universidade sobre o sino e sobre Grau trair a revolução que ele prometeu ao povo, e milhares de pessoas foram ouvir. Ele repetiu as palavras de Céspedes no dia em que ele tocou o sino para convocar seus escravos — Céspedes os chamou de cidadãos e disse que eles tinham sido escravos dele até aquele dia, mas agora eram livres como ele. Estava iniciando a revolução e disse que os escravos podiam se unir a ele na luta ou ir para onde quisessem, mas que estavam todos libertos. Fidel sabia como usar aquelas palavras. Ele foi muito intenso, acendeu uma chama na mente deles.

— Eles vão prender *todos nós* se você não parar — disse Esme.

Moncho ergueu a taça de daiquiri.

— Um brinde a Fidel.

— Você vai é ser preso — disse Esme.

* Carlos Manuel Perfecto del Carmen de Céspedes y López del Castillo (1819-1874), líder do movimento pela independência cubana que desencadeou a Guerra dos Dez Anos. (N. T.)

** Símbolo da independência americana localizado na Filadélfia, Pensilvânia. (N. T.)

Quinn bebeu e Renata atravessou a sala e ligou o rádio em um programa de notícias. O Palácio fora cercado por tanques e um repórter estava dizendo que havia dezenas de mortos. Batista sobrevivera ao ataque no terceiro andar do Palácio com a esposa, o filho de dez anos, quarenta soldados e um coronel armado com uma metralhadora. O presidente suportara o ataque com uma pistola numa das mãos e o telefone na outra. Os invasores não tinham chegado ao terceiro andar. A câmera mostrava o tiroteio, em seguida os cadáveres empilhados na rua e no parque. Cadáveres e mais cadáveres. Renata tentou esconder o choro. Batista louvava os valorosos soldados e culpava Prío pelo ataque. Um repórter perguntou: Não foi Castro? Não. Castro não significa nada, é um ninguém, respondeu o presidente.

A campainha no portão da frente tocou. Oliva entrou na sala e sussurrou algo para Esme, que foi até a porta. Ela voltou dizendo que a polícia estava perguntando sobre um carro abandonado ali perto.

— Querem saber se alguém aqui viu gente estranha passando.

— O que você falou pra eles? — perguntou Renata.

— Eu disse que não vi nenhum estranho, nem hoje nem ontem. Você viu alguém quando chegou de táxi?

— Tinha um homem escondido atrás de uma árvore — disse Renata. — Ele parecia o Fidel Castro.

— Não faça piada com isso — disse Esme. — Eles vão te prender.

Renata dirigia o Buick de Esme de um modo que a Quinn pareceu mais perigoso que andar com metralhadoras no porta-malas, capaz de fazê-los serem presos naquele dia de assassinatos sobre rodas.

— Deixe eu dirigir. Você está muito nervosa.

— Não estou nervosa.

— Você está correndo.

— Não estão prendendo quem corre hoje.

— Deixe eu dirigir.

— Depois.

— Depois já estaremos em sua casa.

— Eu não posso estacionar este carro na minha casa.

— Você está dizendo que não temos como estacionar de novo?

— Não posso fazer nada estranho que vá atrair a atenção da polícia.

— Tudo o que você faz é estranho. Espero que não se importe que eu diga isso, mas estou me apaixonando por você por causa das suas ideias bizarras.

— Obrigada, Daniel.

— Obrigada? Por eu me apaixonar?

— Eu amo quando os homens me amam.

— Você tem muitos homens. Quando vai ter o bastante?

— Eu não penso nisso dessa forma.

— E como você pensa?

— Eu não posso pensar nisso. Eu só penso em Diego. Não posso pensar no amor de outras pessoas.

— Eu não quero ser considerado "outras pessoas".

— Diego era o meu amor.

— Ele era um deles. Você pode perder um ou dois e ainda vai ter amor de sobra.

— Eu não gosto dessa sua atitude.

— Eu sinto muito por Diego, mas não posso me entristecer como você. Ele era um homem muito, muito valente e fico triste que um guerreiro da revolução tenha sido morto. A tristeza que você sente é diferente da minha.

— É melhor você parar de falar ou vou começar a odiar você, e eu não quero odiar alguém que está se apaixonando por mim.

— O que você vai fazer com este carro?

— Esme vai dizer à mamãe que estou com ele. Mas se eu parar com ele lá em casa e a polícia aparecer, Esme vai se envolver.

— Ela já se envolveu. A polícia foi falar com ela. Talvez até achem que foi ela quem estacionou o carro de Diego.

— Isso nunca. Ela é muito próxima de Batista.

— Eu tenho um lugar pra estacionar.

— Ah, tem, não é mesmo?

— Posso estacionar perto do meu apartamento.

— Onde fica o seu apartamento?

— No Vedado. Perto do Nacional. Posso até deixar o carro no estacionamento do hotel.

— Perfeito — disse ela. — Leve-me pra casa, na rua 22. — Ela parou o carro e trocou de lugar com Quinn. Estavam na Quinta Avenida, em Miramar.

— Seus pais conheciam Diego?

— Ouviram o nome dele, mas eles não acompanham muito a minha vida. Eu conto tantas mentiras que nem eu mesma consigo acompanhar.

— Eu gostaria de conhecê-los sem mentiras.

— Eles vão gostar de você ser americano. Vão achar que você tem dinheiro. Você tem?

— Posso pagar o aluguel e ainda sobra para a lavanderia.

— *Pobrecito*.

Na rua 22, Renata disse que sua casa ficava do lado direito. Dois sedãs Oldsmobile vazios estavam estacionados em frente e todas as luzes da casa estavam acesas.

— Continue — disse ela. — Aqueles carros são do SIM. Devem estar falando com meus pais. Meu Deus, meu pai vai odiar isso tudo. Ele odeia todos os políticos desde Machado. Minha mãe deve estar uma pilha de nervos.

— Para onde vamos?

— Preciso falar com alguém. Eu não sei de nada. Eu quero ver Diego.

— Diego não pode te ajudar. E quanto ao Max? Ele vai saber o que está acontecendo.

— Max não sabe nada do que eu quero saber. Mas sim, posso usar o telefone dele, ótimo. Eu quero muito ir ver Diego.

Renata queria amar um homem morto. O homem vivo ao lado dela não serviria. Ela precisava do amor que já não estava disponível, e precisava naquele instante. Talvez encontrassem um morto em algum canto. Havia muitos em Havana naquele dia. Ele ficou impressionado com o calor do coração dela: uma mulher numa missão para amar a morte. Se eu a levo ao necrotério, ela vai se jogar no cadáver. Geralmente em Cuba não é necessário morrer para dar uma, mas hoje à noite talvez ajude. Ela é de outra dimensão, talvez seja a própria natureza, pronta para a vida e a morte da mesma forma.

Na redação, Max estava em seu cubículo, metido em uma camisa amarrotada. Falando ao telefone, ele parecia cansado e entediado com seja lá quem fosse do outro lado da linha. Quinn o viu olhar para Renata, que se sentava em uma mesa a um canto mais afastado, perto do negro alto que ele vira em sua primeira visita e que agora montava as páginas para a próxima edição. Renata estava ao telefone. Ela é íntima de Max e ele está tinindo por ela. Ela gosta disso, gosta que fiquem assim. Max, além de tinir por ela, também era galante e agradável com as mulheres. Quinn não confiava nele.

— Viemos saber das notícias — disse Quinn quando Max desligou o telefone. — Renata não consegue viver sem saber de tudo o que está acontecendo nos mínimos detalhes. Ela está obcecada para saber quem morreu. Acho que alguém do museu pode ter morrido.

— Como você a encontrou hoje?

— Eu a salvei da solidão depois do ataque.

— Você se move com a rapidez de um turista sexual.

— Havana faz o sangue correr mais rápido.

Max se ajeitou e disse que obtivera uma entrevista exclusiva de dez minutos com Batista depois do ataque, quase um furo.

— O que há de tão exclusivo nisso? — perguntou Quinn.

— Nada, exceto que ele falou em inglês.

Batista havia aberto o apetite de Max: ele queria uma entrevista com Castro.

— Eu não acho que ele morreu, nem acho que Batista acredita nisso. Ele tem certeza de que o Exército vai lhe entregar o cadáver. Você quer tentar conseguir uma entrevista? A matéria que Matthew publicou no *Times* deu uma abertura, mas ainda há muito mais por descobrir.

— Por que eu? — perguntou Quinn.

— Você está com sorte. Você vai aos lugares e coisas acontecem. Sempre é assim com você?

— Eu tento não interferir nas situações.

— Tenho um contato em Santiago que talvez consiga algo pra você começar. Mas ele pode espalhar a notícia e aí vai depender de eles confiarem ou não em você. Fidel vai confiar mais em um repórter americano do que em um cubano. Alguns jornais de Cuba estão com Batista, e o resto é monitorado pela censura.

— Mas o seu não?

— Às vezes nós somos independentes. Você é do *Herald*, e é correspondente do *Times*, não é? Isso realmente ajuda.

— Correspondente-assistente.

— Mas você obteve um contato na *Time*.

— Eles ainda não me pagaram, e eu ainda não escrevi nada pra eles. Mas sim, nós temos um acordo.

Renata entrou chorando no escritório de Max, enxugando as lágrimas.

— A família inteira do meu amigo foi presa — disse ela. — Sete pessoas.

— Todo mundo foi preso hoje — disse Max. — E quem não foi, será preso amanhã. Eles estão largando cadáveres por toda Havana, um deles pendurado em uma árvore. Qualquer um ligado ao Directorio é um alvo. Doze dos insurgentes eram estudantes e eles encontraram algumas armas deles em um apartamento perto da universidade.

— Todos os rebeldes morreram? — perguntou Renata.

— Dois ou três fugiram, é o que o Exército diz. Você conhece alguém?

— Talvez, mas não sei quem foi morto.

— Nós temos alguns nomes — disse Max, e empurrou um papel com seis nomes na direção de Renata. — Ainda estão montando a lista completa. Nós vamos obtê-la. O que eu posso fazer pra ajudar?

— Nada. — Ela estava a ponto de chorar novamente.

— Posso te levar pra jantar, junto com seu amigo aqui, se você quiser. Podemos até pegar seus pais.

— Eu não consigo comer — disse ela.

— Comer faz parte do luto — disse Max. — É normal ter um almoço depois do funeral. Pense na Última Ceia.

Renata sorriu um pouco, disse um "obrigada, mas não" quase inaudível e se levantou.

— Eu ligo pra você amanhã — disse Max.

— Talvez eu vá pra longe — disse ela.

— Estou aqui sempre que você precisar.

No carro ela disse:

— Meu amigo falou para eu ficar longe do *necrocomio*.

— Sim. É melhor mesmo — disse Quinn.

— E ele disse que é melhor eu não ir ao funeral do Diego. Diego tinha dois filhos. Ele nunca falou deles. Meu amigo não me quer ligada a ninguém envolvido no ataque. Ele acha que é melhor eu ir embora até as coisas se acalmarem. Eu quero ir a um babalaô. Você conhece o babalaô?

— Não.

— É um sábio que lê a linguagem da alma. Narciso Figueroa. Tem mais de noventa anos. Ele vai ver o quanto minha alma está despedaçada, e vai me ajudar.

— Você acredita nisso?

— O babalaô tem visões. Você já teve visões?

— Não, desde o ensino fundamental, quando eu me vi tocando banjo no céu. Quando fiquei mais velho, desisti do céu, e também do banjo. Não confio mais em religião.

— Então você não confia em mim.

— Você é uma criatura misteriosa.

— Eu sou uma mulher simples. O mundo é complexo e Narciso é brilhante. Ele fala com os mortos e com os deuses. Ele já salvou pessoas.

— Você acha mesmo que ele fala com os deuses?

— Acho.

— Eu gostaria de vê-lo fazendo isso.

— Venha comigo.

— Onde está esse Narciso?

— Em El Rincón, um lugar muito pobre. Nós vamos de manhã.

— De manhã? Onde você vai passar a noite?

— No seu apartamento. Tem algum problema?

— Vou pensar a respeito.

— Pense mesmo.

— Eu te empresto uma camisa pra dormir.

— Mais uma roupa pra sua conta da lavanderia.

— Algumas roupas são mais importantes que outras.

— Eu vou dormir com você, mas nós não vamos fazer nada.

— Claro que não. Não no nosso primeiro encontro, na cama.

— Você me ama?

— Mais do que eu amo armas de fogo.

— Sexo não é amor.

— É parecido. Muitas vezes chamam "fazer sexo" de "fazer amor". Você quer minha camisa?

— Sim. Mas nós só vamos dormir. Eu tenho de pensar em Diego.

— Quem?

— E eu devia pegar meus colares lá em casa.

— Hoje à noite?

— De manhã.

— E se a polícia estiver lá?

— Eu entro pelos fundos.

— Parece que a polícia sabe sobre a porta dos fundos. Se eles te prenderem, vou perder você por um colar de contas. Que colar é esse?

— Meus colares de Xangô e Oxum.

— Xangô. Sei. O cara que matou a esposa porque ela, não tendo comida, serviu a ele a própria orelha no jantar.

— Xangô é um guerreiro que ajuda as pessoas encrencadas. Eu estou encrencada.

— A esposa dele ficou encrencada com uma orelha só.

— Estou mais encrencada do que isso.

— Acho que sim. Acho que também estou.

— Enquanto você estiver comigo, vai estar encrencado.

— Então é isso mesmo. Eu sempre vou estar encrencado.

Aos olhos da família, Renata ainda vivia conforme fora criada: uma católica rigorosa que ia à missa e comungava. Mas na infância ela fora apresentada à santeria por Olguita, uma mulata que foi primeiro empregada, depois babá de Renata e, ao longo de uma duradoura intimidade, tornou-se sua madrinha espiritual. Renata ouvia quando Olguita falava sobre santeria. Ela deu a Renata artefatos sagrados aos quais a jovem Renata acrescentou muitos outros — estátuas, flores, ervas, amuletos apotropaicos, pinturas de orixás, colares e pulseiras com as contas coloridas de cada orixá —, tantos objetos que enchiam uma gaveta da cômoda e cobriam duas paredes de seu quarto.

Quando ela começou a estudar arte, preencheu outra parede com suas próprias pinturas de orixás e veio a preferir as suas vidas místicas e milagres a Jesus, aos vários Espíritos Santos e às virgens ascéticas que vivem encontrando a Mãe Santíssima em prados franceses. Os santos católicos e seus argumentos divinamente nebulosos acerca da redenção ofereciam algum mistério, mas a entediavam. Os mistérios dos orixás surgiam de ciúme, desprezo, orgulho, machismo, amor, ódio, incapacidade de manter segredos, os seus poderes eram terrenos e práticos, e os seus milagres abraçavam a vida.

Renata ligou para uma amiga de confiança e pediu-lhe para ir até sua mãe e dizer que ela estava bem, mas não iria para casa naquela noite. Iria ficar na casa de um amigo, e elas poderiam conversar na manhã seguinte. Renata usava apenas uma calcinha e a camisa azul de manga curta de Quinn, que ela deixou desabotoada, pois estava quente. Ela foi para a cama de Quinn e se deixou ser acolhida em seu abraço respeitador. Chorou abertamente por causa de Diego, dizendo repetidas vezes para si mesma que ele estava de fato morto e que ela nunca mais sentiria os braços dele ao seu redor como agora sentia os braços de um estranho, oferecendo conforto e talvez amor. Renata fechou os olhos contra aquela verdade não solicitada e, ao afundar no sono, teve uma visão da violenta luta entre as mulheres de Xangô: Obá, esposa dele, que cortou a própria orelha porque Oxum lhe dissera que assim ela ganharia o coração de Xangô, e Oxum, a Vênus dúplice que controla o amor, o dinheiro e os rios.

Renata as viu duelar com raios e ela mesma como esposa e amante, traidora e traída — muito frívolo de sua parte admitir isso, Renata —, mas ela sentiu, talvez pela primeira vez, que era assim que o mundo realmente funcionava. Ela entendeu melhor de manhã, quando acordou sem lágrimas, vendo a cabeça de Quinn no travesseiro, os olhos dele nela, o braço dele confortavelmente sob seu ombro.

Os dedos dele fechavam-se suavemente em seu braço e ela pensou: Ele está me protegendo dos meus sonhos.

— É um conforto o seu modo de me abraçar — ela disse. — Você sabe como segurar uma mulher. Você já teve muitos amores?

— Amor mesmo, não. Umas seis? Não, duas. Três. Uma parecia amor, mas era só narcisismo. Amor sério apareceu sim, mas foi embora.

— Onde está ela agora?

— Nós não mantemos contato.

— O que aconteceu?

— Ela pertence ao meu primo. Ele é um lunático, mas isso não é desculpa.

— Você sente culpa.

— Isso está fora de moda?

— O amor é a moda. Nada mais importa.

— Bastante imprudente. Você vai dar trabalho.

— O amor me deu trabalho. Eu nunca sinto culpa. Acredito que o amor vai nos salvar. Aprendi isso com são Lázaro. Nós vamos vê-lo hoje.

Eles estavam a meia hora de Havana. Quinn dirigia a caminho da casa de Narciso Figueroa. Eles foram por Santiago de Las Vegas. Quinn temia que a estrada esburacada fosse danificar o chassi rebaixado do Buick. Ele passava devagar por aglomerados dispersos de barracos de madeira e pequenas casas que pareciam ter sido construídas em um pântano.

— Eu vim aqui quando tinha quinze anos — ela disse. — Foi em dezembro. Dezenas de milhares de peregrinos iam a pé até a igreja de San Lázaro. Olguita disse: "São Lázaro vai livrar você do problema". Eu disse a ela que não tinha nenhum problema. "Vai ter", ela disse.

— Dá pra ver que você aprendeu a arranjar problemas.

São Lázaro, disse Renata, o santo católico ressuscitado no túmulo por Jesus, é também o orixá Babalu Aye, irmão de Xangô. Babalu Aye era jovem e belo e tentou fazer amor com todas as mulheres do mundo. Olodumaré, o dono do céu, disse-lhe para ir mais devagar, mas ele continuou, então Olodumaré o transformou em um mendigo leproso com úlceras na perna que o obrigaram a usar muletas. Dois cães seguiam-no, lambendo e limpando suas feridas conforme caminhavam pelo mundo.

— É ele ali — disse Renata, interrompendo-se para mostrar uma cabana com um altar que exibia Lázaro-Babalu Aye de muletas. Eles passaram por outra cabana, por outro Lázaro. — Ele está por toda Havana, mas esta aqui é a estrada dele.

— Como Lázaro convenceu você de que o amor vai te salvar?

— Olguita me levou por quatro quilômetros até a igreja com os peregrinos, alguns de muletas como Lázaro. Um homem com os pés descalços carregava um saco de pedras nas costas, mulheres se arrastavam com as mãos e os joelhos, uma garota de não mais de seis anos seguia pela estrada de cascalho, arrastando o traseiro, a mãe dizendo: "*Ven, mi hija, ven*", e a criança deslizava em direção à mãe, deixando sangue sobre o cascalho.

"'Por que ela está fazendo a menina fazer isso?', perguntei. 'Pra saúde da criança, que está doente', disse Olguita. 'Ela não vai ficar mais doente sangrando assim?' 'São Lázaro vai curá-la toda', disse Olguita.

"Eu vi um homem sem camisa se arrastar em direção à igreja de costas, segurando um trapo sagrado com um dos tornozelos acorrentado a um bloco de concreto. Quando ele deslizava para trás a perna dele puxava o bloco por alguns centímetros, e ele tinha quilômetros a percorrer. Sua costas estavam escoriadas e marcadas por anos de repetição daquilo, e quando lhe perguntei por que fazia isso, ele olhou para o céu e disse: 'Minha mulher está viva, são Lázaro, e você fez isso, vinte anos atrás. Eu prometi que ia me ferir se você a salvasse, e você fez isso. Eu te amo, homem mendigo'. Ele chorou muito e em seguida gritou para o céu: 'São Lázaro não vai morrer nunca'."

— E é isso que você chama de amor? — perguntou Quinn.

— Cure as minhas pernas, Babalu Aye. Não deixe meu filho morrer, Lázaro. Dê um cérebro para o meu filho idiota. Traga minha esposa da sepultura. Me deixe ver a luz do dia de novo. Cure minha varíola, minha dor, minhas feridas, meu terror, meu câncer, meus pesadelos. Me devolva meu fôlego, Babalu Aye. Me deixe andar pelo mundo como você, Lázaro. O amor vai nos salvar e nos refazer. O amor vai fazer o que pais e médicos e esposos não conseguem fazer. O amor fará tudo, se você tomá-lo em sua alma e acarinhá-lo. Eu me pergunto se o amor que eu sentia por Diego era verdadeiro. Eu olho para você e acho que talvez tenhamos amor, mas talvez sejamos mentirosos e nenhum de nós conheça o amor. Na igreja, perguntei a são Lázaro como o amor vivia no coração daquele homem puxando o bloco de cimento, e ele me disse.

— São Lázaro falou com você?

— Sim. Ele disse, seu amor pode ser o mendigo de muletas com os cães do amor tentando curar sua doença e ainda assim você vai morrer. Ninguém tem como saber o que significa o amor, ou como ele chega ou como ele dura, ou mesmo se ele existe, porque nós nunca estamos livres de dúvida. Desde os quinze anos tenho praticado o amor e sou boa nisso. Eu crio o amor fazendo amor, crendo nele mesmo quando ele não existe. O amor pode fazer o amor existir, mas o amor não pode fazer-se durar. Tudo o que posso fazer é tentar fazer o amor existir, e às vezes eu consigo. Isso é o que eu faço.

*

Narciso morava na menor casa que Quinn vira naquela estrada. Renata entrou sem bater e Quinn a seguiu para dentro de um quarto com pinturas de abstrações religiosas, máscaras, colares feitos com as contas coloridas dos orixás, frascos de noz-de-cola, búzios, fragmentos de coco, ícones pendurados no teto. Havia prateleiras cheias de bugigangas, bitucas de charuto e pedaços de papel que Quinn concluiu serem lixo venerável. O quarto exsudava complexidade antiga, instando-o a curvar-se perante os seus mistérios absurdos. Narciso, com um charuto apagado no canto da boca, esforçou-se para se levantar da cadeira de balanço de madeira e falhou. Ele tentou de novo, repuxando-se para cima, e então avançou incerto, com passos de bebê e braços trêmulos para cumprimentar Renata. Sua pele era de um negro profundo, seu cabelo era rente à cabeça, totalmente branco, a maioria dos dentes faltando e ele parecia mesmo ter noventa, ou mais. Ele olhou para Quinn e então disse a Renata:

— Quem é este? Ele está carregando fogo.

Em seguida, com repentina agilidade, inimaginável para aquele corpo desgastado, ele endireitou a coluna e ergueu sobre a cabeça um dos seis colares que usava. Balançou-o na frente de Renata e deixou-o sobre uma mesa. O colar tinha um e vinte de circunferência e era enfeitado com dezesseis discos de casco de tartaruga em formato oval.

— O fogo — disse ele, apontando para os discos.

— O que você está dizendo? — Renata perguntou. — Este é meu amigo, um escritor. Eu queria que ele visse são Lázaro.

— Ele é um mensageiro — disse Narciso, e cantou para Renata:

Ele carrega fogo e o fogo queima,
Ele carrega fogo e as cinzas do fogo,
Os mortos o cercam, dizem que é um deles,
Os mortos o enfeitam feito contas de Xangô.

O rosto de Renata ficou branco e pálido, mas Quinn tomou essa brancura por lucidez escondida sob uma máscara de inocência. *Ela* é quem carregava os mortos, todos aqueles rebeldes morrendo na vanguarda das suas lembranças. Ela estava fingindo para Narciso, passando os seus mortos para Quinn. Ele assistiu enquanto Narciso lia Renata, e ele sentiu que o homem realmente *podia*, talvez, ler o pensamento dos outros, algo em que Quinn não queria acreditar. Mas isso já foi feito, não foi? A telepatia já não é mais tão desacreditada assim. Alguém pode acabar legitimando-a a qualquer momento.

— O que você tem feito? — Narciso perguntou a Renata.

— Absolutamente nada — disse ela —, nada.

Narciso jogou os búzios novamente e falou em uma língua que Quinn não entendia. Renata traduziu:

— Ele diz que você está em perigo e que você deve evitar os assassinos pelas ruas.

— Transmita os meus agradecimentos e diga que serei cauteloso — disse Quinn. — Ele sabe quais ruas?

— Eu te dou este colar como um escudo — disse Narciso a Renata. Ele tirou do pescoço uma corrente prateada com miniaturas de ferramentas e armas de ferro fundido — martelo, bigorna, picareta e pá, arco e flecha, facão, machado de duas faces — e o enrolou no pescoço de Renata. — Mostre essas ferramentas dos orixás ao seu inimigo e diga que se ele fizer mal a você, Xangô irá arremessá-lo em uma morte longa e dolorosa.

— Xangô vai ajudar e nós vamos lutar — disse Renata, no ritmo do canto do fogo de Narciso:

Xangô vai me proteger
Nós vamos incendiar os dias.

— Xangô está ouvindo — disse Narciso.

— Meu amigo precisa da ajuda de Xangô — disse Renata. — Eu queria dar minhas contas a ele, mas eu não posso ir onde elas estão guardadas. Você pode dar Xangô ao meu amigo?

Narciso olhou para Quinn, que viu-se sendo analisado como um cético. Xangô ajuda os céticos? Por que ajudá-lo se você não acredita nele? Narciso tomou outro colar do seu pescoço, de contas pequenas vermelhas e brancas, colocou-o em Quinn e disse:

— Ele usa os mortos como as contas de Xangô. — Então, com abrupta peremptoriedade, ele acenou mostrando a saída e se arrastou de volta à cadeira.

Então o tema de hoje continua a ser os mortos, não tivemos o bastante deles ainda. Quando Quinn decidiu vir a Cuba e escrever sobre dois séculos de revolução, aceitou a possibilidade de encontrar cadáveres, mas a certa distância; não no ar ao redor, não como passageiros mentais. Renata ficava desconcertada, não pela morte, mas pela morte do que ela achava que era amor. Era justo. Quinn não enfrentaria tal perda a menos que a relação que ele estava criando com ela se desfizesse em tempo de mágoa. Ela sente o impulso de rastrear o que foi perdido, seguir aonde isso leva; e Quinn silenciosamente aceitou seguir junto.

— Você é quem usa os mortos como as contas de Xangô — ele disse a ela. — Você me mandou imagens daqueles cadáveres no Palácio e Narciso as viu, o que eu considero uma performance e tanto. Talvez eu tenha que começar a acreditar em alguma coisa.

— Ele diz pra eu me livrar dos mortos. Eu não posso.

— Eles vão embora quando estiverem prontos.

— Eu não quero que eles partam. Eles estão comigo por um motivo.

Renata ligou para a mãe de uma *farmacia*. A mãe disse que todos em casa estavam um caco por causa dela. O pai estava furioso e esperava que não tivesse nada a ver com política, a polícia queria que ela ligasse para eles, e alguém ligou duas vezes mas deixou apenas um número. Renata anotou o número e disse: Eu estou bem, *mama*, logo estarei em casa e não quero ver a polícia porque Xangô me disse que esta não é uma boa semana para ver a polícia.

Ela ligou para o número e reconheceu Aurelio. Ele disse que precisavam achar Felipe Holtz, e que sabia o quão próximos Renata e Felipe eram. Holtz, filho do barão do açúcar Julio Holtz, estava envolvido em uma compra de armas para o Directorio, que foi abortada no dia do ataque ao Palácio. Holtz era o único que conhecia o vendedor e Aurelio não tinha mais ninguém para enviar, já que todos os que sobreviveram ao Palácio eram conhecidos, e traidores estavam andando com a polícia, procurando todos nós. Será que Renata conseguiria encontrar Holtz? Renata disse que sim.

— Por que está me dizendo tudo isso? — perguntou Quinn. — Eles podem te matar por revelar isso tudo, e me matar por ficar sabendo.

— Eles não vão te matar a não ser que eu peça.

— Isso é bem reconfortante.

Ela ligou para a casa de Holtz em Santiago e falou com Natalia, sua prima, que disse que Felipe estava no México ou em Caracas, devendo retornar na semana seguinte. Renata não acreditou.

— Se os seus amigos estão com tanta pressa — disse Quinn —, eu conheço alguém que pode ajudar.

— Você conhece alguém que tem armas?

— Eu disse que estava escrevendo sobre isso em Miami.

— Quem é essa pessoa?

— Alfie Rivero. Já ouviu falar dele?

— Nunca. Ele não é da inteligência americana?

— Qualquer um pode ser da inteligência americana. Alfie é um cubano de Nova York, ligado à máfia de Trafficante em Tampa.

Ou seja, ele pode arranjar qualquer arma se você tiver o dinheiro. Eu saí com a prima dele e o encontrei com ela. Ele é ponta firme.

— Ele está em Miami?

— Eu o vi no Nacional há dois dias. Ele vai ficar lá.

— Ele fala com você sobre armas? Ele confia em você?

— Ele não confia em mim, mas posso sondá-lo pra você. Eu não faria isso por mais ninguém.

— Será que ele levaria uma mulher a sério?

— Você é um comprador improvável, mas parece confiável. Se não é, então é uma atriz genial e uma baita mentirosa. Mas nem pense em mentir para Alfie.

Quinn dirigiu até El Vedado, onde o Hotel Nacional postava-se em sua eminência desde que inaugurara em 1930.

Era um dos endereços de elite em Havana e as paredes de seu bar estavam cobertas com fotomontagens dos hóspedes célebres — Churchill, os Windsor, a realeza espanhola, Chaplin, Garbo, Gable, John Wayne. Desde 1946, quando Batista voltou para Havana da Flórida com Meyer Lansky a tiracolo, Havana e seu principal hotel tinham se mostrado hospitaleiros para com a máfia, e Lansky e seu irmão Jake agora dirigiam o cassino, o que provavelmente foi a razão de Alfie ficar por lá.

Quinn e Renata atravessaram o saguão em mármore sob tetos e lustres imponentes e Renata disse:

— Meu pai tomou um tiro aqui, em 1933, na Guerra Civil, após o exílio de Machado. Muitos americanos em Havana se refugiaram aqui, escapando da multidão antiamericana. Mil oficiais do Exército debandaram para cá em protesto contra a tomada do Exército por Batista. Batista abriu fogo contra o hotel o dia todo e muitos oficiais morreram. Quando eles se renderam, muitos outros foram mortos pela multidão por terem se metido com Machado. Meu pai foi baleado no peito, mas não morreu. Batista o mandou para a prisão em Castillo del Principe e por uma semana minha mãe achou que ele estava morto.

— A revolução assombra sua família. Eu entendo de onde você puxou isso — Quinn disse.

— Meu pai teria um ataque se soubesse o que eu estava fazendo aqui.

Eles foram para o jardim do pátio, passando pela topiaria e pelo longo e belo gramado que descia em direção à água. Escolheram uma mesa e observaram dois pavões se movendo regiamente sob as palmeiras perto do limite do jardim. Para além dali se via Malecón,* e depois o mar.

— Peça um rum com gelo para mim. Vou ver se Alfie está por perto.

Quinn sabia pela ficha de Alfie que ele havia sido preso duas vezes por acusações de roubo que não vingaram e que passara dez meses preso por um roubo de drogas que dera errado. Depois disso não o acusaram mais de nada, e quando Quinn o conheceu, ouviu o nome de Alfie ligado a uma tentativa de incursão armada de vinte jovens rebeldes cubanos, invasores cheios de fanfarronice que um dia desapareceram em Miami e apareceram nas primeiras páginas em Havana, rostos e peitos cobertos de sangue, olhos bem abertos ou faltando, deitados ao lado de seus rifles em uma praia rochosa, como o butim de um pescador, a pesca de Batista.

Quinn encontrou Alfie na piscina com uma loira de meia-idade e pernas longas, sua pesca do dia. Ela passava bronzeador nas costas e nos ombros bastante bronzeados de Alfie. Quinn enviou uma mensagem por um garçom e Alfie foi até eles.

— Uma questão de negócios, Alfie. Você ainda vende abacates?

— Na estação certa.

— Não estou falando por mim aqui, sou apenas um escritor.

— Você escreve sobre abacates.

* Oficialmente, Avenida de Maceo. Esplanada em frente ao mar que se estende por oito quilômetros ao longo da costa em Havana. (N. T.)

— Não confie em mim.

— Quando é que confiei em você?

— Eu trouxe alguém pra conversar.

— Às vezes eu falo com quem fala.

— Vamos para algum lugar?

— Nós estamos em algum lugar. Cadê o sujeito?

— O sujeito é uma sujeita. Lá fora, no pátio.

— Traga ela aqui. Ela tem dinheiro?

— Acho que sim. E pressa.

— Eu converso com ela na piscina.

— Ela não tem roupa de banho.

— Compre.

Quinn voltou para o pátio, mas Renata não estava à mesa. As bebidas estavam lá, intocadas. Ela não estava no jardim onde os pavões reinavam. Ele encontrou um garçom que não a tinha visto, tomou um trago de rum e deixou o dinheiro das bebidas. Ela não estava no saguão nem perto dos telefones públicos. Na recepção, ele perguntou se havia mensagens. Nenhuma.

Ele a viu vindo do outro extremo do saguão, carregando um saco de papel. Ela o seguira até a piscina e o vira com Alfie. Ela leu os lábios de ambos falando da roupa de banho, então foi comprar uma.

— Narciso lê mentes, você lê lábios — disse Quinn. — Não há privacidade em Cuba.

Eles foram para o bar da piscina e Renata vestiu o maiô novo, mergulhou na piscina e nadou como um golfinho até parar com a água na altura do pescoço. Alfie entrou na parte rasa e foi nadando de costas até esbarrar nela. Então falaram sobre abacates.

Um furgão com dois jovens entrou na Garagem Miami em Miramar e estacionou em frente de uma das duas baias. A poucos metros das duas bombas de gasolina a loira de Alfie, a da piscina, sentava-se em uma cadeira dobrável ao lado de uma pilha de pneus, com as pernas elegantes cruzadas, uma verdadeira atração de rua. Quinn achou que uma garagem não era lugar para ela. O sinal na garagem anunciava PLANTA DE ENGRASE, SE COGEN PONCHES, ABIERTO 24 HORAS. O Buick de Esme estava estacionado em uma baia e uma picape cheia de brinquedos, lâmpadas e potes estava sobre as plataformas do elevador do fosso de inspeção. Os dois jovens de paletó vieram pela porta da garagem e Renata apresentou o mais velho a Alfie como seu amigo Pedrito.

— E quem é o amigo *dele*? — disse Alfie.

— Meu nome é Javier — disse o amigo. — Estou comprando as suas armas.

— Pedrito é quem está comprando, não?

— Estamos comprando juntos. Nós somos amigos — Javier disse. — Quem é esse? — Ele fez um gesto com a cabeça em direção a Quinn.

— Ele é quem começou a coisa toda — disse Alfie. — Ele veio falar comigo. Você não confia em seu próprio contato?

— Agradeço pelo contato, mas não o conheço.

— Este é Quinn — disse Renata. — Ele é meu amigo e me ajudou, e eu confio nele. Não se preocupe com ele.

— Me preocupo sim — disse Javier.

— Eu quero ver *las cosas* — disse Pedrito.

— Eu quero ver o dinheiro — disse Alfie.

Pedrito tirou um bolo de dinheiro dobrado do bolso e o abanou.

— Onde você quer fazer a transferência? — perguntou Alfie.

— Isso é uma piada? — perguntou Pedrito. — Onde estão elas?

— Nós podemos descarregar onde você quiser.

Javier saiu e olhou a rua de cima a baixo.

— Vamos fazer aqui mesmo — disse ele. — Tem pouco tráfego. Levem esses veículos para fora, nós estacionamos aqui, e depois você traz as armas.

— Não vou trazê-las pra cá — disse Alfie. Ele baixou a tampa traseira da picape, revelando três caixas de madeira com brinquedos, panelas, tapetes. Levantou um pote e um tapete e armas apareceram. — Abra as portas de trás de seu furgão, vou colocá-las lá dentro.

— Você quer descarregar as armas no meio da rua? — Pedrito disse.

— Descarregar armas na rua? — Alfie disse. — Quem faria uma coisa dessas? Estamos transportando potes e brinquedos.

— Ou você é muito inteligente ou muito estúpido — disse Javier.

— Sim. Eu nunca sei qual.

— Ele é louco, mas inteligente — Pedrito disse. — Faça como ele diz.

Pedrito contou quatro mil dólares para Alfie enquanto Javier subia na caminhonete de Alfie. Ele pegou um rifle automático, retirou o carregador.

— Thompson — disse ele. — Bom. — Ele colocou o carregador de volta no lugar, removeu outra vez.

— Se você quiser verificar todas as armas — disse Alfie —, nós podemos ir à praia, atirar com todas para ver se elas funcionam.

Javier sorriu para o maníaco, então pegou uma automática .45 espanhola, encaixou um pente carregado e então a pôs no cinto debaixo do casaco.

— Abra o furgão — disse Alfie, e levantou a caixa com bonecas de sua picape e levou-a para o furgão. Ele deslizou-a até a parte de trás e veio, e disse para Quinn:

— Eu preciso de ajuda com a grande.

Quinn levantou uma extremidade da caixa que tinha um grande aeromodelo em cima e a carregou com Alfie. Javier monitorou o carregamento enquanto Pedrito conversava calmamente com Renata. Alfie descarregou a terceira caixa sozinho e fechou as portas do furgão. Um carro parou para reabastecer e o motorista falou com a loira, que bombeou gasolina para ele enquanto Pedrito e Javier se afastavam em seu furgão. A loira entrou na garagem e colocou dinheiro na caixa registradora. Quinn viu um triângulo e cinco números tatuados no antebraço esquerdo dela.

— Aquele Pedrito — ela disse para Alfie. — Ele é o Aurelio do Directorio. Ele estava com Holtz quando Gustavo e eu os encontramos nas docas.

— Ele te reconheceu?

— Eu duvido. Gustavo e Holtz se encarregaram da conversa. Fiquei sentada no carro.

Alfie olhou para Renata.

— Você está com o Directorio — disse ele.

— Não tenho nada a ver com isso — disse ela.

— Seu amigo Pedrito-Aurelio não sabe que ele acabou de comprar as armas que eu havia trazido para ele mesmo. Ele e seu amigo Holtz fizeram o acordo com meu parceiro, mas nunca vieram pegá-las. Você também não conhece Holtz.

— Eu não conheço ninguém chamado Holtz. Conheço Pedrito da faculdade. Eu fiz isso como um favor para ele.

— Aurelio pagou demais — disse Alfie. — Nosso preço para o Holtz foi três mil e quinhentos, não quatro mil. — Ele pegou o dinheiro e estendeu quinhentos para Renata. — Dê isto a Aurelio.

— Por que eu deveria aceitar isso?

— Aurelio vai ficar bravo por terem pagado demais. Você pode fazer outro favor para ele.

Renata pôs o dinheiro no sutiã.

— Vou ver se Pedrito aceita isso. Se não aceitar, vou devolver. Ele vai ficar grato se as coisas forem como você disse.

— A maioria das pessoas do Directorio morreu — a loira disse. — Aurelio agora tem mais armas do que pessoas para usá-las.

— Não sei nada sobre o Directorio — Renata disse.

— Você devia escutar o rádio — disse a loira. — A maioria morreu.

— É melhor irmos — Renata disse a Quinn.

— Eu quero levar vocês para jantar — disse Alfie. — Este foi um dia bom para os negócios.

— Desculpe — disse Renata. — Eu tenho que ir. — Ela entrou no Buick.

— Jantar é uma boa — Quinn disse a Alfie. — Aonde você quer ir?

— Montmartre. O dono é um amigo meu. Os bifes deles são tão bons quanto os shows.

— Vou falar com ela — disse Quinn, e no Buick ele disse a Renata: — Temos que deixá-lo agradecer, e eu quero saber mais sobre ele. Ele é bem incomum.

— Ele é um gângster.

— Alguns gângsteres são bem incomuns. E é no Montmartre. Eles têm bons bifes. Eu disse para não mentir para ele. Ele sabe quem é Pedrito e você até aceitou o dinheiro. Achei que você fosse uma boa mentirosa. Você é uma péssima mentirosa.

— Ele sabe que eu estou mentindo. Ele também sabe que não traí o Directorio. Você é tão burro assim?

Quinn ponderou isso.

— É possível que eu seja burro — disse ele.

— Acho que a Inez é puta — disse Renata. — Ela tem jeito de puta, a frieza.

— Você não tem como saber isso dela.

— Não gosto do que ela disse sobre o Directorio.

— Ela pode ter sido condicionada a ser fria. Você viu aquela tatuagem no braço dela?

— Sim.

— Os nazistas fizeram isso nos judeus.

— Eu nunca tinha visto uma.

Ele deu ré. Alfie carregou os pneus para dentro e trancou a garagem. Inez passou cadeados nas bombas de gasolina. Então sentaram no banco de trás.

— Então vamos para o Montmartre, os dois são meus convidados. E vamos levar Inez, que trabalha no cassino lá.

— Isso é bom — disse Quinn. — Não é bom, Renata?

— Sim, é bom.

— Inez era dançarina — disse Alfie. — Ela dançou por toda parte na Espanha e na França na época da guerra.

— E em Havana — disse Inez.

— Onde em Havana? — perguntou Renata.

— Muitos lugares. O Sevilla-Biltmore, o Savoy, o Sans Souci. Eu era muito jovem.

— O Sans Souci, fui muitas vezes lá quando minha irmã cantava — disse Renata. — As dançarinas sempre viravam prostitutas. Os clientes ofereciam tanto dinheiro...

— Isso aconteceu com você? — Inez perguntou.

— Eu não era dançarina — Renata disse. — Eu nunca aceitaria dinheiro por isso.

— Você só faz por amor — disse Inez.

— Exatamente. Você conhece o dono, Trafficante?

— Sim.

— Minha irmã é bem amiga dele.

— Ele é muito generoso.

— Nós vamos ao Montmartre, não ao Sans Souci — disse Alfie. — Lansky é dono do cassino do Montmartre.

— Não consigo gostar dele — Renata disse. — Eu não gosto dos olhos dele.

— Ele é um amor — disse Alfie.

— Quem você acha que esse Javier é? — perguntou Quinn. — Eu acho que ele está com Fidel.

— Você pode estar certo — disse Alfie.

— Eu adoraria trabalhar com Fidel — disse Renata.

— Vou tentar uma entrevista com ele — disse Quinn.

— O *New York Times* acabou de fazer isso — disse Alfie.

— Fidel tem que dar todas as entrevistas que puder. O Exército de Batista o mata todos os dias nos jornais. Ele precisa continuar provando que está vivo.

— Todo mundo quer Fidel — disse Inez.

— Ele está com tudo — disse Quinn.

— Ele é o homem do momento — disse Alfie.

— Talvez você devesse mudar sua loja para Santiago — Quinn disse a Alfie.

— Por que eu não pensei nisso?

— Eu vou para Santiago — disse Renata. — Definitivamente. Já disse isso antes, mas agora vou mesmo. Eu vou.

— Eu dirijo — disse Quinn. — Podemos ficar com este carro?

O Montmartre ficava na esquina da O com a 25. Eles deixaram Inez na porta que levava diretamente ao cassino do segundo andar. Quando ela saiu do carro, Quinn disse:

— Ela tem uma tatuagem nazista.

— Ela ficou em um campo de concentração — disse Alfie. — Trabalhou com o pai em boates francesas até que alguém revelou que eles eram judeus. Pesava trinta e um quilos quando eu a conheci na Europa, após a libertação. Ela queria ir a Nova York, mas eles não a deixaram entrar — ela era uma judia comunista. Então Trafficante deu a ela um emprego aqui.

— Por que ele fez isso?

— Eu pedi a ele — disse Alfie.

— Eu devo desculpas a ela — disse Renata. — Pensei que ela fosse puta.

— Ela era puta. O pai era o cafetão. Eles a usaram assim no campo de concentração. Ela era linda. O pai morreu no campo de concentração, e quando ela melhorou, sobreviveu sendo puta. Ela não podia mais dançar. Eles acabaram com os joelhos dela.

— Ela ainda é puta?

— Sim — disse Alfie —, mas só para mim.

*

Quando Renata disse que não queria jantar vestindo a blusa de guia turística e a saia que tinha usado por dois dias, Alfie entrou no clube para arranjar a mesa e Quinn deixou Renata em uma butique na rua 21, especializada em importados de Paris. Ele se sentiu obrigado a ligar para Max no jornal para saber se estava chovendo sangue em algum canto de Cuba e se ele devia ir cobrir essa chuva.

— Cooney está te procurando — disse Max. — Ele ligou duas vezes e apareceu em pessoa. Deixou uma carta aqui. E Hemingway te ligou. É um dia especial pra vocês dois. Cooney está desafiando ele para um duelo e quer que você cuide disso.

— Um duelo? Sério? Floretes ou pistolas?

— Isso é com Hemingway.

— Hemingway mencionou o duelo?

— Não mencionou nem o próprio nome. Ele só pediu para falar com você e desligou. Reconheci a voz. A carta do Cooney é breve. "Caro sr. Quinn, você é amigo daquele vagabundo Hemingway. Diga a ele que acho ele um vagabundo e o estou chamando pra um duelo, qualquer tipo de arma, pode ser o que for, por mim tanto faz. Eu não estou brincando. Vou tornar isso público. Você pode escrever essa história, mas se não quiser, arrumo outra pessoa. Me bater daquele jeito foi coisa de vagabundo e eu quero que todos saibam que foi uma brincadeira de covarde. Ele é um vagabundo, um covarde de quinta. Ouvi dizer que ele atira bem, mas eu também atiro. Diga pra ele usar suas medalhinhas de soldado. Eu usarei as minhas. Sinceramente, Joseph X. Cooney."

— Boa carta — disse Quinn. — Podemos vender ingressos.

— Você tem como falar com Hemingway?

— É só ficar perto do Floridita.

— Vou desenhar um mapa pra casa dele. Fica fora da cidade, perto de San Francisco de Paula. É melhor contar a ele pessoalmente.

— Você quer dizer que ele virou matéria?

— "Cachorro atira em homem." Isso dá pra publicar.

— Me dê o número dele.

— Você tem visto Renata?

— Fugimos pra casar ontem à noite.

— Você anda secando muitas garrafas de rum?

— Essa é minha próxima missão.

— Como ela está?

— Fazendo compras para a lua de mel.

Max deu um longo suspiro.

— Você vai escrever essa matéria ou já está chapado?

— Me dê o telefone dele.

— Disque zero, cinco, e peça ao operador para discar cinco, quatro, quatro. O telefone está em nome de José C. Alemán.

— Amanhã eu te digo o que ele disse.

— Ligue pra ele hoje à noite.

— Você interromperia sua lua de mel para falar com um escritor?

Outro suspiro longo.

— Como ela está?

— Inconstante, mas isso não interfere a sua sensualidade.

— É melhor você tratar essa moça bem.

— Você não vai acreditar no quanto estou tentando.

Renata voltou da loja, transformada em uma cidadã do *beau monde*, deslumbrante em um vestido branco sem ombros, sapatos de salto alto brancos, brincos brancos e óculos escuros de armação branca, cabelo loiro para trás, e o colar dos orixás pendendo elegante em seu seio.

Ela também carregava uma bolsa nova, que insinuava mais transformações.

— *Guapísima* — disse Quinn. — Nem te reconheço. Espetáculo.

— Eu nunca sou a mesma, mesmo quando não sou outra pessoa.

— Acho que vou ter que decorar isso. Você está loira.

— É uma peruca.

— É boa. Pensei que você tivesse descolorido o cabelo.

— Agora temos de arranjar uma gravata para você.

De roupa nova, eles tomaram o elevador até o segundo andar do Montmartre e entraram em um vestíbulo de espelhos de corpo inteiro. O ritmo vital do mambo vazava da boate à direita, e os cliques e tilintares dos caça-níqueis à esquerda chamavam quem chegava para as mesas de roleta e vinte e um no cassino mais adiante. Renata tomou o braço de Quinn quando entraram na boate, que brilhava em preto e era cromado com cortinas de malva que ondulavam no palco elevado. As mesas começavam a encher. Quando Quinn apontou Alfie em uma mesa no centro, a duas fileiras afastada do palco, o *maître* os levou até ele.

Antes de sentarem, Alfie fez um garçom encher as taças de champanhe.

— Minha nossa — disse Alfie, enquanto a nova Renata se sentava. Os olhos dele disseram o resto. Outro escalpo no alforje dela.

— Boa mesa — disse Quinn, mudando de assunto.

— Eles me conhecem. Isso aqui vai estar lotado às oito e continua assim até as quatro da manhã.

— Eu sempre gostei desta boate — disse Renata. — Tenho certeza de que me sentei nesta mesa quando minha irmã cantou aqui.

As luzes e o *playback* de mambo foram abruptamente cortados e uma voz explodiu das caixas de som: "*Damas y caballeros,* senhoras e senhores, *el club Montmartre presenta la Orquestra de Bebo Valdés!*".

Cortinas ondulantes retrocederam e vinte músicos no palco irromperam em um mambo hipertrofiado, que rapidamente foi acompanhado por vinte dançarinas mulatas movendo-se no ritmo febril com plumas, babados, borlas, lantejoulas e muita carne à mostra. O pulso noturno de Havana atingiu uma batida sincopada.

Quinn ainda tinha dificuldade em acreditar que era realmente um agente naquela cultura maníaca — acompanhando uma mulher de beleza enlouquecedora com rebelião correndo nas veias, ao lado de um meliante solitário que vendia ferramentas de vingança psicótica a rebeldes suicidas. Mantendo o tom improvável, ele lhes contou sobre o desafio de Cooney a Hemingway.

— Viva Cooney — disse Renata. — Estou torcendo por ele.

— Eu li Hemingway — disse Alfie. — Ele entende de armas. Cooney está encrencado.

— Você vai organizar isso mesmo? — perguntou Renata.

— Por que Hemingway levaria isso a sério? E por que me envolver? Ele tem um monte de puxa-sacos. Mas se ele realmente me chamar para organizar o duelo do século, vou aceitar e ainda coloco vocês dois no comitê de armas.

— Você deve organizar a luta no Madison Square Garden — disse Alfie.

— Cooney não dá nem pro cheiro — disse Quinn.

Os bifes chegaram e, no meio da refeição, o chefe dos garçons se aproximou de Alfie para sussurrar o burburinho que corria na sala: o coronel Fermín Quesada tinha chegado no cassino havia quinze minutos. Quesada, comandante do Exército na cidade de Holguín, o mais novo vingador de Batista, tinha se tornado a figura mais odiada de Cuba para os rebeldes. Alfie passou a notícia para Renata e Quinn para o caso de a considerarem uma ameaça. Quinn e Alfie tinham manuseado armas recentemente, mas quem saberia daquilo?

Quinn olhou para Renata em suas novas roupas brancas. Ela parecia um alvo do Exército ou da polícia? Com aquela peruca ela nem sequer parecia com ela mesma no dia anterior. Renata disse que estava bem; todos se sentiam longe do escrutínio oficial.

— Eu não estou de nenhum lado nessa revolução — disse Alfie —, mas tenho vontade de esvaziar uma pistola na cara desse merda. Na última véspera de Natal, todo mundo em Cuba estava com a família, certo? *Noche Buena.* E ele prende vinte e cinco homens, um com sete filhos, a maioria gente que participou do Vinte e Seis de Julho.* Um líder sindical, um do partido de Prío, alguns jovens, alguns comunistas. Os soldados mostravam-se afáveis, venham com a gente só para responder a algumas perguntas, e os levam para fora e na estrada quebram as costelas deles, estrangulam, enforcam, atiram neles, desovam os corpos. Dois filhos do meu primo Arsenio sumiram. Ele era um velho fora da lei que ajudou Fidel desde o início, e o Exército não dizia nada a ele. Aí um motorista de táxi lhe diz que encontraram dois corpos. Cortaram a metade da cara de um dos filhos. O outro, eles metralharam na virilha. Alguém ouviu um tenente dizer: "Esse aí não trepa mais". Eu estou atrás desse tenente.

Os eventos da Noche Buena interromperam a atividade revolucionária em Holguín durante semanas, e de um dia para o outro Quesada tornou-se o modelo do Exército cubano de paz por meio da morte. O Exército o promoveu a coronel, Batista ofereceu-lhe um jantar no Palácio, e de repente ele se tornou candidato a liderar a batalha contra Fidel na Sierra. Agora ele está jogando roleta com o comandante da inteligência cubana.

Quinn viu Inez vindo pelo corredor em direção a eles. Ela estava de salto alto e usava um vestido azul-escuro. O cabelo era como uma touca apertada. Era uma nova imagem, não glamurosa, mas inteligente e elegante, condizente com uma anfitriã de cassino. Ela sorriu para eles e disse entredentes:

— Saiam do clube agora. *Agora.* Tem alguma coisa acontecendo. Vão. Vão.

E então os três se levantaram e andaram casualmente para fora da boate e Quinn apertou o botão do elevador no vestíbulo, onde dois homens de terno e gravata, um deles Javier, vindo da garagem, joga-

* Data da incursão fracassada aos quartéis de Moncada, uma instalação do Exército em Santiago, em 26 de julho de 1953. (N. T.)

vam nos caça-níqueis. Javier os viu e virou as costas, então meteu uma moeda na abertura e puxou a alavanca. Enquanto a porta do elevador abria, a máquina caça-níqueis tocou a campainha e despejou um estrépito de moedas que Javier não fez nenhum movimento para pegar. Ele enfiou outra moeda, então a porta do elevador fechou para o trio.

Passaram-se cinco minutos? Dez?

Eles estavam no Buick quando o coronel Quesada e o tenente-coronel López, do SIM, com seu assessor, o capitão Godoy, e suas respectivas esposas — os homens à paisana, as mulheres em vestidos de noite — entraram no saguão do cassino. Enquanto o capitão chamava o elevador, Javier e seu comparsa puxaram automáticas e atiraram, primeiro em Quesada, depois em López. Acertaram também as mulheres, que, em fuga aterrorizada, colidiram com o próprio reflexo no espelho e caíram. Uma bala passou de raspão na gravata do capitão, que puxou a pistola do coldre de ombro de López e disparou contra os atiradores. Mas eles já estavam longe, correndo em direção à saída de trás do cassino, que dava para a calle 25.

Quando chegaram ao Nacional, Alfie ligou para Inez para descobrir o que Javier e seu companheiro tinham feito. Era o caos: López e as mulheres feridos, o coronel Quesada executado com tamanha rapidez que ainda nem sabia que tinha morrido.

No bar do hotel, Alfie brindou a Javier com daiquiris e Renata recapitulou a matança — perpetrada por Javier do Vinte e Seis de Julho, mas com armas do Directorio —, uma aliança revigorante de grupos que vinham trabalhando para a mesma causa, mas independentes e desconfiados uns dos outros. Se o Directorio tivesse matado Batista, Fidel agora seria irrelevante. Na garagem, Aurelio dissera que as armas que ele estava comprando iriam na maior parte para Fidel, um presente do Directorio no exílio. Renata perguntara-lhe então:

— E as armas que Diego e eu colocamos no apartamento da rua 16?

— Ainda estão lá, mas não temos ninguém para pegá-las.

Renata se lembrou do modo como a boca de Alfie comprimira-se de ódio quando ele disse que gostaria de atirar na cara de Quesada. Alfie é louco, talvez ele possa nos ajudar a trazer as armas. Ela encontraria dinheiro em algum lugar para pagá-lo. Ela daria as armas para Fidel como outro presente. Sim, Alfie faria isso e Quinn iria ajudar. Eles todos falariam disso. Havia uma ligação entre os três. Quinn não parecia assustado. Eles saíram do hotel e ela prestou atenção enquanto ele dirigia, memorizando o rosto dele.

— Encontre um lugar pra parar, longe da luz — ela disse.

— Você está bem? Está se sentindo mal?

— Não, apenas pare.

Quinn estacionou em uma rua escura e olhou para ela, que o encarava. Ela se inclinou em direção a ele.

— Me ame, Quinn — ela disse.

— Eu vou — disse ele. — Eu amo.

Então, com o primeiro toque de amor desde que se conheceram, ele a abraçou e a beijou, e ela entrou nele, apossando-se.

— Me ame — ela disse.

— Eu vou. Eu vou te amar. Eu amo, eu amo, Renata.

— Me ame, *lléname,* me preencha.

— Sim — ele disse. — Eu posso fazer isso.

Impressionado com a luz brilhante da lua permissiva, Quinn direcionou em turbilhão tudo o que sabia sobre o amor no centro daquela mulher divina. Na hora do jorro súbito de júbilo ele ouviu Narciso cantando:

The dead surround him and claim him as their own.
He wears the dead like the beads of Changó.

Quinn recebeu a música e o seu pulso atingiu uma batida sincopada.

*

No apartamento de Quinn eles pararam de fazer amor às três da manhã, não porque tivessem acabado, pois estavam apenas começando; mas ocorreu a Quinn que se Renata realmente queria ir para casa pegar os colares de Xangô e ver os pais, o momento era aquele. Verificar a casa de uma guia de museu que conhecia um rebelde morto não estaria entre as maiores prioridades na noite em que a polícia e o Exército estavam nas ruas, em grande número, procurando os dois assassinos de Fermín Quesada. Renata disse que a sugestão de Quinn era perfeita. Eles nem precisariam estacionar perto da casa dela. Podiam estacionar na rua ao lado, ocultar-se nas altas buganvílias por toda a extensão do jardim e entrar pelas portas francesas da casa.

Das buganvílias eles não viram ninguém, somente a luz na cozinha de Renata, e pouco antes das quatro entraram na casa como ladrões. Ela levou Quinn para a sala de estar e ele sentou-se sozinho, com a luz de um poste da rua iluminando o candelabro de cristal, a enorme tigela de ponche de prata e fotos grandes em porta-retratos de prata que ele mal podia ver mas presumia que fossem os pais de Renata. Ao se assenhorear da escuridão, ele viu uma pintura que exigiu seu olhar: um vulto albino de corpo inteiro, sem rosto exceto por olhos entalhados, abraçando uma figura de preto com a face oculta. O albino segurava um peixe que sorria como um demônio.

As figuras estavam cobertas com fios de alga, e a imagem assombrou Quinn. Ele se lembrou de uma pintura similar no Bellas Artes, obviamente do mesmo artista, iluminando o mito macabro de Sikan, que foi decapitado por revelar o segredo do deus Tanze; e nos dias que se seguiram Renata lhe diria a história ainda mais macabra da pintora, morta por suicídio.

Renata tinha subido sem fazer barulho e achegara-se à cama da mãe, ajoelhando-se ao lado dela, e sussurrado "*mami*". Em seguida, fez sinal de silêncio com o dedo nos lábios e segurou o braço da mãe para que ela não o movesse e acordasse o marido. Ela recuou, chamando a mãe, e elas foram para o quarto de Renata, onde ela contou a versão resumida de dois dias de morte, terror e medo da polícia, que queria interrogá-la como amiga de um dos jovens que atacaram o Palácio. Eu o conhecia apenas por causa da pintura, *mamita*, é uma tragédia. Eu estou bem, está vendo, estou com o carro da Esme e trouxe um amigo que está lá embaixo, um *americano* que me ajudou. Nós estamos indo a Cárdenas para ficar com a tia Gabriela, mas você não pode contar a ninguém onde estou, ou eles vão me achar e me prender. Preciso de roupas e dinheiro, *mamita*, e não conte a *papa* ou ele vai ficar furioso e achar que eu me meti com política. Mas eu não mexo com política. Foi esse artista amigo meu que está morto.

Enquanto a mãe ia buscar dinheiro, Renata tirou de debaixo da cama a grande caixa de papelão onde guardava objetos de valor e cartas. Ela pegou as contas de Xangô vermelhas e brancas e colocou-as em volta do pescoço. Ela retirou as três pistolas que guardava na caixa, pôs duas de volta e ficou com o Colt Cobra .38, que enrolou em suas roupas íntimas e pôs na mala junto com blusas, saias, maquiagem, escova de cabelo, produtos de higiene pessoal e a garrafa de perfume, Gardenia, que Alejo Carpentier tinha lhe dado.

A mãe sentou-se na cama ao lado da mala e entregou a Renata seiscentos dólares em dinheiro, tudo o que tinha em casa. Renata disse:

— Maravilha, diga a *papa* que eu o amo e que ligo em breve, ou talvez alguém ligue e diga que consertaram o relógio, o que significa que estou bem.

— Natita — disse a mãe —, você é uma criança-problema e não diz a verdade. Não vou perguntar do que se trata porque vai me matar se for o que acho que é, e vai matar o seu pai antes de me matar. Você tem uma vida dupla. Uma vida não é o suficiente para você. Você é uma criança tão estranha e eu te amo por isso, mas tenha cuidado com sua preciosa vida, não seja louca. Agora eu quero conhecer esse seu americano. Ele é católico? Ele tem dinheiro?

Quinn instantaneamente reconheceu Renata na beleza da mãe, obviamente uma dádiva genética da família. Mesmo metida no robe de seda que segurava com firmeza, ela tinha o olhar elegante e brilhante de uma mulher fatal de filme mudo — Dolores del Rio veio à mente.

— Minha mãe, Celia — disse Renata. — *Mama*, este é Daniel.

Quinn pegou os dedos de Celia em sua mão e beijou-os. Ele disse que estava muito feliz por conhecer a mãe de Renata, a quem ele estimava mais do que podia dizer e com quem queria se casar logo que possível.

— Casar? — perguntou Celia.

— A primeira vez que me viu ele disse a Hemingway que ia se casar comigo — disse Renata.

— Hemingway? Que relação ele tem com você?

— É uma longa história, não, é uma história curta, *mamita*, mas fiquei próxima de Daniel muito rápido. Ele é de Nova York.

— E isso faz tudo ficar bem?

— Eu sabia que você ia gostar dele.

— Eu nem sei o nome todo dele.

— Quinn. Daniel Quinn. E realmente acredito que é coisa do destino eu estar em Cuba e encontrar Renata. Estou seguindo os passos do meu avô, que veio para cá no século passado para escrever um livro sobre Céspedes. Eu li esse livro na escola e sonhava em vir para um lugar como Cuba, escrever sobre batalhas e heróis e vilões em uma guerra como a Guerra dos Dez Anos. Agora há uma guerra nas ruas de Havana e nas montanhas de Oriente,* eu estou aqui e já comecei a escrever sobre isso.

— Por que você quer escrever sobre a guerra?

— Para contar uma história a mim mesmo e afastar o tédio.

— Não envolva minha filha nisso.

— É a última coisa que eu quero. Quero salvá-la de tudo isso.

* Província de Oriente, onde Fidel e Raúl Castro nasceram. (N. T.)

— Você é impetuoso, pedindo para se casar com ela tão cedo.

— É a decisão mais sensata que já tomei.

— Daniel é um amigo recente, mas é um grande amigo — disse Renata, tomando a mão de Quinn. — Não sei como isso aconteceu tão rápido, mas é bastamte verdadeiro.

— Toda a vida ela foi uma criança incrivelmente amorosa — Celia disse. — Todo mundo a ama.

— Estou descobrindo isso — disse Quinn.

— Nós temos que ir — disse Renata. — A polícia pode voltar.

— É uma pena eu ter de partir — disse Quinn. — Eu queria falar sobre sua dança. Renata disse que você ganhou prêmios.

— Você quer falar sobre a minha dança?

— Meu pai ganhou prêmios dançando. Ele era um valsista premiado. Você também, não?

— Eu fui.

— Vê? Outro sinal do destino — Renata e eu, filhos de valsistas premiados.

— Você é tão estranho quanto minha filha. Numa outra oportunidade nós vamos falar sobre dança. Proteja a minha menina.

— Com a minha vida — disse Quinn.

Ele se lembrou de que seu avô escreveu sobre o filho de Céspedes — Oscar. Os espanhóis capturaram Oscar em batalha e ameaçaram matá-lo se Céspedes e seus seguidores não se rendessem. Céspedes disse aos espanhóis que Oscar não era seu único filho, que ele era o pai de todos os cubanos que morreram pela pátria. Assim, um pelotão de fuzilamento executou seu filho.

Eles foram para o Ali Bar. De lá, Renata ligou para seu número de contato e falou com alguém que tinha uma voz conhecida. Ela pediu que Pedrito ligasse para ela. Eles bebiam mojitos, porque ela sempre bebia mojitos no café da manhã depois de uma noitada.

— Beny Moré cantou para mim aqui uma noite — ela disse. — Ele vem aqui o tempo todo. Todo mundo vem aqui. Gary Cooper sentou-se ali.

— Tem alguém aqui que te conhece? — perguntou Quinn.

— Ninguém me reconheceria com minha peruca loira.

— Eu reconheceria sua boca não importa a cor do seu cabelo.

Eles beberam os mojitos e em vinte minutos Aurelio ligou. Renata disse que Alfie podia trazer *las cosas* do apartamento de Vedado porque ele é astuto e destemido, ela confia nele e vai pagar para que ele faça isso. Aurelio disse que ligaria para Alfie.

— Eu vou ver Alfie agora — disse ela —, mas você tem de fazer o resto porque estou indo a Santiago.

Amanhecia quando deixaram o Ali Bar e Quinn pensou em ligar para Hemingway e falar do desafio de Cooney. Ele devia estar acordado e escrevendo. Ele se levanta com os pássaros. Mas será que atende o telefone enquanto canta?

Então acordaram Alfie e ele os encontrou no pátio do Nacional, que estava vazio. Eles caminharam pelo jardim e ficaram sob uma palmeira-real com as costas voltadas para o hotel. Renata falou das armas. Ele disse que pensaria a respeito depois de falar com Pedrito. E ela admitiu que Pedrito, na verdade, era Aurelio. Mas se a polícia estivesse vigiando o apartamento, seria perigoso.

— Te dou quinhentos dólares agora e outros quinhentos quando eu voltar de Santiago. Isso basta? Não estamos comprando essas armas, só recuperando — disse ela.

— São armas do Directorio?

— Sim, mas vão para Fidel agora.

— O dinheiro é de Fidel?

— Não, é meu.

— Você é o novo Directorio, sozinha, por conta própria?

— Tenho medo de que a polícia ache as armas que coloquei lá. Fidel precisa muito delas.

— Como você vai levá-las até Fidel?

— Talvez de iate, ou caminhão... avião talvez. De carro é impossível, são muitas armas. Aurelio achará um jeito. Talvez você possa ajudá-lo. Eu não estarei aqui.

Ela passou a ele quinhentos dos seiscentos dólares que a mãe tinha lhe dado.

— Fique com o dinheiro — disse ele. — Espere até eu pegar as armas.

— Você não se comporta como um gângster. Gângsteres gostam de dinheiro.

— Você não se comporta como uma debutante. Debutantes não sabem nada sobre dinheiro.

— Fidel ficará contente se você levar essas armas até ele.

— Acho que eu já sabia disso.

— Nós vamos ficar no hotel Casa Granda em Santiago — disse Quinn. — Estou cobrindo uma coletiva de imprensa do Exército sobre Fidel.

— Você vai entrar na Sierra?

— Se eu for convidado.

— Se você vir meu primo, diga meu nome.

— Quem é o seu primo?

— Arsenio Zamora. Quesada matou dois filhos dele. Ele é próximo de Fidel.

O que Quinn disse quando telefonou para Hemingway foi:

— Max recebeu uma ligação de alguém perguntando por mim e ele pensou ter reconhecido sua voz.

— Os ouvidos de Max estão funcionando — disse Hemingway. — Talvez haja esperança para ele como espião. Eu li sua história sobre o assassinato do amigo do Cooney.

— Cooney escapou por pouco, e eu também. A coisa foi feia.

— Eu vou arcar com as despesas médicas de Cooney. Talvez você possa resolver isso pra mim. Mas não me envolva na história.

— Vai para o arquivo de histórias perdidas. Na verdade Cooney quer falar com você. Ele me escreveu uma carta. Você está sabendo disso?

— Não.

— Era pra eu entregar a carta dele pessoalmente.

— Parece um segredo importante.

— Eu posso te encontrar, se você vier a Havana. Ou posso levar a carta aí.

— Isso vai entrar no seu romance?

— Capítulo sete.

— Eu estou aqui, mas agora tenho um funeral para ir.

— Quem morreu?

— Meu cachorro.

Finca Vigía, a casa de Hemingway, ficava vinte minutos a sudeste do Floridita. Era uma ampla e esplêndida casa em estilo colonial espanhol, toda em calcário branco, construída em 1882 na encosta da colina sobre a cidade de San Francisco de Paula. A torre branca ao lado, de quatro andares, onde Hemingway famosamente escrevia e mantinha seus gatos, oferece a vista do mar distante que ele tornou célebre. Depois que se mudou para Finca em 1939, o lugar tornara-se ponto de encontro dos maiores e melhores entre os escritores, generais, estrelas de cinema, jornalistas, jogadores de beisebol, marinheiros, bebedores e mulheres, que se enfileiravam nos degraus da frente para conversar, nadar, festejar, paquerar ou apenas se banhar nas ondas de brilho mítico que emanavam daquele maestro da palavra, da caça, do mar profundo, do bar, da praça de touros, das guerras e de si mesmo. A multidão peregrinava em direção àquele herói americano da mesma maneira que o bando de suplicantes de

Lázaro rasteja de costas em sua direção. Renata disse que preferia ficar no Buick.

— Besteira — disse Quinn. — Vai ser bom falar com ele. Ele já está se sentindo mal por Cooney. Ele é muito mais do que aquilo que você viu no bar.

— Eu não gosto dele.

— Você já disse isso. Tente de novo.

— Não tenho nenhum motivo para tentar.

— Que tal a ligação dele com a santeria? Ele deu sua medalha do Nobel à Virgen del Cobre, em Santiago.

— Ele deu a medalha para *la Virgen*? Por quê?

— Ele não confiava em Batista e seus ladrões, então ele deu para o povo cubano por meio de sua santa padroeira.

Uma paineira grande e antiga, estendendo-se magnificamente pela entrada principal, deu-lhes as boas-vindas à Finca, e uma cubana de meia-idade abriu a porta e disse que *el señor* estava na varanda. Ela os levou a Hemingway, que estava sentado em uma cadeira de madeira Adirondack, vestindo uma camisa esporte grande, shorts, sandálias, e fazendo anotações em um bloco. Ele se levantou.

— Senhor Quinn. *Señorita* Suárez. Me desculpem se os assustei na outra noite.

— Você não me assustou — disse Renata.

— Eu a irritei.

— Você foi cruel com o senhor Cooney.

— Eu não estava na minha melhor forma. Peço desculpas.

— Você deveria pedir desculpas ao senhor Cooney.

— Você foi ao funeral do seu cão? — perguntou Quinn.

— Eu era o funeral — disse Hemingway.

— Um cão velho?

— Não tão velho, ainda cheio de fogo. Cão Preto. Um dos capangas de Batista bateu na cabeça dele com o cabo do fuzil. Estavam perseguindo um rebelde por acharem que ele tinha armas escondidas perto da minha piscina. Cão Preto não gostou dos soldados e mordeu um na coxa com toda a vontade. O cachorro mais inteligente do hemisfério ocidental morto, uma baixa da revolução. Vamos lá para dentro.

Ele os levou para a sala de estar e fez um gesto para que sentassem no sofá. Em seguida, sentou-se em uma poltrona estofada. A sala tinha estantes cheias de livros em cada parede e dois troféus de caça: as cabeças montadas de uma gazela de chifres pretos e um veado-vermelho de galhada de sete pontos. Garrafas de rum, gim, bourbon e uísque estavam agrupadas sobre uma mesa perto da cadeira de Hemingway.

— É muito cedo para beber — disse —, e meu médico não me deixa tomar porra nenhuma.

— Pensei ter visto você bebendo daiquiris na outra noite.

— Eu estava de licença.

— Os soldados encontraram as tais armas perto da sua piscina? — perguntou Renata.

— Espero que não.

— Você conhece os rebeldes?

— Eu pesco com eles.

— Eles estão envolvidos com o Vinte e Seis de Julho?

— Eu não perguntaria isso a eles.

— Eu pergunto porque tenho amigos mortos no ataque ao Palácio — disse Renata.

— Assim como eu — disse Hemingway.

— Nós estávamos no Montmartre ontem à noite — disse Quinn.

— Dez minutos depois de sairmos eles mataram um coronel do Exército no cassino, Fermín Quesada.

— Vocês sabem encontrar o agito.

— Estamos indo para Oriente — disse Quinn. — Vamos subir as montanhas e encontrar Fidel. Sei que seu amigo Matthews já fez isso, mas Fidel vale outra entrevista, não acha? O pessoal do Batista o mata todos os dias nos jornais.

— Batista está acabado. Aqueles jovens do Directorio provaram isso no Palácio. Quando cinquenta ou sessenta dos melhores jovens do país renunciam à própria vida para matar alguém, acabou pra essa pessoa.

— Você consegue chegar até Fidel?

— Estou trabalhando nisso.

— Você tem que passar do Exército e suas barricadas. E eles são uns filhos da puta bem ruinzinhos.

— Vai haver uma coletiva de imprensa do Exército amanhã em La Plata. Eu vou.

— Você já cobriu uma guerra?

— A guerra fria na Alemanha. Quarta Divisão, seu velho destacamento.

— Eles ensinaram como escalar montanhas em uma floresta tropical quando você está evitando fogo hostil?

— Eu perdi essa aula. Acho que vou ter que improvisar. Eu estava escrevendo sobre esportes para o *Division*, um semanário. Mas meu avô tinha vindo aqui para encontrar Céspedes durante a guerra dos Mambí, e escreveu um livro sobre isso. Ele o chamou de *Indo encontrar o herói*. Já ouviu falar dele?

— Eu li centenas de livros para uma antologia de guerra que editei, e lembro que alguns americanos escreveram bem sobre Cuba naquela época. Qual era o nome dele?

— Daniel Quinn.

— Ah. História familiar reciclada.

— E por que não? Ele cobriu a Guerra Civil para o *Herald* e andou com os fenianos quando eles invadiram o Canadá. Andou por aí tudo. Mas foi esse livro sobre ir ao encontro de Céspedes que me marcou. Ele andou pelos pântanos, selvas, montanhas de Oriente, e chegou ao seu homem. Os espanhóis quase o mataram de fome na cadeia, mas ele escapou e escreveu a matéria e depois o livro.

— E agora *você* está procurando passar um tempo na prisão.

— Eu estava em um bar em Greenwich Village com um amigo que acha que a fama vai chegar a qualquer momento, como escritor ou artista. Ele apontou para um pôster de Lindbergh atrás do balcão e disse: "Quinn, quando você vai fazer seu voo solo para Paris?". Eu respondi: "Tenho um bilhete de trem para Albany". Na verdade eu aceitei um emprego em Miami, e Havana ficava logo ali do lado.

— Seu amigo já é famoso?

— Ele ainda está no bar, monitorando Lindbergh.

Hemingway sorriu, mas de um jeito soturno. Ele respirou profundamente, depois mais uma vez, e seu tronco pareceu murchar. A exuberância e a confiança tão evidentes no Floridita agora faltavam.

— Você estava escrevendo seu livro sobre Paris quando nós invadimos?

— Vinte e seis palavras hoje — disse ele. — Vinte e seis.

— Ainda é meio-dia — disse Quinn.

— Eu me levantei às seis. Eu devia estar pescando agora, mas também não posso fazer isso.

— Aqui tem algo que vai te animar — disse Quinn, e entregou a carta de Cooney.

Hemingway colocou os óculos e Quinn e Renata o observaram enquanto lia. Ele terminou, tirou os óculos e cerrou a vista, olhando para Quinn.

— O melro de Baltimore é persistente e eu sou um vagabundo. Isso é um golpe publicitário. Que história é essa de medalhas?

— Ele foi fuzileiro. Ganhou uma Estrela de Prata no Pacífico.

— Estrela de Prata. Nunca devemos subestimar melros.

— Cooney culpa você pela morte do amigo. Ele disse que o ferimento na cabeça causado pelo seu gancho de esquerda foi o motivo pelo qual eles ainda estavam no quarto de hotel quando os soldados dispararam.

— Porra nenhuma — disse Hemingway e sua exuberância retornara. Ele sentou-se ereto e seu rosto ficou mais tenso. — Era pra eu me condoer desses turistas que não sabem quando se abaixar? Um duelo? Que tal cinco rounds sem luvas?

— Sem luvas. Você está falando sério?

— Como falar sério sobre os Cooney deste mundo?

— Não tenho certeza, mas ele diz que irá a público com essa história.

— E você está escrevendo a respeito.

— Só se você aceitar o desafio.

— Eu não poderia vencer um duelo com ele, mesmo se o matasse.

— Você já foi desafiado para algum duelo?

— Metade da vida. Cooney diz que sou um covarde. Passei anos confrontando essa ideia. Mas a questão é: doutor Hemingstein, você tem medo de encarar um fuzileiro herói de guerra? É o clichê do faroeste: "Ei, Wild Bill, dizem que você é rápido no gatilho. Saque sua arma". Se eu der pra trás é porque sempre fui frouxo e só atiro para levantar o que trago entre as pernas. Pra atirar em patos desarmados eu tenho coragem. Mas a verdade é que todo mundo é frouxo, até superar isso. Eles vão atirar, bombardear você, então você organiza suas manobrinhas de covarde e deserta na noite anterior à batalha, ou corre na direção oposta quando o tiroteio começa, ou atira no próprio pé e recebe licença médica. Sabe como se livrar da covardia? Pare de pensar sobre o que vem depois. Pense no agora, pense que você não está morto e provavelmente não vai morrer. Você tem sua arma. Não estão atirando em você agora, e se começarem, podem não atingi-lo. Se eles atingirem, você está morto. Mas a essa altura, quem é que se importa? Não você. Você está morto. Foda-se. Foda-se a morte. É só outra coisa sobre a qual você não pode fazer porra nenhuma. Beba, trepe numa árvore, atire num pato, coma alguém. Não se preocupe. Você está morto ou não está, e de qualquer forma, não cabe a você. Afague sua arma.

— Você vai duelar com o senhor Cooney? — Renata perguntou.

— O que *você* acha que devo fazer?

— Acho que não deve.

— Por que não?

— Está abaixo de você.

— Obrigado. E você, senhor Quinn?

— Eu gostei da história de cinco rounds sem luva. Acho que você o pegaria em três.

— Dois.

— Quem sabe, talvez um. Ele tem queixo de vidro.

— Desafie-o a um dueto — disse Renata.

— Eu perderia. Ele cantaria o hino dos fuzileiros.

— O que digo a ele? — Quinn perguntou.

— Diga a ele que vou pagar as despesas médicas e comprar uma passagem de ida e volta para Paris. Diga a ele para se afastar do Floridita. Diga a ele para tomar cuidado com as farpas na bunda. Diga a ele para ir se foder, e que gostei mesmo da canção.

— Nunca peça desculpas, nunca explique — Quinn disse.

— John Wayne disse isso. Tremendo escritor.

— E se Cooney não for embora?

— Diga a ele que se eu quisesse morrer nunca deixaria *ele* ser o responsável, eu faria isso sozinho. Este é um país de suicidas, ele sabe disso?

— Vou tentar transmitir sua mensagem.

— Diga a ele que não quero matar ninguém. Diga que meu cachorro morreu.

Quinn queria ver Demajagua,* onde Céspedes tocou o sino e libertou seus escravos, mas não houve tempo. Ele tinha que chegar a Santiago, acomodar Renata no Casa Granda, onde ficaria até

* La Demajagua: área localizada no golfo de Guacanayabo, onde Carlos Manuel de Céspedes iniciou o movimento pela independência cubana em 10 de outubro de 1868. (N. T.)

entrar em contato com Felipe Holtz, e então ele partiria no avião do Exército até a coletiva de imprensa em El Macho, uma base temporária do Exército na costa sul. Cerca de quarenta repórteres e fotógrafos compareceriam ao empreendimento teatral do Exército que vinha sendo planejado havia semanas e cujo foco era La Plata — um posto avançado do Exército que Fidel, ressuscitado dos mortos, atacara em janeiro. A morte de Fidel tinha sido esquecida. Seu sósia morto, cuja execução o Exército reivindicara, aparecera nas primeiras páginas em dezembro, após o desembarque desastroso de seu barco *Granma* — menos um desembarque que um naufrágio — em um pântano em Playa de Las Coloradas, perto de Niquero. Os oitenta e dois invasores mareados seguiram para Alegría de Pío, onde o Exército encurralou e matou dois terços deles, mesmo após a rendição, e os sobreviventes fugiram desordenados para Sierra Maestra. Depois disso, apenas silêncio.

Então Fidel apareceu morto junto a outros cadáveres fotogênicos.

E então La Plata, um novo posto do Exército no rio Magdalena, perto do mar. Dois novos quartéis estavam sendo construídos em uma vasta propriedade da família Domech (nos limites com a propriedade da família Holtz). Os quartéis estavam sendo construídos ao lado dos aposentos de três Mayorales — capatazes que policiavam a maioria das principais propriedades em Oriente (nas não a propriedade dos Holtz) e cujo principal trabalho era expulsar os camponeses Precaristas, posseiros persistentes, daquelas terras. A guerra era perpétua entre os Mayorales e os Precaristas.

Quinze soldados tinham sido enviados a La Plata para encontrar a ralé rebelde que seguia Castro onde quer que estivessem na Sierra. Mas os rebeldes agiram primeiro, provando ao mundo e a Batista que não estavam mortos, atacando os quartéis em 16 de janeiro. O Exército disse que dois soldados e oito rebeldes foram mortos. Seis semanas mais tarde o Exército disse que, bom, na verdade, quarenta rebeldes morreram, vinte foram feitos prisioneiros e doze dos nossos soldados morreram.

Agora, em El Macho, Quinn ouvia enquanto o coronel Pedro Barreras, o comandante em Oriente, dizia aos jornalistas que a contagem final em La Plata, de fato, era de cinco soldados mortos com facas enquanto dormiam, três feridos e deixados para morrer e três que escaparam às facas dos rebeldes. Nenhum rebelde morreu. Castro liderou o ataque, então obviamente não havia morrido em dezembro, e achamos que depois de Niquero ele se juntou a uma gangue de Precaristas na Sierra, os assassinos que vivem lá em cima há décadas, sem prestar contas a mais ninguém além deles próprios. Além disso, mantinham haréns, com cinco a dez mulheres para cada homem.

O coronel disse que o Exército agora tinha quinhentos e sessenta e seis tropas na Sierra, mais duzentos e cinquenta agentes de inteligência disfarçados entre os camponeses. Não há dúvida de que Castro não se encontra mais nessas montanhas. Nossas patrulhas e aviões estão cobrindo um triângulo de vinte e oito por catorze por catorze quilômetros, de Las Mercedes a Manacal e a Aji de Guani, "o triângulo crítico" de onde Castro vem agindo. Não temos visto nenhum movimento e temos certeza de que ele não está lá. A tal entrevista com Matthews do *New York Times* pode ter ocorrido em Cuba, mas não na Sierra. E a foto com ele segurando um rifle com mira telescópica enquanto Matthews faz anotações é obviamente falsa.

Quinn perguntou ao coronel:

— Quem são esses bandidos que têm haréns?

— Julio Guerrero — disse Barreras. — Chichi Mendoza, Sergio e Manuel Acuna e Arsenio Zamora.

Arsenio.

Barreras anunciou que o Exército iria levar os repórteres num voo sobre o triângulo crítico para provar como a área agora estava serena e livre de rebeldes. Eles também iam levar todos a La Plata. Quinn, com credenciais triplas — do *Havana Post*, da *Time* e do

Miami Herald —, foi no segundo jipe com um tenente Cordero, seguindo o jipe do coronel Barreras, que guiava a excursão pelas estradas estreitas e íngremes das montanhas. A floresta era tão densa — com uma cobertura de folhas, frondes suspensas e a exuberância rasteira de plantas e gavinhas batendo na cintura — que a luz solar nunca tocava o chão. Que motorista poderia ver um ninho de rebeldes entrincheirados atrás dessa cobertura natural?

— Vocês encontram gente tentando se juntar às forças de Castro? — alguém perguntou.

— Não tem ninguém burro assim — disse Barreras. — O Exército cortou toda a comunicação com as montanhas.

O comboio de Barreras era formado por jipes e caminhões de madeira, os únicos que podiam trafegar por aquelas estradas miseráveis. Eles paravam em pequenos povoados, nenhum com eletricidade, para que a imprensa ouvisse os camponeses falando de sua lealdade a Batista (não a Castro, como diziam os boatos por aqueles dias). As almas gratas só faltavam se ajoelhar diante do coronel, louvando os alimentos, os remédios, o dinheiro e as novas casas que o Exército lhes dera.

Na pequena aldeia de La Marea del Portillo, Quinn se afastou do grupo da imprensa e foi examinar a floresta, procurando por seu avô, que, em 1870, também partiu de Santiago em sua jornada em direção ao domínio dos rebeldes. Um coronel espanhol lhe dissera que ele podia ir a qualquer lugar em Cuba dentro das áreas espanholas. Mas acrescentou, com um sorriso, que o Exército atiraria nele como espião, e com grande prazer, se ele cruzasse o território de Céspedes. Os oficiais, fazendo todo aquele teatro em La Plata para a imprensa, também atirariam em qualquer um que tentasse ver Fidel. Mas como seu avô, que chegou a Céspedes sem levar um tiro, Quinn sentia-se obrigado a estar ali, convencido por sua educação caprichosa de que devia investigar o que fosse fundamental. Fidel era fundamental e agora estava foragido naquelas montanhas.

Que Herbert Matthews do *Times* tivesse estado ali há pouco tempo em nada diminuía o que Quinn estava fazendo. Hemingway talvez achasse que era o gancho de esquerda depois do cruzado de direita, para provar duas vezes que o herói está vivo. Quinn sentia-se extático, fazendo o que estava em seu sangue. Ele viu seu avô — os cubanos o chamavam El Quin — andando a cavalo por uma planície cheia de alto capim-mombaça e subindo pelas montanhas.

Ele estava seguindo as instruções detalhadas de uma carta anônima que lhe fora enviada no hotel, que dizia: Ouvimos falar que você quer entrar em Cuba Libre. Seria a carta uma armadilha do Exército espanhol, ou de ladrões que sabiam que ele viajava levando ouro? Talvez, mas ele se sentia obrigado a encontrar Céspedes, falar com ele e provar a sua existência, esfregar a mentira dos espanhóis na cara deles, que disseram que Céspedes estava morto, e também confrontar em pessoa aquele homem singular que se ungira como o messias cubano, que cortejou a morte, vingou a morte, cercou-se de mortos, criou mortos. O avô de Quinn usava botas altas, um chapéu de folha de palmeira e carregava dois revólveres e um facão para afastar os ladrões saqueadores sobre quem os espanhóis o haviam avisado. Os avisos foram um esforço para desencorajar suas expedições diárias em direção a Cuba Libre. "Pretos fugidos" era como os espanhóis os chamavam, selvagens brutos, pouco mais que canibais. Ele andou quatro horas rumo ao destino fornecido na carta, uma árvore ceiba tão grande que poderia ter sido parte de uma Cuba primordial. E ele esperou perto dela até escurecer, pronto para lutar contra assaltantes com o facão, pronto para levar tiros e ser encontrado com os bolsos revirados. Ele se desarmar e se sentou na escuridão desolada, sem nada a fazer além de confiar que todas as suas conversas haviam tornado o seu propósito conhecido e que sua mensagem tinha chegado aos lideres mambí, que almejavam desesperadamente a publicidade global que ele representava para seu movimento. Ele podia provar a mentira dos espanhóis, de que tinham matado a maioria dos rebeldes e que não havia nenhuma guerra de verdade.

Quinn ouviu um sussurro, algum movimento e viu, indistintamente, um homem a pé. Então, conforme as nuvens afastavam-se da lua, ele viu que o homem tinha a pele morena, que usava um chapéu de palha, que estava sem camisa, com apenas um fragmento de linho esfarrapado cobrindo sua virilha. Ele carregava um facão de lado, uma cartucheira e um rifle pendurado nas costas. Quinn disse a senha mencionada na carta e então eles andaram juntos em direção a algo que Quinn desconhecia — o início de algo que tinha tomado forma nele muito antes de ter ouvido falar de Céspedes.

O coronel Barreras estava falando ao pessoal da imprensa em La Marea del Portillo sobre a generosidade do governo Batista para com uma família de seis membros, e os repórteres seguiram-no até um barraco reconstruído. Quinn foi até um camponês de roupas esfarrapadas sentado de pernas cruzadas na frente de casa, um *bohío** com teto de palha e chão de barro. Dava para ver duas galinhas lá dentro. E Quinn leu no rosto do homem algo diferente de gratidão para com o Exército. Aquele barraco não tinha sido reconstruído. Por trás do homem estava sentada uma velha quase desdentada segurando uma criança que Quinn achou estar sofrendo de raquitismo. A criança bebia água de uma lata pequena.

— *Hola, amigos* — disse Quinn ao camponês e à sua mulher. — O que o Exército fez por vocês? — Ele falou em espanhol.

— Deram arroz e feijão pra gente.

— No que você trabalha aqui?

— Não tem trabalho.

— Como você ganha dinheiro?

* Choupana. (N. T.)

— Não tem dinheiro.

— Como você vive, como você come?

— Eu como o que dá na terra. Cortei cana ano passado e dirigi um caminhão de cana, trabalhei na safra de café, mas no ano passado, não neste.

— Eu tenho um parente que dirige caminhão aqui — Quinn disse. — Arsenio Zamora. Você conhece?

O homem arregalou um olho com surpresa, mas não disse nada.

— Arsenio Zamora é primo da minha esposa. Renata Rivero de Holguín. O irmão dela é Alfie Rivero. Renata não vê Arsenio há dois anos. Ela quer muito vê-lo. Eles são primos.

— Arsenio Zamora tem cinco mil primos.

— Minha esposa se destaca entre dez mil. Ela se chama Renata. Ela é linda e Arsenio vai se lembrar dela. Ele presta atenção nas mulheres. Se alguém vir Arsenio, por favor, diga que Renata, irmã de Alfie Rivero, quer vê-lo.

— Não conheço as pessoas que veem Arsenio.

— Se conhecer, diga que Renata casou-se com um repórter do *Miami Herald*.

— O que é repórter?

— O homem do jornal. Um escritor. Jornal de Miami.

— Jornal?

— O.k., *olvídalo*. Minha esposa é uma prima de Alfie Rivera. *Se llama Renata. Prima de Arsenio. ¿Entiende?*

— *Prima*. Ela quer ver Arsenio?

— *Exactamente*. Renata. Prima de Arsenio.

O tenente Cordero veio a eles e perguntou ao homem:

— O que você está falando pra ele?

— Ele está me falando — disse Quinn — de como ele corta cana e colhe café pra sobreviver, mas que não trabalhou este mês porque o Exército o ajudou e lhe deu comida. *Él está muy feliz*, muito feliz, *verdad, señor?*

O homem deu de ombros, um sim ambíguo.

— Ele é muito grato ao Exército — disse Quinn.

— Estamos seguindo em frente — disse o tenente.

Quinn saudou o homem de pernas cruzadas e acompanhou o tenente.

Na floresta, El Quin e o rebelde moreno, ambos a pé, cortavam sarças e cipós com os facões para avançar, com o cavalo a acompanhá-los. Eles descansaram em um leito seco de rio com os rostos sangrando com os arranhões de árvores e espinhos altos, e comeram algumas amoras que haviam colhido. El Quin bebeu do cantil e perguntou ao rebelde por que ele se juntara a Céspedes como guerreiro mambí. Ele disse que, se não tivesse se tornado um guerreiro, ainda seria um escravo. Guerreiro ou escravo, ele morreria, mas era melhor morrer como um assassino de espanhóis do que deixar o feitor de escravos matá-lo. Quinn queria contar ao homem que almoçara com três feitores em um engenho de açúcar em Villa Clara, fingindo procurar trabalho de feitor. Mas então considerou que o guerreiro poderia entender o seu ardil de forma errada, ouvindo apenas o forasteiro dizer que queria ser feitor de escravos. Ele então daria um talho com o facão e cortaria a cabeça de Quinn.

Renata ouviu o tambor em um sonho, um tambor de santeria, e se sentiu tocada. Ela abriu os olhos e o tambor não era um sonho. Ela abriu a janela do quarto de hotel e, enquanto ouvia, mexeu o corpo seguindo a batida, sem controlar o movimento. A batida a penetrou, assumiu o comando e lembrou-a de sua mãe dançando no Biltmore Yacht Club, movendo-se de uma forma que ela mesma nunca experimentara nem queria tentar. Mas a batida era tão antiga quanto Cuba. Ela ouvira o tambor de santeria muitas vezes, mas este parecia diferente, e ela dançou. Ela olhou para fora para encontrar a fonte do batuque, mas viu apenas alguns carros do Exército estacionados ao redor do Céspedes Park. Então ela viu mulheres vestidas de preto, dezenas delas saindo da catedral no que claramente era uma demonstração planejada. Elas imediatamente levantaram cartazes, CESEN LOS ASESINATOS DE NUESTROS HIJOS — MADRES CUBANAS — Parem de matar nossos filhos — e andaram da catedral até o parque; mas uma dúzia de soldados com fuzis bloquearam o seu caminho e outros soldados andavam pelo parque de prontidão. As mulheres tomaram um novo rumo e as tropas seguiram-nas fazendo um bloqueio móvel. Um carro militar parou à beira do parque, perto de San Pedro, e um tenente-coronel do Exército saiu para ver o que estava acontecendo. Renata estava vestida para dirigir, de saia evasê cinza e blusa azul-escuro com botões. Ela pôs a peruca loira e a fixou, depois calçou os sapatos. Encontrou um cachecol preto e o pôs no bolso da saia. Então desceu as escadas para o saguão, atravessou o parque até onde as mulheres, três dúzias delas pelo menos, viam-se barradas. Ela falou com uma mulher grande no meio da multidão, mas com um conhecimento apenas parcial da razão do protesto. Ela ouvira no rádio que os corpos ensanguentados de dois jovens que haviam desaparecido de suas casas ou carros nas últimas noites haviam sido encontrados na praia, em estado deplorável. Mas ela ainda não estava a par da loucura oficial das três noites passadas, do terror desencadeado contra o povo de Santiago, que não fora noticiado no rádio.

— Você perdeu alguém? — perguntou ela à mulher grande.

— O filho de minha irmã.

— Eu perdi meu melhor amigo.

— Aqui?

— Em Havana.

— Todo mundo está perdendo alguém — disse a mulher. — A doença. Eu tenho idade pra lembrar de Machado, quando perdi dois tios, e a minha mãe se lembra da guerra contra a Espanha, quando a besta-fera Weyler matou aldeias inteiras.

— Meu pai foi baleado no tempo de Machado — disse Renata.

— Os soldados virão atrás de nós agora — disse a mulher. — Vão bater em nós e nos estuprar.

— Você quer matá-los?

— Eu não mato nada — disse a mulher. — Eu faria eles desaparecerem de volta nas barrigas malditas das mães deles.

— O que você está fazendo aqui?

— O novo embaixador americano, ele está no Ayuntamiento logo ali — e ela apontou na direção da prefeitura, onde três carros e uma limusine estavam estacionados. As mulheres na ponta desceram a calle San Pedro, mas não foram longe. As tropas as detiveram com rifles.

— *Libertad* — uma mulher gritou e muitas ecoaram o seu grito.

Renata se perguntou: Por que estou falando com estranhos sob cerco armado? Será verdade que sou apaixonada pela morte? Diego estava apaixonado pela morte e se matou por amor. Será que sou filha do suicídio? Se eu morrer, a revolução perde um soldado.

Ela amarrou o lenço preto em torno do braço em solidariedade às mulheres. Ainda podia ouvir o batuque, mas fraco, distanciando--se, e não entendia qual era sua origem. Mas ela sentia a batida e ainda sentia o impulso, não só de dançar mas de dançar bem. Aquilo era estranho, e agora ela tinha a impressão de que tudo aquilo viera com Quinn, que era novo e estranho e um pouco louco.

As mulheres à frente estavam discutindo com os soldados. Por que não podemos atravessar a San Pedro? Um tenente disse: Ninguém vai, uma resposta tão arbitrária quanto a renovada violência militar que aterrorizara a cidade nas noites recentes — represália pelas paralisações trabalhistas, pelo crescimento público do apoio ao movimento em Santiago e aos rebeldes de Castro. Três bombas dos rebeldes haviam explodido naquela semana, uma no pátio do quartel-general da Marinha. Jipes militares agora patrulhavam as ruas e a rodovia central, e as estradas para Ciudamar, El Caney, El

Morro e o aeroporto foram todas interditadas, com guardas parando todos os carros em postos de inspeção.

A maioria dos comércios estava fechada e havia poucos pedestres. Três noites antes, tropas do Exército, da Marinha e da polícia tinham invadido praças e parques públicos. Eles espancaram as pessoas com o cabo das armas, açoitaram-nas, derrubaram mesas em cantinas, puxaram pessoas para fora dos carros ou das varandas de casa em ataques aleatórios a todas as camadas da população que podiam ou não ser culpadas de rebelião ou de sequer pensar nisso. Os agressores pegaram um jovem que tinha deixado crescer a barba, bandeira negra dos revolucionários, já que Fidel usava uma barba negra. Eles crucificaram o rapaz, amarraram-no estendido sobre um carro de polícia e o conduziram pela cidade com outros oito carros de polícia tocando as buzinas para mostrar à cidade o que acontece aos rebeldes que deixam a barba crescer.

As pessoas trancaram portas e janelas e ficaram em casa. A contagem dos desaparecidos subiu para sete, depois para dezoito, mas ninguém achou que ficaria por ali. Desses eventos muito recentes Renata não sabia quase nada quando começou a falar com a manifestante.

Renata sentiu uma mão em seu ombro e se virou. Era Felipe Holtz, exibindo uma nova cabeleira preta, que ele deixara crescer, e um bigode considerável, bem cortado e muito preto, mais bonito do que nunca. Ele vestia um casaco de linho cor de bronze e ela o achou muito atraente; mas não estava apaixonada por ele. Ela soube disso imediatamente. Ela amara muitas coisas dele por anos. Achava que ele jamais se envolveria com a causa dos rebeldes. Ele era inteligente e sério, mas não parecia atraído pelo perigo como Diego. Parecia um homem para quem o perigo não tinha classe.

Ele disse a ela em inglês:

— Vamos agora, meu bem.

E apertando o braço dela com firmeza puxou-a para longe da mulher e em direção à calle Heredia, que beirava o Hotel Casa Granda.

Ele colocou o braço no ombro de Renata enquanto caminhavam e, com dedos hábeis, desatou o nó do cachecol preto, arrancou-o do braço dela e o escondeu na mão. Renata parou para olhar para trás e viu as mulheres gritando com os soldados enquanto dois caminhões de bombeiro e quatro furgões da polícia chegavam. Um tenente-coronel estava gritando ordens para os caminhões de bombeiro e as tropas.

As mulheres romperam o cerco e foram para o parque. Ficaram em pé nas calçadas, olhando para a prefeitura. As tropas se separaram para ampliar o bloqueio das mulheres dispersas.

Holtz conduziu Renata à passarela de entrada de um edifício de apartamentos e disse:

— É uma peruca que você está usando, não é?

— É.

— Dê para mim — e ele enfiou a peruca sob a camisa e abotoou o casaco de linho. Depois enrolou o cachecol até formar uma bola e empurrou-o para dentro de uma fenda na parede de tijolo da passarela. Então levou Renata de volta para a rua e fez com que ela andasse à frente dele.

Ela não esperava vê-lo. Deixara mensagens para ele e sabia que, se ele as recebesse, ligaria para convidá-la à sua casa. Renata tentou dizer isso, mas Holtz disse que ela não falasse, só andasse:

— Você deve ser louca para ficar parada no meio de um protesto com soldados prestes a atacar.

— Você está certo — disse ela. — Eu sou louca.

— Isso não é desculpa. Você acha que vai conseguir ver Fidel se for presa?

— Por que você acha que eu quero ver Fidel?

— Porque todo mundo quer ver Fidel. Eu também falei com Moncho, que falou com Max, que fala com todo mundo. Você vai pra minha casa.

— Claro que vou. É pra isso que estou aqui. Onde está Moncho? Eu o vi na casa de Esme, depois do ataque ao Palácio.

— Ele está em Palma Soriano. Você vai vê-lo. Ele acha que o SIM pode estar atrás dele, e é possível que esteja, mas ele também pode estar só se gabando.

— Moncho é muito bonito quando está zangado. Suas palavras são bonitas.

— E você está mais linda do que nunca — disse Holtz.

— Você ainda está apaixonado por mim?

— Não. Eu te conheço há tempo demais e você mora em Havana. E também é linda demais para se amar.

— Estou viajando com um americano que me ama.

— Eu sei. Apesar disso, traremos ele junto.

— Por que os soldados estão cercando as mulheres?

— As mulheres hoje são muito importantes. Elas têm uma mensagem para o embaixador.

— Eu me meti em encrenca por ter ido falar com elas?

— É possível. Os militares têm olhos grandes. Eles não confiam em ninguém mesmo. Mas pelo menos você já não é mais loira.

Uma voz feminina gritou, e quando Renata se virou, viu um soldado golpeando uma mulher com o cabo do rifle. Outras mulheres romperam as fileiras de soldados e gritaram coisas que Renata não conseguia entender enquanto corriam em direção aos homens que saíam da prefeitura. Bombeiros ligaram as mangueiras e a força da água derrubou muitas delas, empurrando-as contra os edifícios. Ainda assim elas vieram correndo, e os soldados golpearam outras tantas. Duas mulheres, ambas encharcadas, alcançaram a limusine e gritaram para o homem, que Renata imaginava ser o embaixador, jogando panfletos para ele. O homem pegou um panfleto e acenou às tropas para que desligassem os canhões de água. Ele falou de maneira inaudível. Soldados arrastavam e empurravam a maior parte das mulheres para dentro dos furgões. Renata contou duas dúzias de mulheres presas e viu o tenente-coronel se aproximando do embaixador.

Ela e Holtz tinham passado do hotel e estavam fora da vista das mulheres e dos soldados.

— Mulheres corajosas — disse ela.

— Elas estão prontas para morrer por sua raiva. Temos de levar você para longe de Santiago, para a minha casa — disse Holtz. — Não queremos você morta.

— Preciso ir para o hotel.

— Agora não. Eles têm *chivatos** espionando pessoas como você, e estão monitorando os telefones. Um deles pode ter visto você no protesto. Você está aqui fora, então continue aqui fora.

— Eu não tenho roupas.

— Você pode usar as de Natalia. Vocês são do mesmo tamanho. Mais tarde nós encontraremos uma maneira de pegar suas roupas.

— Eu tenho uma arma na minha mala.

— Que arma?

— Um Colt .38. Um Cobra.

— O que você quer com uma arma?

— Quero dá-la a Fidel.

— Então precisamos pegá-la. Me dê sua chave. Eles não estão procurando por mim ainda.

— Traga minha blusa *chartreuse* e a saia preta. A pistola está dentro da minha lingerie. Traga minha lingerie. E o frasco de perfume Gardenia. E meus colares de Xangô e Oxum. Você conhece os colares de Xangô e Oxum, não é? Claro que conhece.

— Vou trazer o que puder esconder no corpo. Não posso aparecer com partes do corpo fazendo volume.

— Então só a blusa, a arma e a roupa de baixo. Você pode usar os colares. Eu uso.

— Não me diga como me comportar, Renata. Você está louca e loucos não dão bons conselhos. Vá se sentar naquele café,

* Delatores. (N. T.)

tome um café. Eu venho pelo outro lado da rua e aí você me segue à distância.

— Onde nós encontraremos Quinn?

— Moncho vai contatá-lo no hotel, ou vai descobrir onde ele está com Max. Não se preocupe com Quinn.

— Eu me preocupo. Eu o conheci há dois dias e ele quer se casar comigo.

— Esperto, o americano. Estou feliz em ver você, Renata.

— Estou muito feliz por ter sido salva por você, Felipe. Você é um homem querido.

— Estou tentando superar isso. Também recuperamos suas armas do apartamento na rua 16, seu amigo Alfie e eu.

— Você tem elas? *Maravilloso.* Onde elas estão?

— Indo para Fidel.

— Como você fez isso?

— Alfie foi soberbo. Eu vou te contar tudo. Ele é muito inteligente e destemido.

— Ele parece ser um criminoso de primeira classe.

— É bom encontrar um que não esteja na política.

O Exército levou a imprensa de volta a Santiago de avião, partindo da pista de decolagem de El Macho. Quinn pegou um táxi rumo ao Casa Granda para transmitir a reportagem. No meio da tarde chegou ao quarto do hotel e descobriu que Renata não estava lá. Sua mensagem telefônica de que chegaria em uma hora fora entregue, mas estava fechada no chão. A bolsa e todas as roupas dela ainda estavam ali. Sem bilhete ou recado. Quinn ligou para Max para passar a reportagem e disse que Hemingway não estava interessado no duelo. Agora era com Cooney: que ele divulgasse a história, se quisesse.

— Se ele divulgar, Hemingway vai ter que responder alguma coisa.

— Não vai. Ele é Hemingway.

— Vai parecer que ele está com medo.

— Ele está de luto pelo cachorro e o trabalho vai mal. Ele disse que se quisesse morrer ele mesmo se encarregaria disso.

— Essa foi uma declaração dele?

— Na verdade, não. Mas ele disse isso e muito mais. Mas não.

— Eu falo com Cooney.

Quinn ditou sua reportagem sobre o Exército para o secretário que vira em suas primeiras visitas ao *Post*, um americano negro chamado Julian Stewart, ator nova-iorquino e aspirante a dramaturgo casado com uma cubana que fazia copidesque e editoração. Ele riu do parágrafo em que Quinn menciona o índice flutuante em que se transformou a contagem de mortos pelo Exército na batalha contra Fidel e disse a Quinn:

— Você devia conferir com Fidel o número real.

Quinn concordou que era uma boa ideia.

— Diga a ele que mandei um "oi" — falou Julian. — E que estou disponível, caso ele precise de ajuda.

Quinn jogou-se na cama, sem nada a fazer até que Renata entrasse em contato com os Holtz. Lembrou-se do primeiro encontro deles, no Floridita com Hemingway. Fantástica, estonteante, incomparável. Quinn decidiu que se casaria com ela assim que deixassem a província de Oriente. Estava absolutamente seguro disso, mas decidiu não contar nada ainda para ela. Divulgaria seu plano apenas quando fosse necessário; e no entanto o plano era real em sua imaginação, faltava apenas efetivá-lo. A cerimônia não precisaria ser santificada por um padre ou legitimada por um juiz. Um babalaô serviria, mesmo que a união só fosse valer na religião iorubá; pois Renata via no babalaô uma figura reconfortante. Quinn acreditava que ela ainda não tinha consciência de que estava pronta para se casar com ele. A intensidade do que sentia por ela não tinha precedentes, e ela também parecia gostar muito dele. A dor pela perda de Diego era enorme, mas ela já dormia na cama de Quinn pouco tempo depois do ocorrido; após o assassinato em Quesada, vingou-se do capricho que matara seu amor entregando-se a Quinn, transformando ambos. Ela era uma criatura de intensidade perene e necessidades místicas, uma ninfa que poderia traí-lo em um piscar de olhos com um estranho, caso achasse que isso acenderia a chama que ilumina seus dias. Uma aberração apareceu em sua vida, Quinn. Um assombro ambulante e adorável. Case depressa com ela. Ela entenderá e aceitará sua visão das coisas. Vocês se conhecem há tão pouco tempo e ela já admitiu duas vezes a possibilidade de vir a se casar com você, e agora ela aceitará, por causa da sua persuasiva e absurda insistência. Ela é amor insaciável, mas suas relações com outros amantes nunca duraram muito, pois eles tinham a expectativa de vida de mosquitos e eram produto de escolhas insensatas da juventude e de sua vocação para sonhos despedaçados e separações dolorosas. Quinn, você é o presente de um orixá surgido no momento em que ela ansiava por algo superior aos frágeis encontros eróticos que se sucediam em sua agenda amorosa. Seu plano imprevisto de casamento é um gesto digno de respeito dos orixás e vai mostrar a ela seu domínio e fluência na linguagem da alma.

Mas tenha cuidado, Quinn: Renata ainda não está ciente de que sabe essas coisas e você não deve forçá-la a uma tomada de consciência prematura, porque ela pode, agindo com pressa, fazer uma confusão dos diabos e distorcer tudo segundo suas carências místicas do momento. Espere até o próximo momento de descoberta a dois, que não deve demorar muito. Não vá lhe dizer que ela deseja se casar com você como jamais quis com os outros namorados. Não estrague a surpresa.

Renata à espera de Felipe: mais um da família Holtz adotando uma mulher da família Otero. Logo ele a levaria de carro para a mansão da família. Lá, a mãe dela, Celia, fora acolhida e crescera. Renata visitou o lugar algumas vezes na infância, porém naquela época nunca conseguiu entender direito o que acontecia ao seu redor. Tinha memórias exóticas de férias com seus primos, de jogos e brincadeiras na vastidão da casa principal ou nos estábulos e construções adjacentes, de esconderijos estreitos onde dava pra trocar carícias até que alguém chegasse — as primeiras palpitações amorosas. Mas essas visitas eram sempre curtas demais, sempre interrompidas, sempre com aquele ar de mistério sobre o qual ninguém queria falar, mas que todos, exceto Renata, sabiam o que era — a vida secreta da avó dela.

Ela escolheu a primeira mesa do restaurante, próxima da porta, e pediu um café. O garçom tinha uma enorme cicatriz no pescoço, talvez o atrito da corda de um enforcamento, talvez resquício de uma tentativa de degola. Mas, Renata, pode ter sido acidental também. Não, algo tão brutal raramente é acidental em Cuba. Lembrou-se dos olhos encobertos da avó, das cicatrizes nas pálpebras. Não tente dizer a Renata que *aquilo* foi acidental. Ela forçou-se a lembrar do rosto da avó em antigas fotografias tiradas antes do ataque. Que criatura selvagem era Margarita Lastra Pujol de Otero. Chegara a Cuba trazida por uma maré de paixão, pois não conseguia mais suportar a ausência de meses do marido Jaime, com quem casara-se havia alguns meses. Ele a deixara na Espanha em 1896 para participar da guerra contra os rebeldes cubanos e para elevar seu status militar, já que a guerra proporcionava isso a um jovem príncipe de família abastada.

Renata agora estava sentada a poucos quarteirões de onde Margarita, com a filha Celia, de um ano, morara ao chegar na cidade, enquanto Jaime fazia incursões no território rebelde. A casa pertencia a um tio de Jaime, Sebastian Holtz Otero, cuja riqueza provinha do único engenho de açúcar a sobreviver a três guerras na província Oriente. Jaime a visitou apenas duas vezes naquela casa, visitas breves mas selvagens, cheias de frenesi e felicidade conjugal, e tão completas emocionalmente que Jaime redigiu um testamento para o caso de ele morrer em combate, legando a ela tudo o que possuía ou poderia vir a herdar. O que pedia em troca era fidelidade e amor eternos, concedidos por ela no primeiro piscar de olhos. Ela idolatrava sua letra nas cartas, sua fúria sexual, a lágrima seca registrada no papel, sua boca na dela, no corpo dela e nos lábios espirituais do amor que sentia por ele. Você me beijará em todos os lugares e para sempre, ela escrevera. Naqueles dias, ele conseguiu enviar três cartas somente, mas elas tinham a mesma fúria apaixonada das vinte e sete que escrevera quando ainda a cortejava. As cartas ferviam sua imaginação e ela vicejava naquele calor.

Renata queria receber cartas assim. Uma vez ouviu seus pais falando delas e então achou a chave do cofre onde Celia as guardara, já que não eram apropriadas para olhos de uma criança. Renata leu todas, sua primeira lição sobre a linguagem do sexo e as expressões frívolas do amor. Queria as cartas para si, mas foi flagrada pela mãe enquanto as lia. Antes de depositá-las no cofre do banco, a mãe disse:

— Só quando você estiver pronta.

Renata estava pronta. Queria ler as cartas de novo, aprofundar o entendimento das palavras que criaram a obsessão pela avó. Quis andar até a casa, que ainda permanecia lá. Isso daria vida às suas memórias. Fora lá que tudo acontecera, o exato ponto da tragédia da jovem mãe que um dia ouviu de tio Sebastian a notícia de que Jaime morrera nobremente em combate. Na verdade, um golpe de facão partira sua cabeça ao meio. Renata imaginou o choque da avó, o coração imediatamente despedaçado, a vida subitamente sem sentido. Margarita recolheu-se para dentro de si mesma, a dor transformada em conversas delirantes com os mortos; e pareceu esquecer da existência de Celia, ainda bebê. O tio de Jaime, a quem raramente via e que morava na propriedade dos Holtz em Palma Soriano, monitorava o estado dela através dos relatos diários da babá que enviara para cuidar de mãe e filha.

Uma modesta fortuna foi reservada para Margarita e enviada como renda da propriedade de Jaime na Espanha pelo executor do testamento, um amigo da família Holtz-Otero. A herança veio com a condição de Margarita não se casar novamente. Caso ela o fizesse, a herança seria transferida para a filha dela com Jaime, Celia. Vítima da doença demencial do amor, Margarita nem prestou atenção nesse detalhe. Permanecia fechada na dor, só encontrando prazer na paixão rememorada e nas fantasias que as cartas de amor despertavam.

O tio de Jaime tentou reverter seu recolhimento enviando Evelio, seu filho, para reconfortá-la, gesto tão ingênuo que a família o julgou louco. Evelio era, como Jaime, um tenente espanhol. Margarita estava com vinte e nove anos, Evelio, trinta e quatro. Na primeira visita ofereceu-lhe conforto, e nos dias seguintes voltou com mais e mais conforto, com palavras, carinhos, o calor da intimidade. O resto é fácil de imaginar.

Eles começaram em segredo e foram interrompidos pela convocação de Evelio para o combate desigual contra forças invasoras americanas. Ela celebrou a derrota espanhola, pois isso significava ter o amante de volta, o amante que conseguira curar com paixão sua melancolia e afastar toda a culpa que poderia sentir pela maneira rápida com que relegou Jaime aos confins da memória. Três meses depois de ser liberado do Exército ele se casou secretamente com Margarita.

Renata, recordando isso, pensou: Será que sou a minha avó? Pensava exatamente no paralelo entre Diego e Quinn quando viu este atravessar a porta em sua direção.

— Vamos embora. Acabei de encontrar seu primo Felipe.

— E o meu café?

— Depois você toma outro.

— Eu não paguei ainda.

Quinn colocou dinheiro sobre a mesa e levou-a para a rua.

*

— As armas de vocês — Felipe falou para Renata enquanto deixavam Santiago no carro dele — a gente colocou em um caminhão com fundo falso e todas couberam. Eram seis Thompsons. Alfie arranjou o caminhão. Ele sabe onde obter essas coisas.

Holtz vinha apoiando discretamente o Directorio com remessas de dinheiro vivo, até a semana anterior, quando descobriu que dois meninos de catorze anos que ele conhecia haviam sido torturados e mortos pela polícia. Sua fúria atingiu novos níveis. Voou para Havana e falou ao seu amigo Aurelio que queria ajudar mais. Aurelio o levou até uma marina para se encontrarem com um traficante de armas, pois Holtz havia mostrado interesse em comprar. Porém, nem armas nem dinheiro mudaram de mãos aquele dia, pois eles foram interrompidos por uma viatura da polícia que passava pelo local. A transferência ficou para o dia seguinte. Mas naquela mesma tarde o ataque contra o Palácio foi lançado e Holtz se escondeu, só aparecendo quando soube que Aurelio havia sobrevivido ao ataque; e então Alfie já tinha entregado as armas para Aurelio e Javier no posto de gasolina, com a ajuda de Renata e de Quinn. Quando Renata mencionou que havia ainda mais armas no apartamento da rua 16 que ela alugara com Diego, Aurelio colocou Holtz em contado com Alfie para que encontrassem um jeito de resgatá-las. Duas noites depois o pessoal de Fidel estava pronto para atacar uma grande central elétrica. Se desse certo, boa parte de Havana ficaria às escuras, ocasião propícia para ladrões. O destino preliminar das armas era um armazém vazio de onde um caminhão poderia partir para Oriente. Mas então Holtz disse a Aurelio e Alfie que, se não houvesse guardas no campo de pouso de Santa Fé, como era comum, ele poderia levá-los de avião para a pista de pouso do pai em Palma Soriano, e então o pessoal de Fidel pegaria o armamento lá.

— Colocamos tudo no avião e decolamos ao amanhecer — disse Holtz. — Quatro camponeses de Fidel apareceram e levaram as armas. Quinze minutos depois da aterrissagem o Exército apareceu e fez uma busca no avião, mas aí já não havia mais nada.

— Onde está Alfie agora? — perguntou Quinn.

— Na casa — disse Holtz —, esperando por nós.

Na estrada para a propriedade de Holtz, ao norte partindo de Santiago, toparam com uma grande barreira do Exército reforçada com uma *tanqueta* pronta para a ação, além de doze soldados armados e quatro veículos prontos para a perseguição caso algum carro tentasse furar a barreira. Holtz disse aos soldados que Renata era sua prima e Quinn, noivo dela. Disse que o casal estava indo visitar sua casa. O tenente reconheceu o nome famoso de Holtz e os deixou passarem.

— Essas barreiras estão espalhadas por toda Sierra Maestra — disse Holtz. — Se quisermos falar pessoalmente com Fidel, temos que ter uma boa razão, senão nos mandarão embora.

Holtz disse que apresentaria Quinn aos rebeldes como um *americano* vindo a negócios, interessado em comprar as terras de um engenho de açúcar abandonado.

— Não pode ser simplesmente uma reunião de família? — Renata perguntou.

— Gostaria de algo mais específico, afinal temos um americano aqui.

— E se a reunião for para um casamento? — perguntou Quinn.

— De quem?

— Meu e de Renata. Você e Alfie poderiam ser primos convidados para a festa. Você quer casar, Renata?

— É um pedido de verdade ou é só pra enganar o Exército?

— As duas razões são boas para casar com você.

— Você quer dizer um casamento na igreja? — perguntou Holtz.

— Aí é muito complicado. É só chamar um babalaô pra fazer o serviço.

— Você está doido — disse Renata.

— Babalaôs não fazem casamentos? — Holtz inquiriu.

— Nunca ouvi falar disso — disse Renata.

— Babalaôs fazem de tudo — disse Quinn. — Se me casar com você, quero um babalaô. Eles sabem ler mentes, prever o futuro e curar a alma.

— Mas não fazem casamentos — retorquiu ela.

— O.k., a gente arruma um padre também — disse Quinn.

— Gostei da ideia — disse Holtz —, é bem esquisita, ou seja, vai parecer real.

— Vai ser real, basta conseguirmos um babalaô e um padre — disse Quinn.

— Um louco quer casar comigo — disse Renata.

Natalia, a irmã de Felipe, recebeu-os na entrada. Tinha engordado desde a última vez que Renata a vira — provavelmente substituíra o prazer do sexo pela comida. Era o único membro da família em casa. Os pais haviam partido para o México. Holtz e Quinn foram procurar Alfie enquanto Natalia, sempre muito simpática, dedicava-se à Renata. Por que não ligaram antes? Renata respondeu que tinham ligado três vezes para Felipe.

— Ah, mas aí não vale! — disse Natalia. — Quem é esse Quinn?

— Acabei de conhecê-lo — respondeu Renata. — E ele quer casar comigo.

— Outro?

— É, outro. Margarita morreu em que ano? Eu estava pensando nela.

— Claro que estava. Outra louca casadoira. Não sei o ano exato, mas ela viveu muito, quer dizer, pra quem era. Eu não quero morrer daquele jeito.

— Você devia se preocupar em não viver do jeito que ela viveu.

Natalia foi até a cozinha para avisar ao cozinheiro que preparasse um almoço tardio para os hóspedes enquanto Renata ficou vagando pelos cômodos, amando sentir de novo o esplendor e a grandeza da casa com sua história elegante, mesmo que agora o lugar já apresentasse sinais de declínio. Não estava em ruínas, tinha apenas envelhecido, porém ainda com graça e dignidade: os espelhos barrocos iam do chão ao teto, o piso, as paredes e escadas de mármore de Carrara, o candelabro com oito globos e incontáveis cordões de contas de cristal, criação de rara elegância igual à que existe no Palácio do capitão-general em Havana, e, na sala de música, o piano de cauda sobre um pequeno e elegante palco, onde a música composta no Velho Mundo era tocada no Novo.

Na época de sua construção, na década de 1850, a casa era chamada de palácio, o palácio dos Holtz, admirado pela alta sociedade da época em Oriente. Celia crescera no meio daquilo, chegando ainda criança quando a recém-viúva Margarita já havia abdicado de suas funções maternais para tornar-se a pura *enamorada*, vivendo apenas para o amor com o segundo e secreto marido, um presente dos céus, ainda mais quente na cama do que o primeiro e que compartilhava com Margarita a mesma entrega a uma vida de prazeres de alcova.

Todavia, o segredo não durou muito e, depois de virar fofoca em Santiago, a notícia chegou aos ouvidos do executor testamentário na Espanha, que então cortou a herança, tanto a de Margarita quanto a da pequena Celia. A catástrofe completou-se poucas semanas depois. Evelio, ao descobrir que a nova e rica esposa não tinha mais um tostão, abandonou-a e foi morar com uma mulher que antes fora empregada doméstica na propriedade do pai. O executor escreveu a Margarita que, sob as condições do testamento de Jaime, poderia dar-lhe ajuda para moradia, desde que fosse em um convento. Ela poderia procurar um em Cuba, caso existisse algum convento lá. Do contrário, poderia voltar para Madrid e viver em um dos vários conventos existentes na região. A criança, de qualquer modo, ficaria sob a responsabilidade da família Holtz em Santiago.

Casar para poder ver Fidel, talvez esse seja o sacrifício extremo para Quinn. Fidel. O que Quinn perguntaria a ele? Herbert Matthews, que havia confirmado que Fidel continuava vivo, descrevia-o como um semideus, intelectual, nacionalista, antiamericano, anti-imperialista, revolucionário anticomunista, fanático dedicado, homem de ideais, herói carismático, macho, lutando por uma Cuba socialista e democrática, alguém que havia voltado a juventude cubana contra Batista e parecia invencível.

Difícil fazer melhor.

Então pergunte *como* ele fez o que fez: o ataque a La Plata, e o que Fidel obtivera com ele. Ou algo mais inusitado: a relação entre política e banditismo. Fidel fora gângster em seus anos de faculdade. Seria uma nova perspectiva sobre o revolucionário. E havia ainda Arsenio, o gângster rural, ajudando o bem relacionado Alfie a trazer essas armas para você. O gangsterismo não é apenas pragmatismo político da classe baixa? Machado com sua polícia de bandidos, a letal *Porra*.* Prío presidente dando emprego a dois mil bandidos para combater o crime. Batista associando-se a mafiosos italianos e também a pistoleiros como os nativos Tigres, de Rolando Masferrer, aliás, seu colega de faculdade e agora inimigo, *señor* Castro. Uma vez gângster, sempre gângster. É, estava tudo muito bom, as perguntas eram relevantes e Fidel poderia achar divertido. Mas por que ele falaria sobre aquilo? Quais perguntas Hemingway faria? Com certeza nenhuma sobre gângsteres. Perguntaria sobre a arma de Fidel. Sobre logística, métodos, atitudes, qual a opinião dele sobre guerra. Qual foi o primeiro ato revolucionário? Alguém

* Porrete. (N. T.)

morreu? Hemingway não falaria de política. Ele diria: "Quando você coloca política em um romance, vinte anos depois todo mundo vai pular as partes sobre política".

Ah, então está escrevendo um romance a meu respeito, sr. Quinn?

Não, só seguindo o herói assim como meu avô seguiu Céspedes, e só o fato de você estar sobrevivendo já o torna heroico. Como explica não ter morrido em combate no quartel em Moncada? Ou quando te capturaram? Ou quando Batista meteu você na prisão? Ou quando você naufragou no pântano durante a invasão? Ou agora, quando você está sendo bombardeado e perseguido por metade do Exército cubano? Tudo isso sugere um roteiro de cinema para a vida de Fidel Castro: um Aquiles sem calcanhar ruim.

Renata vai adorar essa ideia: um novo orixá domina as montanhas, destinado a enfrentar a morte de todos os ângulos possíveis, original demais para morrer. Originalidade é uma forma engenhosa de rebeldia, não acha? Ou você vê de modo mais simples e se considera apenas um homem de sorte? Céspedes era um homem de sorte? Ele disse que os filhos eram mendigos ou prestes a se entregar à prostituição. Os espanhóis executaram seu filho rebelde no mesmo ano em que o mais novo morria desnutrido entre os mambí em fuga. Finalmente pegaram o homem em 1874, quando sua originalidade falhou e ele temeu ser eclipsado por Máximo Gómez, seu general. Foi deposto da presidência por um golpe. A sorte acabara, ou talvez sua intuição. Ele fugiu para as montanhas e então os espanhóis o alcançaram. Um voluntário cubano entre os espanhóis puxou o gatilho. Mas ele ainda é o pai de Cuba, *El Padre de la Patria*, não é? Teria sido ele escolhido pelo destino ou imaginara a própria existência? Meu avô veio a Cuba com a bizarra e solitária missão de confirmar que ele ainda vivia e entrevistá-lo para um jornal de Nova York. Bem depois ele escreveu um livro a respeito: *Indo ver o herói*. Você leu? Eu lhe envio um exemplar.

*

El Quin e o ex-escravo chamado Nicodemo iam em direção à montanha, a qual subiriam mesmo tendo que se expor aos espanhóis do forte. O cavalo provavelmente não aguentaria, mas Nicodemo disse que podiam tentar, e conduziu o animal morro acima enquanto abriam caminho entre os arbustos a golpes de facão. Quarenta e cinco metros acima o cavalo caiu rolando, quebrando árvores, rasgando os arreios, levantando-se, caindo e rolando de novo — não se vê isso todo dia — e espalhando os pertences de El Quin, além da pistola e da munição. Então o cavalo se endireitou, disparou morro abaixo entre as árvores até chegar ao capim alto da planície e sumiu para sempre, tchau-tchau, cavalo. Nicodemo recolheu a pistola e a munição, enrolaram as roupas em trouxas e seguiram carregando tudo nas costas. Arranhados por urzes, escorregando, caindo e engatinhando sobre as rochas, até emergirem numa chapada, que os aliviava do esforço da subida, torturava-os com a exposição ao escaldante sol cubano. El Quin sentia-se queimando. Desenrolou as mangas da camisa e colocou o chapéu de palha. E caminharam por mais duas horas até avistarem as tropas de mambí. Estavam estacionadas junto a uma alta torre de tijolos, mais alta do que todas as construções que Quinn já vira em Cuba fora de Havana. Mais tarde lhe diriam tratar-se das ruínas de um engenho de açúcar incendiado pelos rebeldes. Um soldado costumava ficar no topo, vigiando trezentos e sessenta graus de campos, atento às picadas abertas por escravos fugitivos que preferissem arriscar a vida a continuar produzindo açúcar para os porcos espanhóis.

Quinn e Nicodemo caminharam no meio de vinte soldados mambí da cavalaria, cujos animais estavam amarrados às árvores próximas. Um oficial barbudo os saudou. Ele usava chapéu e paletó aberto de colarinho alto, perneiras e uma pistola com cinto e bandoleira.

— Capitán *Díaz Rodón. Sejam bem-vindos a Cuba Libre.*

Ele dispensou Nicodemo e Quinn agradeceu ao ex-escravo, que respondeu com um aceno de cabeça. O capitán *disse a Quinn que des-*

cansasse, bebesse e comesse; que ele estava sob proteção de suas tropas enquanto permanecesse naquele território, onde espanhóis tinham sido vistos. Enviaria mensagem ao presidente Céspedes avisando de sua chegada. Será que o capitão conhece um tenente chamado Castellón? Sim. Ele é assistente do presidente. Quinn tinha uma mensagem da sua esposa em Nova York, que conseguira bastante dinheiro para a causa dos mambí. Díaz disse que não iriam direto ao acampamento presidencial, próximo de Contramestre, mas fariam um desvio para oeste para cortar os fios do telégrafo espanhol entre Palma Soriano e Jiguaní. Em seguida iriam ao encontro do batalhão do general Máximo Gómez e então rumariam para uma cidade onde tropas espanholas estavam entrincheiradas; tentariam atraí-los para fora das barricadas. O presidente Céspedes pensou que seria estimulante e útil para o livro que o señor *Quinn está escrevendo ver nossas tropas em combate. Você ficará bem atrás das linhas, numa posição bem segura. É só abaixar a cabeça. Mas não muito, pra não perder o combate.*

Natalia encontrou o irmão na biblioteca junto com Quinn e Alfie, que estavam ali já havia algumas horas esperando pela volta de Holtz. Alfie estava examinando mapas topográficos da província Oriente para instruir-se sobre o terreno, uma modesta preparação para levar armas de avião para aquele território, quando Natalia disse ao irmão:

— Tem visita para você na *casa del ingenio*.

Então Holtz levou os peregrinos visitantes ao engenho, onde avistaram Arsenio Zamora, o bandido carismático. Estava de pé ao lado da enorme engrenagem de um triturador, a perfeita imagem da ansiedade, ferindo o primeiro mandamento de Fidel: não ficarás em local que possa ser cercado. Mas o inimigo público estava ali em missão sancionada por Fidel. Ele observou Holtz e as três pessoas que o acompanhavam entrando no engenho.

Arsenio era elemento essencial nas estratégias de defesa da revolução na Sierra. Acumulara não cinco nem dez, mas vinte esposas e, segundo a última contagem, tinha setenta e cinco filhos. Tinha quarenta e um anos mas, devido à rude vida na Sierra, pareceu a Quinn ter sessenta, com uma cara longa e enrugada, vasta cabeleira ainda negra, que sobrevivera ao clima e à idade, o bigode mais para cinza que preto, não cultivado mas sob controle, talvez um sinal de vaidade ou cerdas macias para seu harém. Usava um gasto chapéu preto de couro, quase um fedora, e fumava um charuto marrom-escuro.

Nascera no terreno de sete mil acres dos Holtz, numa pequena aldeia de posseiros Precaristas que duas gerações da família Holtz jamais tinham tentado expulsar. Na juventude fora cortador de cana a serviço do pai de Holtz, depois passou a motorista de caminhão e perto dos trinta era uma das lideranças da comunidade. Astuto e agressivo, admirado e temido, tornou-se um fora da lei em luta contra a pobreza. Muitos dos Precaristas eram analfabetos sem eletricidade e água potável, e seus povoados serviam como abrigo para foras da lei. Quinn ouvira comparações entre aquela região e o oeste selvagem da América, sobre o qual seu avô escrevera nos anos posteriores à Guerra Civil.

Antes mesmo da chegada de Fidel a Oriente com seus oitenta e dois expedicionários, Arsenio já era um aliado e escondera-se por dois dias com cem homens e caminhões carregados de suprimentos e armas. Mas o destino dos invasores não era desembarcar em Niquero e sim naufragar em um pântano perto de Belic. A maior parte foi perseguida a tiros pelas tropas de Batista, mas Fidel conseguiu enganá-las e chegou a Sierra com Che Guevara. Seu irmão, Raúl, logo se juntou a eles, depois mais dez homens, e não demorou muito para que Fidel tivesse o bando de Arsenio à sua disposição. Arsenio conhecia os camponeses que tinham comida e sabia onde encontrar água, conhecia cada estrada, inclusive as que não eram estradas, sabia a localização de todos os pontos intransponíveis e penhascos. Ele ofereceu cem homens a Fidel, mas sem armas. Fidel agradeceu, mas quem precisa de homens desarmados em batalha? Mesmo assim tomou alguns dos homens como assistentes. O chefe fora da lei também pôs três de seus filhos com espingardas, de *escopeteros*, para assaltar viajantes a fim de alimentar os rebeldes.

Quando Holtz requisitou a Moncho alguém para ir pegar as armas no avião, Arsenio foi o escolhido. Estava com mais três homens quando o avião pousou na pista de grama. Só precisaram de dez minutos para descarregar armas e munição e colocar tudo em uma velha caminhonete. Mais dois minutos e já chacoalhavam pelo caminho estreito através de um campo de cana e pelo denso capim na orla da floresta. Chegaram a um povoado onde duas dúzias de carregadores esperavam para levar nas costas as armas, subindo em direção à nova e excelsa Cuba Libre.

No engenho, Holtz pediu que os peregrinos esperassem e foi até Arsenio perguntar se ele queria falar com os visitantes. Arsenio disse que não, quem são eles? Ouvi falar de um *periodista* que teria casado com minha prima, mas não tenho nenhuma prima que casou recentemente.

Holtz, que ignorava a série de eventos desencadeada por Quinn em La Marea del Portillo, disse que a prima na verdade era dele próprio e se chamava Renata Suárez Otero, íntima da família há muitos anos. Ela era de Havana e colaborara com o Directorio. As armas trazidas para cá de avião, foi ela quem enviou. Ela também negociara armas com Alfie para o Directorio. Mas agora, com quase todos os amigos de Directorio mortos, queria juntar-se à Revolução aqui. É uma mulher corajosa.

— Mulher até que é útil — disse Arsenio. — Mas há bem poucas mulheres aqui, bem poucas. Eu vou perguntar a respeito.

— Alfie Rivero também está aqui. Este é mesmo seu primo, não é?

— Sim — respondeu Arsenio. — Às vezes confio nos meus primos.

— Ele falou que tem como obter mais armas para Fidel — disse Holtz. — Ele tem contatos na máfia em Miami e possui aviões. Entende de armas e está disposto a tudo.

— Nós vamos falar disso com ele — Arsenio disse.

— E Quinn, o *periodista*. Tudo o que ele quer é entrevistar Fidel.

— Mais alguma coisa? — perguntou Arsenio.

— Será que Fidel vai aceitar vê-los?

— Vou saber amanhã.

— Há algum plano? Nós vamos para as montanhas?

— Se a resposta for sim, então Moncho sabe onde é e pode dizer a você.

— Podemos ir os quatro ou é gente demais?

— Não faz diferença. O perigo vai ser o mesmo, não importa para quantos. Mas nem todos do grupo vão ver Fidel.

— Por quantas barreiras do Exército acha que teremos que passar?

— Não dá para saber. Eles sempre mudam as barreiras.

— Vamos precisar de um pretexto convincente para passar por elas.

— O Exército vai perguntar quem é você, o que veio fazer aqui e qual seu destino.

— Posso dizer que vim a negócios, para comprar as terras de um engenho abandonado.

— Não há nenhum engenho aonde vocês vão.

— Então você sabe para onde iremos.

— Sei para onde *talvez* vocês vão.

— E se falarmos que vamos para uma festa de família? Quinn teve a ideia de fazer uma celebração de verdade para casar com Renata e quer um babalaô e um padre católico para a cerimônia. Alfie e eu seríamos parentes da noiva, e Moncho já é mesmo parente dela. Ele é casado com a irmã de Renata. Bom, eu realmente gostei da ideia. Um casamento é sempre uma boa razão para uma viagem.

— Esse casamento vai ser de verdade?

— Sim, é o que Quinn quer. Não sei se Renata quer.

— Gostei dessa ideia de casamento.

— Eu sei. Você está sempre se casando.

Arsenio cuspiu a ponta do charuto que vinha mastigando e sacou um novo da camisa. Colocou-o no canto da boca sem acendê-lo. Olhou para os peregrinos que queriam ver o herói e anunciou:

— Moncho vai vir aqui amanhã e vocês vão atrás do carro dele. O mafioso vem comigo. Sua prima *está muy buena*.

— Você entende do assunto, don Arsenio.

Arsenio acenou com a cabeça para os peregrinos e deixou o moinho.

Quinn estava agora no meio do jogo de espera que Fidel fazia com seus visitantes. Estava prestes a conhecê-lo pessoalmente. Ou não. Encontrava-se no cômodo principal de uma casa em Los Negros, um povoado ao pé das montanhas ao norte da Sierra, aonde Moncho levara Quinn e os outros peregrinos de Palma Soriano. Passaram sem problemas por duas barreiras. Moncho explicou que iam para um casamento e os noivos estavam no carro atrás. O soldado inspecionou o Buick dirigido por Quinn, Renata disse que sim, era verdade, e mostrou-lhe o anel de casamento de sua avó que usaria na cerimônia. O soldado então acenou para que passassem.

Quinn, à espera de Fidel, estava já havia quase seis horas naquela casa que pertencia a uma das quinze ou vinte *mujeres* de Arsenio, suas "esposas". Ela morava ali com duas das quatro filhas. Quinn estava assistindo agora ao prelúdio do casamento, um ritual de dança de santeria organizado por Renata para evocar dois orixás que talvez indicassem o destino dos noivos ou oferecessem um prognóstico para o casamento, de verdade ou de mentira, não importava. Quinn ainda não tinha entendido todos os detalhes, nem do ritual profético nem do casamento, mas estava chegando lá.

O ritual era dirigido por duas figuras trazidas por Moncho: Ezequiel, tocando *tambor beta*, ou tambor sagrado; e Floreal, uma *santera*, sua sacerdotisa, inferior ao babalaô mas autorizada a evocar orixás. Dançava descalça e ia cantando a ladainha de versos em iorubá para evocar um das centenas de mistérios do Ifá, que, além de sistema de crenças e método divinatório, era um mito que englobava toda a história do universo. Apesar do alcance limitado, a melodia era agradável. Panos envolviam sua cabeça, algo semelhante a um turbante mas também parecido com uma coroa. Floreal fazia a saia azul esvoaçar. Sob a primeira havia outra saia azul, a cor associada a Oxum, orixá com que Renata queria se comunicar. Floreal dançava com graciosos giros e volteios, fazendo arcos com o corpo em ritmos sutis dos quadris, braços e ombros, ritmos similares ao mambo, mas suavizados, elegantes nos giros e nas arremetidas. Aquilo acontecia no cômodo principal da modesta casa de madeira, construída por Arsenio para a esposa há muito tempo. As cadeiras foram colocadas junto a uma das paredes. Uma mesa com uma toalha branca servia de altar. Fora preparada com dois cocos, um martelo, duas pedras, um copo d'água e três tigelas, uma com água e duas com oferendas aos orixás evocados. A segunda tigela é para Xangô, é de madeira para que não quebre. Xangô é um tipo rude. As duas tigelas estão cheias: de contas, girassóis, copinhos de mel, ervas e outros elementos que Quinn não conseguiu identificar. Pendurado atrás da mesa, um grande pano vermelho e azul-claro dava um ar festivo ao lugar.

Quinn fixava-se em Renata, totalmente concentrada no que fazia. Vinha acumulando pontos com Quinn por sua dança, imitando os difíceis movimentos de Floreal. Quinn maravilhava-se com o controle estético que Renata exercia sobre seu corpo. Graça e beleza prevaleciam em todas as dimensões de seu ser. Estava explodindo de amor por ela e, imerso como estava em todo aquele abracadabra, não ficaria surpreso se de repente o amor que sentia se materializasse na sala sob a forma de uma ideia, como uma tradução corpórea de seu desejo quase insano. Naquele momento não se sentia capaz de depor a favor de sua sanidade.

Renata dissera que não gostava de dançar e que não dançaria com ele. Mas tinha mentido ou talvez tivesse mudado de ideia por causa do impulso que a fizera dançar no quarto de hotel na noite anterior e que se apossava dela novamente ali, quando o tambor de Ezequiel começou a tocar para ela e o canto e os movimentos de Floreal a fizeram se levantar.

Quinn também já tinha levantado, dançando com Renata à distância, também imitando os passos de Floreal. Ele sentia o poder da dança. Seguia o ritmo, que ele finalmente identificara como um mambo lento, ou pelo menos era o que achava. Floreal dirigiu-lhe um leve sorriso por causa do jeito como ele balançava os quadris: até que está indo bem, foi o que Quinn leu no sorriso. Até então, de danças exóticas só conhecia o merengue e a rumba, mas confiava que logo pegaria o jeito do mambo, talvez até da salsa, que diabos, estava em Cuba!

Moncho sabia que Ezequiel e Floreal eram praticantes da santeria desde o tempo em que viveu em Los Negros, e fora até a casa deles chamá-los para o rito de Quinn e Renata. No início, Moncho achou que deveria dissuadir Renata desse casamento precipitado, pois ela era muito jovem e influenciável. Porém, como acreditava no amor irracional, não fez objeções. E também tinha simpatizado com Quinn, um tipo meio estranho mas que parecia saber o que queria — obcecado com os babalaôs sem saber nada a respeito deles. Não havia babalaôs ali, pois eles não podiam realizar casamentos legalmente. E tampouco havia um padre católico. Moncho falou para Quinn e Renata:

— Não precisa de padre, eu mesmo farei a cerimônia.

O versátil Moncho, que já tinha atuado como advogado criminalista e defensor público, era também *notario público* vitalício designado por Carlos Prío durante sua presidência. Tinha o poder de celebrar contratos imobiliários e outras funções legais — inclusive casamentos. Moncho sentava-se a um canto, observando do outro lado da sala as duas filhas da casa em movimento. Holtz, que dança razoavelmente, olhava para a filha mais velha. A velha esposa de Arsenio e o motorista de Moncho, Epifanio, que também trabalha com Arsenio, estavam todos dançando, e Moncho, ali sentado, balançava os ombros segundo a batida do tambor. Até que se levantou, deixando-se levar pela música. Será que ele era praticante da religião iorubá também, como Renata? E daí? Moncho dançou, deixando transparecer antigos talentos de salão de baile, um Fred Astaire cubano que, se quisesse, poderia dançar profissionalmente. Então avançou na direção das filhas em seus vestidos longos, para uma espécie de comunhão com elas, talvez santificada pelo Ifá. Ele e Holtz competiam pela atenção das duas mulheres.

A disposição de todos naquele momento para a dança bem dançada assombrava Quinn, pois ninguém tinha ido ali para isso. A ocasião da dança apareceu e eles aproveitaram. Ezequiel já estava batucando ininterruptamente havia uma hora e meia pelo menos e todos na sala dançavam. A dança é um vírus que contagia a todos em Cuba, onipresente como o charuto e o rum e que, como alguém disse, une as pessoas no ritmo do instante. E os que dançam se aliarão e crescerão, ofuscando e sobrepujando o grupo dos que não dançam. A dança militar, a marcha, o passo do ganso, o chute para o alto das animadoras de torcida, o foxtrote, as precisas coreografias coletivas, a dança dos xamãs, a dança do sexo (George Bernard Shaw dizia que a dança é a expressão vertical de um desejo horizontal), a dança do amor, a dança matrimonial, a dança de guerra dos aborígines, a dança da morte (Sócrates teve aulas de dança aos setenta anos), a dança do escravos. O avô de Quinn assistira uma vez a uma dança de escravos, havia oitenta e cinco anos, em um acampamento mambí.

— Agora é hora de música! — Céspedes disse para El Quin depois de jantarem carne assada, batata-doce, milho cozido e pão de mandioca. Era a segunda noite depois da sangrenta luta em Jiguaní: os mortos enterrados e os feridos deitados em camas de palha. Quinn passara metade do dia conversando com o presidente em sua cabana de palha. A vitória em Jiguaní o deixara entusiasmado.

— É hora do povo dançar — disse ao final da conversa.

Tratava-se de um homem que escrevera músicas anos antes de declarar guerra contra a escravidão e a Espanha, que quando jovem escreveu a letra da canção romântica "La Bayamesa", que mais tarde ganharia nova letra, transformando-se no hino de guerra dos rebeldes mambí. Ele e Quinn saíram da cabana até uma ampla clareira em cujo centro músicos se preparavam para começar a anza, *como dizia Céspedes. Eram dois percussionistas mambí e seis músicos com flautas, trompas, uma corneta e um violão, todos os instrumentos pilhados de tropas espanholas. Pessoas sentavam-se em volta da área de dança na qual oficiais e soldados entravam acompanhados de suas mulheres. Dançavam na mesma área, mas havia uma boa separação entre os oficiais e os subalternos. A maioria era de mulatos (dois terços do exército mambí), só alguns brancos entre eles, e todos mexiam-se com vitalidade e prazer na crescente escuridão iluminada apenas por poucas tochas. A música metálica era suave aos ouvidos de Quinn, a percussão era sedutora, provocando cantos e palmas dos dançarinos e dos que foram apenas assistir e acompanhar o ritmo: unir-se ao ritmo do instante.*

Quando a música parou um percussionista negro demarcou um pedaço de chão próximo da floresta e doze negros, entre homens e mulheres, começaram não uma dança, mas algo mais selvagem. Céspedes, ao lado de quem Quinn assistia ao espetáculo, disse que só negros africanos dançam daquele jeito e com aquela batida, que, para Quinn, tinha uma fúria hipnótica: corpos contorcendo-se de modo frenético e erótico, mas sem contato direto; os dançarinos celebravam sua alegria comum com gritos primitivos que se transformavam em cânticos guturais repetitivos e monótonos. Mas na monotonia há verdade. A alegria era compartilhada pelos espectadores entusiasmados, que cantavam junto numa excitação suprema em uníssono. E tudo isso parecia a Quinn apenas um ensaio para a noite quente que chegava.

Nicodemos, o quase gigante que guiara Quinn na jornada até Cuba Libre, de novo vestindo um uniforme esfarrapado, só que agora limpo, com o braço esquerdo imobilizado por ataduras, investiu contra duas dançarinas, primeiro uma, depois a outra, e ele falava com os tambores e as mulheres em uma linguagem que Céspedes disse não entender. Quinn respondeu que parecia a linguagem universal do cio. As mulheres recebiam o que Nicodemo lhes enviava e respondiam com a linguagem corporal própria delas. Um exótico diálogo estava em curso. A persona de escravo de Nicodemo não transparecia, seus movimentos obedeciam a uma memória instintiva e a euforia o transformava de guerreiro do facão em guerreiro da noite erótica.

Quinn, querendo ver outro herói, de revolução mais recente, aproximou-se de Renata e sincronizou seus movimentos aos dela. Agora não precisava mais observar Floreal, já sabia os passos. E quando sentiu que através da dança ele e Renata se aproximavam de uma comunhão espiritual, decidiu que estava na hora da cerimônia de casamento.

— Hora de começar o casamento — disse ele a Moncho.

— Ainda estamos na dança.

— Já está virando outra coisa. Acho que é uma boa hora. Está pronta para se casar comigo, Renata?

Ela saiu do transe um instante e riu jogando a cabeça para trás, nem um pouco inclinada a parar de dançar para casar. Estava em harmonia com o cântico e a percussão, gerando o movimento do amor.

— Quase lá — disse.

— Me beija agora?

Ela se aproximou dançando, tomou suas mãos nas dela e o beijou com uma paixão que parecia ainda maior e mais nervosa do que a da primeira vez em que fizeram amor. Quinn decidiu que esse era mais um passo irreversível rumo à cerimônia. Renata fechou os olhos e foi dançando até a mesa. Tirou os colares de contas vermelhas e brancas da tigela de Xangô e colocou-os no pescoço de Quinn.

A batucada e o canto pararam.

Floreal, olhos arregalados, virou-se para a mesa, pegou o martelo e golpeou o coco. Despejou num prato a água do coco, o qual então partiu em vários pedaços com as mãos, lavando depois os quatro pedaços maiores em outro prato com água. Jogou no chão os quatro pedaços e observou como caíram — se com o branco da carne interna ou o marrom da casca exterior para cima. Ezequiel retomou o batuque, a mesma batida, só que mais lenta. Floreal aproximou-se de Renata e depois se afastou, e, andando em volta dos pedaços de coco, falou para a sala:

— Um mulher sozinha num quarto está tricoando. Ela não para de tricotar e ela está tricotando para tentar salvar você.

— É a minha avó — disse Renata. — Ela sempre fez tricô. Ela quer me salvar do casamento?

— Nada pode salvar você do casamento — disse Floreal.

Ela então comunicou a Quinn que o orixá queria que ele falasse para Renata o que sabia sobre o amor.

Quinn falou que havia cinquenta milhões de definições do amor e de sua natureza degenerada, letal, bela e assombrosa, que ele até sabia um tanto sobre ele, mas nunca experimentara o que sentia agora por Renata, que seu amor por ela era incrivelmente forte dentro dele, uma força cada vez maior intoxicando sua alma. Acreditava que o poder místico do amor desfaria todas as dúvidas que Renata pudesse ter no coração devido à rapidez da decisão de casar-se. E seguiu divagando, citando o que se lembrava de outros terem dito sobre o amor: amor, o comichão, a tosse irreprimível, que o amor conquista tudo, que ter medo de amar é temer a vida, que o amor alojado no coração de uma mulher é só um hóspede, você ainda me amará em dezembro como me ama agora em maio? Mas, quando se deu conta de estar falando demais, calou-se.

A batucada então recomeçou e Floreal falou sobre o jovem e belo Babalu Aye, que dormiu com várias mulheres antes de ser amaldiçoado por Olodumaré com uma lepra por ter desobedecido à proibição de dormir com mulheres na Quinta-Feira Santa. A mulher com quem saiu acordou no dia seguinte, viu o corpo dele coberto de escaras e fugiu. Babalu Aye foi até a casa de Olodumaré e implorou pela restauração de sua saúde, mas Olodumaré bateu a porta em sua cara e Babalu Aye morreu na rua. As mulheres do mundo, chorando aquela morte, procuraram Oxum e pediram que ele trouxesse Babalu Aye de volta à vida. Oxum, comovida pelas lágrimas, foi falar com Olodumaré, de quem tinha sido amante havia muitos anos. Trouxe consigo, na concavidade de uma cabaça, o mel que ele adorava saborear em seus lábios antigamente. Deixou a cabaça na porta de Olodumaré e, quando ele chegou em casa, reconheceu o cheiro de Oxum. Mas esta tinha se transformado numa velha caquética cheia de feridas abertas. Ao vê-la assim, ele chorou.

— Peguei a mesma lepra que contaminou Babalu Aye — disse Oxum. — Era eu quem estava com ele na Quinta-Feira Santa.

Olodumaré disse que restauraria sua saúde. Porém ela recusou, e só aceitaria se ele ressuscitasse Babalu Aye também. Ele fez isso e Oxum também voltou à sua bela forma anterior. Ela passou mel no rosto e em partes do corpo, enlouquecendo Olodumaré, que então lambeu todo o mel daquele corpo. Babalu Aye levantou da tumba, mas, ainda com a lepra e o cheiro pútrido, pôs-se a vagar pelo mundo enquanto cães lambiam suas chagas. As pessoas tinham nojo dele, e nem seu irmão, Xangô, lhe reconheceu a princípio. Todavia, depois teve pena dele e banhou-o no rio, murmurando uma prece tão bonita para o poderoso Olofin que este declarou a Babalu Aye que ele se tornaria rei de Arara. Babalu Aye seguiu caminhando, errando pelo mundo uma vida inteira. Então certa noite a terra seca se abriu em rachaduras e uma chuva torrencial despencou. Babalu Aye acreditou ter chegado ao fim de sua jornada e deitou-se para morrer. Mas o céu iluminou-se com a aurora e ele viu-se jovem de novo. Pessoas estavam prostradas diante dele, idolatrando sua presença. Pois sabiam da profecia que rezava que um rei iria surgir depois da tempestade. Aquela terra foi chamada de Arara.

— Essa história é triste e feliz — Quinn comentou com Renata. — Agora você tem que se casar comigo e com meus colares de Xangô. Você ouviu o que Xangô fez por Babalu Aye, seu orixá favorito?

— Ouvi — disse Renata. — E você vai fazer o mesmo por mim sempre?

— Farei. E você vai me dar tanto amor que até os deuses ficarão enciumados?

— Vou tentar.

— Então chegou a hora de casar — disse Quinn. E de braços dados andaram até a mesa com as tigelas de Oxum e Xangô. Quinn sinalizou para Moncho, que então chamou Epifanio, o motorista, e Encarnita, uma das filhas de Arsenio, como testemunhas. Moncho falou de memória o ritual civil que fazia de Quinn e Renata marido e mulher. Felipe Holtz fez o papel de pai, entregando a noiva. A velha esposa de Arsenio trouxe vários pratos de comida para a mesa e a festa de casamento continuou até pouco depois da meia-noite, quando um mensageiro chegou e dirigiu-se a Moncho. Os dois juntos então foram contar a Quinn que era hora de ele encontrar-se com Arsenio na floresta. A noiva não poderia acompanhá-lo. Ela deveria ir para Havana se encontrar com uma mulher que a encaixaria em alguma função na revolução. Moncho depois diria o nome da mulher. Quinn transmitiu o recado à esposa.

— Se eu for para Havana, serei presa e morta — disse ela. — Eu vou com Felipe para a casa dele e espero você lá.

Então beijou Quinn, seu novo marido, e foi embora sozinha para o leito nupcial.

Quinn e dois dos homens de Arsenio saíram pela porta dos fundos e caminharam pela floresta escura, morro acima a maior parte do tempo. Já na primeira hora faltou fôlego a Quinn, além de seus joelhos e pés doerem muito. Por que diabos escolhera aqueles sapatos? Porque eram os mais resistentes e duros que possuía. E, para completar, estou morto de fome, devia ter trazido um sanduíche. Na festa Quinn só comera uma garfada de guisado de tartaruga (prato predileto de Xangô), um quarto de um *aguacate* e um bocado do pudim de pão que ele próprio declarara a todos ser o bolo de casamento. Em seguida deu um beijo apaixonado em Renata que o fez esquecer da fome. Mas preste atenção, as tropas mambí não costumavam ter mais do que laranjas azedas e ratos para a alimentação. Quinn desviou a atenção do incômodo da fome e concentrou-se na luz da enorme lua quase cheia, a mesma vista pelo avô, que esteve com os mambí na mesma época do ano. O luar, filtrado pela densa folhagem, por vezes iluminava a picada que os homens de Arsenio iam abrindo; mas, mesmo quando a escuridão tomava conta, eles não interrompiam seus passos seguros e decididos, pois a visão era apenas um dos vários instrumentos de navegação.

Andavam sem dizer uma palavra, mudez total. O mais parrudo dos dois era o líder e carregava nas costas, embrulhado com palha, algo que parecia um saco de dormir, mas que na verdade era, como Quinn veria depois sendo entregue a Fidel, uma metralhadora Thompson com cartuchos de munição — um presente de Arsenio, que a pegou, junto com um rifle semiautomático Garand, de dois soldados de Batista, mortos ao saírem de um lupanar em Bayamo. O Garand ia pendurado no ombro do segundo homem, Omar, filho de Arsenio que ia se juntar a Fidel, o que só era permitido se você trouxesse seu próprio armamento.

Omar fora expulso de suas terras pelas operações que o Exército de Batista conduzia nos povoados onde Fidel obteve ou poderia obter ajuda e suprimentos. Essas operações criaram uma terra de ninguém em que amigo ou inimigo eram alvejados indistintamente, abrindo assim vastas áreas aos bombardeios planejados pela força aérea. Era uma repetição de 1896 e 1897 quando o *capitán-general* Valeriano Weyler, comandante espanhol de todo o território cubano, esvaziou os povoados a fim de isolar os rebeldes que lá se escondiam. Ele reuniu trezentos mil camponeses, ou mais, já que ninguém sabia direito o número, em campos de concentração onde centenas de milhares morreram de fome ou doença, fazendo Weyler merecer o epíteto "O Açougueiro" e figurar no rol dos grandes vilões da história.

A jornada já durava sete horas e Quinn e o filho de Arsenio esperavam junto a um riacho pelo sujeito parrudo que se adiantara para verificar se estavam perto do destino. Ele retornou e andaram mais trinta minutos sob o sol nascente sentindo o intenso calor da manhã. Encontraram o Comandante em seu quartel-general provisório, uma cabana primitiva cujos ocupantes tinham sido evacuados pelo Exército. Estava sentado num banquinho, dois homens do seu lado e mais quatro circulando pela cabana, espreitando o perigo. Quinn contou outros vinte e tantos descansando entre as árvores.

— Senhor Quinn — disse Fidel, pondo-se de pé e confirmando a altura de quase dois metros, mais perto da lua do que Quinn —, falaram que você interrompeu a lua de mel para vir aqui.

A barba chamava a atenção, negra como a floresta noturna, além do sorriso amável. Estava de uniforme militar e usava um boné que não tiraria da cabeça durante toda a entrevista.

— É verdade — falou Quinn —, mas minha peregrinação faz parte da lua de mel. Eu não teria me casado se não tivesse vindo aqui conversar com você sobre a revolução.

— Então você me deve uma. Você está usando colares da santeria. É praticante?

— A minha esposa é, mas estou aprendendo. Um babalaô me deu os colares. Representam Xangô.

— Minha mãe era católica, mas também praticava santeria. Quando estava grávida de mim, um babalaô lhe disse que eu era filho de um deus guerreiro. Ela me iniciou com uma cerimônia quando eu ainda estava no útero e disse que Xangô fez uma aparição.

— Em toda parte que vou em Cuba eu topo com Xangô, mas essa do útero é novidade.

Fidel tinha trinta e um anos, um ano e meio a mais que Quinn, e sua aparência era forte e saudável, um tanto inquieto, mas Quinn intuiu que ele devia ser sempre assim. Falava mansamente e orientou Quinn a fazer o mesmo, pois a umidade matinal levava longe as palavras e sabe-se lá quem poderia estar passando ali fora. Ele falava em espanhol e um dos soldados traduzia para o inglês. Quinn identificou-se como Daniel Quinn segundo, neto de Daniel Quinn primeiro, que viera a Cuba comprovar que, ao contrário de alegações espanholas, Céspedes estava vivo. Herbert Matthews fez o mesmo com você. Agora você é conhecido por não estar morto. Fidel concordou. Quinn disse que salientaria em sua reportagem que, um mês depois da entrevista para Matthews, o Comandante seguia sem exibir sintomas de morte.

Fidel disse conhecer o livro do avô de Quinn sobre Céspedes, que lera nos seus tempos de universidade. Quinn comentou que os cubanos chamavam seu avô de "El Quin". Fidel lembrava de um americano conhecido como "El Inglesito", cujo nome real era Reeve. Foi soldado da União na Guerra Civil americana e depois foi para Cuba, onde participou de quatrocentas batalhas ao lado dos mambises.

Quinn contou que via paralelos entre Fidel e Céspedes. Este dissera a El Quinn:

— "Nós sobrevivemos por causa dos inimigos. Pegamos suas armas, sua comida, suas roupas, seus cavalos e até seus violões e cornetas." O mesmo que você fez em La Plata, não é?

— Sim, mas só algumas armas, uns calçados — disse Fidel —, ainda precisamos de muito mais armas.

— A minha esposa foi quem lhe enviou o lote de armas que Arsenio lhe entregou ontem — Quinn falou.

— A sua esposa?

— Renata Suárez Otero. Ela trafica armas nas horas vagas. Participava do Directorio, mas quase todos seus amigos de lá foram mortos no ataque ao Palácio.

— Por favor, transmita a ela minha imensa gratidão. E aquele ataque foi um banho de sangue inútil. Não queremos assassinar Batista. Queremos abolir o sistema. Não lutamos contra indivíduos, mas contra ideias reacionárias.

— A Espanha enviou grupos de assassinos seis vezes para eliminar Céspedes — comentou Quinn —, e todos falharam. Céspedes só foi morrer cinco anos depois de terminada a guerra.

— Assassinatos multiplicam-se nas ruas de Cuba — disse Fidel. — Quando Grau era presidente houve cem tentativas de assassinato político ao longo de quatro anos, e sessenta tiveram sucesso. Eu mesmo sobrevivi a uma delas quando estava na universidade.

— Como você explica ter sobrevivido tantas vezes? Você não morreu durante o combate no quartel de Moncada, nem quando esteve nos porões de Batista, nem quando naufragou no pântano e nem agora quando vem sendo caçado por todo o Exército cubano.

Parece um roteiro de cinema, sua mãe deu à luz uma divindade, um Aquiles sem o calcanhar fatal. É por isso que você nunca morre? Ou apenas se considera um sujeito de sorte?

— A sorte reduz os méritos do homem — disse Fidel. — Iam fazer picadinho de mim quando me capturaram em Moncada, mas um tenente do Exército de Batista não deixou que seus homens atirassem em mim. Também recusou-se a entregar-me ao seu superior, um assassino conhecido. "Não dá para matar ideias", disse o tenente, e me entregou à polícia para aguardar julgamento. Batista tentou me envenenar na prisão, mas o pessoal que cuidava da comida sempre me avisava com bilhetes. Resolvi então começar uma greve de fome. Mais tarde consegui comida de outra fonte.

"Batista uma vez visitou a prisão e cantei a Marcha do Vinte e Seis de Julho para ele. Ele me mandou para a solitária, onde fiquei por quarenta dias sem luz. Ele não gosta de música. Eu lia à luz de uma vela de óleo de oliva usando um fósforo como pavio. Durava três horas. Aí tinha que sair do mosquiteiro para fazer outra vela. Mas quando retornava os mosquitos entravam junto comigo e ficavam me torturando até eu conseguir matar todos. As pessoas mandavam livros para mim e eu também pedi aos carcereiros os escritos de José Martí, mas responderam que era revolucionário demais. Aí pedi *Das Kapital* de Marx, dizendo-lhes que tinha decidido me tornar capitalista quando saísse da prisão. Esse eles me deram. Até aquele dia só tinha lido Marx até a página trezentos e oitenta.

"Houve também o episódio com esse maravilhoso camponês-bandido, um Precarista que colaborou conosco quando chegamos aqui. Mas ele foi para casa visitar a mãe e nos entregou ao Exército, recebendo dez mil dólares para me matar. No dia em que voltou ao acampamento decidi que deveríamos mudar de lugar. Por quê? Não por sorte, mas porque ele tinha perguntado onde posicionaríamos as sentinelas. Ainda não descobrira a traição e confiava nele, mesmo assim fizemos a mudança para um ponto mais elevado de onde tínhamos um maior controle do entorno, além de mais discrição. Naquela noite o traidor dormiu com a pistola sob o lençol, o seu leito bem ao lado do meu. Poderia ter me matado, mas seus *cojones* murcharam. Na manhã seguinte a área que ocupávamos antes foi atacada por bombardeiros B-26 e caças F-47. Sobrevivemos, e não por sorte. Minha decisão de mudarmos de lugar foi instintiva, mas não foi um golpe de sorte."

— Que fim levou o traidor?

— Morreu com os relâmpagos. Nós atiramos nele durante uma tempestade.

Quinn tomava notas taquigráficas de tudo o que ele falava, abreviando ao máximo. Confiaria na memória para reconstruir a conversa mais tarde, pois, se fosse capturado pelo Exército, notas explícitas equivaleriam a uma sentença de morte.

Fidel ofereceu um prato de *congri* — arroz e feijão cozinhados juntos —, mas Quinn disse que não tiraria comida das bocas do exército rebelde. Como Fidel, entretanto, insistisse, afirmando que os homens já tinham se empanturrado, Quinn cedeu com grande alívio. Falou de Hemingway na conversa, soldado eterno sempre disposto a pegar em armas, contou também da canção de Cooney e do desafio feito a Hemingway. Será que ele deveria aceitar o duelo?

— Claro — respondeu Fidel —, um homem importante como ele não rejeita duelos. Ele ama a guerra e um duelo é uma guerra na escala um contra um. Nós cubanos amamos duelos. Prío, quando era presidente, aprovou uma lei proibindo os duelos, como se isso bastasse para eliminá-los. É como aprovar uma lei contra a guerra. Diga a Hemingway que ele dará um jeito de não perder. Caso consiga esperar até a derrota de Batista, eu mesmo organizarei o duelo ajeitando tudo para que ele vença. Um homem do valor dele não pode perder a vida em banalidades como essa. Gosto do jeito como ele escreve, como se conversasse consigo mesmo. O livro dele sobre a Guerra Civil espanhola é além de tudo uma aula sobre os campos de batalha.

Agora Quinn teria que transmitir o recado de Fidel a Papa: dê dez passos, vire e coloque uma bala no coração de Cooney. Mas atire primeiro e não para o ar. Não dê as costas a ele em sinal de desprezo, pois isso o deixaria tentado a atirar nas suas costas. Sobretudo, não deixe que ele atire em você apenas porque você tem esse fino senso de ironia. Papa sempre gostou de guerras por causa da virilidade e macheza envolvidas — beba, foda, pesque, cace, brigue, mate, arrisque a vida, prove sua coragem e seja herói da causa justa. Mais ou menos o que Quinn vem fazendo recentemente, com Hemingway assistindo das arquibancadas. Porém, não era mera imitação. Quinn não caça nem pesca, ainda que beba, foda e esteja agora enfrentando uma situação de perigo em zona conflagrada, risco que aceitou para conseguir ver o herói. Não estava fazendo essas coisas porque se achava covarde ou devido a um transtorno de personalidade, nem por ter, como Hemingway, um caso de amor com a guerra. O que fazia agora era a continuação de uma escolha existencial anterior: testemunhar e escrever, ter coisas interessantes com que se ocupar enquanto se está morrendo; sim, ele escreverá sobre tudo isso, essa é sua motivação primordial. Havia nele o impulso forte de registrar a história, algo tão frágil, tão prismático, tão fácil de distorcer e frequentemente perdido e esquecido. Nesse instante uma lua cheia surgia no céu da revolução, um momento único que, se Quinn não relatar, quem o fará? Os sobreviventes contarão do jeito que lembrarem, fragmentos de realidade misturados com preconceitos (não que esteja livre disso, *señor* Quinn). Apesar de tudo, sondar e iluminar o que antes estava obscuro, era esse o trabalho de Quinn: eu estava lá, ele disse isso, depois tais eventos sucederam e eles seguiram por tal caminho — o caminho do facão, você poderia acrescentar.

Por que se incomodar?

Bem, como Quinn era jovem, talvez suas razões fossem mais opacas do que pareciam, mas é certo que não tinha ambições de poder. Estava fascinado por aquelas pessoas que queriam mudar o dia, a cidade e a nação sem motivações venais ou megalomaníacas. O que ele queria não era lutar pela causa justa? Sim, isso estava nos planos. Ele intuía que deveria empregar seu tempo testemunhando as ações de pessoas que viviam para ideais que julgavam valer o sacrifício da própria vida. Havia ainda outra razão: fazer bonito aos olhos do avô morto.

— Esse camponês que te ajudou e depois te traiu. Parece que bandidos e gângsteres são cada vez mais valiosos nas guerras — disse Quinn.

— Conheci uns que tentavam fazer a revolução quando ainda não era a hora — disse Fidel. — E foram mortos como gângsteres. Hoje seriam heróis.

— O que torna alguém um revolucionário?

Fidel sentou-se sobre uma pedra que emergia do chão da cabana.

— Que pergunta.

Deu uma tragada no charuto e exalou a resposta:

— Abraçar com amor a vocação, ter dentro de si a obsessão de mudar a ordem. Aprendi lendo Martí, herói da minha juventude, o poeta que organizou uma guerra; ouvindo as vozes das revoluções francesa e americana, as ideias de Milton, Calvino, Lutero, Thomas Paine, Montesquieu. Na prisão li Marx e estudei o *New Deal* de Roosevelt. Também as guerras de Cuba sempre me impressionaram e assombraram, o desfile de tiranos a nos oprimirem. E, finalmente, há o absolutismo da crença.

— Em quê?

— Na possibilidade da revolução.

— Tantas revoluções em Cuba… — Quinn disse. — Se não estão estourando, estão sendo planejadas. Como a revolução permanente de Trótski.

— Ainda estamos lutando as guerras de 1868 e 1895, as guerras começadas por Céspedes, Agramonte, Gómez, Maceo e Martí —

disse Fidel. — Porém nunca em nossa história chegamos perto da ideia de Trótski de tomar o país da burguesia e entregá-lo aos trabalhadores. Estamos sempre lutando contra um novo *hijo de la gran puta*, vilões espanhóis como Valeriano Weyler ou nossos próprios déspotas, como Machado e Batista. Sempre fomos enfraquecidos ou traídos por cubanos temerosos de perder sua riqueza caso houvesse uma revolução. Muitos latifundiários cubanos não queriam abrir mão dos escravos. Tinham lutado contra a Espanha, não pela independência, mas para anexar Cuba aos Estados Unidos como um estado escravo. *De pinga!*

— Mas quando o tirano é inexpugnável — disse Quinn —, o revolucionário cubano torna-se suicida. Eduardo Chibás, que atirou em si próprio no meio do pronunciamento político que fazia no rádio. Todos aqueles jovens do Directorio sob o fogo das metralhadoras de Batista. José Antonio Echevarría andando na direção da viatura policial contra a qual ia atirando. Martí arremetendo a cavalo contra as linhas inimigas, como se sua importância como líder e estrategista não valesse nada comparada com os estragos que causaria galopando por cima de batalhões espanhóis. Ele precisava morrer. Todos eles precisavam.

— Eu não os igualaria assim — disse Fidel —, nem acho que o suicídio e o desafio ao perigo sejam a mesma coisa. Existe um momento de transcendência que, depois de atingido, faz você passar a perceber a morte súbita como uma fatalidade mundana sem maiores consequências. José Antonio, tenho certeza, estava em um desses momentos quando partiu na direção da viatura policial, atirando. Do modo como o vejo, ele não tinha medo algum de fracassar.

"Com Martí talvez tenha sido o contrário: a morte se tornou mais importante do que a vida. Uma distância se abrira entre ele e os outros dois principais líderes militares. Tinha sido elevado ao ranking de general de divisão e as pessoas começaram a referir-se a ele como 'El Presidente' de Cuba Libre. Porém, Máximo Gómez, que o havia feito general, jurou que, enquanto vivesse, Martí jamais seria presidente. E Maceo, um general negro de grande inteligência, disse na cara de Martí que ele não era um guerreiro e nem mesmo merecia ser chamado de general.

"Reza a lenda que Maceo arrancou as dragonas da farda de Martí nessa hora. Nunca saberemos o que realmente se passou, mas podemos cogitar que o fatídico galope de Martí, empreendido logo depois, foi uma escolha tática, uma tentativa de recriar-se como mártir. Revoluções precisam de mártires. Os líderes planejam a revolução, mas a força cresce mesmo da opressão do tirano, depois vêm as ideias e discussões. Chegada a hora da insurreição, o impulso acumulado supera grandes resistências. O líder às vezes se dá conta da própria pequenez; por mais forte e enérgico que seja, não passa de uma rajada de vento no interior do furacão."

— O ataque ao Palácio — disse Quinn —, se tivesse dado certo, seria o início do furacão?

— Mesmo se tivessem matado Batista — respondeu Fidel —, não serviria para muita coisa. As forças de retaguarda não cumpriram o que se esperava. Eles não tinham unidade e teriam sido facilmente derrotados pelo Exército.

O tom do Comandante tinha ficado mais abrupto e nervoso. A revolução precisava de Batista vivo. Ele tirou dois charutos do bolso da camisa.

— Fuma charutos, *señor* Quinn? — perguntou, estendendo a mão com um deles. — Um corona duplo, de uma marca muito antiga, produzido por um barão do tabaco que conheci certa vez em Havana, um velho reacionário, mas que fazia grandes charutos. Uma caixa deles chegou ontem, um presente enviado por um advogado de Santiago que nos apoia. Para mim são presentes dos deuses, talvez de Xangô, apesar de Xangô detestar charutos.

— Fumei meu primeiro aos onze anos — disse Quinn aceitando o charuto — e depois fiquei cuspindo por meia hora. Em 1945 eu trabalhava na agência dos correios, um emprego provisório no período de festas de fim de ano. Um carteiro me deu um Headline, um charuto vagabundo, mas eu adorei. Depois evoluí e passei para os White Owls de dez centavos. Enfim, não entendo nada de charutos sérios. Mas quero aprender.

— Cuba vai lhe ensinar sobre charutos e muitas outras coisas — disse Fidel. — Sobre mulheres já vi que você aprendeu.

— Não estou muito certo ainda do que aprendi — disse Quinn.

— Já sabe casar com elas.

— Ah, isso foi um milagre.

— É, às vezes acontecem milagres em Cuba.

Fidel levou Quinn para fora e caminharam até a orla do bosque, e depois voltaram, os soldados observando-os. O intérprete ia ao lado de Quinn cochichando a tradução na sua orelha. Fidel acendeu os coronas duplos com um *zippo*. Quinn soprou a fumaça viva, saboreando-a, e entre uma baforada e outra fez um gesto de aprovação para o Comandante.

— São mesmo maravilhosos — disse Fidel —, e a fumaça ainda espanta os mosquitos.

— Voltando à revolução — disse Quinn —, meu avô gostava daquela citação de Maceo, que não se deve pedir a liberdade, mas conquistá-la a golpes de facão. Essa frase lhe causou forte impressão. Você conhece a batalha de Jiguaní?

— Conheço o facão. As batalhas daquela época eram encontros fortuitos entre os exércitos, sem planejamento.

— É, Jiguaní foi assim — disse Quinn. — Gómez, que antes tentara sem sucesso atrair os espanhóis para fora do quartel, decidiu enviar tropas para incendiar a fazenda de Jiguaní e dizimar o gado espanhol. Depois mandou centenas de ex-escravos, os *convoyeros*, pegarem a carne. Quando voltavam para o acampamento de Gómez, carregando grandes postas de bife, foram emboscados pela infantaria espanhola. Gómez ouviu os tiros e deslocou-se com seiscentos homens para o local, seus soldados de camisa branca, a carga dos facões sussurrantes. E o front espanhol desintegrou-se. Os mambí a cavalo fatiaram braços e troncos espanhóis, uma grande carnificina. Feridos tentavam escapar rastejando para o bosque, mas os mambí iam atrás deles. Nicodemo, o escravo que fora o guia do meu avô no trajeto para Cuba Libre, mesmo baleado no braço esquerdo, caminhava de facão em punho atento aos gemidos de espanhóis feridos. Decapitou dezoito e depois empilhou as cabeças na orla da floresta.

— Primeiro — disse Fidel —, quero que você saiba que nós não executamos inimigos feridos. Em La Plata cuidamos deles com nossos próprios remédios. Segundo, se as tropas espanholas tivessem assumido a formação de quadrado, os soldados de facão teriam sucumbido frente ao tiroteio inimigo. Os ataques de facão foram efetivos apenas no início da guerra, quando os espanhóis com rifles e baionetas de um tiro só ainda não sabiam se defender deles. Na verdade os facões não são armas de ataque, mas de combate próximo. O facão ainda foi usado em 1895, quando Gómez, na batalha de Cascorro, ordenou um ataque de facão. Entretanto, nessa ocasião os espanhóis já contavam com rifles repetidores e massacraram os cubanos, havia cavalos mortos espalhados por todo o campo. A lendária carga dos facões chegara ao fim.

Quinn e o Comandante estavam agora sentados lado a lado sobre a pedra dentro da cabana. O charuto de Quinn reduzira-se a uma ponta. Fidel levantou-se e imediatamente dois de seus homens postaram-se ao seu lado.

— Queria explicar com mais detalhes, *señor* Quinn, como vai nossa guerra contra o Exército de Batista, mas isso tiraria nossa vantagem. Ele tem três mil homens em Oriente. Nós temos menos. Mas uma coisa posso lhe dizer, que o caminho para Sierra Maestra não é fácil. Cada entrada é um desfiladeiro das Termópilas, onde mil e quatrocentos gregos seguraram cem mil persas durante sete dias, matando milhares até um traidor mostrar aos persas uma rota por onde conseguiram flanquear os gregos.

— O traidor é eterno.

— Sim, mas nem sempre prevalece.

Com um sorriso e uma linguagem corporal, Fidel encaminhou a entrevista para o fim. Estendeu a mão para Quinn.

— *Señor* Quinn, obrigado por ter feito a viagem até aqui. Foi uma boa entrevista. Você não tentou me pegar com charadas políticas. Outro dia continuamos. Agora tenho um encontro com as forças armadas do presidente Batista.

— Obrigado pela entrevista, pelo *congri* e pelo charuto — disse Quinn.

— *Hasta luego* — disse Fidel.

— *Buena suerte* — respondeu Quinn.

Quinn e Omar, que faziam o caminho de volta para a casa da esposa de Arsenio a fim de encontrar com Moncho, agora estavam deitados de bruços num espaço de vegetação esparsa, só pequenos arbustos e grama alta. Estavam imóveis naquela posição porque Omar vira mais abaixo homens de Batista passando lentamente em um jipe. Ele gesticulou para Quinn se deitar, cochichando "*Abajo*", e então também se jogou no mato. Mas Quinn, deitado ao lado, não viu nenhum soldado e nenhum jipe. Viu, pairando enorme diante dele, um rosto maquiado de mulher — oval, azul-pálido quase cor de creme e com lábios bem vermelhos. Ela flutuava, tão vívida que Quinn esteve prestes a perguntar quem a enviara, mas então ela sumiu. Quinn só conseguia ver o capim onde estava deitado, e desejou que fosse mais denso.

Omar estava deitado a uns trinta metros dele, o que mais tarde Quinn viria a saber ser o método de Fidel para deslocamento de tropas: um por um, e uma distância de cem metros entre eles, não trinta. Mas Omar manteve Quinn mais perto porque receava perdê-lo. Segundo o método de Fidel, um homem deveria ir na frente pois, caso fosse pego, o segundo homem, percebendo isso, iria em outra direção. Um morto é uma grande perda, mas não tão importante quanto a do episódio do líder de esquadrão que, ignorando as ordens de Fidel, meteu seus homens num caminhão para chegar mais rápido ao destino e foi atingido por uma bazuca inimiga. Dez mortos. As tropas de Batista parecem não ter feito a lição de casa a esse respeito e, desprezando os riscos do deslocamento conjunto, continuavam a se mover em colunas de acordo com o princípio de poder e segurança numérica. Assim, diversas vezes eram atacadas por rebeldes à espreita, quando tinham que escolher entre morrer atirando de volta ou sobreviver batendo em retirada.

Ainda faltava uma hora para Quinn e Omar chegarem ao ponto de encontro, o que totalizaria sete horas e meia de jornada. Quinn estava muito cansado, ensopado de suor e tudo o que queria era dormir. O rosto maquiado de mulher apareceu de novo enquanto caminhava, o nariz e a testa salpicados de azul, bochechas, queixo e pescoço numa cor branca fosca e os cabelos de um amarelo brilhante. O que faz aqui, adorável senhorita, criatura de outra dimensão? Seu rosto pintado é um convite ao amor? Na sua casa ou na minha? Onde você mora? Preciso tirar um cochilo primeiro. Ela não respondia, só mirava acima da cabeça dele, alheia. Talvez seja um avatar de Oxum, cuja cor, se bem me lembro, é o azul. Ou será que é o espírito da avó de Renata, desconsolado e enganado pelo amor chegando atrasado para o casamento? Quem sabe fosse Sikan, prestes a ser sacrificada por ter capturado o peixe sagrado. Ou era Renata com a aparência de daqui a dez anos? O rosto foi embora quando o sol ficou mais forte e Quinn foi deixado com um senso de urgência em fazer algo, mas o quê? Não sabia; e a urgência transformou-se em ansiedade.

Recapitulou a conversa de três horas com o Comandante, tentando achar um fio condutor para a matéria que escreveria. Gostou do que Fidel falou sobre a sorte, mas não era novidade. Já o "encontro marcado" de Fidel com as forças armadas do presidente dava manchete. Se realmente acontecesse, Quinn tinha que dar um jeito de publicá-la antes ou no mesmo dia do encontro. Como seria? Um ataque modesto como o de La Plata? Fidel não parecia ter muitos homens. Quinn contara uns trinta visíveis ao redor da cabana. Quinn, você está pensando como um desses repórteres obcecados com a notícia de primeira mão. Esqueça isso e escreva um longo perfil do revolucionário que não morre. Sim, esse era o jeito certo.

Quinn estava tão errado quanto Matthews a respeito do número verdadeiro de tropas rebeldes. Matthews chutara duzentos quando eram vinte, e Quinn contou trinta, mas eram sessenta. Quatro horas depois de Quinn ter lhe desejado sorte, Fidel saiu com as tropas. Foi uma marcha de quinze quilômetros até El Uvero, onde estava o posto avançado do Exército — uma guarnição de cinquenta e três soldados em um pequeno forte de madeira situado às margens de um lago. Os rebeldes aproximaram-se engatinhando durante meia hora. Então se fixaram em posições de ataque a quarenta metros do alvo. Fidel atirou primeiro, às duas da manhã sob uma perfeita lua cheia, e os rifles do Exército brilharam revidando os tiros. A batalha durou três horas. Terminou quando os rebeldes cercaram a fortificação com o fogo cruzado de duas metralhadoras .30 sobre tripés e o Exército levantou a bandeira branca. Os rebeldes contaram seis mortos, o Exército, catorze, além de outros catorze feitos prisioneiros. A batalha mais sangrenta da guerra. Os rebeldes carregaram um caminhão do Exército com quarenta e seis rifles, duas metralhadoras, seis mil cartuchos de munição, medicamentos, roupas e comida. A vitória confirmou a eficiência das táticas de Fidel e mostrou a vulnerabilidade dos postos avançados do Exército. Todos foram fechados e as tropas, transferidas para as bases principais em Oriente.

*

Moncho e Alfie já aguardavam Quinn na casa da velha esposa de Arsenio. Quinn resumiu rapidamente os fatos para eles, contando da entrevista e do charuto. Em seguida, disse que precisava dormir, pois já não conseguia falar mais nada. Colocaram-no com um travesseiro no banco de trás do carro de Moncho e partiram para Palma Soriano, onde Renata e Quinn finalmente retomariam a lua de mel.

Mas Renata não estava lá.

Holtz disse que a tinha levado de volta para a casa de Moncho no Buick uma hora depois da partida de Quinn. Ela tinha dito que não queria dormir naquela casa e foi para o seu quarto assim que chegaram. Holtz acordara às oito da manhã e descobrira que ela e o Buick tinham sumido, e ela não deixara recado.

Quinn ficou atônito. Sabia que ela era alvo da polícia ou do SIM por causa de sua ligação com Diego e também por ter se juntado ao protesto das mulheres no parque Céspedes. Ficou com raiva por não poder ver Fidel? Ela sabia que seria difícil. Estava punindo Quinn por ter ido sem ela? E como desaparecer poderia compensar o ultraje de ter sido deixada de fora? Teria se isolado para esfriar a cabeça? Partira sozinha para afirmar ousadia, independência, coragem e arrogância, tomando a decisão consciente de se tornar uma rebelde em fuga?

Eles consultaram as companhias aéreas para ver se tinha voado para Havana. Teria ido de trem? De carro? Verificaram os hospitais. Teria ido para casa? Improvável. A mãe dissera que a polícia tinha aparecido procurando por ela. Devemos telefonar para a polícia de Santiago e ver se ela está sob custódia? Não. Vamos refazer seus passos, seguir pela estrada de volta a Santiago para ver se o carro aparece quebrado ou abandonado. Vamos procurar nas ruas da cidade, nos restaurantes e no Yacht Club. Verificar no hotel — ela ainda estava registrada lá e tinha roupas no quarto. Pedir a Holtz para ligar para algum amigo sobrevivente do Directorio e ver se ela fez contato. Chamar Esme. Ligar para a tia dela em Cárdenas, a mesma que ela dissera estar indo visitar, mentindo para a mãe. Natalia ligaria para os amigos de Renata em Oriente, mas ela só conhecia alguns. Moncho telefonou para o pessoal do Vinte e Seis de Julho em Santiago. Mandou mensagem para o pessoal de Fidel para que ficassem atentos, e também para Arsenio. Moncho tinha contatos familiares para quem ligar. Holtz e sua irmã não acharam nada. Moncho, idem. Quinn ligou para Max, que imediatamente o culpou por ter deixado Renata sozinha. Falou também que o *Post* ainda não conseguira publicar a entrevista com Fidel devido a novas pressões da censura. E prometeu passar a informação para seus espiões no alto escalão — no serviço secreto e na polícia.

— Se alguma coisa acontecer com essa moça, Quinn... — disse, e desligou o telefone.

Ela vai telefonar. Vai voltar para a casa de Holtz. Avisaria a Quinn, seu marido. Estava tão loucamente apaixonada que se casou com ele sem sequer conhecê-lo direito. É uma mulher que sabe se virar. Esperta. Boa motorista. Não é de beber muito. Sabe se proteger e jamais se colocaria gratuitamente em uma situação de perigo. Sagaz como ela só. Brilhante. Uma sobrevivente. Narciso advertiu-a dos perigos futuros e deu-lhe aquele colar para que ela o mostrasse ao inimigo dizendo que, se ele a ferisse, Xangô o mataria. E ela levava aquilo a sério. Narciso também tinha dito que Quinn corria perigo, que havia assassinos. Quem? A polícia? O SIM? Bandidos contratados por Batista? Alfie falou que ia colocar uns amigos no caso. Alfie estava preocupado. Realmente gostava de Renata. Iria com Quinn procurá-la onde fosse necessário, não importa o tempo que levassem.

Quinn entrou no saguão, os cabelos bem pretos e com uma torsão casual para a direita. Sorriu para o grupo, homens na maioria, ainda que não conseguisse ter certeza de haver mulheres entre eles. O número deles pa-

recia diminuir, mas isso não importava. Estava pronto para falar e falou. Segurava o texto, mas não o consultou, e nem precisava. Como o que disse fez todos rirem, entendeu que a audiência estava pronta para ele e sua confiança aumentou. Falou de rostos e máscaras, de como precisávamos destas para sobreviver, o que foi uma gafe. Percebeu subitamente que conhecia vários dos homens ali, e que estavam mortos. À esquerda sentava-se um antigo colega, morto, mas cheio de sorrisos que pareciam sinceros, o que era improvável, pois tinham um histórico ruim. Talvez fosse um sorriso de boas-vindas, fico feliz de vê-lo entre os mortos.

A razão de estar falando para os mortos sobre sobrevivência ele saberia mais tarde, estava certo disso. Continuou a falar, mas agora estava perdendo a audiência, que desaparecia rapidamente. O antigo colega levantou-se sorrindo: não disse nada, mas dirigiu gestos eufóricos ao discurso de Quinn. Depois foi embora, sobrando uma meia dúzia para Quinn endereçar as palavras restantes. Jogava para trás o cabelo que caía sobre seus olhos de um jeito que lembrava um genial ator de filme inglês cujo nome esquecera. Se perguntou se a audiência era sensível ao movimento teatral dos cabelos, um gesto físico de plenitude, confiança e originalidade. Era um efeito dramático usado por todos os atores. Não interessava se a plateia tinha ido embora. Quinn sabia que o que falava era espirituoso e tinha importância.

— O arco da justiça — disse para o auditório já vazio —, o arco da justiça...

ALBANY, QUARTA-FEIRA, 5 DE JUNHO DE 1968

O dia de Daniel Quinn começou com a tragédia de Bobby Kennedy, em coma de olhos abertos no chão de uma cozinha de hotel. As vigílias espalhavam-se por toda a nação e havia uma em Albany. A reportagem de Quinn no jornal do dia anterior sobre o silenciamento do padre católico radical de Albany também enfurecera os negros e os universitários, e um protesto, marcado para aquela noite, poderia incendiar a cidade, que já estremecia com as tensões raciais.

O pai de Quinn, George Quinn, vivia com ele e não podia ser deixado sozinho. Renata fora até a clínica para levar a sobrinha, Gloria, para casa, e Ursula, a governanta da família que também cuidava do pai delirante, havia batido o carro, quebrando o braço, e não governaria nada naquele dia. Quinn subiu as escadas e encontrou o pai vestido para jantar, usando seu terno cinza de Palm Beach, gravata *paisley* castanha e dando nós em uma de suas duzentas gravatas. As gravatas estavam em cinco cabides de madeira no armário, mais de uma dúzia delas amarradas em nós, uma delas com quatro por sua extensão. Quinn afastou o pai das gravatas e começou a desatá-las como fazia todos os dias.

— Como se sente? — perguntou Quinn.

— Excelente de fio a pavio. E você?

— Tudo ótimo, mas Ursula não vai vir hoje. Ela bateu o carro, foi perda total, e ela quebrou o braço.

— Ela se machucou?

— Ela quebrou o braço.

— Ursula?

— Sim.

— Como isso aconteceu?

— Ela deu perda total no carro.

— E o carro ficou muito ruim?

— Foi perda total.

— Não parece nada bom.

— Não, e significa que seria bom se o senhor saísse um pouco. Se distraísse. O que o senhor acha?

— Distração é bom, contanto que não seja demais.

— Que tal só algumas horas? Aí não é demais. Sair um pouco da cidade. O que o senhor diz de irmos até o Elks Club? Que tal? Eu deixo o senhor lá quando for para o jornal.

— Tem gente entrando e saindo e não dá pra saber quem diabos são.

— O senhor vai conhecer alguns deles.

— Mas isso é abandono puro.

— Como assim, abandono?

— Está tudo nos conformes.

— Como assim, nos conformes?

— O melhor. O tônus. O bônus. Aqui está cheio de estática.

— Como assim, estática?

— Estática tem que ser bom.

— Tudo bem. Pegue o chapéu e a gente vai até o clube.

— O clube?

— O Elks Club.

— Eu entrei no Elks quando o bispo não permitiu cerveja nas pistas do K. of C.*

* Knights of Columbus (Cavaleiros de Colombo), a maior organização de homens católicos do mundo, com 1,8 milhão de membros. (N. T.)

— Eu me lembro. Você foi um dos líderes do protesto.

— Cerveja e boliche têm tudo a ver.

— Lá no clube tem os dois.

— O clube.

— Pegue o chapéu.

Quinn ligou para Pat Mahar, zelador do Elks, e disse a ele que George estava indo para lá. Será que ele poderia ficar de olho nele por umas duas horas? É só mandar uma mensagem pra mim no jornal se ele precisar de alguma coisa, Pat. Basta mantê-lo ocupado, dar uma ou duas cervejas a ele, mas não passe da conta. Deixe-o no salão de jogos, ele ainda sabe jogar vinte e um, ou na sala de TV, ou na sala de sinuca. É só deixar ele conversando com os amigos e ele vai ficar bem. A maior parte do tempo ele faz o que pedem. Eu sei que você não é enfermeiro, Pat, mas tente mantê-lo dentro do clube. Eu fico te devendo. Vinte pratas pelo incômodo, que tal?

Mesmo com o dinheiro, Quinn não achava que Pat faria nada daquilo, mas era um começo. Ele iria ao clube assim que tivesse tempo.

Quinn ligou para o caderno de cidades para saber se havia alguma mudança nas suas instruções e Markson, o editor, disse que era para Quinn entrevistar o prefeito a respeito de Bobby Kennedy e da tensão racial na cidade.

— Você esqueceu que o prefeito sai da sala quando eu entro?

— Logo ele esquece isso. Diga a ele que você admira o trabalho dele. Nós queremos a sua perspectiva quanto à hostilidade do sistema quando Bobby concorreu para senador. Você sabe isso de trás pra frente. E confronte ele perguntando o que ele tem feito para conter a violência. Chegou uma mensagem pra você também. Max Osborne quer te ver, mas não deixou número.

Max. Que porra de mensagem sem número de contato era essa?

— Não posso garantir que vou conseguir falar com o prefeito — disse Quinn antes de desligar. George Quinn desceu as escadas usando seu chapéu de palha.

— Estamos prontos? — perguntou George.

— Estamos.

Mas quando Quinn tocou a maçaneta da porta da antessala ele viu Matt Daugherty subindo os degraus da varanda, em mangas de camisa e com um sorriso sinistro.

— Matt. Nós estamos de saída, mas pode entrar.

— Só alguns minutos — disse Matt. — Como vai, George?

— Excelente de fio a pavio, e você?

— Ainda não tenho certeza.

— Estou levando ele para o Elks Club — disse Quinn. — Aceita um café?

— Que tal uma cerveja?

Quinn abriu uma garrafa de Irish Cream Ale da geladeira e eles se sentaram à mesa da cozinha. George ficou perto do fogão, ainda de chapéu.

— Vamos sair em cinco minutos, pai — disse Quinn.

— Como quiser. Riqueza não me enche o olho.

O reverendo Matthew Daugherty, da OFM,* volúvel, professor franciscano de religião e teologia no Siena College, com quarenta e quatro anos e físico de jogador de futebol americano, o rebelde da fé de fala macia e impetuoso, o missionário radical das favelas que, em discursos, comentários à imprensa e cartas ao editor, atacara repetidas vezes o prefeito e a máquina democrática de Albany por indiferença para com os pobres e especialmente os pobres negros — uma postura ousada à sombra sacra da diocese católica de Albany, algo inédito na cidade neste século ou no anterior — e fora silenciado por seu superior na universidade, instado a se afastar do centro da cidade, a apenas dar suas aulas e calar a boca. Mas a ordem obviamente viera da hierarquia da diocese; e só dava para esperar

* *Ordo Fratrum Minorum*, ordem franciscana. (N. T.)

isso dos orgulhosos clérigos democratas: uma ordem para parar de incomodar nossos generosos políticos, todos comungantes regulares.

Matt bebeu metade da cerveja e disse:

— Eu estava dando uma volta com Penny. Ela me deixou aqui perto.

— Você não fez um voto de castidade?

— Nós só conversamos. Você tem que ouvir isso.

— Pode falar.

— Ela diz que o sistema está pronto para destruir um inimigo. Criar um exemplo. Ela não sabe quem é, mas não vai ser nada bom. Alguém falou pra ela.

— Quem?

— Ela não diz, mas jura que é verdade. Ela diz que pode ser eu.

— Eles já não te pegaram?

— Então talvez seja você. Ou um dos Brothers.

— Você não confia de verdade em Penny, confia?

— Não há nada de errado com Penny, Dan. Eu sei o que você acha, mas ela faz um bom trabalho com os grupos das comunidades, e não recebe por isso. Eu respeito essa atitude, mesmo que nem sempre acredite no que ela diz.

— Por que você está andando por aí com gostosas famintas por homem? Você não está confinado no campus?

— Eu posso caminhar, posso ir até o campo de golfe. Fico acenando pros golfistas. Ela me pegou na estradinha que passa perto do buraco dezessete. Depois que falei com ela, achei melhor vir aqui contar pra você.

— Você ligou pra ela?

— Ela ligou pra mim. Nós já tínhamos conversado antes.

— Você ouviu a confissão dela?

— Não foi nada do tipo.

— Mas ela se abre com você.

— Ela tem problemas como todo mundo.

— Ela encosta a cabecinha no seu ombro e chora?

— Bom, ela tem emoções.

— Mas você não. Mulheres problemáticas com peitos enormes não perturbam a serenidade da sua castidade.

Matt bebeu mais cerveja.

— Estou achando que ela se engraçou pro seu lado — disse Quinn.

— É, acho que dá pra chamar assim.

— O que ela fez?

— Você sabe como é.

— Pra falar a verdade, sei mesmo. Ela fez comigo.

— Então vocês fizeram.

— Não, ela fez comigo. Tentou se engraçar. Daí ela ligou pra Renata pra se desculpar por me manter na rua até tarde. Eu não fiquei na rua até tarde, mas é assim que ela age. Ela ataca você, daí te delata por não ter feito nada. Ela gosta mesmo é de arrumar encrenca.

— Eu posso cuidar disso, Dan. Já estou sob controle há anos. Não sou mais aquele escroto tarado de antigamente. Arranjei outras maneiras de me meter em encrenca.

— Falando pra caralho.

— É a minha especialidade.

— Escute, você está bem? Quer dizer… os últimos dias têm sido meio ruins pra você. — Quinn se levantou.

— Estou dando conta. Você tem que sair?

— Sim. Tremont Van Ort não está bem. Ele desabou na Dongan Avenue e não sai, não consegue sair do lugar. Claudia chamou uma ambulância, mas eles não vão até a Dongan Avenue. Claudia pediu que eu o levasse até o hospital. Eu disse que veria o que posso fazer.

— Eu vou com você.

— Você não tem permissão para ir até o South End. E se alguém vir você?

— O que eles vão fazer, confiscar minhas meias? Vamos ajudar Tremont.

— Quer levar uma cerveja?

— Por que não?

Na sala de jantar, George Quinn estava sentado com o chapéu no colo, de frente para o grande espelho perto do aparador. Ele acenava para a própria imagem, dizendo para ela chegar perto, mas quando viu Quinn ele mudou de gesto e se persignou.

— Perdoe-me, padre, pois eu pequei — disse ele.

— O senhor não pecou hoje — disse Quinn. — Vamos.

— Então é isso — disse George. — Estamos prontos. Já peguei meu chapéu. — Ele se levantou, colocou o chapéu e foi em direção à porta.

— Meu pai perguntou pelo senhor outro dia, senhor George — disse Matt.

— Seu pai?

— Martin Daugherty.

— Martin Daugherty. Nós servimos juntos na França.

— Eu sei. Ele diz que você era o soldado mais bem vestido da AEF.*

— Martin Daugherty era um bom sujeito. Sempre confiável. Escrevia pros jornais.

— Agora ele está no asilo Ann Lee.

— Eu não sabia disso — disse Quinn.

— Faz seis meses que está lá, mas eu recebi uma carta dizendo que estão expulsando ele.

— Por quê?

— Eles não dizem. Acho que é por conta da pressão dos políticos.

— Filhos da puta.

* American Expeditionary Force, a Força Expedicionária dos Estados Unidos. (N. T.)

— Martin Daugherty vivia na Colonie Street — disse George.

— De fato — disse Matt.

— É melhor irmos. Já peguei meu chapéu.

— Você vai dar uma volta na cidade — disse Matt.

George respondeu cantando:

Put your feet on the barroom shelf,
*Open the bottle and help yourself.**

— Cuidado, Albany — disse Matt. — Aí vai George Quinn.

O que Danny disse foi:

— O clube é ali, ali naqueles degraus, tudo bem?

Claro que está tudo bem.

— São duas e quarenta e cinco. Eu encontro você no bar do clube às seis em ponto. Você tem o seu relógio?

É claro que tenho o meu relógio. E George saiu do carro e deu dois passos na direção do clube, e quando Danny arrancou com o carro, George se virou para vê-lo partir. Ele olhou de um lado para o outro no quarteirão procurando pelo clube, atravessou a State Street, desceu a ladeira e atravessou a Pearl Street. Danny falara de degraus. Ali havia alguns degraus. Cinco degraus. Marrons. Ninguém do lado de fora. Ele empurrou a porta e caminhou sobre o mármore mosqueado. Ele parou e ficou encarando os vidros e os bronzes.

— Posso ajudar, senhor?

— O clube.

— E qual clube seria, senhor?

— Está tudo nos conformes.

— Aqui é um banco, senhor. O senhor tem conta conosco?

* "Ponha os pés na prateleira do boteco,/ Abra a garrafa e sirva-se." (N. T.)

— Certamente.

— Ótimo. Vou levar o senhor até o caixa. Qual o seu nome?

— Meu nome pra quê?

— O nome da sua conta.

— George Quinn.

— Bem-vindo ao New York State Bank, senhor Quinn. Vou verificar sua conta para o senhor.

— Está tudo nos conformes.

— Certamente.

George pegou a carteira do bolso traseiro e a abriu. Havia duas notas de cinco dólares nela. Ele meteu o dedo em um compartimento da carteira e puxou um cheque. Ele o abriu e leu seu nome.

— Aqui, por favor. O senhor pode escrever aqui. Aqui está a caneta. Algo mais que eu possa fazer pelo senhor?

— O que mais tem?

— De quanto vai ser esse cheque, senhor Quinn?

— Tem que ser o suficiente.

— Será, com certeza.

George parou com a caneta em cima do cheque e pensou em números. Em seguida escreveu "duzentos" em uma linha em branco. Ele depôs a caneta e entregou o cheque ao homem.

— É preciso assinar, senhor.

George olhou para o cheque e pegou a caneta. Ele assinou "George" e entregou o cheque ao homem.

— O nome completo, senhor Quinn.

George escreveu "Quinn" depois de "George".

— Agora a quantia em numerais — disse o homem. — Duzentos em numerais. Dois zero.

George escreveu "200" e entregou o cheque ao homem, que o levou ao caixa. Ele retornou e entregou o cheque a George.

— Sinto muito, senhor Quinn. Não posso sacar este cheque. O cheque é nosso, mas sua conta aqui foi fechada no ano passado.

Talvez o senhor tenha uma conta no Albany Savings Bank, ou no National Savings... ou talvez no City and Count. Mechanics and Farmers? Algum desses bancos lhe soa familiar?

— Meu banco fica perto do clube.

— Não sei a qual clube o senhor se refere.

— Que raio de negócio é esse que vocês nem sacam um cheque nem sabem onde fica nada?

— O senhor quer que eu ligue para o Albany Savings? Posso mandar alguém acompanhar o senhor até lá.

— Não se incomode — disse George, e saiu. Olhou para o Capitólio, na State Street, que ele vira queimar em 1911, e se perguntou se chegaram a terminar de reconstruir o prédio. Sim, e talvez não. Ele trabalhara no Arquivo quando Jimmy Walker era senador e Al Smith presidia a Assembleia. Big Bill Sulzer ainda não tinha aparecido, não é? O chefão ainda era Al. Al dizia: Traga-me o *World*, o *Sun*, o *Times* e o *Tribune*, Georgie. Um sorrisão na cara. Tome um dólar e guarde o troco.

George atravessou a State Street, olhou para o Van Vechten Hall e pensou em ir até o Beauman's para ver as moças, mas ainda era cedo, não? Ele procurou o relógio de bolso no colete, não havia colete nem relógio. No pulso? Aí está, são três em ponto, cedo demais. Os músicos do Beauman's não começam antes das sete.

— Olá, George — disse um sujeito.

— Olêê, olá, Brzt, Bitts, Billdy — como era mesmo o nome dele?

— Pra onde você vai?

— Pro clube.

— Tem tempo pra uma xícara de café?

— Claro — disse George. Bradz, Bonzi, Bunzy, entrou no Waldorf Cafeteria e George o seguiu, pegando uma comanda. Crenzy pediu o café.

— Eu falei com o delegado ontem — Renzi disse, depois que se sentaram. Renzi. — Ele disse que você não vai voltar a trabalhar.

Eu disse a ele: George vai voltar quando estiver bom. Acho que não, ele disse. Eu disse a ele: Não dá pra voltar assim de cara, depois de duas operações de catarata. George está se recuperando.

— É isso mesmo — disse George. — Eu peguei óculos novos, e colírio. — E ele mostrou a Renzi o colírio.

— Só estou repassando o que ele disse. Só pra você saber, George. Acho que isso não é coisa boa. Ligue pra ele.

— Pode deixar.

— O que você acha do que houve com Bobby Kennedy?

— Eu votei nele. Patsy mandou dizer pra barrá-lo, mas eu votei nele. Eu voto em qualquer um chamado "Kennedy".

— Atiraram nele.

— Quem atirou nele?

— Um sujeito, não sei quem foi. Mas já pegaram ele. Deve ser comunista.

— Kennedy não é comunista.

— Compre um jornal, Georgie. Está tudo no jornal. Ontem à noite, pouco depois da meia-noite, em Los Angeles. Ele tinha vencido as primárias e atiraram nele.

— Quem venceu as primárias?

— Bobby.

— Atiraram nele porque ele venceu as primárias?

— Deve ter sido.

— Eu votei nele.

— Ligue pro delegado e pergunte quando é pra você voltar ao trabalho — disse Renzi. — Eu pago o café. — E ele pegou a comanda de George.

— Não se atira nas pessoas por vencerem as primárias — disse George, mas Renzi já se afastava e George não gostou do café. Ele saiu de volta para a State Street e olhou para o Capitólio. Eu vi a Biblioteca Estadual queimar em 1911. Queimou dois dias, três, acho até que uma semana. Ele foi em direção ao Capitólio e olhou para

The Tub, o hotel onde Al Smith se hospedara. O letreiro não estava mais lá. Al não precisa mais se hospedar ali. Naquela época Al não tinha muito dinheiro, mas agora tem. Quando Bobby Kennedy foi a Albany, George estava lá. Não estava? Eu estava lá quando Truman chegou na traseira do trem. Eu estava lá quando o trem de Adlai chegou e ele falou à multidão da plataforma da estação na Columbia Street. Quando Bobby fora lá? O pai dele é dono do Standard Building. Os Kennedy fizeram dinheiro contrabandeando bebida. Atiraram em Jack, não em Bobby. Eu estava lá quando Jack veio almoçar em Albany. O pai dele pediu apoio a Patsy, e Patsy o apoiou até o fim. Patsy nunca gostou de FDR, mas apoiou Jack. Foi assim que Jack se tornou presidente. Eles não se opuseram a Jack. George atravessou a State Street subindo pela Eagle Street e foi em direção à prefeitura, também passando por ela. Vem alguém aí. Vi. Viva. Viv. Vivian. Boa Vivi.

— Olá, Georgie — disse a mulher. Ela usava um chapéu de palha amarelo.

— Olá, Vivi — disse George, e tocou a aba do chapéu. — Está indo ao Beauman's?

Vivian parou.

— Ah, quem dera. Beauman's. Aquele era o tempo bom. Não, Georgie, estou indo encontrar uma amiga no Cody.

— Cody.

— No Havana do Cody, você sabe muito bem. Não é mais do Beauman's.

— Havana? Eu conheço. É do Beauman's.

Vivian seguiu caminhando e George a observou. Ela tinha pernas como. Pernas. Como. Estou amarrando as folhas pra não caírem e Nellie não quer ir embora. Peg. Pag. Pernas como as da Peg. George se virou, viu o Fórum e parou. Não posso entrar aí. Por que não? George voltou na direção da Prefeitura e viu o Chuiz saindo. Chuiz Epstein e alguém. Pleito. Não. Eleito. Não. O prefeito. Eles o viram se aproximar e esperaram na esquina. George atravessou para encontrá-los.

— Olá, Chuiz, olá, Preeê — disse George.

— George, por onde tem andado? Nós sentimos a sua falta.

— Indo e vindo pra cima e pra baixo.

— Ah, que diabos, George, vamos ao lago um pouco. A gente junta a rapaziada e vamos jogar golfe.

— Gostei de ver, juiz. Golfe. Faz algum tempo que não jogo golfe.

— Você está se sentindo bem, George? — perguntou o prefeito. — Ouvi dizer que operaram você.

— Óculos novos, prefeito, olhos novos.

— Isso vai melhorar sua tacada — disse o prefeito.

— Tataco. Estou indo a Havana.

— Havana, Cuba? Eu adoro aquilo lá, mas é meio longe só pra ir jogar golfe — disse o prefeito.

E George cantou:

Cuba, that's where I'm going,
*Cuba, that's where I'll stay.**

— Fazia tempo que eu não escutava essa — disse o prefeito.

— Apareça no gabinete, George — disse o juiz. — A gente combina de você aparecer pra jogar golfe.

— Eu vou, juiz, vou sim. Vou rezar por você.

— Rezar? Você acha que ganha de mim?

— Duas ave-marias — respondeu George.

— Religião errada — disse o juiz, e ele e o prefeito riram e saíram caminhando.

* "Estou indo para Cuba,/ É lá que eu vou ficar." (N. T.)

Juiz. Epstein. Morris. Sempre me convida para jogar golfe. Prefeito Fitz. Fitz de quê? George ficou vendo o juiz e o prefeito subirem a Washington Avenue. Vão tomar uma cerveja, é o que fazem depois do trabalho. Vão até o clube. Forte Fitz. O Forte. Prefeito Alex Fitz. George decidiu que queria uma cerveja bem gelada, com o colarinho tirado a régua em uma caneca branca de gelo. Ele não sabia aonde ir para conseguir essa cerveja. Fort Fitzgibbon? Fort Orange? O clube tinha cerveja. Onde fica? Ele caminhou pela State Street, passou pelo Elks Club e virou para a Lodge Street, depois da Academia dos Irmãos Cristãos. Irmão... quem?, que ensinava leitura e escrita, aritmética, com a ajuda de um galho de nogueira.* Irmão...? Eu nunca gostei dele... Knocko. Irmão Bernardine era um bom sujeito. Irmão William Knocko. Ele passou por onde ficava a Towne Tavern de Jack Shaughnessy, mas há um estabelecimento novo ali, não gosto da aparência, parece uma espelunca. Ele desceu a Beaver Street, passou pelo Rudnick's, pela velha Oyster House de Jack, pela Apollo Billiards, onde Billy ganhou a *bombonnière*. Nós pegávamos apostas nos fundos da loja e Billy gerenciava o pôquer. George atravessou para o outro lado da Beaver Street e voltou por onde fora, subindo a colina onde a Beaver Street cruzava a Eagle Street. Ele viu a segunda delegacia, fique longe dali, e do outro lado viu uma palavra de que gostou em uma janela: Stanwix. Patsy. Ele entrou e ficou no balcão. As pessoas nos banquinhos assistiam à televisão. Bobby Kennedy saiu da cirurgia. É chocante. Em estado crítico. A nação está atordoada. Um enorme sujeito negro atrás do balcão olhou para George.

— O que vai ser?

— O que está na janela.

— O que você quer?

* Referência a "School Days", canção popular norte-americana escrita em 1907 por Will Cobb e Gus Edwards. (N. T.)

— Aquilo na janela.

— Você quer a lâmpada?

— Eu quero aquilo — e ele apontou para a lâmpada de neon na janela que soletrava "Stanwix" de trás para frente.

— Você quer uma cerveja Stanwix, é isso?

— Sim. Como se chama este lugar?

— Cody's — disse o homem.

— Eu sei que aqui não é o clube.

— É o Cody's Havana Club, se eu entendi sua pergunta.

— Cody's Havana Club — disse George. — Eu já estive aqui.

— Vou pegar sua cerveja.

George deu um gole da cerveja e adorou. Ele olhou para a cerveja, vendo a perspiração no copo. Ele passou a mão, enxugando o copo, depois o ergueu e deu mais um gole. Ele adorou o gosto, o frio na língua, na garganta. Eu devia beber mais cerveja. Ele virou o copo e terminou. Lambeu a espuma dos lábios. O barman olhou para ele.

— De novo? — perguntou ele a George.

— De novo o quê?

— Outra cerveja.

— Boa ideia. Eu quero outra cerveja de novo.

O barman tirou outro chope.

— Custa só um dólar — disse ele.

— O quê?

— A cerveja.

— Um dólar? Está caro demais. Cerveja custa um níquel. Tem lugares que cobram um vintém. Um copo de vinho Bordeaux custa dez centavos em Paris.

— Isso foi antes de eu nascer — disse o barman. — Hoje o chope está cinquenta centavos a tulipa e você tomou dois. Um dólar.

George pegou a carteira e pegou uma das notas de cinco. Ele a entregou ao homem e ficou olhando para ele.

— Seu nome é Dick? — perguntou George.

— Não.

— Você parece um pouco com um amigo meu. Já não o vejo faz tempo. Você já foi a Van Woert Street?

— Já.

— Dick. Esse era o nome dele. Dick Hawkins. Você o conhece?

— Nunca ouvi falar.

— Preto Dick Hawkins, era como o chamavam — disse George. — Ele entrava e saía de qualquer casa na Van Woert Street, como se fosse branco.

— É mesmo? Preto Dick* na Van Woert Street?

— Sujeito maravilhoso. Ele fazia qualquer coisa por mim. Eles vinham com disse me disse pra cima de mim e Dick falava pra eles: "Deixem o moleque em paz, ele é amigo meu". Eles nem encostavam em mim. Ele parecia muito com você. Por acaso o seu nome não é Dick?

— Não, meu nome é George. Preto George. Eu moro na Van Woert Street. Já ouviu falar de mim?

— Não, nunca, e eu moro na Van Woert Street. O Preto Dick eu conheço. Sujeito maravilhoso. Parece com você. Fazia qualquer coisa por mim.

— Sabe o que eu vou fazer por você?

— Não.

— Vou pegar seu troco, você vai terminar sua cerveja e aí eu vou te botar pra fora daqui na base da porrada.

— Ora, mas como assim?

— Como assim que eu não quero seu dinheiro, seu filho da puta.

— Você está louco? Não se fala assim em público. Tem mulheres aqui.

* *Black Dick*: "pau de preto". (N. T.)

Todos no bar estavam olhando para George. Um homem vestindo a camisa para fora da calça, duas mulheres usando chapéus de palha. George tocou a aba do chapéu na direção das mulheres sentadas no balcão a um banquinho de distância. Aquela se parece com Vivi. George viu que elas o encaravam como se esperassem algo dele, e assim ele pegou o copo e brindou: "Não quero luxo, não faço questão de riqueza, só quero uma moça bonita pra afastar minha tristeza". Ele sorriu e deu mais um gole da cerveja. A mulher de chapéu de palha amarelo ergueu o copo na direção de George e deu um gole.

— Ele é gente boa, Roy — disse ela ao barman.

— Com certeza — disse Roy.

— Não — disse ela. — Eu o conheço há muito tempo. Ele trabalha no Fórum. É ele quem cuida dos jurados.

George começou a cantar:

Good-bye, gang, I'm through.
Old pals I can't forget.
I say good-bye to you, without the least regret.

— Eu conheço essa música — disse a mulher, e cantou juntou com George:

I'm through with all flirtations.
There'll be no more fascinations.
There is one to whom I'm true.
*Good-bye boys, good-bye girls, good-bye gang, I'm through.**

* "Adeus moçada, pra mim já deu./ Não esqueço os velhos camaradas./ Me despeço de vocês sem mágoa.// Nunca mais irei flertar./As fantasias acabaram./ Eu sou fiel a alguém agora./ Adeus, rapazes, adeus, meninas, adeus, moçada, pra mim já deu." (N. T.)

Atrás do balcão, Roy aumentou o volume do telejornal. A mulher se aproximou de George no balcão.

— George Quinn — disse ela —, você ainda é um pinga-fogo.

— George Josephus Jeremiah Randolph Franklin Aloysius Quinn — disse ele. — É um prazer vê-la, minha cara. Vai me beijar agora ou mais tarde?

— Só você mesmo. A última vez que estivemos juntos em um bar foi no Farnham's. Lembra?

— O Farnham's é maravilhoso. Nos conformes.

— Ah, eu sei. Eu adoro a atmosfera de lá. Tudo em madeira escura, maravilhoso.

— A atmosfera é maravilhosa. A madeira.

— Não ligue pro barman, George. Ele é um rapaz sensível e não gosta dessa palavra que você usou.

— Que palavra?

— Preto — sussurrou ela.

— Preto Dick, eu conhecia bem ele.

— Sim, mas não é bom chamar ele assim hoje em dia. É só chamar de Dick, sem o "preto".

— Mas é o nome dele. Preto Dick. Ele era da gangue da Sheridan Avenue. Eu conhecia eles todos. Só havia um Preto Dick.

— Só não fale mais isso, o.k.? Entendeu? Não fale, ou ele vai te expulsar. Roy fica nervoso muito fácil.

— Roy, quem é Roy?

— O barman. Ele disse que o nome dele é George, mas é mentira.

— Sim. Ele não é George, eu sou George.

— É mesmo. George Quinn.

— Sou eu. Hoje à noite você vai dançar no Beauman's?

— Você ainda está pensando no Beauman's.

— É bem nos conformes. Orquestra King Jazz. Não tem coisa melhor. Eu não me lembro do seu nome.

— Vivian, Vivian Sexton, George. Faz cem anos que você me conhece.

George tirou o chapéu, estendendo-o na direção dela.

— Fico honrado em conhecer você há tanto tempo, Vivian.

— Você é tão cavalheiro.

— Seria um privilégio pagar uma bebida pra você, Vivian. Podemos ficar ali naquela mesa. Estou indo para o clube e preciso descontar um cheque. O relógio da vida só recebe corda uma vez e ninguém sabe onde os ponteiros vão parar.

— Isso é verdade mesmo, George, e é bem poético. Adoraria tomar um drinque com você.

George encostou o chapéu no peito e perguntou:

— Vai me beijar agora ou vai esperar?

E Vivian o beijou na face.

Max Osborne, usando uma *guayabera* branca, sozinho no canto do bar, examinou Roy e viu o pai presente no filho, uma versão bem maior, braços e peito de trabalhador, um peso pesado, mas o filho inegável de Cody: o mesmo espinhaço rígido, o peitoral amplo, mãos de dedos longos, pele de um tom mais claro que Cody, mas nenhum sinal no filho do talento discreto de Cody para evitar conflitos em público. Aquele sujeito tinha um talento para repreender o mundo. Mas é o filho de Cody. Como a filha de Max. Crianças de um novo dia.

Max comparou Roy com as quatro fotos na parede acima do piano, ampliações do sujeito e de seus ídolos: Fats, que tornou Cody seu protegido, e Billie — ah, Billie, tão inacreditavelmente jovem, junto ao jovem Cody, que toca enquanto ela atinge a nota de olhos fechados. E também — mostrando a traseira aberta de um piano, trombone no chão, luz sobre um prato — Duke, curvado sobre as teclas de um jeito que não dava para saber que era ele — mas quem mais podia ser? E depois Bing, encostado no piano e cantando para Cody, dizendo para ele brilhar. Bingety-bing-bing.

— Essa foto de Sonny e Bing Crosby — Max disse para Roy. — Você sabe algo sobre ela?

Roy apertou os olhos, olhando para Max com mais atenção, e então diminuiu o volume da TV.

— Você conhece Sonny?

— Desde o fim dos anos 1930. Você é o menino dele.

— "Menino."* Eu conheço você?

— Meu nome é Max. Conhece?

— Ouvi falar de um Max. Mas ele já não é mais Sonny.

— Eu sei tudo sobre isso. Achei que conseguiria sua atenção.

— Como é que você sabe tanto?

— Podia contar uma história sobre a noite em que seu pai tocou e Bing cantou. Eu estava lá. Você cuida deste lugar para o seu pai?

— Não trabalho nisso. O que você faz, Max?

— Essa é uma pergunta pessoal e geralmente não respondo perguntas pessoais por motivos religiosos, Roy, e eu sou um cara religioso. Mas pra você eu respondo, porque você é filho de Sonny, filho de Cody, e Cody é um gênio, embora eu não seja ninguém pra falar isso. Eu sou uma besta em música, isso sim. Mas já fui estrela do golfe, ator de TV, tive um jornal em Cuba, sou espião aposentado, ensinei literatura na faculdade, estou produzindo um filme sobre Bing Crosby, que é um velho amigo meu, e a lista não está completa. Em que você trabalha?

— Ralando feito louco pra ver se entro na universidade. Quem você espionou?

— O universo. Sabe quem tirou aquela foto de Bing?

* Em inglês, *boy*, usado de forma condescendente para se referir a um afro--americano. (N. T.)

— Cody sabe.

— Sabe mesmo. Eu tirei. E onde está Cody? Ele vem para cá?

— Ele vai aparecer, mas não vai ficar muito. Tem um show.

— Onde?

— Salão de baile DeWitt. Show de Despedida, é como estão chamando.

— Despedida de quê?

— Cody está doente.

— Não... Muito doente?

— Doente pra sempre. Câncer de pulmão.

— Ah, não, não... Desde quando?

— Ele ainda tem algum tempo, mas não muito. Ainda consegue tocar.

— Onde eu compro um ingresso?

Roy foi até a caixa registradora e pegou um maço de ingressos de detrás do balcão. Ele pôs um ingresso diante de Max.

— Vinte pratas, jantar incluído. Vai ajudar a pagar as despesas médicas.

— Quero dois. — E Max pôs uma nota de cem dólares no balcão.

— Dá pra aumentar o volume da TV, Roy? — perguntou uma mulher no balcão. — Estão falando de Bobby.

Roy aumentou o volume e um repórter estava dizendo que a vigília continuava em frente ao hospital Los Angeles onde Robert Kennedy estava, ferido talvez mortalmente. O procurador-geral Ramsey Clark dissera que não havia indícios de uma conspiração até o momento.

Roy entregou o segundo ingresso a Max mais sessenta pratas de troco e serviu cerveja aos fregueses na ponta do balcão.

— Eu o conheci quando ele fez campanha aqui pra senador — disse Roy. — Ele podia ter dado um bom presidente.

— Eu o conheci em Los Angeles quando ele estava correndo atrás de Marilyn — disse Max. — Bing jogava golfe com Jack.

— Bing e Jack, Bing e Sonny, Bobby e Marilyn. Você conhece todo mundo. Tem alguém que você não conheça?

— Tem uns dois caras na China.

— Quem atirou em Bobby, afinal?

— Eu diria que foi a máfia. O pessoal do sindicato tinha ódio dele, especialmente Hoffa.* Mas alguém vai culpar os cubanos. Sempre culpam os cubanos. Mas eles o odiavam também.

— Aposto que você conhece Fidel, não é?

— A gente é chegado. Você gosta do Fidel?

— Eu o respeito. Ele venceu o sistema, pagou o preço, combateu o bom combate. Ele tem sido bom para os negros deste país. Eu gosto que ele perturbe os políticos deste país.

— Tem puxado cadeia recentemente, Roy?

Roy o encarou.

— Eu sei algumas coisas a seu respeito. Animal político.

— Político, sim. Animal, não.

— Escolhi mal as palavras. Desculpe. "Radical" o descreve melhor, não é? Você e os outros Brothers. Um agitador entre agitadores, não é?

— Os Brothers dizem o que tem que ser dito.

— Dizem o que estão pensando. Admirável.

— O que é que você está pensando, Max? Que perguntinhas são essas agora?

— Eu fico sabendo das coisas, Roy. Sei que o prefeito e os policiais de Albany estão na cola dos Brothers. Isso é encrenca pesada, o prefeito e os policiais.

— Quem diabos é você?

— Max Osborne. Seu pai tocou piano para minha ex em Havana. Esme Suárez.

* James Riddle "Jimmy" Hoffa (1913-declarado morto em 1982), líder sindical americano. (N. T.)

— Esme. É a mãe de Gloria.

— Na mosca. Gloria. Minha garotinha.

Renata se contorcia em um banco de metal a um canto da recepção vazia quando o funcionário chegou com Gloria. Renata abraçou a sobrinha.

— Ela já está pronta, mas não quer ir embora — disse o funcionário.

— É verdade, *mi amorcita*? — perguntou Renata.

Gloria sacudiu a cabeça que não, depois que sim. Estava vestida para ir embora: blusa branca, calça preta, salto alto. Seu bonito cabelo loiro tinha sido escovado e descaía, casual. Parecia a Gloria de sempre, exceto pelos olhos violetas, arregalados com espanto alienado.

— Você quer ficar aqui?

Gloria sacudiu a cabeça que não.

— Todo mundo acha que você já está boa pra ir embora. Vamos lá pra casa comigo?

Gloria sacudiu a cabeça que não.

— Você não vai falar?

Gloria sacudiu a cabeça que não.

— Você está assustada.

Elas sentaram no banco e se encararam. Gloria abraçou os ombros, e Renata achou que era para manter sob controle as forças que a tinham levado até ali. Ela dirigira até a entrada da casa de Quinn mas não conseguira sair do carro, permanecendo nele durante uma hora. Renata a encontrou e conseguiu levá-la para a casa, mas ela não dizia o que estava errado. Ficou escondida sob as cobertas por um dia e meio sem comer, em silêncio, até que golpeou e estilhaçou uma janela do banheiro, cortando a mão. Ela pegou a navalha de George Quinn da gaveta e ficou sentada no chão. Daniel ouviu o barulho e a encontrou segurando a navalha aberta, tentando decidir onde cortar para sangrar do jeito certo. Depois de oito dias na ala psiquiátrica Renata achava que ela não parecia melhor. Mas não havia mais dinheiro para mantê-la ali nem mais um dia. Estava fora de questão ligar para Esme, que ficaria louca de tanta preocupação, e assim Renata ligou para Max, pedindo dinheiro para pagar três prestações vencidas da hipoteca, e sem mencionar Gloria.

— Eu vou ficar no saguão — disse o funcionário a Renata, e saiu.

Um homenzinho de nariz achatado e moletom preto entrou na recepção. Quando Renata chegou, ele estava caminhando rapidamente de um lado para o outro do corredor. Ele olhou para elas e falou com Gloria:

— Eu sou o agente principal do Jardim neste planeta. Eu sou o guardião universal. A ralé usou a putaria pras plantas envenenarem os cachorros. O Jardim quer que você mande seu número de telefone agora mesmo.

Gloria estendeu a mão e tocou a mão pequena e retorcida do homem. Ele afastou a mão e saiu depressa dali.

— Seu lugar não é aqui — disse Renata. — Às vezes é possível viver perto da morte sem morrer, mas você tem que sair daqui.

Gloria não disse nada.

— Existe um motivo pra voltar pra casa. Seu pai está em Albany.

Gloria empertigou-se no banco.

— Talvez ele saiba que você está aqui — disse Renata —, mas eu não sei como. Nós conversamos semana passada, mas ele não falou nada sobre vir para Albany. Você vai vê-lo?

Gloria quase fez que sim.

— E hoje à noite tem o show de Cody... talvez o último. Você tem que ouvi-lo tocar nem que seja só uma música. Ele adoraria. Você tem falado com Roy?

Gloria sacudiu a cabeça.

— Alex esteve aqui?

Gloria sacudiu a cabeça violentamente e virou o rosto.

— É bobagem ficar irritada por eu mencioná-lo. As pessoas sabem, *mi amor*. O editor de Daniel perguntou o que ele sabia sobre você, Alex e Roy. Você não é mais segredo. Esconder-se aqui não muda nada. Você tem que falar sobre o que aconteceu. Seja lá o que foi, não vale sua vida. Você sobreviveu. Você vai viver melhor se me contar.

Gloria não disse nada.

— Já que você não vai falar, eu vou contar uma história. Você conhece todos nela: sua mãe, Max, Cody e eu. Eu estava na escola em Havana com *las monjitas*. Sua mãe não estava arranjando trabalho na Broadway porque só queriam ela em papéis latinos, e não havia papéis para latinos. Ela era linda, tinha o inglês perfeito, ainda tinha uma bela voz e queria continuar a carreira. Por isso ela voltou para onde tinha começado, as boates de Havana. Havia mais boates do que nunca, mais fregueses, muitos americanos, e ela era Esme Suárez, a estrela da Broadway. As melhores boates a disputavam, o Tropicana, o Sans Souci, o Montmartre... você já sabe isso tudo. Ela trabalhava algumas semanas, então parava de trabalhar, mas sempre ia jantar nos restaurantes das boates. Max não gostava das boates com a mesma intensidade de Esme, e por isso ela me levava como guardiã e nós assistíamos a Chevalier e Cugat, Beny Moré e Dietrich, eram tantos. Os gerentes levavam as estrelas à nossa mesa e todos adoravam sua mãe. Tão espirituosa, *qué viva, qué alegre*! Agora eu vou te dizer uma coisa. Às vezes vinham homens me pegar pela mão pedindo para dançar, mas sua mãe dizia: "Pode olhar, mas sem tocar". Ela tinha trinta e dois, eu tinha dezesseis, era virgem de vida noturna. Você era virgem quando me pediu lições sobre a vida sexual. Eram para Alex, não eram?

Gloria fechou os olhos ao ouvir a pergunta.

— Claro que eram. Mas sua virgindade não tem importância, nem a minha. Uma noite, no Club Montmartre, Max veio até nossa mesa com Cody, um músico negro. Foi quando o conheci. Ele era de Nova York mas queria sair de lá, e Max arranjou trabalho para ele na Night and Day, um "piano bar" americano na velha Havana. Max e Cody eram amigos desde que Cody tocava com Billie Holiday. Ele foi o primeiro a tocar com Billie e os jornais disseram que eles iam se casar, mas não deu certo. Billie amava Cody, mas ela era uma pessoa louca, que literalmente se matava de trabalhar. Cody jamais a machucaria e ela parecia preferir homens que a machucavam. Muitas mulheres são assim. Não eu. Se me machucarem, farei o possível pra machucar eles também. Mas não é isso que eu quero dizer. Naquela noite nós jantamos e Cody conversou muito comigo, um homem doce que nunca machucou ninguém, quase tímido, bonito, da idade da sua mãe. Eu gostei muito dele e sabia que podia me apaixonar por ele se fosse mais velha. Eu estava quase me apaixonando por ele enquanto falávamos, mas naquela época eu não sabia muito sobre o amor. Eu sentia sem saber o que era. Mas Max viu aquilo em meu rosto antes que minha irmã visse. Eu também estava apaixonada por Max. Eu estava apaixonada por todos os homens que gostavam de mim porque eu não sabia nada sobre o amor ainda. Max é mulherengo e você sabe disso. Todo mundo sabe. Ele deu em cima de mim quando eu tinha catorze anos, mas não me tocou. Nunca. A gente ria e ele falava sobre estrelas do cinema apaixonadas. Falava que logo eu seria uma estrela de cinema e que, por isso, precisava aprender tudo sobre o amor. Max amava muitas mulheres. Ele tinha favoritas, como sua mãe, mas ele procurava a mulher que tivesse mais perto de si. Nessa noite de que estou falando, ele viu Cody tocar meu braço. Cody me falava sobre sua vida triste, que sua esposa o abandonara, levando embora o filho, e que ele não conseguia ver o menino. Só muitos anos depois ele iria conseguir a guarda do filho. Era Roy, claro. Ele me falava de Roy, que ele era dois anos mais novo que eu, e que eu gostaria dele. Eu estava prestando bastante atenção e estava triste por Cody. Ele tocou meu braço e eu toquei sua mão. Max estava vendo e disse: "Tira as mãos dela, crioulo!". Cody não acreditou quando ouviu. Eu não acreditei. Cody disse: "Sim, chefia, está bem", e se levantou e saiu do clube. Max nunca tinha falado assim na minha frente. Eu fui até o *baño* e chorei por causa de Cody e quando saí Max tinha sumido. No dia seguinte sua mãe foi procurar um advogado para se divorciar dele.

Gloria se aproximou dela.

— Por causa do que ele disse a Cody?

— Não, *mi amor*. Porque ele estava obcecado.

— Por Cody?

— Por mim.

Gloria conhecia Alex Fitzgibbon havia mais tempo do que se lembrava. Ele voara até Havana no final dos anos 1940 para gandaiar no inverno e visitar Max Osborne, o velho camarada de Yale e perito em gandaia cubana. Max levou Alex em casa para conhecer Esme e Gloria, e, mesmo quando Esme e Max se separaram em 1953 pela primeira vez, Alex manteve o vínculo social.

Batista dera um golpe contra Prío em 1952, e ele e a máfia estavam prosperando com o lucro dos cassinos, bordéis e turistas. Castro estava na cadeia por liderar o ataque ao quartel Moncada em Santiago, em 1953, e a campanha de repressão aos rebeldes promovida por Batista era ampla e letal. Esme, sempre trabalhando em boates, deixava Gloria, já com sete anos, sob os cuidados de uma babá, mas passou a ter medo da violência política. Max era político, mas ninguém sabia para qual lado. A morte chegava fácil para homens assim e suas famílias, por causa da loucura acontecendo em Cuba, onde quem se vingava punia os inocentes tão facilmente quanto os inimigos. E se Esme não ia sair de Havana (ela achava que jamais sairia dali novamente), podia ao menos proteger Gloria. E assim Esme decidiu deixá-la aos cuidados das mesmas freiras católicas que a tinham educado, bem como Renata, em conventos em Cuba e Manhattan.

O convento de Manhattan para onde Esme fora já não existia em 1953, mas quando Alex fora visitá-la ele falara de um convento em Albany para onde latinos católicos enviavam as filhas havia décadas para serem educadas em dois idiomas por uma ordem de freiras tão elitista quanto os jesuítas. Esme flertava, casual e inconsequente, com Alex, e embora ele não lhe devesse nada, ela sabia que ele atenderia todas as necessidades de Gloria. Afinal, ele era amigo próximo de Max, era prefeito de uma cidade majoritariamente católica, tinha poder político e era da Igreja Episcopal, que era quase como ser católico.

— Essas freiras são a própria pureza — disse Alex a Esme — e vão preservá-la de sofisticação em excesso.

Aquelas palavras eram mágicas para Esme, que queria que Gloria tivesse a pureza adolescente que lhe tinha escapado. E assim, aos sete anos, Gloria foi matriculada no convento em Albany e, exceto por um ano passado em Cuba com a mãe depois do triunfo de Castro, ela passou os anos de ensino fundamental e médio em um casulo de santidade, conforme o conceito das mulheres santas do Sagrado Coração.

Quando Gloria pediu instruções a Renata sobre como se comportar com um homem — "Quais são as coisas especiais e secretas, como é que faz?" —, Renata temeu ferir aquela inocência.

— Você fala beijar e tocar?

— Sim, mas além disso.

— Você diz sexo completo?

— Eu não sei como é completo.

— Você sabe como se faz, *verdad*?

— Acho que não.

— Você conhece as partes sexuais do corpo.

— Eu conheço as minhas, mas não sei muito sobre elas. Sobre isso.

— O que é que você não sabe?

— Eu não sei o que eu não sei. Na aula de saúde e higiene nós vimos uma apresentação de slides sobre a anatomia feminina, mas a irmã Maria Gasta-Banco chamou as partes em latim, por isso a gente não entendeu os nomes. Disseram pra gente nunca usar sandálias de dedo porque o dedão do pé às vezes parece o órgão masculino, que a maioria de nós nunca viu. Nosso peito tinha que ficar chato, os joelhos, invisíveis, e não podíamos ter livros, revistas ou filmes que pudessem ser obscenos.

— Vocês viam os meninos das outras escolas? Nos bailes?

— Nós tínhamos guardiãs. Se a gente dançasse, tinha que manter quinze centímetros de distância. Disseram que se a gente sentasse no colo de um rapaz, era pra colocar uma lista telefônica em cima do colo dele antes.

— Ninguém em sã consciência diria tal coisa.

— Há quem diga que as irmãs são loucas, mas elas são só mulheres santas.

— Você sabe como surgem os bebês... diga que sabe pelo menos isso.

— Eu sei mais ou menos. Quando a gente menstrua, é possível ter neném. Eu perguntei à mamãe se as freiras menstruavam e ela disse que sim. Eu perguntei por que elas não ganham neném. E ela disse que é porque Deus sabe que elas não são casadas.

— Ah, essa minha irmã tola. Criança, por que você veio me perguntar essas coisas?

— Eu tenho um amigo e quero me comportar do jeito certo. Eu sei que você sabe como se comportar direito com os homens.

— Direito, como assim? Sexualmente segura? Essa é a sua preocupação?

— O que você quer dizer com "segura"? Eu quero saber como fazer as coisas, ou como não fazer as coisas, seja lá o que for isso. Você entende?

— Estou tentando.

— Eu quero estar com ele.

— Mas esta é a questão. Como assim, "com"?

— Como assim, "como assim, 'com'"?

— Quero dizer, você realmente quer dormir com ele? É isso que quero dizer.

— Eu quero que ele goste de mim.

— Tenho certeza de que ele já gosta.

— Quando estivermos perto um do outro, quero saber fazer as coisas.

— Você não quer decepcioná-lo se for até o fim com ele.

— O que é ir até o fim?

— Até o fim é tudo, é você entregar seu corpo a ele.

— É assim fácil de fazer? Certinho?

— Bem fácil, mesmo quando não é certinho.

— Eu acho que quero ir com ele mesmo se não for pra ir tudo, como você diz.

— Não é "ir tudo", é "ir até o fim".

— Então não.

— Não? Como assim, "não"?

— Parece meio cedo pra fazer tudo, já que eu não sei nada.

— Ah, criança — *ay ay ay ay ay.* — E então ela esperou. — Eu não recomendo algo assim, mas talvez, *talvez* só pra começar, você possa provocá-lo, e então parar.

— É possível parar?

— Quando você começa, o corpo vai querer continuar. Mas você pode ensinar a si mesma, em sua mente.

— Como eu posso provocá-lo?

— Você não diz "não" quando ele pedir. Você diz "sim, *un poquito*". Mas não sim até o final. Talvez mais tarde você diga sim. Então você o afasta, mas com jeito, beijando-o. Ele perguntou alguma coisa sobre isso?

— Não.

— O que ele faz?

— Ele me beija.

— Só?

— Sim. Ele é alto.

— Ele toca o seu corpo?

— Meu rosto, meus braços, minhas mãos. Ele não faz nada disso de "até o fim" que você falou.

"Isso de até o fim". Eles educaram essa menina para ser uma idiota em sociedade. Assim, Renata falou de sedução, como falar com o homem, como ser tímida, como ficar mais ousada, quando sorrir, porque às vezes é muito engraçado mesmo, mas não pode rir na hora errada ou vai estragar o humor dele. Ela falou de roupas, frouxas em um ponto, apertadas em outro, a posição das saias, o cruzamento das pernas, os modos de sentar. Renata pôs um vestido que moldava seu corpo sem recobri-lo inteiramente, depois usou uma blusa e uma saia para demonstrar a curva visível dos seios e um vestígio de meia-calça, explicando as gradações de tentação das lingeries. Ela falou sobre controlar os olhos e a boca, as coisas que um homem e uma mulher podem querer, e os desejos que é melhor adiar para outras ocasiões. Ela não falou do coito em linguagem explícita. Ela não queria usar aquelas palavras ainda, nem em espanhol nem em inglês, mas falou de toques em lugares específicos e de tirar a mão dele de outros pontos. Quando você decide não tirar a mão dele, então é mais ou menos como se você já estivesse fazendo, e vai acabar fazendo tudo, indo até o fim com ele. Ela falou da camisinha, sem a qual não se faz "isso de até o fim". Ela falou de um jeito preferido de fazer até o fim, e sugeriu uma variação de ângulo. Ela disse que havia muitas maneiras de ir até o fim, mas você não precisa fazer todas de uma vez, embora um dia talvez você queira tentar. A atitude essencial quando você finalmente decidir não dizer "não" é pensar bem sobre o que você está fazendo e pensar no "sim" como um ato de amor. Na noite ou tarde em que acontecer, não é pra ir até o fim com ele só para ir até o fim. Isso pode acontecer depois. Mas nessa noite, ou talvez seja uma tarde, é preciso ser a hospedeira do amor, e quando isso acontecer, você vai saber de tudo para sempre e não vai mais precisar de lições.

— Você sabe o que o amor é, *amorcita?* — perguntou Renata.

— Acho que sei.

— Ótimo. Então as freiras não destruíram você completamente.

A lição de Gloria sobre não ir até o fim aconteceu em março de 1964 quando ela estava no segundo semestre no Bard College e Alex aparecia semana sim, semana não em seu Cadillac para levá-la para almoçar. Renata e Quinn queriam que ela fosse para a State University, onde Renata estudava história da arte e literatura para terminar o curso, interrompido quando Batista fechou a Universidade de Havana por considerá-lo um antro de revolucionários.

Mas Gloria escolheu o Bard College porque ficava fora da cidade e ela viveria longe da família mas ainda perto de Albany e Alex. Ela era uma jovem intensa, estudiosa, não se distraía com a fixação adolescente por romance. A escola oferecia estudos que eram o foco de sua carreira em potencial: trabalhos sociais e ciência política, resultado do fascínio que ela sentia pela tia Renata, a rebelde. Logo que Renata e Quinn se mudaram para Albany em 1963, Renata levou Gloria para a marcha de protesto sobre os direitos civis em Washington, e o batismo de Gloria nas questões raciais aconteceu enquanto ela estava entre a multidão negra ouvindo Martin Luther King dizer seu discurso sobre o sonho.

A vida política de Alex também parecia heterodoxa, fascinante. Seus almoços com ela no Rhinebeck foram um pouco além certo dia quando ele a levou para um recanto rural para descansar, segundo dissera. Mas eles não descansaram, e esse era o motivo de Gloria ter pedido orientação a Renata nessas matérias obscuras. Ela absorveu o conselho, mas continuou hesitando em dar o "sim" que Alex desejava. Ela finalmente abandonou a virgindade quando flagrou duas colegas no ato com os namorados, no mesmo quarto. Eles riram de sua virgindade, não podiam acreditar. Seu próprio "namorado", que era a única maneira como ela pensava nele embora ele tivesse cinquenta e quatro anos, a convencera a ficar em Albany no verão em vez de ir a Cuba para ficar com a mãe.

Ela morava com Renata e Quinn, e Alex conseguiu para ela um trabalho de verão na Prefeitura, no gabinete da habitação, mas ela saiu depois de uma semana, irritada com a condescendência oficial da cidade com os inquilinos. Quinn encontrou trabalho mais compatível com ela na Instituição da Cruz Sagrada, uma antiga instituição episcopal que agora funcionava como agência ecumênica supervisionando a guerra à pobreza da administração Kennedy-Johnson na Barriga, o pior cortiço de Albany. Quinn a levou para ver Baron Roland, o dinâmico professor universitário negro de olhos arregalados que dirigia a Cruz Sagrada, e ele a pôs para trabalhar com o pessoal do Ruas e Lares Melhores, unindo-se a trabalhadores sociais, voluntários brancos da periferia e freiras escoladas na rua como ela jamais conhecera. Todas aquelas pessoas tentavam convencer os desvalidos da vizinhança a ir a público com os males sociais que contaminavam a vida deles.

Gloria viu-se subitamente amiga de jovens delinquentes, de mulheres que roubavam de dia e se prostituíam à noite, de bêbados sem nada melhor pra fazer ao acordar e ver que ainda estavam vivos, de senhoras com filhos e sem maridos, lutando para sobreviver e mourejando em casas depauperadas, de viúvas e aposentados em busca de solução para a solidão. Muitos iam às reuniões na Igreja batista Getsemâni na Franklin Street para reclamar com os proprietários dos cortiços e com os políticos — consertem as goteiras, matem os ratos, coletem o lixo, instalem clínicas, fechem os puteiros, derrubem as casas vazias. Gloria ouviu Albany ser descrita como um esgoto social e político, uma cidade sem alma, governada por titãs vorazes e racistas. E o titã público número um sempre era o prefeito Alex Fitzgibbon, seu amante maravilhoso.

Poucas pessoas, umas vinte, apareciam nos primeiros encontros. A maioria mulheres, lideradas por Claudia Johnson, uma negra de cento e quarenta quilos, mãe de nove filhos, que gostava de falar francamente e dizer aos outros como viver. Mas quando as palavras de Claudia apareceram em matérias de jornal escritas por Quinn e outros, o comparecimento às reuniões do Ruas e Lares aumentou. Quarenta, cinquenta pessoas — foi quando os políticos de baixo escalão começaram com as ameaças: se apoiar esses comunistas você fica sem seguridade social, sem emprego, sua sorte vai acabar. Então o comparecimento despencou. Mas algumas pessoas eram imunes às ameaças políticas e a elas se uniram os brancos do subúrbio, bem como clérigos protestantes e católicos. Claudia era o centro das atenções, com seus planos de fazer um piquete em frente à prefeitura, ou de jogar lixo no gramado do prefeito para que a mensagem fosse entendida. Depois de dois meses, a cidade decidiu tirar o equivalente a cem caminhões de lixo dos cortiços de South End e derrubar doze casas depauperadas.

— Olha só, pessoal! — ironizou Claudia. — O prefeito escutou!

Sentindo-se mais ousada com a eleição de 1967 se aproximando, Claudia convidou o advogado-geral do estado para falar aos membros do Ruas e Lares sobre como vigiar as eleições: como verificar as máquinas de votar, como abordar eleitores que assinavam o nome errado, como não permitir que as abstenções fossem contadas até o final da votação e como ficar de olho em cabos eleitorais espiando a votação ou dizendo às pessoas em quem votar. Gloria distribuiu panfletos mimeografados sobre o assunto. Quinn contou trinta e duas pessoas na reunião, incluindo Mary Van Ort, a costureira negra; e Tremont, seu marido bêbado que nunca perdia uma reunião; e Lester Sugar, um branco cujo sobretudo enorme lembrava um poncho, famoso por ter coletado quatro mil garrafas e latas para as escoteiras; e o padre Matt Daugherty de Siena; além de universitários e dois novatos que pareciam policiais infiltrados.

— A gente tá falando de vigiar a eleição — disse Claudia. — O moço aqui não disse, mas a gente sabe que tem que pegar esses ladrões que votam em nome de gente morta e distribuem notinha de cinco pra comprar voto. Eles roubam as eleições desde antes desta preta aqui nascer. Isso tem que acabar e a gente pode fazer eles pararem.

— Como assim, "a gente pode fazer eles pararem"? — perguntou Tremont. Ele tirou o chapéu e se levantou. — E quem são "eles"?

— Meu bem, "eles" são os políticos. O vereador, o patrão, o prefeito e a curriola de baba-ovo dele. A gente vai fazer eles pararem de roubar.

— E como a gente vai fazer isso?

— A gente arranja voluntários pra ir às zonas eleitorais e ver direitinho quem está votando. Se tiver alguém passando dinheiro, a gente diz: "Opa, meu senhor, eu tô vendo, isso é ilegal". E a gente chama o advogado-geral e conta tudo pra ele.

— Cê acha que eles vão dar dinheiro assim na frente de todo mundo?

— Eles têm que pagar pra quem tá votando. É só ficar bem de olho que você vai ver.

— Eles devem é ir pra longe pra fazer isso — disse Tremont.

— É bem isso mesmo que eles fazem — disse Lester Sugar. — Ano passado eu vi quando eles dobravam a esquina e faziam escondido.

— Você viu eles passando notas de cinco? — perguntou Tremont.

— Eu não vi o dinheiro, mas estava de olho.

— Esse é o problema — disse Claudia. — Minha mãe dizia: "Esses safados a gente tem que ficar em cima, senão eles dão pernada na gente". Isso pode acabar em confusão, quem se apresentar tem que estar pronto pra encarar esses palhaços. Quem está disposto?

Ninguém respondeu.

— Eu poderia ir — disse o sr. Sugar —, mas ano passado eu já fui.

— Eu iria — disse a sra. Wilson —, mas quebrei os óculos e não vou poder ver o que eles fizerem.

— Não tem ninguém do Ruas e Lares disposto a se arriscar — disse Claudia.

Depois de algum silêncio, Tremont disse:

— Tudo bem, onde eu assino?

Gloria passou uma cesta para as doações, e depois distribuiu biscoitos e refrigerante.

Depois que Quinn deixou o pai no Elks Club, ele seguiu para o South End com Matt Daugherty. Iam até a Dongan Avenue, onde Tremont Van Ort estava passando mal no batente da velha casa de tijolos de três andares onde sua família vivera por trinta anos. Quinn caminhara pela Dongan Avenue quando criança e esquecera o lugar até começar a escrever sobre o programa Ruas e Lares. Antes da Dongan Avenue se tornar uma rua, ela fazia parte do Pasto, onde os colonos holandeses deixavam os animais. Casas holandesas, e depois inglesas, surgiram no Pasto e assim começou o panorama de ocupação americana. Enxames de alemães e irlandeses substituíram os holandeses e ingleses; e depois judeus, italianos, por fim negros do sul — que agora eram praticamente os únicos moradores da Barriga. Todos sucedendo uns aos outros com hostilidade sem fim.

Quinn conheceu a Barriga com o pai quando as ruas do lugar fervilhavam o dia inteiro com o comércio e a noite inteira com o pecado. George Quinn trabalhava no horário comercial em um apartamento do segundo andar em uma casa de madeira de 1830, entre a Dongan e a Green Street, que era o escritório de Joe Marcello, um bicheiro. Marcelo chamava a jogatina de "jogo do bicho de preto", pois foram contraventores caribenhos negros que levaram a prática para os Estados Unidos. Papéis brancos e rosa-pálidos eram publicados duas vezes por dia, seis dias por semana, com doze números. Era possível apostar em combinações de números de 1 a 78, com os prêmios indo de 5 para 1 até 400 para 1. Também era possível apostar em "duplas" (dois números), pagando 30 para 1; "ternos" (três números), pagando 200 para 1; ou "quadras" (quatro números), pagando 400 para 1.

George Quinn ia pela Barriga de porta em porta, coletando as apostas, pagando os ganhadores. E quando não havia aula, Daniel fazia a ronda com ele — na mercearia do Turco, com um bandido maneta no balcão, a Double Dutch Tavern, onde as moças trabalhavam dia e noite, a fábrica de sabão, a companhia de água de Albany, a boate de Big Jimmy, o velho prédio do *Times Union*, onde Daniel foi mordido pelo bichinho do jornalismo.

— Tem coisa pra mim hoje? — George perguntava aos seus clientes, e eles lhe diziam suas apostas. Se não soubessem ler ou escrever, George anotava a aposta num bloquinho, pegava os níqueis, vinténs e dólares e guardava o bloquinho no bolso da camisa e o dinheiro no casaco. Quando o peso começava a deformar o casaco, George ia a uma mercearia ou bar e trocava as moedas por cédulas. Quinn ajudava a contar as moedas e ficava com o troco miúdo que sobrasse para comprar doces, ou jogar no brinquedo que dava prêmios em dinheiro. Uma vez ele jogou e ganhou cinquenta centavos. Oito anos de idade e já estava rico.

Agora, trinta e dois anos depois, Quinn, dirigindo sua Mercedes '59 220S com Matt Daugherty ao lado, rodava pelas ruas da velha Barriga vendo as casas em frangalhos e cobertas de tapumes, o asfalto esburacado, as calçadas rachadas e sem transeuntes. Era um velho cortiço coberto de poeira negra e pesada nos estágios terminais. Ele cruzou a South Pearl virando na Herkimer. A primeira era a rua da vizinhança judia, a segunda foi a rua onde Isaac Mayer Wise fundou os Judeus Reformados com uma pancadaria na velha sinagoga Betel, ainda no mesmo lugar, e também era a rua onde Claudia vivia. Ele atravessou a Green Street e seguiu para a Dongan Avenue, passou pela St. John's, a igreja católica mais antiga da cidade, construída pelos irlandeses, onde o padre Peter Young agora ajudava bêbados a se curar do vício e voltar à vida. A Dongan Avenue era onde Big Jimmy tinha sua boate, e três quarteirões ao sul era onde Tremont jazia no velho batente do pai.

— Você disse que vinha aqui quando criança — disse Quinn a Matt.

— Eu tinha dezessete anos. Antes da guerra, pulando de bar em bar, tentando me livrar do vício.

— Cocaína?

— Buceta. Não pegava bem no seminário. O plano era me esbaldar em buceta e depois dizer adeus pra sempre.

— E você fez isso?

— Eu me esbaldei.

— E disse adeus pra sempre?

— No final, sim.

— Entendi. Você se lembra da boate de Big Jimmy? Aquele ali é o antigo prédio.

— Eu lembro do nome, mas nunca estive na boate.

— Jimmy Van Ort, um cara bem famoso, dois metros e dez de altura, usava um chapéu fedora e colete com relógio de bolso dourado com corrente. O negro mais famoso de Albany. Um dos ancestrais dele tinha trabalhado para o Bom Patrão.* Jimmy apostou cinquenta num número de manhã, em meados de 1936, e acertou. De tarde ele pegou todo o lucro, apostou em outro número e acertou de novo. Ele ganhou uns onze mil, uma fortuna em 1936. Meu pai anotou a aposta de Jimmy.

Quinn ouvira a história onze mil vezes de George Quinn: como a notícia do ganho de Jimmy se espalhou tão rápido que George insistiu que um guarda-costas entregasse o dinheiro. E lá foi George, passando pelas portas de tela do Big Jimmy: um palco pequeno à direita das portas com um piano vertical tocando jazz até o nascer do sol, onde Cody tocou pela primeira vez quando chegou a Albany. À esquerda, um salão onde o carteado não parava nunca. George carregava uma maleta e ia junto com o primo, Timmy Ryan, um policial de uniforme da segunda delegacia. George colocou a maleta no balcão.

— Quer contar, Jimmy?

— O que você acha, Georgie?

— Acho que você quer contar.

— Conta você.

— Onde?

— Aqui.

George abriu a maleta no balcão e cantou:

Put your feet on the barroom shelf,
*Open the bottle and help yourself.***

Ele despejou o dinheiro e contou para Jimmy, assim como tinha contado para Joe Marcello antes de fechar a maleta. Depois do último dólar, Jimmy disse:

* Stephen van Rensselaer III (1764-1839), governador-geral de Nova York, além de estadista, soldado e proprietário de terras. (N. T.)

** Ponha os pés na prateleira / Abra a garrafa e pode se servir. (N.T.)

— Pegue cinquenta, Georgie.

— Cinquenta?

— Isso aí, cara, cinquenta. Você foi o cara que deu sorte. Você é o cara trazendo a gaita. Pegue cem.

— Cem?

— Pegue duzentos.

— Duzentos. Um número redondo. Que nem minha última namorada.

Quinn disse:

— Foi a maior gorjeta que meu pai já recebeu. Com a comissão da aposta de Jimmy mais a gorjeta ele ganhou mil e quatrocentos dólares em um só dia em 1936, um péssimo ano pro resto do mundo, mas não para Jimmy ou George. Jimmy disse ao barman: "Dê uma bebida a Georgie e ao amigo dele. A festa começa agora. Cerveja grátis no Big Jimmy por três dias e três noites".

Foi como o Mardi Gras, um milagre na Barriga, Big Jimmy era como um altar àquela grande obra de misericórdia: dar bebida forte a quem tem sede. Meu pai pediu uma cerveja pequena.

Quinn fez uma pausa.

— Tremont viu tudo isso. Era um molequinho de oito, nove anos. Big Jimmy era o pai. Pai grande. Grande à vera.

— Tremont tinha um modelo a igualar — disse Matt.

— E ele meteu a cara mesmo. Só roupa vistosa, que nem o velho. E corajoso, mexendo com essa coisa de cabo eleitoral.

— Tremont me diverte — disse Matt. — Quando eu o conheci, ele estava passando uma garrafa de vinho entre os companheiros, sentado em uma pilha de lenha. Eu estava com o colarinho, e ele disse: "Como vai, monsenhor?". Eu disse: "Então, eu sou bispo". E ele disse: "É, e eu sou senador". Eu disse: "Senador, quer ir a uma reunião? Estão servindo refrigerante e biscoitos lá no Ruas e Lares, na igreja. Vá lá comer uns biscoitos que você sobrevive pra beber mais no outro dia". Pra encurtar a história, ele aparece lá com Mary. Sóbrio, mas só o osso.

Tremont foi à reunião metido em uma camisa rosa, gravata vermelha, paletó de peito duplo castanho com calças largas marrons, sapato bico fino branco e marrom e um chapéu fedora usado assim de banda. O paletó estava manchado de vinho e os sapatos estavam no fim, mas Matt viu que Tremont era um cara ambicioso. Até o coxear advindo de um tiro ele transformara em um gingado.

Na época ele vivia na velha casa do pai com Mary e Minduim, de sete anos de idade, que Tremont encontrara nu em um terreno baldio sem nem um ano completo, diante da mãe, encostada a um muro. "Não tinha nem fralda", dizia Tremont. E a mãe disse: "Se cê quiser isso aí, pode pegar pra criar". E assim Tremont pegou a criança e levou-a para casa, para Mary, e Minduim cresceu como mascote do pessoal bebum, um menino selvagem que não prestava pra escola. Mas quando Mary teve diarreia, Minduim arranjou dinheiro em algum lugar para comprar remédio.

Quinn e Matt viram Tremont estendido nos degraus da casa de janelas e portas cobertas com tapumes. Tremont chegara ao degrau superior, mas desabara. Não tinha forças nem as ferramentas para arrancar o tapume da porta. Estava usando apenas calça; sua camisa, meias e sapatos estavam atrás dele, e o paletó estava enrolado. Suas pernas dependuravam-se entre as barras de ferro da balaustrada e um rádio portátil fazia barulho perto do seu ouvido: Johnny Cash cantando sobre a prisão Folsom. Rosie, a última prostituta da Dongan Avenue, usando seu uniforme — saia curta e suéter apertado —, estava sentada em uma cadeira dobrável nos degraus da casa vizinha, com tapumes apenas nas janelas e não na porta.

— Trabalhando de novo, Rosie? — perguntou Quinn.

— Não dá pra trabalhar mais aqui — ela piscou para ele. — Cortaram minha água e tiraram a energia. Vão derrubar todas as casas logo, logo. — Ela piscou novamente. — Eu só vim pegar uma coisa e vi Tremont estendido aí, então pensei: ninguém vai ajudar esse homem? Se não viesse ninguém eu ia procurar ajuda, mas Claudia disse que tinha gente vindo.

— Muita consideração da sua parte, Rosie.

— Conheço Tremont há trinta anos. Trabalhei no bar do pai dele. Mas ele tá tão machucado que não dá nem pra pegar nele. Eu tentei. Ele não consegue ficar de sapato. Eu dei meu rádio pra ele, pus meu casaco embaixo da cabeça dele, mas ele não se mexe. Tá mal, muito mal mesmo.

— É verdade, Tremont? — perguntou Quinn ao subir os degraus.

Tremont produziu um som na garganta.

— Não consegue falar? — perguntou Quinn.

— Dói.

— O que aconteceu, você foi atropelado? Alguém bateu em você?

— Não... É a "ite" da vez... — disse ele lentamente — e a "ite" antiga... eu tô cheio de "ite" e tá doendo. Tá doendo tudo.

Os músculos faciais de Tremont estavam descontrolados e Quinn lembrou-se de tê-lo visto assim meses antes. Um médico de plantão diagnosticou o problema como neurite periférica resultante de alcoolismo agudo. Dor tão forte que até as roupas machucavam. Tremont parou de beber e conseguiu trabalho, mas então o condado cancelou o cheque da seguridade social de Minduim por causa da ligação de Tremont com o Ruas e Lares; e Mary começou a beber desmesuradamente. Tremont disse a Quinn:

— Eu vi ela na rua e ela tava beijando um amigo meu e jurei que nunca mais falava com aquele sujeito na vida.

Então Minduim fugiu pra sempre e Mary voltou para casa para sangrar no colchão, levantando-se apenas para beber.

— Mulher — disse Tremont a ela —, cê tá na cama.

— Eu sei, Tremont.

— Você sabe o que isso significa?

— Sei.

Tremont ficou sóbrio para o funeral e a longa espera pelos parentes de Mary na rodoviária. Eles não apareceram. Ele ficou na casa até que o sangue ressequido e o odor de comida podre o expulsaram. Ele dormiu na rodoviária até o clima mudar, ou pelo menos foi o que disse a Claudia quando apareceu no Ruas e Lares querendo biscoitos. Mas eles não tinham mais.

— Sua aparência está horrível, Tremont — disse Claudia.

— Pode ser. Não tenho me visto ultimamente.

— Vou chamar alguém, vamos te colocar na clínica de recuperação.

— Está bem — disse ele. Tremont saiu da reunião e quando Claudia voltou a saber dele, ele estava desabado no batente.

Matt subiu os degraus.

— Ei, Tremont — disse ele. — É o bispo. Vamos levar você pro hospital.

Tremont quase sorriu.

— O.k., bispôu. É a "ite". Vinho fazia a dor passar. Dizem que eu vou morrer de tanto vinho, mas a dor nem me deixa ir pegar vinho pra me matar.

— Erga-o — disse Quinn.

— Ele vai gritar — disse Rosie.

— Não tem jeito — disse Quinn, e eles ergueram Tremont pelas pernas e axilas. Rosie tinha razão: ele gritou, e quando o carregaram para baixo, ele chorou. Rosie abriu a porta do carro e eles o estiraram no banco traseiro. Rosie foi pegar as roupas dele e colocou o casaco enrolado sob sua cabeça.

— Adeus, Trezinho — disse ela.

Tremont se contorcia enquanto o carro avançava, e com cada sacudidela vinha um grito, um gemido.

— Pra onde a gente tá indo?

— Memorial Hospital — disse Quinn. — Dar um jeito na sua dor.

— Eu não posso ficar lá.

— Pode sim.

— Você não entende, tem um cara atrás de mim.

— Que cara?

— Cabra ruim.

— É coisa de droga?

— Não, cara. Cês têm que ficar comigo no hospital se eu for pra lá. Se ele souber onde eu tô, ele vai lá me pegar.

— Quem?

— Zuki. Ele tava falando em arma, em atirar em gente.

— Em quem?

— Me levou pra atirar. Queria ver se eu era bom. Ele sabia que eu tinha ganhado medalha de tiro no Exército. Queria que eu atirasse em alguém.

— Atirasse em quem?

Tremont não respondeu.

— Quem é esse Zuki? Ele tem outro nome?

— Não.

— Ele é negro?

— Moreno.

— Em quem ele queria que você atirasse?

— Ele falou de um proprietário que tinha umas casas ruins.

— Atirar em um dono de casas ruins?

— Foi o que ele disse. Daí ele falou que o proprietário vai matar Claudia porque ela cria caso com todo mundo.

— Ele falou quem era o proprietário?

— Não falou nome não. Mas isso de matar Claudia não era de verdade.

— De verdade era com quem?

— Não posso dizer.

— Você tem que dizer, Tremont.

— Ele vai vir atrás de mim. Ele disse que isso é importante, e que se eu der com a língua nos dentes, ele vai me encontrar e eu não vou gostar.

— Nós vamos conseguir proteção pra você.

— Quem, os polícia? Eles vão me meter na cadeia pra sempre. É só o Zuki falar que eu ia atirar num político.

— Você ia?

— Isso era ele quem tava falando. Eu falei que precisava de dinheiro pra comer e ele me deu um troco e disse que vinha me ver de manhã. Mas eu bebi dois dias direto com o dinheiro e não vi mais ele. Quando senti dor, fui pra casa me deitar, mas não consegui entrar.

— Quem era o político?

— Não posso dizer.

— Isso é loucura, Tremont. Não dá pra proteger você se você mantiver segredo. Quem era?

Tremont não disse nada.

— Era Bobby Kennedy? Ele estava vindo para Albany semana que vem, mas atiraram nele em Los Angeles a noite passada.

— Atiraram em Bobby? Quem foi?

— Ninguém sabe quem foi.

— Eu não atiraria em Bobby Kennedy.

— Em quem você atiraria?

— Em ninguém.

— Tremont, quem era?

Tremont não disse nada.

— Tremont.

— Zuki falou do prefeito.

— O prefeito? Alex Fitzgibbon?

— Sim. — Tremont estava gemendo.

— Onde você conheceu esse Zuki?

— Ele apareceu pra falar com os Brothers e falou com Roy. Eu estava lá. Ele disse: "Vamos tomar uma bebida". Eu disse: "Por que não?", e fomos ao Dorsey's.

— Quem é ele? O que ele faz?
— Ele disse que tá na faculdade.
— Que faculdade?
— Ele não falou.
— Roy sabe sobre atirar no prefeito?
— Roy não sabe de nada.
— Como você sabe disso?
— Zuki falou que ninguém sabe. Ninguém. Ele e eu, só a gente sabe. E agora vocês.
— Zuki disse por que queria atacar o prefeito?
— Chamou ele de ditador fascista de merda. Disse que ele não presta.
— Você acha que o prefeito não presta?
— Ele não fez nada por mim, mas não é por isso que vou atirar nele.
— Como vocês combinaram depois que ele te deu o dinheiro?
— Eu disse que ia comer um negócio e ia me encontrar com ele de manhã no Chloe's Diner. Mas bebi dois dias, acho que três, e aí vocês apareceram.
— Por que Zuki não foi até sua casa ver você?
— Zuki não sabe onde fica.
— Pra quem você acha que Zuki está trabalhando?
— Eu não sei, mas o cara é pica.
— Qual era a arma?
— AR-15. O que usavam no Vietnã. Eu nunca usei uma.
— Zuki falou onde você ficaria pra atirar no prefeito?
— Numa colina nas montanhas. Todo dia o prefeito vai ver Patsy McCall, o antigo chefão da política. É só ficar sentado lá em cima que dá pra ver direitinho ele saindo do carro.
— Zuki ia levar você até lá?
— Ele falou a respeito.
— E pra fugir?

— Tinha um carro esperando. Só descer pelo outro lado da montanha antes que as pessoas percebessem de onde tinha saído o tiro.

— Você acreditou?

— Se eu descesse a montanha, certeza que o Exército inteiro estaria lá embaixo me esperando.

— Mas você não falou isso pro Zuki.

— Só peguei a arma e disse que ia me encontrar com ele no dia seguinte.

— Onde está a arma?

— Num armário na rodoviária, num saco preto.

— Um saco preto.

— É. Não é assim que funciona?

— É assim que funciona.

— Onde está a chave do armário?

— No meu bolso.

Tremont ouviu falar de Roy por meio da matéria que Quinn escrevera em 1965 sobre Roy e seu protesto de um homem só. Roy aparecia todos os dias cedo no Sindicato dos Trabalhadores mas não pegava nenhum trabalho de Carmine Fiore, que escolhia a mão de obra. No dia em que um branco novato apareceu e foi contratado imediatamente, Roy pintou um cartaz dizendo: CARMINE FIORE É RACISTA, e começou a andar com ele.

Quinn entrevistou Roy, que protestava, e quando a matéria saiu no *Times Union* no dia seguinte, quatro negros se juntaram à manifestação e Tremont foi o primeiro entre eles. Um dia depois mais vinte se juntaram à manifestação, incluindo Baron Roland, que ensinava no curso de história que Roy frequentava na Faculdade de Albany. O título extra-oficial do curso de Roland era "Justiça Social, um Oximoro". Roy e seus companheiros manifestantes estavam tão indignados e furiosos que Roland sugeriu que se organizassem para enfrentar o racismo. A força para tal — ele garantiu — viria da raiva coletiva que sentiam, e mais pessoas se juntariam a eles, pois o movimento Black Power estava no ar. Em dois meses os Brothers já tinham três dúzias em suas fileiras, fazendo protestos em sindicatos e na prefeitura, falando nas igrejas, unindo-se a marchas pela paz, ciceroneando a imprensa e o clero pelos cortiços e, no espírito de Claudia Johnson, despejando baratas nas mesas dos proprietários.

Os Brothers absorveram um pouco da mística dos Panteras Negras, os militantes cascas-grossas dos Estados Unidos. Eles não aprovavam o que os Panteras falavam sobre matar policiais brancos, mas amavam Malcolm mais do que amavam Martin, e quando Malcolm apareceu na cidade eles conversaram com ele na galeria do Senado. Quando Stokely apareceu, ele visitou a sede dos Brothers e disse que os protestos em Newark e Detroit eram um movimento inevitável em direção à guerrilha urbana. Roy Mason, que falava como coordenador dos Brothers de forma coerente, sem palavrório, esclareceu a posição do grupo:

— Não, nós não somos Stokely e não preconizamos a violência. Mas também não preconizamos a não violência.

Tremont passava menos tempo com os Brothers e mais tempo indo com a esposa às reuniões do Ruas e Lares. O dia da eleição de 1967 se aproximava e os Brothers tinham acumulado assinaturas suficientes para indicar um deles, Ben Jones, para a vaga de vereador do terceiro distrito pelo Partido Liberal. Eles anunciaram planos de fazer manifestações nos locais de votação para que os negros não vendessem o voto. Roy tentou se registrar como fiscal de votação no terceiro distrito, mas a vaga tinha sido ocupada por Tremont Van Ort do Ruas e Lares. Roy se ofereceu para ajudá-lo.

Roy estava sozinho na esquina da Westerlo com a Green às 5h45, na clara e gélida manhã do dia da eleição quando Quinn e Matt Daugherty chegaram no carro de Quinn. Placas de papelão com CABINE ELEITORAL escrito tinham sido afixadas a postes telefônicos no quarteirão e uma delas estava pregada à janela da boate de Tony Romildo, onde velhos que não sabiam inglês se reuniam para tomar café e grapa. As luzes estavam acesas e havia homens movendo uma mesa de lugar. Um deles viu o grupo lá fora e saiu. Era um sujeito rotundo, de cabelos brancos, rosto corado marcado de cortes ao fazer a barba.

— Vocês vieram votar?

— Estamos esperando um amigo — disse Matt.

— Tremont Van Ort — disse Roy. — Ele é o fiscal daqui hoje.

— Vocês estão todos esperando pelo fiscal?

— Eu sou do *Times Union* — disse Quinn. — Estou cobrindo a eleição o dia todo.

— Não precisamos de fiscal aqui. Vão fiscalizar o quê, o pessoal puxando a alavanca?

— Isso mesmo — respondeu Roy. — Pra ser feito do jeito certo.

Outro homem apareceu na porta.

— São os fiscais — disse o primeiro.

— Escutem — disse o segundo. — Eu sou republicano, moro neste distrito há quarenta anos e nunca vi nada ilegal aqui.

— Eu organizo o distrito — disse o primeiro. — Eu saberia de qualquer coisa errada. Não tem nada mesmo. Nada.

— Então vai ser um dia tranquilo — disse Roy.

— Aí vem Tremont — disse Matt.

Os dois políticos observaram Tremont se aproximar gingando com a perna machucada. Gloria estava com ele, carregando dois sacos de papel. Tremont usava a camisa branca nova e a gravata azul que Claudia comprara para seu grande dia.

— É você o vigia? — perguntou o primeiro homem.

— Sim, senhor — disse Tremont.

— Vá pra casa. Não tem nada pra fiscalizar.

— Eu trouxe credenciais para mostrar ao supervisor.

— Sou eu — disse o homem. — Fred Malloy, presidente do distrito.

— Podemos entrar? — perguntou Gloria. Ela abriu a porta da boate e pôs os sacos em uma mesa vazia. Quinn a seguiu e perguntou:

— Não é para você estar na escola?

— Escola? Você acha que eu perderia isso para ficar na escola? Mostre suas credenciais, Tremont.

Tremont entregou a papelada para Malloy, e Gloria disse:

— Aqui está a lista de funções do advogado-geral. Verificar que o contador da máquina está no zero, verificar as cortinas ao redor da máquina. Tem mais. — Ela estendeu o papel para Malloy, que não o pegou.

— Cortinas? — disse ele. — O que foi, não gostou da cor?

— É pra ver se não são transparentes, se fecham direitinho — disse Gloria. — E o contador.

— Você quer ver o contador, então veja — disse ele, fazendo um gesto na direção da máquina.

Tremont fechou e abriu as cortinas, então olhou para as chaves de votação com os nomes de candidatos e partidos.

— Cadê o zero? — perguntou ele.

— Na traseira — disse Malloy.

Tremont foi ver a traseira da máquina.

— Ainda não vi nada.

Malloy abriu a tampa do contador.

— Zeros. Está vendo? Tudo zero.

— Zeros — disse Tremont.

Gloria distribuiu café e rosquinhas.

— Então o que é isso, uma reunião social? — perguntou Malloy.

— Isso não é assim — disse o republicano.

Malloy devolveu as credenciais para Tremont.

— Você pode ficar — disse ele —, mas o resto, não. Vocês querem ver se pegam alguém pagando cinco dólares pelo voto de alguém, não é? Estou aqui a vida inteira e nunca vi nada disso.

— Se fossem fazer isso — disse o republicano —, o certo seria terem feito na semana passada.

— Ninguém falou nada de comprar voto a cinco dólares — disse Matt.

Malloy notou o colarinho de Matt.

— Você é padre?

— Franciscano, no Siena College. Matthew Daugherty, OFM.

— O que a Igreja católica está fazendo na política?

— Ora, o papa falou nas Nações Unidas.

— Pela paz — disse Malloy.

— E justiça — disse Matt.

— Você, um padre, devia ter vergonha de mexer com política.

— Deus nos fez a todos pecadores, incluindo os políticos — disse Matt.

— Vergonha.

— Eu não tenho vergonha — disse Tremont. — É tudo legal. Temos direito de estar aqui. Você viu os papéis.

— O pessoal do cafezinho pode ir saindo — disse Malloy. — Se esse cara quiser ficar, a cadeira é logo ali. O resto, pra fora. — Ele fez um gesto para o republicano e juntos eles moveram a cerca de metal atrás da qual os votantes fariam fila. Ao fazer isso, empurraram a cadeira de Tremont para um canto, o mais longe possível da mesa de registro.

— Eu também tenho credenciais — disse Roy.

— Ah, é? — disse Malloy. — Estão distribuindo credencial nas esquinas agora?

Roy mostrou os papéis da ONG a Malloy, que passou os olhos por eles, mas não os tocou.

— Aqui é um de cada vez — disse Malloy.

— Eu espero lá fora — disse Roy. — Se Tremont tiver que sair, eu fico.

— Vocês arranjaram um exército mesmo. Coisa grande. Mas vocês não vão achar nada. Aqui é tudo jogo limpo.

A porta da frente se abriu e um homem entrou segurando duas folhas de papel.

— Peguei a lista de mortos — disse ele a Malloy.

Malloy pegou as folhas e o empurrou de volta para fora.

— Seu filho da puta burro — disse ele, tentando falar baixo sem sucesso. Ele se voltou para os outros, segurando a porta aberta. — Todo mundo pra fora.

O grupo de apoio a Tremont saiu para a calçada. A manhã estava gélida. Tremont ficou sentado em seu canto com o café e a rosquinha, e às 6h03 duas pessoas entraram e votaram. Pareciam legítimas para Tremont.

Às 6h40 Roy estava sozinho na esquina. Um carro de patrulha com dois policiais rondava a área. Quinn e Matt tinham ido para outro posto de votação, e Gloria fora de carro levar Claudia para votar. Ela disse para Roy que voltaria logo. Às 6h50 Tremont apareceu e contou a Roy que, segundo a mulher encarregada de registrar os eleitores democratas, um sujeito tinha se identificado como Mortimer Monroe.

— Esse cara não é Morty Monroe — disse Tremont. — Ele é branco e Morty é negro. Além disso, Morty está morto, levou um tiro no carteado.

Roy entrou para confrontar Malloy e o eleitor:

— A identidade desse sujeito é suspeita.

— Com que autoridade vocês dizem isso? — perguntou Malloy.

— Do procurador-geral. Eu sou fiscal, você sabe disso. Já mostrei as credenciais.

— Eu nunca vi essas credenciais — disse Malloy.

— Viu sim.

Roy tirou as credenciais do bolso, exibiu-as rapidamente para Malloy e então se dirigiu para o Morty Monroe branco, que já ia saindo pela porta sem nem votar.

— Espere um minuto, Morty — disse Roy. — Você tem aí uma carteira de motorista?

— Você não é Morty — disse Tremont. — Morty morreu.

Um policial uniformizado entrou e ele e Malloy avançaram para cima de Roy. Ele se defendeu com uma cotovelada que jogou Malloy de costas sobre o livro de registros de votação onde Morty quase havia assinado o nome direto do túmulo.

Um mês depois, Roy tornara-se exemplo público de ação rápida e eficiente da justiça eleitoral em Albany: catorze meses por perturbar a ordem pública e resistir à prisão. Cumpriu três meses de pena e, quando a condenação foi anulada por falta de provas, Baron Roland recebeu-o de volta à Cruz Sagrada como herói dos direitos civis e o colocou para trabalhar no grupo de ação comunitária Ruas e Lares. Ele e Gloria dividiam uma mesa.

Após as eleições, Alex achou um apartamento para Gloria em um condomínio de luxo em Pine Hills, no mesmo prédio onde sua velha mãe de setenta e três anos, Veronica Fitzgibbon, morava. Ela, um chofer plantonista e uma empregada doméstica. Alex, filho exemplar, visitava Veronica quase diariamente, de modo que o convívio próximo com Gloria era natural. Regozijava-se da frequência com que fazia amor com Gloria. Minha adorável donzela, costumava sussurrar.

— Não diga isso — disse Gloria certa vez. — Fui virgem durante muito tempo.

— Sim, durante a vida inteira, virgem, esperando por mim.

— Alguém pode nos descobrir.

— Você é vizinha da minha mãe e não há nada de errado com o fato do seu padrinho fazer-lhe visitas.

— E se pegarem o meu padrinho na minha cama?

Gloria imaginou que Alex poderia flagrar Roy com ela na cama, onde, aliás, estiveram por duas vezes apenas, o que já era bem arriscado. A primeira, na tarde em que ela voltava de carro para casa para trocar de roupa e se preparar a um jantar beneficente na Cruz Sagrada. Roy foi junto com ela e teria sido rude, e até mesmo racista, deixá-lo aguardando no carro. Poderia tê-lo largado em algum lugar no caminho e seguido para casa sozinha, mas ali estava ele.

— Entre — disse ela.

Quando se achavam sozinhos no escritório, Roy tocava no braço dela, ou acariciava os longos cabelos loiros, os fios escorrendo entre seus dedos, ou deslizava suavemente a unha pelas costas dela através da camiseta branca de algodão, gestos que sempre administrava com um sorriso e uma mão erguida, como se avaliasse o vento, e o vento sempre estava favorável. Agora, entrando no apartamento de Gloria, deslizou o dedo por suas costas. Ela virou-se para ele e achou-o incrivelmente bonito. E a cama estava ali do lado.

— Fico preocupada com a sua mulher — ela comentou com Alex. — Será que isso não a afeta de algum modo, mesmo que não saiba de nada?

— Nunca fale da minha mulher — disse ele.

Então ela não falou mais. Porém, pesquisando nas colunas sociais, descobriu que se chamava Marnie Herzog Fitzgibbon: loira platinada originária de Boston, cujo avô fizera fortuna com carvão, fora para Smith,* nenhuma freira em sua vida, dona de cavalos de exibição que ela também montava, praticava golfe no Country Club de Schuyler Meadows, *handicap* 15, ajudava crianças famintas da África e viajava com frequência, ao contrário do marido, sempre preso à prefeitura. Gloria recortou fotos em que Marnie aparecia usando luxuosos vestidos em bailes, recepções e nas célebres festas que dava em Tivoli, propriedade da família Fitzgibbon. No início de maio Marnie foi visitar Veronica e viu

* Faculdade particular de ciências humanas para mulheres de Northampton, Massachusetts. (N. T.)

Alex entrando num apartamento do primeiro andar. Descobriu que o apartamento estava alugado para Gloria Osborne, de quem já ouvira Alex falar algumas vezes; algo a ver com Cuba. Marnie contratou um detetive particular que registrou as visitas frequentes de Alex a Gloria. Duravam em média uma hora. Além disso, quando Alex tirou uma semana de folga para ir pescar trutas com amigos do Exército no Maine, o detetive registrou que Gloria foi visitada por um homem negro, que chegou no final da tarde de táxi e foi embora ao amanhecer.

Gloria estava nua no chuveiro quando a campainha tocou. Roy, sem ligar antes? Não. Alex? Jamais a esta hora; ele prefere de tarde e depois uísque antes de voltar para a prefeitura. Ela gritou que esperassem, saiu do chuveiro e pôs o roupão de algodão. Ainda esfregando o cabelo com uma pequena toalha, abriu a porta e encontrou diante de si o rosto das colunas sociais, Marnie Herzog Fitzgibbon, sempre três nomes.

— Sou a esposa do seu padrinho — disse ela. — Posso entrar?

— Claro.

E Marnie entrou na sala de estar com passos leves mas enérgicos, em seu rosto um sorrisinho agressivo de madre superiora. Gloria foi atrás, tensa. MHF parecia ter menos de quarenta e oito anos — teimosamente jovem em uma roupa leve de verão, um elegante corpete sobre os seios pequenos, mas os joelhos, que a saia curta deixava de fora, eram feios. O penteado era o de quem havia acabado de sair do salão de beleza. Será que se preparara para a visita? Mas os cachos estão mal partidos, melhor reclamar com o cabeleireiro. MHF, indicando com um gesto a porta entreaberta do quarto, disse:

— É ali o ninho de prazeres, não é? Não quero ver. — Ela tocou o braço do sofá. — Aposto que vocês fazem aqui também. Foi onde ele fez pela primeira vez na faculdade.

— Não sei do que você está falando — disse Gloria.

— Claro que não sabe. Você realmente é bonitinha. Jovem, um corpinho lindo.

Gloria fechou mais o roupão, acentuando os seios espetaculares.

— A conversa acabou — disse.

— Que comentário bem colocado. Não perde o equilíbrio e a elegância. Entendo o que ele viu em você. Eu posso dar data e hora das vindas dele aqui, e também tenho fotos e fitas com gravações das conversas de vocês. Não ouvi muito, mas deu para perceber que você até que é bem-educada para uma putinha de convento.

— Não quero ouvir mais esse lixo. Retire-se da minha casa.

Gloria, impressionada consigo mesma, abriu a porta do apartamento e aumentou a voz:

— Fora.

— Não, não — disse Marnie, calmamente e sem se mover. — Você é quem está fora. Você não antecipou isso? Provavelmente não, putinha inocente.

Piranha vingativa. Vai me cortar? Pagar alguém para fazer isso, me desfigurar? Se Alex soubesse disso, teria avisado. Gloria fechou a porta.

— Você acreditava mesmo que podia continuar com o que vinha fazendo e não sofrer as consequências? — disse Marnie. — Você está acabada na Cruz Sagrada. A diretoria não tolera vagabundas. Foram as freirinhas boazinhas que ensinaram você a ser puta? Porque você é muito boa no que faz. Eu nunca dei prum crioulo. Agora acho que deveria. O do preto é maior que o de Alex? Alex ia morrer se soubesse. Ah, sim, ele, o preto, também está acabado na Cruz Sagrada. Nem piranhas nem cafetão se criam lá.

Gloria gritou. Alguém ouviu?

— Voz forte — disse Marnie. — Está sentindo dor? Espero que sim.

— Fora daqui! Fora, sai, sai, sai, sai daquiiiiii! — gritou Gloria outra vez.

— Excelente — disse Marnie. — Acho que já está na minha hora. Seja esperta. Leva essa bundinha de galeto de volta pra Cuba, que é o lugar dela.

O primeiro impulso dela foi ligar para Alex, gritar com ele, sabe o que acaba de acontecer, padrinhozinho querido, meu amor? Não, ele provavelmente não sabe. E ela só vai contar mais tarde, com calma, saboreando cada palavra. Vou ligar assim mesmo. Pegou o telefone, está grampeado. Colocou de volta no gancho, percorreu o quarto com os olhos, frenéticos como o da raposa na armadilha. Levar o quê? As boas joias, o colar de Oxum dado por Renata, as cartas de *mama* e Max, roupas, maquiagem, não, não, isso era melhor deixar. Não conseguia encontrar o colar. Colocou as cartas na bolsa e abandonou o resto. Também Oxum. Parou o carro em frente a uma cabine telefônica na Madison Avenue e ligou para ele, será que grampeariam até a prefeitura? Atendeu a secretária dele, diz a ele que é a Gloria, e ele disse: Sim?, e ela disse: Estou indo te encontrar agora, uma tragédia, a tua mulher, estarei aí em frente à prefeitura. Não, ele disse, sim, ela disse, batendo o telefone. E parou em fila dupla na esquina próxima à janela do escritório dele. Alex desceu os degraus da prefeitura e se debruçou na janela do carro, ela disse: Sua mulher sabe de tudo e tem fotos, gravações. Ele olhou para o Academy Park, mais além o Capitólio, a Eagle Street nos dois sentidos. Alguém pode estar filmando isso, de dentro de um carro, de um banco de praça. Não posso falar aqui, disse ele. E eu não posso falar em lugar nenhum, o que faço, para onde vou, fui demitida da Cruz Sagrada. Há quanto tempo você anda vendo esse negro, ele quis saber. Isso é tudo que você tem a dizer? E ele não respondeu. Ela fixou a boca dele. Uma boca bonita, traída, traiçoeira, nenhum respeito pelo que antes tinha e agora já não tem mais nenhuma importância. Sexo é morte, e Deus está furioso com Gloria. No inferno você vai para o pântano pútrido, sentirá nas costas o látego quente dos demônios enquanto o seu sangue colore o lodo. Ela sorriu para Alex, engatou a primeira e ligou o rádio. Aretha Franklin. Meu herói, disse para ele, e partiu.

O bar do Havana Club fora enchendo ao longo da noite e Roy agora estava atarefado. Max, em uma ponta do bar, evitava conversar com os recém-chegados. George Quinn e Vivvie, sua amiga dos velhos tempos, agora loira, estavam na segunda cerveja quando Cody Mason entrou. Examinou o lugar e caminhou na direção de Max fazendo um gesto com o dedo para ele.

— Grande Max, de onde você saiu?

— Roy me contou que você estava doente — disse Max —, mas não parece. Isso é armação sua, não é? Diz que está mal pra todo mundo vir para o show.

— É, e aí ainda fico o dia inteiro na cama. Por onde você andava?

— Flórida. Estou só de passagem, mas tinha que fazer a visita. O pessoal fica me falando como as coisas vão indo bem aqui, os figurões aparecendo, Lips, Trummy e Satch, você ainda lança um disco novo… aí pensei: "Vou lá dar um oi pro Cody, aproveitar que ele tá na crista".

— Ele falou que conheceu você em Cuba — Roy disse para Cody.

— Verdade — disse Cody —, estava precisando de um emprego e Max arrumou um para mim em Havana. Fiquei por dois anos.

— Cody encheu o lugar, era um clube de jazz em Vedado chamado Night and Day. Os cubanos adoraram ele.

George tinha levantado de sua mesa e se aproximado deles. Agora estava ali ao lado de pé, olhando para Cody.

— Cai fora — disse Roy.

Cody se virou e viu George.

— Georgie Quinn — disse. — Cacete, como vai você, Georgie?

— Não me diga que você conhece esse zé-ruela! — disse Roy.

— Há mais de trinta anos. Desde que vim pra cá.

— Cody — disse George com um largo sorriso —, como vai ser quando não der mais pra dar um brilho?

— Esse sujeito só fala merda — comentou Roy.

— "Shine" — disse Cody —, você se lembra, Georgie. É o nome de uma música, Roy, você conhece. Mills Brothers e Bing. Um monte de gente gravou.

— Sim, "Shine", é uma música — disse Roy. Música *shuffle*. Música de sacanear preto. Canção de tição.

— É mais do que isso — disse Cody.

Max arrastou um banquinho para Cody.

— O piano — disse George —, consegui fazer Big Jimmy emprestar o menorzinho. Ben, Bongo, sei lá o nome, me deu trezentos para alugá-lo por uma noite. Aí o Jimmy me diz: "Trezentos? Pode ficar por duas noites, pode ficar a semana inteira".

— Não era Bongo, era Bingo. Bing Crosby. Bing.

— Bing — disse George, concordando.

— Esse é o piano de que ele está falando — Max disse para Roy, apontando para uma foto na parede de Cody com Bing.

— O zé-ruela tava na tal noite com o Crosby? — perguntou Roy.

— Ele conseguiu o piano e uns caras para carregá-lo — disse Max. — Ele conhecia o Jimmy, dono do bar onde Cody estava tocando.

— Foi meu primeiro emprego aqui — Cody disse.

George olhava para Max, tentando lembrar-se dele.

— Sou Max Osborne, George. Era 1936. Trouxe o Bing para o clube de Jimmy com Alex Fitzgibbon. Lembra de Alex?

— Alex Fitz. O prefeito — disse George.

— Quer dizer que o prefeito também estava lá? — disse Roy.

— Ele ainda não era o prefeito — disse Max — Ele ainda estava no Legislativo. Naquela noite ele nos levou para casa dele, Tivoli.

— Tivoli — disse George. A melhor casa de Albany.

— Conheci Alex em Yale — Max disse. — Coloquei-o em contato com Bing no clube de golfe em Saratoga. Os dois tinham cavalos na pista naquele ano.

— O prefeito Fitzgibbon é um fascista filho da puta — Roy disse.

— Claro que é — Max disse —, mas também é um sujeito bem bacana. Contei a ele que Cody tocava bem e era protegido do Fats, além de tocar com Billie. Bill então disse que se ele era bom assim, devíamos experimentá-lo, e fomos todos de Saratoga para lá. Chegamos e encontramos Jimmy se preparando para fechar.

Quando chegaram, era uma da manhã, nunca tarde demais para os padrões de Albany, mas Jimmy vinha de cinquenta e seis horas seguidas aberto, servindo cerveja grátis a todos, atrapalhando o tráfego e quintuplicando o coeficiente alcoólico da Green Street. Até a patrulha policial da noite finalmente falar: o.k., Jim, agora chega. Jimmy vinha partilhando a riqueza depois de ganhar onze mil em dois acertos seguidos na jogatina. George sempre desconfiou que o jogo estava viciado porque nunca tinha visto ninguém ganhar duas boladas na sequência. Deviam estar agradecendo Jimmy por algum favor, mas que favor vale onze mil?

— Última chamada, galera — Big Jimmy disse para o bar. — A festa acabou. Estão me mandando fechar e eu não posso fazer nada.

— Acabamos de chegar — Bing disse para Jimmy. — Viemos lá de Saratoga para ouvir o Cody.

— O.k., dou dez minutos, se ele estiver disposto. Ele está tocando há três dias e não o vi dormir nenhuma vez.

— Eu durmo nas músicas lentas — disse Cody.

Assim, Cody tocou dez minutos para Bing, "Nobody's Sweetheart", o tema preferido dele. E Bing até cantarolou um pouco. Cody podia ter tocado uma semana inteira para Bing, mas Jimmy apagou as luzes e dois carros-patrulha já estavam lá fora, e era isso.

Alex, cheio de ideias, falou, Cody, por que você não vai com a gente pra Tivoli e toca um pouquinho? Passe a noite com a gente e de manhã eu te deixo de carro onde você quiser. Mas vamos precisar de um piano. Cody estava acabado, mas era o Bing quem estava ali e então aceitou: Posso descansar quando morrer. George falou que Jimmy tinha outro piano em uma salinha ali atrás e assim começou — a coda para a festa de inauguração de Jim: jazz a noite inteira e Cody tocando suas próprias composições até um novo e radiante dia começar, com direito à promessa de Bing de que tentaria encaixar Cody no seu próximo filme. Bing tinha acabado de contratar Satchmo, que estrelou em *Pennies from Heaven*, a primeira vez para um negro em Hollywood.

Cody progredindo: Ele nunca vai contar, mas Max conhece Cody desde quando ele ainda era Sonny, época em que um dia alguém o aconselhou a ir ao Pod's and Jerry's no Harlem, onde Willie the Lion vinha se apresentando recentemente, e ir falar com Jerry, dizer-lhe que queria tocar. Sonny voou direto para lá e naquela noite o clube estava cheio de medalhões como James P. Johnson, Benny Goodman, Tommy Dorsey e Bunny Berigan. Sonny contorceu-se de nervoso. Mas se sentou como Jerry mandara e ficou vendo Willie arrebentar no piano. Eles gostaram do Willie? Sim, eles amavam Willie. Então Willie levantou e ele sabia que Sonny queria tocar também. Você sabe tocar um pouco, né?, ele perguntou. Um pouco, disse Sonny. E assim Sonny executou "Nobody's Sweetheart", e gostaram muito; e então ele tocou "Twelfth Street Rag", com oito refrões e oito variações, sem repetição, e eles amaram tanto que ele fez outras quatro, sem repetição, e eles se renderam ao talento dele. Foi apresentado a todos os maiores e passou a se sentir mais importante do que antes e a coisa foi indo e ele por fim conheceu o próprio Fats. Jerry disse: tudo bem, catorze paus por semana, cinco noites por semana, mas você também toca para as garotas dançarem (você sabe, as *garotas*), cinco delas circulando entre as mesas, e você pega parte das gorjetas delas. Sonny colocava suspense na música e, quando algum freguês punha grana na mesa e uma garota apanhava a grana com a xoxota, ele fazia um arpejo alegre de agradecimento. As outras garotas usaram a xoxota e os arpejos de Sonny faturaram oitenta e quatro dólares, setenta e quatro a mais do que jamais ganhara em uma semana tocando piano. Sonny comprou um terno novo. Está irresistível, comentou uma das garotas.

Era 1935 e Max, calouro em Yale, estava imerso na mistura de história cultural com história política e história econômica, e ainda ia nos finais de semana a Nova York fazer história ele próprio. Foi quando descobriu Sonny. Ele costumava sair à noite, algumas vezes acompanhado por Alex, e então bebiam, falavam de música e assistiam Sonny, que fazia bonito no piano frente a Fats e James P. Mas uma noite ele foi lá e Sonny não estava mais tocando. Não conseguiu descobrir exatamente por quê. Só ouviu falar que uma gravadora tinha fechado contrato com ele para gravar um disco, mas Sonny não apareceu no dia da gravação. Só morto para não aparecer num evento desses. Mas Sonny não tinha morrido. Não, nem era mesmo Sonny. Anos depois disse a Max que tinha perdido o trem. Mas qualquer um sabe que não se perde trens em momentos como esse. Ele apareceu em Albany depois de não comparecer à gravação, agora sob o nome de Cody Mason e com apresentações no Big Jimmy's — dois shows, sextas e sábados, cantores, comediantes sem graça e dançarinas sensuais de rumba que moravam no cortiço ao lado. Depois de algumas horas tocando para elas, Cody percebeu que elas não usavam a xoxota para pegar a gorjeta. Sonny então lhes explicou como fazer (uma das garotas conseguia se abaixar abrindo totalmente as pernas para pegar o dinheiro do chão) e tocou a música pra dar o clima. A renda aumentou, mas era só dinheiro. Cody tocava sozinho durante a semana, tocava como um possesso, nunca tinham visto um talento assim em Albany, muito menos no Jimmy's. Em seis semanas, o bar estava fervendo e, em três meses, Cody era o cara e o Jimmy's virou o principal ponto de jazz da região.

Max redescobriu Cody quando foi a Albany com Alex no verão de 1936, e Alex conhecia cada *saloon* da Barriga. Sonny! Max! Alex! Olha só! Foi nesse verão que Max conheceu Bing através de Alex em Saratoga e todos jogaram golfe a sério no campo MacGregor (o *handicap* 18 de Alex não era sério) e de tarde foram apostar a sério nos cavalos. Max avisou Bing de que tinha jogado na equipe de golfe de Yale e que dava trabalho pros caras que completavam o jogo em setenta tacadas. Você é jovem demais para ser tão convencido, disse Bing, e Max disse que bem, talvez, se você acha que vinte e um anos é jovem demais, mas o segredo está no jogo curto e na tacada longa. Bing disse que se gostasse de apostar, apostaria que ele não fazia em menos de oitenta. Max disse que aceitava. E fechou em setenta e cinco tacadas, contra setenta e nove de Bing. Bing chegou a puxar uma nota de cinco, mas Max disse: não, não, eu sabia que ia ganhar de você. Bing também passou a saber depois de perder mais seis partidas naquela semana para o menino prodígio Max, que começou a orientar o jogo de Bing, dando-lhe dicas quanto ao jogo curto.

Depois veio a longa noite em Tivoli com Max, Alex, George, Bing, Cody, e "Shine", uma noite inesquecível. Depois de velho, Danny Quinn sempre dizia que iria escrever sobre aquela noite. *Doosaday sosadah spokety spone.* Acontecera duas semanas depois que Max foi preso por trapacear numa aposta de golfe de nove mil com um criador de cavalos. Não fora nada demais, só um golpe básico, mas os policiais retardados de Saratoga — que faziam vista grossa para mafiosos que enganavam a clientela de verão nos cassinos de luxo cheios de corruptos — enquadraram Max como estelionatário. A vítima era um aristocrata de Kentucky para quem os nove mil não fariam falta, mas que estava furioso com o fato de o filho de um vendedor de carros ter lhe enganado. Com o golpe Max queria apenas cobrir sua taxa de matrícula de Yale, pois a concessionária de carros de seu pai tinha falido em 1935 e o velho morrera de desgosto; mas após a prisão Max foi expulso de Yale e nunca mais voltou para a faculdade. Bing pagou a fiança dele, Max devolveu os nove mil ao criador de cavalos e as acusações foram retiradas. Mas Max não deixou aquilo tudo atrapalhar sua vida social e, no final de agosto, levou Bing ao Big Jim's para ouvir Cody tocar.

George, agora de pé ao lado de Cody no bar, olhou para Max, e lembrou daquela noite no Big Jim com Bongo. Bingo. Lembrou de Cody tocando "Shine" e disse:

— Você vai tocar uma música para nós, Cody?

— Agora não, Georgie, mas tenho um show hoje à noite.

— Não diga. Um show.

— Lá no DeWitt.

— Vai ter dança?

— Certamente. A banda de Mike Flanagan vai tocar comigo. É para arrecadar fundos, vinte dólares a entrada — disse Roy. — E inclui um jantar.

— Vinte paus? — disse George. — Está fora do meu orçamento.

— Cinco dólares se você não jantar — disse Roy.

— Tudo bem — disse George. — Cinco dólares, sem jantar.

O telefone do bar tocou. Roy atendeu e passou-o a Max.

— O telefonema que você tava esperando.

Max afastou o telefone do bar, o máximo que o fio lhe permitiu, e desligou depois de murmurar algumas palavras.

— Preciso de um táxi.

Roy chamou o táxi por telefone.

— Cinco minutos — disse ele a Max.

Max colocou uma nota de dez dólares no bar.

— Tenho que ir, Cody. Vou tentar voltar a tempo de pegar parte do show.

Os ingressos dele ainda estavam no balcão do bar. Ele os empurrou na direção de George.

— Veja o show por mim, George — disse Max. — Jantar incluído.

George pegou os ingressos.

— Para mim?

— Todos seus — disse Max.

Ele então apertou a mão de Cody, a mesma mão que acariciara o braço de Renata numa boate de Havana, fazendo a língua ferina de Max funcionar. Cody falou "esquece isso" meia dúzia de vezes, até que um dia ele disse, finalmente:

— Olha, não fale mais nisso. Já está no passado. Alguns dos meus melhores amigos são racistas escrotos.

Roy olhou para George do outro lado do bar.

— Ganhou uma noitada, hein, zé-ruela?

— Zé-ruela — disse George. — Seu nome é Dick? Você parece um amigo meu.

— Não começa — disse Roy e seguiu andando ao longo do bar.

George foi até Vivian e colocou os ingressos na mesa dela. Ele tirou o chapéu e o segurou sobre o peito.

— Vivian, posso chamá-la de Vivian?

— Pode sim.

— Vivian, hoje vai haver um show no DeWitt e seria maravilhoso se você fosse comigo. Vai ter jantar por conta. Eu tenho a doce esperança de que você queira ir comigo.

— Que amor, George! Sim, ficarei muito feliz em ir com você.

— O sujeito disse que vai ter dança.

— Ah, ótimo. Então não vamos mais ao Beauman's, não é? Que horas é o show?

George consultou o ingresso.

— Sete e meia começa o jantar.

— Então já está na hora. Vamos! — disse Vivian.

Eles se levantaram e George acompanhou-a até a porta, onde Cody e Max estavam conversando.

— Muito obrigado pelos ingressos, senhor — disse George a Max.

— Max, George. Me chame de Max.

— Max. Obrigado. Cody, você vai ao show, né?

— Claro! — disse Cody.

— Então vejo você lá.

George então deu o braço para Vivian e saiu na Eagle Street. Parou do lado de fora do bar e olhou para os dois lados, hesitante. Mas Vivian, decidida, já ia em direção à DeWitt Clinton.

— Espere, desculpe, tenho que passar antes no banco para sacar um cheque — disse George.

— Os bancos estão fechados agora, George — disse Vivian.

— Estão? Então vamos passar no Big Jimmy. Ele desconta um cheque pra mim na hora. Ele está me devendo.

— Eu tenho dinheiro, George, não se preocupe com isso. Não vamos precisar de dinheiro para o jantar, já temos os ingressos. E eu queria passar em casa antes.

— Em casa?

— Sim. É só a duas quadras daqui, na Columbia Street. Ainda dá tempo.

— A Columbia? Eu morava na Columbia Street.

— Morava? Achei que morasse na Van Woert.

— Morei na Van Woert depois que meus pais morreram.

— Eles morreram ao mesmo tempo?

— Acho que sim.

— O que aconteceu?

— Foi em um desastre.

— Um acidente de trem?

— Acho que sim. Desastre de trem.

— O que seu pai fazia?

— Ele participou da Guerra Civil. Conheceu gente muito importante: Grant, Lincoln. E Clover. Adam Blake. Sheridan.

Escrevia em jornais. Grover. Escreveu um livro até. Dois livros. Commodore Cleveland. Cuba. Então três livros, talvez. Vou ter que ver no caderninho.

— Ele conhecia Lincoln?

— Ele apertou a mão de Lincoln na casa dele, em Delavan.

— E ele conhecia Grant?

— Foi convidado para o funeral.

— Seu pai era um homem importante — disse Vivian.

Agora já avistavam o Capitólio da Eagle Street. Foi em 1913, ano em que George estava perto do poder.

— Martin H. Glynn foi um sujeito importante. Foi ele que fez o discurso quando colocaram a estátua do general Sheridan ali. Era vice do governador Bill Sulzer, Bill Mastiga-Tabaco. Mas aí mandaram o Bill embora, perdeu o cargo. George ia sempre ao escritório de Sulzer, e depois ao de Glynn quando Sulzer sofreu um impeachment e Glynn assumiu.

— Em 1914 saí mais cedo da fábrica de luvas para votar em Glynn.

— E você conhecia o senhor Glynn?

— Ele assumiu a direção do *Times Union* depois de perder as eleições. Morria de dor na coluna. Se ele tivesse grana, teria sido um dos meus melhores amigos.

Vivian sorriu e segurou mais forte no braço de George.

— Senhor George Quinn, íntimo dos figurões, teremos uma noite maravilhosa.

De braços dados, George Quinn de braços dados com uma mulher. Ele olhou para Vivian. Com Vivian, conhecida de longa data. Conhecemos o Beauman's, outros lugares na água? Al-Tro Park junto ao Hudson? Ele olhou para ela de novo. Gostava de seu chapéu. Quem tinha um chapéu assim? Pagger? Pag? Peg. Mas o chapéu de Peg era de palha branca. Estou amarrando as folhas. Ele deu um tapinha no braço dela, braço nu. Braço de quem?

— Vivian — disse ele, e ela sorriu. E então ele cantou:

Al-Tro Park on the Hudson, that's the place for me,
There's singing and dancing when you're out on a lark,
*Take a trip with your sweetheart to Al-Tro Park.**

— Muito bem — disse Vivian. — Lá vamos nós.

Vivian morava num apartamento do segundo andar na Columbia Street, quase esquina com a North Pearl. Ela abriu a porta e a segurou para George. Ele entrou na sala e observou o ambiente: bons móveis, limpo; os braços das cadeiras forrados; tapete persa, mesa brilhante, madeira polida, fotos na parede, W. E. Drislane Mercearia, a melhor opção para a sua família. A maior de Albany. Vivian Drislane?

— Drislane's — disse George, observando a foto antiga. — Na Pearl Street. Já estive lá muitas vezes. Lugar fantástico. Eles engarrafavam a própria cerveja.

— Um dos meus tios era um Drislane — disse Vivian.

— Cômodo arrumado — disse George. — Nada fora do lugar.

— Acho que sou organizada — disse Vivian. — Mas também não tem ninguém para bagunçar a casa. Quer uma cerveja? Ou um highball?**

— Amigo highball — disse George.

— Highball saindo. — E Vivian foi para a cozinha.

A janela da sacada dava para a entrada dos fundos do Fórum onde George tinha trabalhado por tanto tempo. A Suprema Corte do Estado de Nova York, aqui reunida sob a presidência do Magistrado

* "Al-Tro Park no Hudson, é onde quero estar/ Tem dança e cantoria no caminho a passear/ Leve sua namorada a Al-Tro Park." (N. T.)

** Uísque com soda. (N. T.)

do Condado de Albany Morris, Vossa Excelência Morris Epstein, presidindo!

— Eu nasci nesta rua — disse George, mas Vivian não ouviu.

Do outro lado da rua de Vivian estava a entrada lateral do Kenmore Hotel, o hotel de Adam Blake. O pai de George ficara lá algumas vezes e conhecia Adam Blake, não conhecia. Ajudou a carregar o caixão no funeral de Blake. Cara importante e rico, o Blake, e preto. George nunca o vira, mas se lembrava disso. Rico e preto. Não tem muita gente assim. Se o pai de George ficava no Kenmore, por que George não ficava também? Vou ter que ver no caderninho.

Na cozinha Vivian abriu a garrafa pela metade de White Horse e serviu generosas doses em dois copos de vidro. Pôs a bandeja de gelo sob a água para soltar os cubos e adicionou um pouco de água da torneira à bebida. Em seguida entrou na sala e entregou um copo a George.

— Amigo highball — disse ela. E brindaram. — Sente-se e relaxe, George, enquanto troco de roupa e me arrumo.

George tomou um gole do uísque e continuou de pé. Ficou parado olhando para ela.

— O.k., então não precisa se sentar, já volto.

Ela foi para o quarto levando o copo de uísque.

Seu jeito de andar parecia com o de alguém. Peg? Os braços e as pernas também, o jeito como ela andava com salto alto, bem ereta, muito familiar, e a frente também, tamanho perfeito. O vestido era bonito, não precisava trocar.

— Você não precisa mudar de roupa — disse ele. — Esse seu vestido é muito bonito.

— Mas estou com ele o dia inteiro, e agora vou sair para dançar — disse ela do quarto. — E o seu drinque, está bom?

— Amigo highball — disse George. Ele olhou para o copo e começou a cantar:

Friend highball, friend highball,
*You've been a dear pal to me.**

George continuou cantando enquanto caminhava para a porta do quarto, que estava entreaberta.

Years may come, years may go,
But forever my comrade you'll be.

Vivian, de roupa de baixo, pegava um roupão do armário. Não é sempre que a gente tem a oportunidade de vê-las assim.

Friend highball, friend highball,
What memories you recall...

— Georgie, você está me espiando.

When trouble draws near me,
The first one to cheer me,
Is my dear old friend, highball.

— Você sabe todas as músicas — disse Vivian. Ela enfiou os braços nas mangas do roupão e abriu a porta.

— Pode entrar, se quiser. Não me importo.

Ela colocou o vestido em um cabide e o pendurou no gancho da porta.

* "Amigo highball, amigo highball,/ Você sempre foi meu amigo querido." Mais adiante: "Os anos podem ir e vir,/ Mas você será meu amigo pra sempre.// Amigo highball, amigo highball,/ Que memórias você me traz...// Quando os problemas se avizinham,/ O primeiro a me alegrar,/ É meu querido e velho amigo highball". (N. T.)

— Quarto bem granfa — disse George. Olhou para uma imagem de Pierrô e Colombina acima da cama de Vivian.

— Não estou vendo os plebeus.

George olhou para ela.

— Você gosta mesmo de olhar pra mim, hein?

— Olhar para você é um dos prazeres que chamam de colírio para olhos tristes. Uma cláusula, algo reservado aos chiques e bonitos.

— Então ainda estou bem para uma senhora.

— Não estou vendo nenhuma senhora aqui no quarteirão.

— Você é um doce, mas idade é idade. — Ela pegou o copo de uísque da cômoda. — Vamos para a sala de estar?

Ela fechou o roupão, mas ele voltou a abrir quando se sentou na cadeira de balanço.

— Essa cor é linda — disse George, apontando para a camisola ao se sentar na poltrona em frente a ela.

— Todo mundo usa rosa, mas eu gosto do amarelo-claro, porque combina com meu cabelo. Uma parte do meu cabelo, pelo menos.

— Peg gostava de camisolas pretas. E brancas.

— Peg tinha um cabelo preto lindo. Peg era uma moça linda. A gente se conhecia desde a época de escola. Você deve ter levado um choque muito grande quando aconteceu aquilo.

— Choque?

— A foto no *Daily News* dela com o chefe no calçadão de Atlantic City?

— Estava em Atlantic City quando Czolgosz atirou em McKinley. Mas nunca lia jornal algum.

— Eu entendo. Você não quer falar sobre isso.

Ela cruzou as pernas.

— Essas meias me fazem lembrar — disse ele. — Belas pernas. Sempre gostei de meias femininas. Chamam de meia-calça, se não me engano. Algumas pernas são grossas nos tornozelos, bife no casco, costumávamos dizer. Mas Peg não. E nem você — disse, apontando para os tornozelos dela. — Essas pernas aí estão na proporção ideal. Curvam pra cima e pra baixo. Pernas retas não são a mesma coisa, essas mulheres parecem seis em ponto, retas para cima e para baixo. Mas as suas não. — Gesticulou agitadamente indicando as pernas de Vivian. — Quando elas têm curvas assim, pra dentro e pra fora, pra cima e pra baixo, elas bril. Brilham. Isso são as pernas. Grande vislumbre. Não dá para qualificar pernas como essas sem se perguntar: George, que montanhas essas pernas escalarão? Elas são premiadas. Essas pernas sabem valsar, eu já as vi fazendo isso. Chame-a para dançar, isso é o mais importante. Sempre chame para dançar.

Vivian descruzou as pernas e esticou a perna direita, apontando o dedo da sandália para George.

— Aí está a minha premiada — disse ela.

— Que bela vista. Maravilhosa, eu diria.

Dava para ver sua coxa acima da liga. Ele ergueu o copo.

— Às suas pernas, e o que está entre elas — disse ele.

— Você gosta de me ver assim?

— Eu nunca tinha visto uma disputa assim.

— Ah, claro que já viu. Peg tinha belas pernas. Ela era linda. Pode ter ficado mais gordinha no final, mas as pernas continuaram lindas. Ela também se sentava assim pra você?

Vivian colocou o pé de volta no chão e a camisola deslizou, expondo as duas coxas.

— Com Peg a gente sempre sabia o que estava havendo — disse George. — Tinha sempre um monte de perguntas. Como você está? Está tudo bem? Você gosta de costeletas de porco? Besigue ou pôquer? Peg conhecia todos os atalhos do caminho para qualquer lugar onde você quisesse ir nadar, fechar a lata ou alugar um barco.

— Eu gosto de costeleta de porco — disse Vivian.

— Algumas coisas já são milagrosas e você ainda nem sabe onde estão — ele disse, fazendo um gesto com a mão espalmada para ela.

— Ed gostava de ficar onde você está sentado enquanto eu ficava fazendo essas coisas pra ele — Vivian disse, e abaixou a manga do ombro direito, e depois a do esquerdo. — Fiquei com Ed durante vinte e dois anos. Ele me deu um anel de noivado no dia em que Eisenhower ganhou as eleições. Nós não éramos como os outros casais. Eu não levava jeito para ser dona de casa. Nem sei para que levo jeito, Georgie. Ed e eu ficávamos juntos quatro ou cinco noites por semana, íamos ao cinema, jantávamos fora e depois voltávamos para cá. Ele gostava que eu tirasse a roupa devagar. E gostava que eu tomasse a iniciativa, e adorava me ouvir falar. "Fale, Viv, fale mais", ele dizia e eu falava para ele: "Da minha xana que você quer que eu fale?". "Sim", ele respondia, "Da sua xaninha". E falava para ele da minha xana, de como era e ele me falava coisas dela também e de como a adorava. Ficávamos falando assim um com o outro por um bom tempo até as palavras fazerem o efeito desejado. Então a gente transava.

— Xana — disse George.

— Essa era a minha palavra — disse Vivian. — Só usava com o Eddie. Nunca mais usei. Não uso essa palavra há oito anos. Acho que isso quer dizer que quero que você olhe para mim do jeito que Eddie olhava.

George levantou-se, tirou o casaco e afrouxou a gravata. Ergueu o copo outra vez:

— Um brinde a isso e disso e a isso de novo. Quando tiver a oportunidade de fazer, faça, porque talvez não haja uma segunda chance.

Ele bebeu o resto do drinque e colocou o copo na mesa. Sentou-se e olhou para o centro de Vivian.

— Era assim que Ed fazia — disse ela.

George murmurou algumas notas. Deixe-me.

— Quarenta anos trabalhando numa agência dos correios, e aí morreu. Eu nunca entendi. Ainda não entendo. Eu deveria ter agarrado *você* quando tive a oportunidade.

— Por que você me agarraria?

— Nós saímos duas vezes. Eu te conheci no lago Kinderhook, Electric Park, perto da roda-gigante. Dançamos um pouco no pavilhão e depois voltamos para Albany de bondinho. Uma semana depois você me levou para dançar lá no lago do Snyder, no seu carrão. Você estava com um grupo de homens atrevidos, bocas sujas. Você não era assim, mas pensei que poderia ser, então não incentivei. E aí Peg tirou você de circulação.

— O Electric Park mantinha as luzes acesas até as dez, e depois os caipiras iam dormir. O último bonde era às dez e quinze. Trinta e cinco minutos até Albany, um grande passeio, mesmo no escuro.

— Às vezes aconteciam romances dentro do bondinho.

Ela levou o corpo para a frente, para mais perto de George.

— Você é um homem maravilhoso, Georgie.

Ele colocou a mão sobre a meia de Vivian, deixando o indicador tocar a sua coxa.

— Deixe-me chamar você de querida — disse.

— Deixo...

E ele cantou:

*Let me hear you whisper that you love me too.**

— Amor — sussurrou Vivian. — Onde será que guardam isso?

— Dance comigo, Vivian, é Vivian, não é?

* "Quero ouvir você sussurrando que me ama também." Mais adiante: "Mantenha bem acesa nos seus olhos a luz do amor.// Deixe eu te chamar de querida...// Estou apaixonado por você". (N. T.)

— Claro, Georgie. — Ela se levantou, tirou o roupão e jogou-o numa cadeira.

Keep the love-light glowing in your eyes so true.

Enquanto cantava, George colocou o braço direito na cintura dela. Pôs um dedo sob as alças de sua camisola e sutiã e foi puxando para baixo até deixar o seio esquerdo exposto. Beijou-o.

— Oh, George, é tão bom ter você aqui esta noite.

Let me call you sweetheart...

Enquanto cantava tentou conduzi-la no ritmo da valsa, mas o quarto apertado não lhes permitia muito movimento, então eles valsaram sem sair do lugar, os pés seguindo o um-dois-três, mas ele a segurava para que eles que não se movessem para a frente, só um, dois, três, e novamente, no lugar, aqui mesmo está bom e está ficando cada vez melhor, e ele terminou a canção:

I'm in love with you.

Ele parou e beijou Vivian, um longo beijo. Tem alguma coisa num beijo que você não encontra em nenhum outro lugar.

— Xana, é isso?

— Isso mesmo, Georgie. Acertou.

Quinn, o samaritano, estacionou perto da entrada do pronto-socorro do Memorial Hospital e entrou para pegar uma maca. Um enfermeiro empurrou uma até a porta e com a ajuda de Matt levantou Tremont do banco de trás do carro de Quinn e o colocou sobre a maca. A ciência médica logo eliminaria todas as "ites" do corpo de Tremont, o assassino-em-progresso. Sedem este homem. Sejam gentis com ele e tragam-no de volta sem dor ao mundo.

— Você voltou — disse o enfermeiro para Tremont.

— Você conhece Tremont?

— Ele está sempre por aqui.

— Ele está muito doente — disse Quinn.

O enfermeiro assentiu com a cabeça e levou Tremont para dentro. Matt o seguiu.

— Você não pode ir embora — disse Tremont.

— Eu já volto. Matt vai ficar com você.

Matt ficaria com Tremont até que ele estivesse seguro em um quarto. Mantenha contato através da editoria de cidades, Quinn disse a Matt. Falo com você depois da minha entrevista.

— Quem você vai entrevistar? — perguntou Matt.

— O prefeito.

— Uma hora oportuna. Fala para ele não aceitar caronas de estranhos.

Markson, da editoria de cidades, tinha dois cigarros acesos, cada um em um cinzeiro, e vinha diminuindo lentamente, com o auxílio de um lápis, a quantidade de papel empilhado. Com as mangas da camisa arregaçadas, gravata frouxa, mocassins sem meias, ficando cada vez mais barrigudo, Markson olhou para cima e viu Quinn atravessar a sala da redação. Dez jornalistas datilografavam suas reportagens e o copidesque editava os artigos freneticamente enquanto o *Times Union* se aproximava do prazo final da primeira edição.

— E o prefeito? — perguntou Markson. — Pegou ele?

— Ainda não liguei pra ele. Pra falar a verdade estou achando que ele não vai querer falar comigo. Sou um inimigo público, mas nem é essa a questão.

Quinn estendeu o braço para apagar um dos cigarros, mas Markson deu-lhe um tapa na mão.

— Preciso de fumaça em dobro — disse ele. — Eu mesmo liguei pro prefeito. Ele aceitou te encontrar. Se não estiver no escritório, deve estar no Fort Orange Club. Ele vai interromper a hora do coquetel para você. Eu disse a ele que a prefeitura e a polícia estavam fazendo um ótimo trabalho para controlar a tensão na cidade e que queríamos ajudar, e você vai fazer a reportagem. Não perguntei nada sobre Bobby. Faça isso você. Interprete o que ele responder, mesmo se for um "sem comentários". Ele provavelmente vai encher Bobby de elogios.

— Patsy McCall uma vez disse que Bobby era um pão-duro, um parasita. Alex não negou.

— Isso é coisa do passado. Vamos tentar não fazer Alex parecer um assassino, tá bom?

— Que tal alvo de um assassino?

E quando Quinn esboçou a trama do assassinato, Markson deixou cair o lápis e empurrou a cadeira para longe da mesa. Quinn chamou-o para perto do cubículo do teletipo, onde os estalos da máquina escondiam suas vozes e repetiu o que Tremont lhe contara sobre Zuki, sem uso de nomes, nem Tremont, nem Zuki, nenhuma menção aos Brothers, sobre quem foi logo a primeira pergunta de Markson:

— Eles estão nessa?

— Não tenho a menor ideia — disse Quinn —, não estou acusando ninguém e não vou citar nomes até descobrir a verdade. Vou manter você informado. Eu não quero que a minha fonte seja presa como conspirador, ou até executado. Ele não fez nada ilegal. Não quis participar do complô.

— Ele chegou a treinar no estande de tiro.

— Sim, mas foi um erro. Ele recuou quando soube que Alex estava envolvido.

— Não poderíamos publicar essa matéria mesmo se tivéssemos como verificá-la, e nem isso podemos fazer. Todo mundo vai mentir. O atirador é louco ou um bode expiatório e o cara que deu a arma a ele é louco ou um agitador. Isso é baboseira de conspiração, "vamos pegar os esquerdinhas". Já temos muitas matérias hoje. Não precisamos de especulação.

— A não ser que alguém dê um tiro em Alex. Ou o cara da minha história ou outro qualquer.

— Porra, Quinn, você adora colocar lenha na fogueira — disse Markson, e saiu do cubículo. Dirigiu-se ao segundo andar, onde ficava a chefia. Não dava para resolver aquilo sozinho, Quinn também nunca conseguiria.

Quinn verificou as notícias para saber como Bobby estava: estado crítico, provavelmente com morte cerebral; polícia à procura de uma mulher num vestido preto e branco de bolinhas que desceu correndo as escadas do hotel depois do tiroteio e gritou em tom comemorativo: "Pegamos Bobby Kennedy!". Quinn ligou da sua mesa para Pat Mahar no Elks Club. George ainda não tinha chegado. Tem certeza? Absoluta. Ótimo, outra calamidade! Onde diabo ele se enfiou? Para onde poderia ter ido?

Quinn queria ligar para Roy para perguntar o que ele sabia sobre Zuki, mas primeiro ligou para Doc Fahey no escritório de investigações e pediu que ficasse de olho em George na rua, ele pode estar perdido por aí, está usando um terno cinza de Palm Beach e chapéu de palha. Os policiais já o conhecem há anos, mas pode ser que os mais novos não conheçam. Ele conhece a cidade melhor do que eu, disse Doc, mas vou avisar o povo. Doc estava certo. George não ficava perdido por muito tempo naquela cidade. Quinn ligou para casa e Renata lhe disse que Gloria já estava dormindo e Max estava a caminho. Ela o encontrara no Cody's. Ele não disse muito sobre sua vinda para Albany, disse ela. Almoçou com Alex hoje no Fort Orange Club. Talvez isso tenha algo a ver com o fato de ter vindo aqui. Quinn contou que George estava vagando perdido pela cidade.

Ele ligou para Jake Hess, advogado do jornal e amigo de anos, e perguntou:

— Posso ir aí agora, Jake? Tem algo perigoso acontecendo.

— Você parece desesperado.

— Estou confuso demais para ficar desesperado.

— Pode vir.

Um estagiário colocou um bilhete na mesa de Quinn. Estava escrito "Max" e um número de telefone.

Quinn discou o número e alguém atendeu:

— Havava Club, em que posso ajudá-lo?

— É você, Roy?

— Sou eu.

— Sou eu, Quinn. Que estranho. Já ia ligar pra você, mas recebi uma mensagem dizendo para ligar para Max Osborne, e você atende. E Max, está aí?

— Ele é o pai da Gloria.

— Pois é.

— Ouvi dizer que ela está doente.

— Ela está bem. Está com a minha esposa.

— Diga a ela que estou torcendo pra ela melhorar.

— Escute. Tremont Van Ort é quem está doente. Acabei de deixá-lo no Memorial Hospital e ele tá com muita dor, acho que por causa da bebida, e além disso está metido numa encrenca séria. Tem falado com ele?

— A última vez foi há umas duas semanas, acho. Estava bêbado. Que encrenca?

— Quando eu te encontrar, eu conto. É coisa importante.

— Importante pra quem?

— Pra mim, pra você, pra cidade inteira. Como está o seu horário?

— Mais meia hora e termino aqui. Aí vou para os Brothers.

— Vai ficar lá muito tempo?

— A gente provavelmente vai ficar na rua tentando acalmar qualquer problema. Não vou demorar.

— Conhece alguém chamado Zuki?

— Zuki? Por quê?

— Preciso encontrá-lo.

— Por quê?

— Parabéns, você ganhou o prêmio de perguntador do ano. Deixe eu falar com o Max.

— Ele já foi embora. Uma mulher ligou e ele saiu. Eu conheço Zuki. Ele trabalha com Baron Roland na Cruz Sagrada, mas não sei qual a função dele. Faz faculdade. Apareceu nos Brothers há duas semanas, queria falar comigo, mas eu estava sem tempo.

— Você confia nele?

— Quem sou eu para confiar em alguém?

Markson voltou. Tinha contado tudo para Wheeler, o editor-chefe, que ficou azul de tão nervoso e o mandou falar com Craig Penn, o editor.

— Eles querem chamar o FBI. Eu disse que não era tão sério e que talvez não ficasse sério para valer, mas eles querem uma investigação do FBI e um relatório seu com os nomes dos envolvidos.

— Escreva você o relatório — disse Quinn. — Você sabe tanto quanto eu. Diga a eles que fui a Troy comprar uma camisa.

Quinn pegou seu bloco de notas e saiu.

Quando contou a história para Jake Hess, Quinn se referiu a Tremont como "Tex" e Zuki como "Roxy". Roxy, um jovem negro na faculdade e que estava escrevendo um livro sobre o movimento Black Power, e Tex, um velho negro miserável, doente, à beira da morte, um homem no fundo do poço, sem meios para se defender, várias vezes preso, cada vez mais bêbado e vagabundo, e também um ex-combatente com condecoração militar, cheio de ressentimento contra os patrões brancos que fizeram dele um aleijado raquítico, a esposa já morta de tanta bebida, o filho, um favelado sumido no mundo pra sempre. E o solitário Tex lamenta o seu destino, a garganta apertando ao escutar Claudia, a matriarca, heroína da Ruas e Lares, falar horrores dos políticos que nos ignoram e ignoram nossas ruas e nos tratam como lixo que eles nem coletam, como se vivêssemos num lixão, diz ela, sim, isso mesmo, um lixão, diz Tex; a bebida faz a vida sofrida ficar um pouco mais fácil e ajuda-o a imaginar que as mesmas pessoas que mataram Martin Luther King também mataram Mary. Envenenaram o vinho dela e depois deram o copo cheio de doenças para ele também, mas Tex diz: sou mais forte do que ela era, mataram minha Mary, tadinha, era uma frágil bonequinha, mataram porque não sabem o que fazer com a gente, aí tão nos eliminando um por um. E Roxy diz a ele: é verdade, por isso temos que começar a nos defender. Tex concorda, tá certo, a gente tem que fazer isso mesmo, e ele lê uma carta mimeografada assinada por Black John que Roxy encontrara por acaso no bar onde tinham ido compartilhar suas dores, e Black John diz na carta que os negros precisam levantar e agir, precisam parar de depender de suas mamãezinhas, aquelas adoráveis senhoras gordas que querem mandar em todo mundo, deixa elas tentarem, não faz mal algum, mas ninguém no poder vai dar a mínima, tem que agir por conta própria, homem negro, fazer o que Black John tá fazendo, encarar o homem branco, ser homem mesmo, porra, homem negro, não deixe as gordas falarem por você, fale você mesmo, fale alto, mostre pra eles do que o homem negro é capaz. E Tex diz a Roxy: quem é esse Black John? Sei lá, cara, Roxy responde, ele escreve essas cartas e manda pra todo mundo. Bem, diz Tex, ele tá certo, mas o que vamos fazer e como vamos fazê-lo? E Roxy diz: vamos ter que pensar nisso, aliás, é exatamente o que tenho feito escrevendo este livro, porque ele é sobre a conquista do poder pelo homem negro. Na Coreia tínhamos poder, não tínhamos? Você também esteve na Guerra da Coreia?, pergunta Tex. Roxy diz: sabe a batalha de Chipyong-ni? Sei, responde Tex. Um puta espetáculo, diz Roxy, e eu matei um bando de olho puxado. Tex diz: eu também peguei uns, e Roxy diz: é, cara, eu sei que pegou, ouvi dizer que tinha boa mira e que ganhou até medalha. Tenho uma mira foda, diz Tex. Dá pra ganhar dinheiro com essa sua mira foda, diz Roxy. Como?, pergunta Tex, assaltando bancos? Não, matando aqueles filhos da puta que só atrapalham, diz Roxy. Matar? E Roxy responde: sim, alguém que você sabe que ninguém vai sentir a falta e que vai ficar até aliviado. Já foi, tá feito, já era, obrigado por ter feito. Como Bobby Kennedy, aquele filho da mãe, só porque é Kennedy, foda-se, você podia ter dado um tiro nele. Atirar em Bobby Kennedy? Eu? Do que você tá falando, cara? Roxy responde: tô falando de dinheiro. E ele leva Tex para praticar no estande de tiro.

Jake Hess entortou a cabeça e disse:

— Bobby Kennedy?

Se Jake soubesse que Quinn na verdade estava falando de Tremont pensando em matar Alex Fitzgibbon e não Bobby, que já fora baleado, pegaria o telefone e ligaria para Alex; pois Jake, apesar de agora ser advogado do jornal, durante quarenta anos fizera parte do conselho jurídico da máquina política do partido democrata que governava a cidade. Patsy McCall e Roscoe Conway e Elisha Fitzgibbon e agora o filho de Elisha, Alex Fitzgibbon. E Jake sabia onde os corpos estavam enterrados. No entanto Quinn nunca confiou em nenhuma figura política tanto quanto confiava em Jake Hess, um homem íntegro, que seria a primeira pessoa para quem Quinn ligaria se fosse preso, e era justamente por isso que ele estava conversando com Jake, que saberia qual caminho tomar no meio dessa confusão. Os pais de Jake eram judeus russos sobreviventes de campos de extermínio, e ele era um homem culto com cabelo grisalho, óculos de aros de ouro, corrente de ouro atravessando o colete, nunca sem o paletó, de fala mansa, com sorriso brilhante e uma consciência que, contra todas as probabilidades, sobrevivera às guerras políticas.

— Está dizendo que foi Tex quem atirou em Bobby? — perguntou Jake.

— Não, Tex estava aqui na cidade, bêbado demais pra conseguir atirar no próprio pé. Bobby foi só um exemplo.

— Um exemplo e tanto.

— Roxy tinha outra pessoa em mente, mas ainda não posso dar detalhes.

— Qual a sua pergunta, então?

— Será que podem prender Tex só por estar pronto para atirar em alguém importante como Bobby Kennedy?

— Ele teria que cometer um ato explícito para ser processado — disse Jake.

— E quanto a ser parte de uma conspiração?

— Precisaria de um ato explícito da parte dele.

— Dar a Tex uma AR-15 e levá-lo para praticar tiro ao alvo e lhe dar dinheiro para armar um tiroteio, isso seria um ato explícito?

— Alguma testemunha?

— Não sei, mas Tex diz que ainda está com a AR-15.

— Um ato explícito não é necessariamente um ato criminoso.

— E tentar convencer alguém a cometer um crime?

— Aliciamento. Mas é preciso que haja evidências de que esse foi mesmo o caso.

— E se alguém como eu descobre uma conspiração ou um aliciamento? Se eu não contar a ninguém, isso é crime?

O telefone de Jake tocou e ele atendeu, prestando atenção, sem olhar para Quinn. Quando desligou, disse:

— Era seu editor.

— Penn?

— Penn. Mencionou o seu assassino e disse que o alvo é o prefeito.

— Ele tem a língua solta — disse Quinn. — Viu agora por que não posso citar nomes? Ele provavelmente já até ligou para o prefeito.

— Não ligou ainda, mas acha que deveria.

— Ligou pro FBI?

— Não, mas quer ligar.

— Você não sugeriu isso a ele, sugeriu?

— Disse que ligaria de volta daqui a pouco.

— E quando eu sair daqui, você vai ligar pro prefeito e contar minha notícia?

— Acho que ele vai preferir ouvir isso de você.

— Conto para o prefeito que tem alguém planejando atirar nele, é esse seu conselho como advogado?

— Ele já sofreu outras ameaças. Tenho certeza de que ficaria grato em receber um aviso.

— Como faço para proteger Tex?

— Ele está seguro. Não fez nada de errado.

— E se eu não contar nada para o prefeito e alguém realmente atirar nele?

— Aí pode ser um problema para você, mas não um problema jurídico.

— Sentimento de culpa?

— Sentir-se culpado é opção sua. Mas podem haver retaliações, e isso você não controla.

— Se eu for preso, você vai me representar?

— Só se você se sentir culpado.

— Acha que isso daria um bom livro?

— Você quer dizer a história do seu amigo Tex?

— Tudo o que está acontecendo, a confusão toda. Quem acreditaria no que está acontecendo agora? Tex, Roxy, Claudia, Roy

Mason, Matt Daugherty, Bobby, distúrbios de rua, manifestações, meus amigos mendigos, e talvez você e eu também, sabe-se lá. Tem muito mistério nessa história e todos me chamam a atenção.

— Parece um panorama de atualidades.

— Se for isso, não vale a pena escrever. Se eu não encontrar um ponto de foco, foda-se todo mundo. Gostaram do título, *O livro dos cortiços*, mas não do assunto. Mais um livro de protesto? Tem um monte deles por aí. Eu vejo heróis, mas os editores só veem mendigos bêbados. Quem quer ler sobre mendigos, ainda mais os mendigos de Albany?

— Eles não conhecem nossos mendigos.

— Quero incluir Cuba, também.

— Um lugar impressionante, Cuba. Eu estava em Havana em 1927 quando o prefeito Goddard foi jogado para fora de um carro em movimento. Será que há muitos mendigos em Cuba hoje em dia?

— Não é permitido vadiagem lá. São comunistas, afinal.

— A sociedade nunca fica completa sem mendigos.

— Diga isso pro Fidel. Você sabe que meu avô escreveu sobre Cuba. Já leu os livros dele?

— Recordo que era um homem cheio de talentos. Como era o nome dele mesmo?

— Daniel Quinn.

— Nome inesquecível.

— Ele escreveu sobre Grant em Vicksburg, Sheridan em Cedar Creek, uma história impressionante, e ainda um livro sobre a guerra de dez anos dos cubanos contra o império escravocrata dos espanhóis. Ele esteve lá em 1870, para tentar achar o líder dos rebeldes mambí que ninguém sabia onde estava. E conseguiu. Marchou com as tropas mambí em uma das batalhas contra os espanhóis, depois escreveu sobre o genocídio dos irlandeses que começou na era de Cromwell e descobriu várias histórias de irlandeses em Albany vendidos como escravos nas Índias Ocidentais. Também acompanhou os fenianos americanos quando invadiram o Canadá após a Guerra Civil para tomar a Irlanda de volta da Inglaterra, e ainda passou pela Grande Fome na Irlanda, porque foi nesse período que ele emigrou para cá.

— Ele conviveu com a morte e as trevas — disse Jake.

— Exatamente, e isso incentivou sua tese sobre os filhos da desolação, milhões de mortos massacrados por pessoas que acreditavam fervorosamente e travavam a guerra santa e depois as guerras profanas. Ele concluiu que os grandes perdedores nunca perdem e as revoluções nunca falham; evoluem heroicamente, com a memória do sacrifício das massas e a imaginação dos sobreviventes criando continuamente uma força revolucionária e novos heróis para dirigi-la.

"Ele escreveu sobre um escravo fugitivo de Cuba, Nicodemo, ferido na guerra com os espanhóis, braço esquerdo inutilizado, dançando freneticamente uma dança furiosa de abandono sexual ao batuque dos tambores mambí, galvanizando homens e mulheres negras que observavam cada um de seus movimentos. Ele fez uma analogia entre Nicodemo e uma escrava analfabeta de dezesseis anos, Sooky, que queria ser poeta e cantava seus poemas na Pinksterfest de Albany, uma garota prodígio na opinião de todos que tiveram ocasião de escutá-la. A Pinksterfest, realizada quando as azaleias floresciam, era um festival de Mardi Gras que durava uma semana, quando os escravos de Albany aliviavam suas dores através de música, festas e danças.

"Nicodemo morreria em combate uma semana depois da famosa dança, decapitado pelos espanhóis. Sooky levou brasas acesas nos sapatos para incendiar o celeiro do senhor de escravos e foi enforcada em Pinkster Hill, mesmo local onde ela cantara sua poesia. Albany cancelou a Pinksterfest para sempre, acreditando que um festival com tantos negros bebendo e dançando podia incentivar uma revolução."

— Seu avô não era muito novo para ver a Pinksterfest?

— Sim, mas conhecia o velho Adam Blake, que era sempre mestre dos festejos. Trabalhava para o Bom Patrão, um revolucionário improvável. Mas meu avô descobriu que os sonhos místicos dessas pessoas são oriundos de uma dimensão do espírito na qual a revolução contra o invencível é eterna, não importa quantos bilhões sejam massacrados e destruídos. Nicodemo e Sooky como guerreiros valorosos. Vivemos, logo, perseveramos. Morremos, mas somos a fênix.

— Seu avô parece Cândido — disse Jake.

— Mas Cândido terminou cultivando o seu jardim. Já o meu avô nunca parou de se entregar a causas e guerras perdidas. Foi assim a vida inteira. Se não como soldado, como testemunha, alguém que precisa ver diretamente o desfecho da história. Tornou-se uma necessidade política para ele. Meu primeiro contato com o espírito inquieto do meu avô foi na época da faculdade, através de seus livros e blocos de notas. Foi o que me influenciou a ir a Cuba, famosa pela associação exuberante com a morte, pelos deuses espúrios e pela doutrina perniciosa, mas também pela tradição de séculos do espírito guerreiro mambí. Lá acabei me envolvendo em conflitos com traficantes de armas e subi o morro para ver Fidel. Até me casei com uma traficante de armas numa cerimônia presidida por espíritos africanos de tempos remotos.

— Queria muito ter visto isso. É o que inspira o seu livro sobre cortiços?

— Sim, um guisado etéreo, uma nova forma literária, nutritiva em mitologia. Você está sabendo que meu primeiro romance sai em setembro?

— A história do sequestro político?

— A própria. É sobre o meu tio, o grande golpista das mesas de bilhar.

— Eu estou nesse romance?

— Sob outro nome.

— Aparece alguém que acredita fervorosamente em alguma coisa?

— Alguns. Sob outros nomes.

— Será que vou reconhecê-los?

— Chamo-os de políticos.

Renata ficou ao lado de Gloria até ela adormecer. Em seguida, ligou para Max e disse para ele pegar um táxi e ir até lá. Vinte minutos depois, ele entrou carregando uma mala e uma pasta, vestindo uma *guayabera* branca e sapatos envernizados, um estilo cheio de referências cubanas. Havia um bom tempo que Renata não o via assim. Ele largou as malas e beijou-a na boca, tentando aprofundar o beijo, mas ela se afastou e sentou em uma poltrona. Ela puxou a saia para cobrir os joelhos e ele sorriu. Ele acha que estou me sentindo ameaçada. Não queria ficar sozinha com ele, mas era necessário.

— Essas bagagens — disse ela —, você não tem um quarto de hotel onde deixá-las?

— Não vou ficar muito tempo. Estou em trânsito, como dizem.

— Vindo de onde e indo pra onde?

— Vim de Miami, ainda não sei qual a próxima parada.

— De avião?

— Sim. Voo fretado.

— Que extravagante. Você quer ficar aqui?

— Uma oferta tentadora, mas não é uma opção.

— Você é muito misterioso, Max. O que está acontecendo?

— Está todo mundo morrendo e eu estou de saco cheio disso. Primeiro, Inez Salazar, depois, um ator amigo meu, os dois em Miami no mesmo dia, Bobby Kennedy acabou de levar um tiro, e há uma hora me contaram que Cody Manson está morrendo de câncer, tudo isso em dois dias.

— Eu sabia sobre Cody. Disse para Gloria que íamos ao show dele hoje à noite. Uma pena, um homem tão talentoso à beira da morte. Como soube dele?

— Estava no Havana Club e ele chegou. Está mais magro, mas ainda parece bem. O filho disse que ele tem pouco tempo de vida.

— Você falou com Roy?

— Ele é atendente no bar. Inteligente e radical, como você.

— Por que você menciona essas mortes?

— Parecem conectadas.

— Será que a morte está seguindo você? É por isso que deixou Miami?

— Tive uns problemas. Vi Alfie em Miami anteontem. Sempre fala bem de você. Está muito bem de vida desde que voltou de Havana.

— Ainda é tão doido quanto era naquela época?

— As pessoas não mudam.

— Ele estava com Inez quando ela morreu?

— Ele cuidou dela, pagou o aluguel e as despesas médicas, mas depois que ela desenvolveu cirrose, não chegou mais perto dela. Tomou isso como um presságio. Doença hepática é presságio?

— Nós criamos nossos próprios presságios.

— Eu a vi no hospital, toda inchada e quase entrando em coma. Seus olhos me seguiam e tenho certeza que ela estava me xingando por ainda estar vivo.

— Pobre Inez. A vida foi muito injusta com ela. Ela provavelmente salvou a minha vida em Cuba no dia em que atiraram em Quesada, e depois o que ela fez por mim na embaixada...

— Me lembro da embaixada — disse Max.

Pegou uma estatueta de cima da mesa: um homem barbudo de muletas, a cabeça enfaixada sangrando, um pano cobrindo seu abdome, dois cachorros o seguindo.

— Lázaro em Albany. Babalu Aye, um pouco de Havana.

— Eu tentei manter um pouco de Cuba nesta casa. Aquilo, por exemplo — disse, apontando para um quadro com a representação de uma figura espantosa: Sikan, uma mulher com o corpo envolto em redes de pesca segurando um peixe que era a incorporação do deus Tanze, descoberta que colocaria a vida de Sikan em risco. — Foi a única pintura que eu trouxe de Havana — disse Renata.

— Você sente falta dos velhos tempos. Os clubes de golfe, as festas que duravam até o amanhecer, os tiroteios...

— Eu amava mesmo. Mas não os tiroteios.

— Acho que você adorava.

— Eu amava tudo o que era sensual e imprevisível na vida.

— Não sente mais isso?

— Só às vezes. Fui a Carolina do Norte por duas semanas com um grupo da universidade para registrar eleitores negros. E depois para Selma,* para a marcha, a segunda, depois daquela em que os policiais massacraram os negros lançando bombas de gás lacrimogêneo, atropelando-os com os cavalos e golpeando-os com cassetetes.

— Você ainda está lutando pela revolução.

— Outro tipo de revolução.

— Você está magoada?

— Não. Não tenho cicatrizes de guerra.

— E sua vida social? Não tem mais boates?

— As daqui não são como as de Havana. Eu nunca vou. Estou muito velha para brincadeiras de criança.

— Você nunca agiu como criança quando brincávamos juntos.

— Shh — disse ela, sacudindo a cabeça e apontando para o teto.

— Você voltaria para Havana?

— Impossível.

* Marcha de protesto ocorrida em 1965, no ápice do movimento pelos direitos civis nos Estados Unidos. (N. T.)

— É possível se você quiser — disse ele.

Quando ele sorriu, ela achou-o muito ossudo, ele não era assim, era bochechudo, seu pescoço mais magro do que nunca e a *guayabera* parecia flutuar ao redor do corpo. O homem magro. Ele estava doente? Porém parecia mais jovem do que a idade, não perdera o cabelo e aquele magnetismo familiar ainda estava presente.

— Não esperava que você viesse a Albany — disse ela. — Achei que fosse transferir o dinheiro pelo banco.

— Seu banco vai realmente tomar a casa?

— Eles ameaçaram fazer isso, por isso te chamei.

— Você não tem algum dinheiro entrando por agora?

— Daniel diz a todos que o seu salário anual é abaixo do nível de pobreza federal, e eu poderia ganhar mais pedindo esmola na rua. O museu não valoriza a minha profissão. Preferem as mulheres ricas que não recebem salário, exatamente como em Havana. Mas, se sobrevivermos até depois do verão, ficará tudo bem.

— E depois?

— O livro de Daniel será publicado. Isso nos dará um cheque.

— Valor alto?

— Não muito. O que a gente faz não dá muito dinheiro.

Max tirou um espesso maço de notas do bolso e removeu o elástico que as prendia. Contou dez notas de cem dólares e colocou-as de lado, depois contou outras dez.

— Dois mil — disse ele, e começou a contar uma terceira pilha de notas.

— Eu só te pedi dois mil.

— Vou te dar seis. Quer dez? Dez, então.

— Seis? Dez? Meu Deus, *hombre*, não. Não vamos conseguir te pagar de volta nunca.

— Não há necessidade. Diga-me um número.

Ele contou seis pilhas e depois juntou-as numa mesma pilha.

— Seis mil? — disse ela. — *Un milagro!*

Max lhe deu o dinheiro e colocou o resto do ainda espesso maço no bolso. Ela colocou os seis mil na bolsa.

— Você sempre viaja com tanto dinheiro assim?

— É muito espiritual transportar grandes somas, é um risco, mas um risco santo. Uma vez viajei com oitocentos mil em duas malas de viagem.

— *Madre de Dios*. Oitocentos mil. Por quê?

— Estava fazendo uma entrega.

— Dinheiro político?

— Fiz a entrega em uma embaixada.

— Ah...

— Você acha que o meu dinheiro é sujo. Vejo nos seus olhos.

— Eu não conheço mais você, Max. Faz muito tempo.

Ele se ajoelhou na frente dela.

— Estou chocado com o que estou vendo, Natita. Depois de todos esses anos, eu ainda me sinto torturado na sua presença. É uma obsessão. Nunca fui capaz de amar outra pessoa, nem a sua irmã.

— Max, levante-se. Isso é constrangedor.

— Você deveria ter se casado comigo — disse ele. — Deixe a pobreza para trás e case comigo agora. — Ele colocou uma mão no seu joelho.

— Max Osborne casa com qualquer mulher que estiver ao seu lado.

Ela tirou a mão dele do seu joelho.

— Não me trate assim. Eu sou louco por você. Me ame. Ame Max, o louco ridículo.

— Levante. Loucos não se ajoelham pra qualquer uma.

Ele levantou e se inclinou para beijá-la. Ela não recuou.

— Sente-se, seu louco. Você ainda não me perguntou sobre Gloria.

— Não. Me conte — ele sentou. — O que houve com ela? Por que está dormindo justo quando o pai está aqui?

— Pai? *Sinvergüenza*. Faz um ano que você não vê sua filha.

— Eu vim pra buscar você, roubar você do seu marido.

— Mentira. Tem outro motivo.

— Você sabe ler mentes, como seus babalaôs.

— Então, não minta pra mim. O que veio fazer aqui?

— Quero ir a Cuba. Dificilmente vão me deixar entrar, por causa de minhas conexões com a agência, mas a informação que tenho pode interessar a Fidel.

— Ele vai achar que você ainda é um agente duplo. Por que quer ir a Cuba?

— Cuba não faz extradição para os Estados Unidos. Sequestradores sabem disso. Os rebeldes negros que foram para lá também sabiam. E fugitivos, como eu, também sabem.

— Você é fugitivo? Fugitivo de quê?

— Eu vinha trabalhando com Alfie. Descobriram a operação dele e ele deixou a cidade. Eu fiz o mesmo. Ainda não vi nada na imprensa, mas presumo que já divulgaram meu nome.

— Essas malas são do Alfie?

— Sim.

— Dinheiro do tráfico.

— Trabalho com dinheiro, não drogas. Sou só um entregador.

— Isso é uma tragédia, Max, um homem com a sua inteligência cometendo crime.

— Você acha que inteligência só serve à lei e à justiça? E aqueles seus amigos inteligentes do Directorio que morreram tentando assassinar Batista? O desejo de aventura pode chegar tarde na vida de uma pessoa.

— Tarde? Você está doente? Está morrendo? O que está acontecendo, Max?

— Estou envelhecendo rápido, só isso.

— Por que está me falando essas coisas?

— Eu preciso da sua ajuda para chegar a Fidel. Ele é o único que pode fazer alguma coisa. Quero que você me coloque lá dentro. Podemos ir pelo México ou Canadá. Você tem os contatos e eu tenho o dinheiro para conseguir entrar. Você não imagina quanto dinheiro eu tenho.

— Você acha que eu tenho contatos? Você está *loco*. Estou sem apoio em Cuba.

— Você foi importante na luta, mesmo depois que saiu de Cuba, e Fidel sabe disso. Além do mais, Moncho teve uma ascensão meteórica no governo. Está perto do centro do poder e do ouvido de Fidel.

— Estou fora da revolução. Moro em Albany.

— As pessoas falam de você. Renata Suárez ainda é uma heroína por toda a tortura que sofreu sem revelar nome algum. Por ter transportado armas de Miami para Fidel junto com Alfie.

— Você sabe contar mentiras muito bem.

— E você era amante de Fidel.

— Eu não era a amante dele.

— Você era uma delas.

— Dizem o mesmo de centenas de outras mulheres.

— E é sempre verdade, talvez seja verdade para milhares de mulheres. E você é uma delas.

— Acredite no que quiser.

— É uma grande vantagem ter transado com o Comandante.

— Vantagem pra quem?

— Para quem precisa do ouvido dos poderosos, e agora essa pessoa sou eu, Max Osborne. Eu salvei a sua vida, é a sua vez de me salvar.

Max desabotoou a *guayabera* e exibiu um coldre de couro marrom atravessado no peito. Puxou uma .32 automática e colocou-a sobre a mesa de centro. Renata bateu palmas e riu.

— Um gângster, Max. *¡Qué mono!* Você é tão fofo. E sua pistola é bonitinha, talvez bonitinha demais para fazer o que você quer que ela faça. Lembra que eu carregava um Cobra na minha bolsa quando andava de carro com Diego?

— Não tenho a mira tão boa quanto a sua, querida. Só quero me proteger.

— Vai atirar na polícia quando eles vierem te pegar? — disse Gloria enquanto descia as escadas.

— Gloria, *mi amor*, como você está? — disse Max, e foi até o pé da escada, onde beijou, abraçou e admirou a filha.

— Você é uma menina linda, minha Gloriosa. Tudo bem com você?

— Tem trabalhado e estudado demais. A vida não tem dado descanso a ela — respondeu Renata.

— Em quem você vai atirar, *papa*?

— Eu tenho inimigos.

— Quem é Alfie? De que máfia ele é?

— Um cubano que conhecíamos em Havana, ele transportava armas. Mas esqueça o Alfie e me conte como andam as coisas.

— Acabei de voltar de um hospital psiquiátrico. Não sou mais a Gloria que você conhecia, *papa*. Estou maluca e não aguento mais morar aqui. Se você for para Cuba, quero ir com você. Você vai com a gente, tia Rê?

— Não faça esses planos — disse Renata. — Isso é impossível.

— Espere um pouco — disse Max —, o que aconteceu com você?

— Me trancaram num quarto, *papa*. Eu tentei me matar. Quebrei uma janela para cortar o pulso e depois tentei me cortar com uma navalha.

— Mas por quê?

— Sou uma inútil, não sirvo pra nada. Estrago tudo que toco.

— Você é fantástica, Gloria — disse Renata —, uma grande mulher.

— Eles me demitiram da Cruz Sagrada. Me chamaram de puta.

— Quem fez isso?

— Uma mulher da administração da Cruz Sagrada.

— Por que ela disse uma coisa dessas?

— Eu fiz sexo com dois homens. Um deles é marido dela.

— Dois homens não te qualificam como puta.

— Não zombe de mim, *papa*.

— Ela descobriu o amor livre — disse Renata.

— Todo mundo sabe o que eu fiz.

— Como é que eles sabem? — perguntou Max.

— A tal mulher espalhou a notícia.

— Quem é essa mulher, quem é o marido?

— Alex Fitzgibbon.

— Filho da puta!

— Sim, esse mesmo — disse Gloria.

— Quem foi o segundo homem?

— Roy Mason. Nós trabalhávamos juntos. Você não o conhece.

— Eu passei a tarde com ele.

— Mentira. Por quê? Onde?

— Fui ao Cody's. Ele é atendente do bar lá.

Max não sabia direito o que dizer. Pai ausente jogado de repente no meio da crise da filha, que agora espera conselhos sábios para resolver essa catástrofe imaginária. Dar lição de moral? Seria absurdo vindo de Max, o libertino. Deixe claro que ela não é nem louca nem puta, que algumas mulheres acreditam que um amor só não é o bastante, sua tia Renata sempre foi assim. Max passara anos imaginando que Alex estava de olho na ninfa que tinha em casa. Mulheres sempre fizeram fila para ele. Max sem dúvida não dera bons exemplos à filha, mas aquele canalha não deveria ter se aproveitado dela assim. Padrinho coruja, pai substituto para o ausente Max. No almoço de hoje, Alex tinha justamente dito que ela estava indo bem no trabalho, uma organização que fazia trabalhos sociais com negros do centro da cidade. Ele também falara muito de Roy: que trabalhava para a mesma organização, além de atuar com os Brothers, um grupo similar aos Panteras para quem o prefeito é o inimigo. Segundo Alex, eles estão prontos para agir na guerra racial prestes a explodir na cidade.

— Você não é louca e isso não é nenhuma tragédia — disse ele. — Tragédia seria se você tivesse se matado com aquela navalha.

— Alex vai punir Roy — disse Gloria. — Inclusive já o mandou para a cadeia antes.

— Por causa do negócio da fiscalização eleitoral.

— Como sabia disso?

— Almocei com Alex hoje. Ele falou sobre Roy. Sabe que Cody e eu somos amigos.

— Mencionou meu nome?

— Disse que você estava trabalhando em uma organização social, mas que fazia tempo que não te encontrava.

Gloria agora sabia que tinha sido uma idiota, que não sabia de nada e só fizera e pensara tolices. Tinha virado uma aberração, não conseguiu nem se matar, uma idiota no que concerne ao sexo. Será que havia no mundo alguém mais retardada do que ela? Pais, professores, freiras e padres só aumentaram sua ignorância. Mas por que não conseguiu descobrir nada sozinha? E a única fonte de sabedoria era Renata, que deu para o Fidel, para Quinn, para o meu pai e sabe lá para quem mais. Mesmo assim, ela não é uma puta. Alguém me explique isso, por favor.

— Você foi amante do Fidel mesmo? — perguntou ela a Renata.

— Esse é o tipo de pergunta que ninguém deve fazer. Nem responder.

— Vai abrir as portas de Havana para mim? — perguntou Max. — Vai pelo menos tentar?

— Acho que não.

— Não tenho muito tempo. Não posso ficar no mesmo lugar.

— Aposto que você consegue — disse Gloria.

— Vou pensar — disse Renata.

Na verdade, pode ser que o mundo melhore se todos nos fôssemos para Cuba. Dizem que Fidel tem uma memória romântica. Mas isso foi há nove anos. Ele olharia para ela e perguntaria: E você? E Renata responderia: Só depois que você tomar banho.

Quinn ligou para Renata no caminho para a entrevista com o prefeito e ela lhe disse que Alfie e Max estavam fugindo de uma grande batida de drogas, e que Max queria que ela o introduzisse em Cuba.

— Como ele acha que você pode fazer isso?

— Por meio de Moncho.

— Isso não é pouco improvável?

— Moncho tem conexões e Max está disposto a pagar para entrar.

— Max tem dinheiro?

— Ele me deu seis mil em dinheiro. Ele queria me dar dez.

— Para quê?

— Eu pedi dois mil a ele semana passada para pagar a conta do hospital de Gloria. Eu disse que era para a nossa hipoteca.

— Você pediu dois e ele deu seis.

— Ele é um homem generoso, sempre foi.

— Você encontrou uma maneira de recompensar essa generosidade?

— Ainda não. Gloria ouviu Max falando de Cuba e agora ela quer ir para lá com ele.

— Ela quer ir para qualquer lugar, só não quer ficar aqui. Como ela está?

— Max a animou. Acho que ela gosta de criminosos.

— É claro. Por isso ela se interessou por Alex. Eu vou me encontrar com ele às sete no Fort Orange Club.

— Diga a ele que eu mijo na sepultura da mãe dele.

— Vou tentar achar uma brecha pra mencionar isso.

— Você pode descobrir se a polícia está mesmo procurando por Max?

— Onde foi a batida?

— Miami, na casa e no apartamento de Alfie. Encontraram alguns gramas de maconha, mas Alfie não estava lá.

— Isso saiu no jornal?

— Sim, e chamou bastante a atenção.

— Qual o papel de Max nisso tudo?

— Alguém o viu no filme de Julian Stewart no mês passado e o reconheceu como a pessoa que entregou dinheiro para Alfie. Max agora está sempre armado.

— Por que um fugitivo portando arma passaria uma tarde em público, no bar de Cody?

— Max não é sensato. Talvez tenha decidido não se comportar como um fugitivo.

— Então ele não vai ser um fugitivo por muito tempo. Você e Gloria vão ao show de Cody?

— Espero que sim. Mandei Gloria de volta pra cama para que esteja descansada.

— E Max vai?

— Nós não falamos disso ainda. Acho que Max está doente. Talvez seriamente doente.

— De quê?

— Eu não sei. Ele está muito magro e parece obcecado com a morte. O crime não fez bem a ele.

— Eu vou tentar encontrar você lá. Papai também vai, com uma mulher que ele conheceu em algum lugar.

— Ele, com uma mulher?

— Vivian alguma coisa, ela conheceu meus pais há muito tempo. Ela é o.k.

— George jamais saiu com outra mulher.

— Nós não temos como saber. Às vezes as pessoas recomeçam.

— Você realmente acha isso?

— Não que eu seja um bom exemplo.

Renata já planejava abandonar Quinn havia anos, mas não ainda, e não por qualquer um: embora já houvesse dois ou três na fila, sem contar Max. O aviso da santeria sobre o casamento perdurava, com Floreal dizendo que uma mulher tricotando estava tentando me salvar de algo que eu nunca soube o que era, e o aviso do babalaô no mês passado, dizendo que agora não era uma boa hora para a separação. E Gloria. Não posso abandoná-la sozinha. Eu sou minha avó, que sabe, sabe como afastá-la do desastre, como organizar seu sexo caótico. Mas, Renata, como fazer isso? Você vai virar terapeuta dela? Amor, oh, sim, amor. Ela e Quinn começaram bem, com amor. Tinha sido instantâneo, verdadeiro feito sangue, e durara, mas se transformou em amor à espera, faminto de alegria. Renata encontrou alegria em outra parte, encontros furtivos com *guapos y jóvenes* que a afastavam do tédio, enchiam sua taça, viciantes. Ela talvez conseguisse se livrar do vício se substituísse Quinn, ou se Quinn mudasse. Mas como? Ele tem quarenta anos. Um cachorro velho consegue aprender truques novos? Bom, ele sabe encontrar seu caminho, usa perfume no colarinho do casaco, fica por aí até as três da matina explorando a noite, Giselle sempre está aqui para as tais reuniões de família.

— Eu vou ao show — disse Renata. — Eu não sei com quem estarei.

— Você nunca sabe.

George e Vivian caminhavam por North Pearl, indo pelo caminho mais longo até o Dewitt Clinton Hotel, onde seria o show de Cody. Estavam sob a marquise do Kenmore Hotel e George parou e olhou para dentro através da porta de vidro na direção do velho saguão. Estava uma bagunça. Agora era um hotel da previdência social.

— Meu pai morava aqui — disse ele. — Ele era amigo do dono, um homem de cor rico. O nome... como era o nome dele? Meu pai o considerava muito, acho que chegou a escrever sobre ele. Qual era o nome, Eb, Ebble, tinha um escravo em algum lugar na história. Blee, Blay. Ele construiu o hotel, era classe alta mesmo.

Uma pedra arremessada estilhaçou a janela da frente do que outrora fora o bar Kenmore, e um estilhaço cortou a cabeça de George. Ele e Vivian se viraram para ver seis jovens negros do outro lado da rua, todos com pedras nas mãos.

— Ei, vocês — gritou George. — Por que diabos vocês estão jogando pedras?

Um deles arremessou outra pedra e quebrou a janela da Padaria Federal, e depois os seis foram em direção à Pearl Street. Vivian viu que a cabeça de George sangrava, e então pegou um lenço do bolso dele e passou no corte. Ela deu quatro passos com ele na direção de um carro, encostou-o ali e entregou-lhe o lenço para que ele pressionasse a ferida, estancando o sangue. Ela pegou o chapéu dele da calçada e viu George encarando o saguão do velho Kenmore outra vez.

— Adam Blake era dono desse hotel — disse ele — e seu pai também se chamava Adam, era um escravo que nasceu em 1770 e morreu com noventa e quatro anos na rua 3, que fica em Arbor Hill, e meu pai escreveu a respeito dele porque o velho, o Adam anterior, era o rei dos Pinksters, o grande feriado, quando os escravos cantavam e dançavam a semana inteira na colina da State Street. Quando meu pai foi a Cuba ele viu alguém dançando como Adam na festa Pinkster, mas na selva. O jovem Adam era um príncipe, todos o amavam, era impossível ser melhor, ele tinha dinheiro e estilo e transformou o Kenmore no melhor hotel de Albany.

George pareceu recordar-se súbita e completamente daquela época, com mais controle sobre os detalhes do que Vivian tinha visto o dia inteiro. Uma sirene soou, aproximando-se, e eles viram os seus jovens negros correndo na direção da Clinton Avenue, quebrando janelas de uma loja de bebidas e do açougue Grand Cash enquanto se afastavam.

— É que nem Petey Hawkins — disse George. — A barbearia dele ficava ali na próxima esquina, na Sheridan, e ele cortou meu cabelo muitas vezes, porque na minha época de barbeiro ele era meu único cliente de cor. Eu estava lá na semana da luta de Jeffries contra Johnson* e eu disse a Petey que apostaria em Jeffries. Ele disse: George, não aposte contra Jack, ele não tem como perder, ele quer muito ganhar, o pai dele era escravo e ele disse à mãe que quer ser tão importante quanto o presidente Arthur. Jack já veio a Albany e eu fiz a barba dele. Ele vai voltar aqui campeão mundial e eu vou barbear um campeão. Ele vai ser um grande homem, e é certeza de que vai vencer essa luta, George, e eu não quero tomar o seu dinheiro. Eu disse: Aposto dez paus como Jeffries leva essa. Ele disse: Georgie, Georgie, eu não quero dinheiro. Eu pago dez paus se perder, mas se eu ganhar você me leva até a Pearl Street de carrinho de mão, passando por State Street, e de volta até a barbearia. E eu disse: Petey, isso nunca vai acontecer, mas está apostado.

"Ele estava recebendo muitas apostas, pagando dez para sete contra Jack, e Petey apostou tudo o que tinha, e estava guardando no cofre dúzias de outras apostas. Era o homem mais honesto de Albany e todos sabiam disso. Jeffries era um irlandês enorme, cabeludo, campeão mundial, que se aposentou invicto em 1905 depois de vinte lutas quando acabaram os desafiantes. Johnson perdeu duas lutas em sessenta e quatro e tomou o título de campeão mundial peso-pesado de Tommy Burns na Austrália com um nocaute técnico. Mas tudo o que nosso país lhe deu foi o título de campeão mundial de cor. Mas ele espancou todos os brancos que apareciam e sempre dizia: Eu quero o

* John Arthur "Jack" Johnson (1878-1946), boxeador negro americano, primeiro campeão mundial da categoria peso-pesado (1908-1915). (N. T.)

campeão, eu quero Jeffries, mas Jeffries não quis lutar com ele. Jack continuou reclamando, e cinco anos depois dele se aposentar, Jeffries diz: Tudo bem, eu vou retornar ao ringue e quebrar a fuça desse preto, e todos os irlandeses de Albany ficaram do lado dele. A luta foi em Reno, diante de quinze mil pessoas e os campeões famosos estavam todos lá: Corbett, Fitzsimmons, John L., Tommy Burns, todos do lado de Jeffries. Mas Stanley Ketchel não concordava. Ketchel derrubou Johnson em 1909, mas Johnson se levantou e o atingiu com um gancho. Dois dentes de Ketchel ficaram enfiados na luva de Johnson. Ketchel conhecia que tipo de homem Jack era, e disse: Johnson vai quebrar a cara e o coração de Big Jim. Petey e eu fomos até a Beaver Street, diante do *Times Union*, para ler os boletins da luta round a round. Eles liam em voz alta com um megafone e então colavam as informações em um mural. Nos primeiros três rounds, Johnson fica só brincando com Jeffries, e no sexto todos já sabem que Jeffries não dá conta do recado; no décimo primeiro, ele perde as esperanças. Petey diz pra mim: Você tem um carrinho de mão, Georgie? Johnson derrubou Jeffries duas vezes no décimo quinto e então ficou em cima dele com os punhos levantados. Bem antes do primeiro round, Jim Corbett estava dizendo: Ele vai te matar, Jack, e Jack disse: Isso é o que todos dizem. Mas agora Jeffries está no chão e Corbett está gritando: Não, Jack, não bata mais nele. Então Jeffries se levanta e Jack manda um cruzado de direita e dois ganchos de esquerda e Jeffries cai de vez, ensanguentado e sem sentidos. A mãe dele não o reconheceria. O médico pula no ringue e diz: Pare, não é pra matar o coitado. Eles o fazem sentar-se no canto e Jeffries diz: Eu estou muito velho, não devia ter voltado. A única marca em Johnson foi um velho corte no lábio que Jeffries abriu com um dos poucos socos que acertaram a cara de Jack. Jack ganhou dele limpo e justo, o homem não vacila. Ele é o campeão. Ninguém bate no Preto Grande.

"E lá fomos nós, eu empurrando Petey Hawkins em um carrinho de mão descendo a North Pearl, poucos carros na rua porque era o Quatro de Julho, e Petey estava sentado sobre dois travesseiros com as pernas penduradas na frente do carrinho, um sorriso na cara maior que o chapéu de palha. Nós chegamos na State Street, eu dobro a esquina e já estamos quase de volta na barbearia. Então Dummy Quain, um dos Doze Doidos que ficavam vagabundeando perto do Dunn's Saloon, diz: Isso não tá certo, carregar um preto. Dummy chega perto e diz: Isso não tá certo, George. Eu digo: Esquece, Dummy, eu perdi uma aposta e tenho que pagar. Dummy continuou caminhando e então agarrou o carrinho e derrubou Petey nas pedras da Pearl Street, e disse: Vai se foder, crioulo.

"Eu acertei Dummy e ele balançou e caiu perto de um cavalo que o mordeu. Mas Gerber e Hosey dos Doze Doidos pegaram Petey antes que ele pudesse se levantar e o chutaram. Três rapazinhos de cor que estavam perto da barbearia de Petey esperando para pegar seus prêmios — um deles era o irmão de Petey, o Preto Dick — vieram correndo. Mais brancos saíram do Mahar e dois negros que vinham pela Pearl Street caíram pra dentro também. Eu ajudei Petey a se levantar e disse: Deu merda. Ele acertou Hosey. Gerber me derrubou e Dick Hawkins agarrou o braço de Gerber com as duas mãos e o quebrou. Eu perguntei a Gerber: E esse braço aí? E Dick sorriu assim pra mim. Então Petey viu mais brancos vindo da Columbia Street e disse: Vam'bora, vam'bora, vêm muitos aí, e os seis negros sobem a Pearl Street com Petey indo na frente em direção à terceira delegacia perto da Wilson Street, com uma dúzia de brancos na cola. Eu estava correndo com eles e vi Dick Hawkins por último, e então um dos brancos grita: Senta o cano no negão!, e Dick se vira bem na hora que o sujeito está descendo um cano de ferro pra bater nele e corta o braço e a cara do homem tão rápido que é como um relâmpago negro e um jorro de sangue. O homem ficou no chão e Dick entrou na delegacia. Os Doze Doidos agora eram Duas Dúzias de Doidos e estavam batendo na porta. Mas o policial passou o cadeado e os ameaçou com a pistola. Houve muitas cenas parecidas por todo o país. Vinte e quatro negros e dois brancos morreram, e queimaram lojas e casas nas cidades grandes, tudo porque a esperança branca havia acabado."

Doc Fahey, em um dos carros de polícia que vinham pela Pearl Street com a sirene ligada, viu George sentado no para-choque de um carro estacionado na frente do Kenmore. Fahey e seu parceiro, Warren Prior, puseram George e Vivian no banco de trás e os levaram ao Memorial Hospital, mais à frente no quarteirão. Fahey ligou para o *Times Union* para dizer a Quinn que tinha encontrado George, mas Quinn não estava lá, então Fahey deixou um recado.

— Como está a cabeça, George? — perguntou Fahey.

— Qual cabeça?

— A sua. O corte. Dói?

— Nem um pouco — disse George.

— Você viu quem atirou a pedra?

— Se eu o vir novamente, ele vai levar um chute no saco.

— Não se meta em brigas, George, fique longe. Essa noite está perigosa para andar na rua.

— Nenhum Quinn jamais amarelou pra ninguém. Jimmy Cagney disse isso pro... Jimmy Cagney disse...

— Você não precisa ser casca-grossa como Cagney, George. Há gangues de jovens negros à solta agora de noite, e muita raiva. Alguém já jogou dois coquetéis molotov no Dorsey's. É melhor levar George a algum lugar seguro, Vivian. Eu vou ligar para Dan, o filho dele, e ele virá pegá-lo.

— Nós vamos ao espetáculo do Cody Mason no DeWitt — disse ela.

— Ótimo, Vivian. Chame um táxi para ir até lá. Fique longe da rua esta noite, tudo bem?

*

Quando Roy chegou à sede dos Brothers — a dois passos da calçada, três portas ao norte da porta dos artistas do Palace Theater e bem em frente à North Pearl vindo do Memorial Hospital —, viu a janela de vidro destruída. Gordon Buford estava pregando madeira compensada sobre a abertura, mas a madeira não a cobriu. O cartaz de Malcolm X que estivera na janela por dois meses estava enrolado sobre uma mesa no escritório, um buraco de bala no queixo de Malcolm.

— Clarence estava aqui quando destruíram a janela — disse Gordon.

Clarence Gale, varrendo os cacos de vidro, disse:

— Eles não me acertaram.

— Você viu quem foi?

— Uns três, quatro caras brancos em uma perua Buick. Eu não vi direito.

— Brancos dando um rolé... isso é mau — disse Gordon. — Nossos filhos estão lá fora também. Ben e eu conversamos com alguns na Ten Broeck Street, falei pra eles ficarem numa boa hoje à noite, a polícia tá em tudo que é lugar. Mas a molecada não quis nem saber. Alguns deles vão estar ali no Four Spot pro baile.

— Baile? — perguntou Roy. — Eles não sabem do tumulto?

— Eles vão tocar música de baderna — disse Gordon. Ele colocou outro pedaço de madeira no lugar para cobrir o espaço da janela quebrada.

Ben Jones estava ao telefone, sentado em uma mesa de carvalho surrada sob um grande letreito escrito à mão que dizia: IRMÃOS — PRECISAMOS DE DINHEIRO DE ALUGUEL E TELEFONE. ARRANJEM DINHEIRO! A companhia telefônica tinha cortado a linha: os Brothers podiam receber mas não fazer chamadas. Um sinal menor anunciava: NÃO VENDA SUA ALMA POR $5. PAGUE SUAS DÍVIDAS, $5. A nova edição do tabloide dos Brothers, *The Emancipator*, publicado de vez em quando, estava empilhada sobre um balcão ao lado da mesa e uma manchete grande de uma primeira página antiga estava pregada na parede acima: CINCO IRMÃOS VÃO DEPOR NO JULGAMENTO DE BEN JONES. Em um canto afastado havia uma geladeira, uma mesa com três cadeiras, um pequeno fogão e uma prateleira com pratos, copos, facas e garfos. Aqui os Brothers davam uma refeição quente diariamente para dezoito crianças de pais que estavam no hospital ou na prisão.

— O que aconteceu hoje? — Roy perguntou a Ben.

— Uma mulher ligou, roubaram oitenta centavos do filho dela em frente ao Palace. Mulher branca. Quatro crianças negras, diz ela. Ela quer descobrir quem são, para que ela possa contar à polícia.

— Só isso?

— Robert Gene ligou, ele tá a toda. Vinte crianças à toa lá na Swan Street, criando confusão. Ele quer que alguém vá lá e acalme os ânimos deles. Não dá pra fazer isso sozinho.

— Você mandou alguém?

— Não tem ninguém pra mandar. Todo mundo está na rua.

Ben entregou a Roy duas páginas mimeografadas grampeadas.

— Saiu o novo Black John. Alguém empurrou por baixo da porta. Esse cara é pancada da cabeça.

Roy leu a manchete datilografada em caixa alta: OS OLHOS DE ALBANY ESTÃO EM VOCÊ, HOMEM NEGRO. Era um panfleto, o terceiro que Roy tinha visto nas últimas semanas, sempre contendo comentários anônimos, sempre grosseiro, incitando racismo: "Muçulmanos têm feito reuniões na Green Street. Albany não precisa deles. Eles não votam, eles não fumam, não bebem. Mas eles *matam*!... Tia Jemima* da South End ama as ruas e vive tagarelando nos jornais. Mas ela precisa dos branquelos pendurados no avental. Vai brincando e servindo panqueca pros patrões, pretinha, mas cuidado quando o tempo fechar... Black John tá achando que o prefeito anda sendo

* Personagem folclórico, matrona negra serva dos brancos, sempre alegre e subserviente. (N. T.)

muito legal ultimamente — recolhendo o lixo em Arbor Hill, mel na chupeta, mas os capangas da máquina política percorrem a cidade —, beijam os negros de dia, enchem de porrada à noite… Eu sei por que o reverendo Smathers não deu queixa quando acertaram uma pedra na cabeça dele. Tinha que ser preto mesmo. Nenhum branco aceitaria isso. O homem branco se defende *até a morte*!”.

Roy tirou os olhos do texto de John Black e viu alguém saindo de um carro e vindo através da Pearl Street. Óculos escuros, músculos, camiseta branca, calça passada — Zuki entrou pela porta.

— Roy — disse Zuki —, finalmente achei você.

— Me achou?

— Você é difícil de encontrar. Só quero conversar, ver o que você acha de umas coisas. Então você está lendo o Black John.

— Você conhece esse cara, não é?

— Não, mas ele é engraçado.

— Engraçado como câncer nas bolas. Ele quer arrumar confusão.

— Quem você acha que ele é? Você acha que ele é negro?

— Ele é negro, mas é pelego do pessoal que quer nos ver destruídos, atirando uns nos outros. Em que você está pensando, Zuki?

— Esse livro que estou fazendo, eu quero captar o que está acontecendo agora em Albany. A História está acontecendo aqui. E pode admitir, cara, os Brothers são o foco do interesse, e você é tipo um líder aqui, você é o cara do momento. Quero te ver em ação, ouvir o que você tem a dizer, por quanto tempo você me suportar na sua cola, tipo uma semana, uns dias.

— Uma semana?

— Três dias? A gente começa com algumas horas, quando alguma coisa estiver se armando, tipo hoje à noite.

— Você quer me seguir e tomar notas?

— É isso aí.

— A polícia de Albany já faz isso — disse Ben. — Provavelmente grampearam este telefone aqui. Eles tiram fotos também.

— Minhas palavras podem me jogar de volta na cadeia — disse Roy.

— Ninguém vai ver minhas anotações e eu vou te mostrar o que escrevi antes de ser publicado.

— É um livro?

— É um trabalho a longo prazo, mas tenho uma pessoa que vai publicá-lo.

— O que você quer?

— Ver alguém como você, um cara que parece comum, mas não é, ver como as pessoas prestam atenção em você, o seu piquete contra o sindicato, indo para a cadeia por fiscalizar a votação, fazendo aquilo em que acredita, isso é novo, é corajoso. Os jovens negros se inspiram em você. Tudo o que os Brothers estão fazendo (denunciando a compra de votos, disputando eleições, lutando contra os senhorios e a brutalidade policial), tudo isso é incrível, e a molecada acha isso heroico.

— Heroico porra nenhuma.

— Eu estou dizendo o que andei escutando.

— Nós já fazemos isso há dois anos — disse Roy. — Estão fazendo isso no Sul há bem mais tempo. Você ouviu falar da marcha de Selma?

— Claro que sim. Mas os Panteras Negras vieram visitar você, não é? Eldridge Cleaver, Bobby Seale? E não vieram o Stokely, Dick Gregory e Ralph Abernathy? Sem mencionar Ramsey Clark e William Kunstler. Roy, vocês são um ímã.

— Você está acompanhando tudo. Eu não gostei de Cleaver. Ele foi duro demais com o Baldwin. A gente gostou de Bobby Seale.

— Vê o que eu quero dizer? Você não dá a mínima, só faz a sua parte e as pessoas sabem disso.

— Gordon aqui, e Ben e Clarence, todos os Brothers fazem isso também.

— Claro, mas você cumpriu pena.

— Ben cumpriu pena, e por nada. Prenderam quinze Brothers em dois anos, dinheiro pra caralho só pagando fiança. Eles não param de infernizar.

— Vou escrever sobre *todos* os Brothers, escrever sobre hoje à noite mesmo se não acontecer nada. Mas tem coisa feia pra acontecer, eu ouvi dizer.

— O que você ouviu?

— A polícia vai estar atrás de sangue se houver um tumulto.

— A polícia sempre está atrás de sangue, nosso sangue. Isso não é novidade.

— A polícia está nos cascos. O prefeito disse a eles pra não aceitar desaforo hoje à noite. Ele quer a cidade tranquila.

— Essa pessoa com quem você fala, ela sabe o que o prefeito diz?

— A cidade toda sabe. Os lugares estão fechando, reforçando as janelas.

— Os Brothers estão o dia todo tentando acalmar os tumultos.

— Eu quero acompanhar você.

— E Baron Roland, o que ele anda fazendo?

— Ensinando no City College, como sempre, e ainda trabalhando na Cruz Sagrada.

— Onde ele vai estar hoje à noite?

— Ele estará no protesto. Foi ele quem organizou.

— Você está trabalhando com ele ou como é isso?

— Meio expediente no verão. Vou trabalhar em período integral na universidade no outono. Eu estava fazendo alguns cursos em Columbia, mas aí voltei pra cá.

— Voltou?

— Eu morava em Troy quando era criança. A casa onde morei no Harlem foi incendiada nos tumultos por causa de Luther King, por isso vim pra cá.

Roy tentou ler a expressão de Zuki. Tinha um quê de branco nele. Latino, talvez, mas sem sotaque. Olhos inteligentes, contornos espertos e sagazes. Alunos se comportam assim? Alunos têm músculos assim? Segui-lo como se fosse um documentário? Ei, Roy, não confie em ninguém caído de paraquedas que venha te bajular com essa merda de heroísmo. Manda o passa fora nele, manda ele embora. Por que Quinn perguntou sobre Zuki — algum vínculo com Tremont? Tenho que ver Tremont. Sair dessa história.

— Vamos lá fora — disse Roy, e foi pra calçada, e Zuki ficou ao lado dele. — Eu tenho negócios a tratar, Zuki. Estarei no Four Spot mais tarde. Vou pensar no que você disse, ver o que acontece por aí hoje à noite.

— São cinco e meia agora. Quando você chega ao Four Spot?

— Vou chegar lá quando eu chegar lá.

Tremont acordou grogue, tonto, mas com muito menos dor, e ainda na maca, após duas horas de espera para ser acolhido. Através da janela ao lado dele, viu Zuki e Roy saindo da sede dos Brothers do outro lado da rua. Eles ficaram lá e falaram, em frente à janela quebrada, cheia de tábuas. Ele os viu olhando para o hospital enquanto conversavam e concluiu que estavam falando dele. Moveu uma perna para fora da maca, sentiu dor, mas não tanta assim.

Um plantonista o examinou quando ele deu entrada. Ele tirou sangue e o medicou. Por isso, e por estar na horizontal, Tremont afundou em torpor. Matt perguntou às enfermeiras duas vezes a respeito da internação e elas lhe disseram que precisavam da aprovação de um médico; nós vamos tratá-lo aqui por enquanto. Tremont é um paciente temporário, de estadia limitada.

Matt puxou uma cadeira e ficou vendo Tremont dormir. Ele próprio cochilou um pouco. Então foi tomar um café na cafeteria e leu o *Knickerbocker News* com as novidades a respeito das chances de tumulto na cidade e sobre o protesto contra o seu silenciamento pelo bispo. O protesto fora marcado para sete e meia no porão da Primeira Igreja, a velha igreja holandesa de Albany, e uma multidão de católicos irados, estudantes e manifestantes do interior era esperada. Também haveria uma vigília com velas para Bobby Kennedy, cuja condição continuava ruim, mas ninguém tinha dito que ele morreria. A arma do assassino era um revólver .22 de oito tiros.

— Ei, bispôu — Tremont disse depois de acordar —, eu vi Zuki do outro lado da rua. Falando com Roy.

Matt olhou pela janela.

— Agora não tem ninguém ali.

— Acho que ele está vindo aqui me ver.

— Como ele saberia que você está aqui?

— Zuki sabe das coisas.

— Nós falamos com ele se ele aparecer — disse Matt.

E ele viu George Quinn entrar na sala de emergência com uma mulher e um detetive de Albany que Matt conhecia de vista. O detetive deixou George com uma enfermeira e foi embora. Quando a enfermeira levou George a uma maca atrás da tela ao lado de Tremont, Matt foi até ele.

— Eu sou o padre Matt, George, filho de Martin Daugherty. Achei que nós tínhamos deixado você no Elks Club esta tarde.

George olhou para Matt, ele parece um pouco com Martin, e disse que ele nunca chegara ao Elks. Vivian contou a Matt como George feriu a cabeça e o que ela sabia sobre o passeio dele. Ela reconheceu Matt do noticiário e disse que ele era um padre corajoso por falar dos pobres e da política, que ela nunca havia ouvido um padre falar de política exceto o padre Coughlin nos anos 1930, um bom orador, mas com uma língua suja, e eu nunca gostei dele. Os irmãos dela jamais falariam mal de algum político, ou perderiam seus empregos na administração pública.

— Eu gosto de sua perspectiva, Vivian — disse Matt. Ele se ofereceu para ligar para Dan Quinn e avisá-lo que seu pai estava no hospital. Vivian disse que o detetive Fahey já havia feito isso e Matt voltou-se para Tremont, que estava acordado.

— Aquele cara ali, o nome dele é George? — perguntou Tremont.

— Isso, George Quinn. Alguém jogou uma pedra em uma janela e ele se cortou, lá na Pearl Street.

— Não vejo o George há muitos anos. Ele apontava o jogo.

— Ele anotou a aposta do seu pai em 1937, onze mil dólares, não foi?

— Uou! Como você sabe disso, bispôu, como você sabe disso?

— Quinn me contou. George é *o pai* dele.

— É? Eu nunca associei os dois. Quinn foi pra onde?

— Ele vai voltar. Está se sentindo melhor, Tremont?

— Era o jeito. Não tinha como ficar pior. Eles têm bagulho bom aqui.

Uma enfermeira se aproximou de Matt com uma mensagem.

— Padre Matthew? — Matt disse sim. — Nós não recebemos mensagens, mas disseram que você é um padre. O padre dos jornais.

— Ele mesmo — disse Matt.

A mensagem de Quinn para Matt: estava indo até Fort Orange Club. A mensagem chegara havia alguns minutos.

— Preciso fazer uma ligação, Tremont, já volto.

Tremont se escorou em um cotovelo.

— Ei, George — disse ele, e George se virou para olhar. — Você é George Quinn.

— É o que me dizem. — Uma enfermeira veio aplicar uma bandagem no corte de George e disse que ele teve sorte, que o vidro não penetrou, não seria necessário dar pontos. Ela deu a Vivian mais bandagens, para mais tarde.

— Você se lembra de mim, George? — perguntou Tremont.

George deu uma boa olhada.

— Tremont? Filho de Big Jimmy?

— Sim, George. Sou eu.

— Você fazia bicos e ajeitava os pinos no boliche de Jimmy Smith, na Green Street. Eles se mudaram pra State Street.

— Que memória. Como você anda, George?

— Consertando um negócio aqui. Tive um acidente. Seu pai me deve dinheiro.

— Quanto ele te deve?

— Não me lembro. Duzentos, talvez. Jimmy vai se lembrar.

— Jimmy não vai lembrar. Jimmy morreu faz onze anos.

— É mesmo? Lamento ouvir isso. Você envelheceu, Tremont.

— Você também, George. O mundo todo ficou velho desde a última vez que nos vimos.

Tremont olhou pela janela e viu Roy e Ben Jones saindo da sede dos Brothers, Zuki não apareceu, mas pode estar lá fora me esperando sair. Se ele vier aqui dentro, acabou pra mim.

Vivian tinha ido pedir à enfermeira para chamar um táxi para eles e voltou dizendo que estavam quebrando as janelas dos carros e por isso não havia táxis passando pelo centro.

— Nós vamos a pé — disse George. — Está uma noite agradável, não está?

— É — disse Vivian. — Está uma noite muito agradável e nós ainda nem jantamos.

Tremont saiu da maca.

— Pra onde vocês vão?

— Pro DeWitt — disse Vivian.

— Vão por esse corredor — disse Tremont. — É mais rápido. Estou indo na mesma direção.

Ele seguiu pelo corredor com eles.

— E o seu amigo, o padre — perguntou Vivian.

— Fazendo uma ligação. Ele vai nos encontrar depois.

Tremont tirou uma toalha de uma pequena pilha de roupa lavada e a pôs debaixo do braço, depois os levou para fora pela entrada sul do hospital, já a meio quarteirão de Zuki. Ele colocou a toalha sobre a cabeça e caminhou um passo à frente de George e Vivian, bloqueando a visão das suas costas caso Zuki estivesse olhando. Eles passaram pelo Palace, que apresentava um filme chamado *Up Against*, o rosto de um homem negro no cartaz. Tremont queria uma bebida, precisava de uma bebida, encontrou algumas notas no bolso, sete dólares que sobraram dos setenta e cinco de Zuki. O Four Spot fica logo no próximo quarteirão, veja com George.

— Vamos fazer assim, George — disse Tremont. — Vamos para o Four Spot. Eu compro uma bebida para você, pra sua companhia, pago um pouco do que Big Jimmy te deve.

— Temos de ir ao DeWitt, George — disse Vivian. — Eles devem estar servindo o jantar.

— Nunca impeça um homem de pagar o que ele deve — disse George.

— Eu não devo, George. Meu pai era quem devia.

— Todas as contribuições são aceitas de bom grado.

George olhou para o Four Spot, um de cinco edifícios no Clinton Square. Ali ficava o estabelecimento de Johnny Palermo: bifes e costeletas, salão de festas atrás, Johnny arranjou um cartaz novo. Era um bar ilegal na época da Proibição, com quartos no segundo andar do prédio ao lado, aonde se podia levar alguma moça e se a polícia desse uma batida, dava para subir pro telhado e saltar para o telhado de Johnny, e aí descer na Chapel Street. George jogara boliche com Johnny no Rice, ali na esquina, mas o boliche já não existia. Aonde foram? Jovens negros entrando. Não é comum vê-los no Johnny, só de vez em quando, talvez.

O bar no Four Spot estava com lotação pela metade: cerca de vinte rapazes e moças negras, e muitos mais no ambiente dos fundos.

Todos os olhos se voltaram para George e Vivian em pé no bar.

— Dose dupla de vinho do Porto e o que os meus amigos quiserem — disse Tremont ao barman branco. Sentou-se no único banco disponível.

— Se não sentar, eu caio.

— Uma lager pequena, por favor — disse Vivian.

— Duas — disse George. Ele olhou para as fotos nas paredes: Truman, Stálin e Roosevelt na capa da *Life*, manchetes de vitória na Segunda Guerra Mundial, tropas marchando debaixo de confete na Fifth Avenue. Guerra, mas não a guerra de George. Ele olhou cuidadosamente para todos os jovens negros na sala, tentando lembrar qual deles jogara a pedra. Não viu ninguém que reconhecesse.

— Procurando alguém? — um dos mais velhos ali perguntou.

— Ele está comigo — disse Tremont.

— É? E com quem *você* está?

— Tamos tomando um trago aqui, tudo bem? — disse Tremont.

A conversa parou. Aretha cantou: *Chain, chain, chain.*

— Vem gente aqui e fica encarando a gente — disse o homem.

— Qual o problema de olhar? — disse Tremont. — Ele saiu do hospital agora, acertaram uma pedra nele. Nós viemos pra cá fugindo de pedrada.

— Não tem ninguém aqui jogando pedra.

— Então talvez a gente esteja seguro — disse Tremont.

— Os policiais vieram aqui faz pouco tempo procurando alguém — disse o barman. — Eles tinham uma testemunha, alguém jogou uma pedra na vitrine de loja de bebidas e saqueou tudo.

— Eles jogaram pedras na greve do bonde — disse George para o jovem negro que não gostava de ser encarado. — A Guarda Nacional atirou no pessoal jogando pedra e depois atiraram em quem não estava jogando nada. 1901. Mataram vinte e sete pessoas. Frankie Pringle estava do meu lado, foi atingido por uma pedra e em seguida alguém atirou nele. — George apontou para a porta. — Na Broadway, perto da estação, um sujeito jogou uma pedra e matou uma velha viúva. Ele teve que sair da cidade. Trinta e sete pessoas foram mortas, algumas a pedrada, outras a tiro. — George tomou um gole da cerveja. — Cerveja é muito bom. Jimmy sabe tirar um chope. Trinta e sete pessoas mortas a pedrada.

Aretha cantou: *Chain, chain, chain*, e George perguntou ao barman:

— Johnny apareceu por aqui hoje?

— Tem Johnny aqui não, amigo.

O barman, um homem corpulento de cabelo preto liso e olhos cansados, não parecia confiar nas pessoas. George perguntou:

— Não conhece Johnny?

— Não.

— Você está aqui há muito tempo?

— Cerca de um ano.

— Qual o seu nome?

— Meu nome é Howie.

— Estou falando de Johnny Palermo — disse George. — Ele é o dono daqui. Ele fazia charutos. Tinha outdoors por toda a cidade. Acomode-se atrás de um charuto Palermo. Ele trazia Jimmy Durante aqui e arrecadava milhares de dólares para a Igreja de St. Anthony. Johnny e eu jogávamos boliche juntos.

— Os irmãos Marcello são os donos daqui já há dez anos — disse Howie. — Talvez eles tenham comprado de Johnny.

— Você ouviu alguma coisa sobre alguém jogando coquetéis molotov? — perguntou Vivian.

— Nenhum molotov — disse Howie —, mas eu faço um ótimo Manhattan. Se você beber demais sua cabeça explode, igual um molotov.

— Acho que não quero minha cabeça explodindo hoje à noite — Vivian disse.

George se voltou para o jovem hostil, levantando o dedo enquanto falava, como se a conversa anterior ainda estivesse em andamento.

— Eu nasci a três quarteirões daqui, na Columbia Street. Já ouviu falar do meu pai? Daniel Quinn? Um homem famoso aqui em

Albany. Fez de tudo, andou por todo lado, viu todo mundo, apertou a mão de Lincoln, viu Lafayette quando ele veio a Albany para ser enterrado, não havia nada que ele não soubesse sobre esta cidade, e era de cor.

— O vovô tá gagá — disse o jovem.

— Do que você está falando, George? — perguntou Vivian.

— Você me vê e pensa que eu sou branco, certo? Um sujeito branco que entra e sai da casa de negros como se eu fosse negro também. Quando eu estava crescendo chamavam a mim e ao meu pai de "os pretos da Irlanda". Meu pai era um grande homem. Ele andou por toda a parte durante a Guerra Civil. Eu conheci Lincoln no bar na Delavan House, o homem mais feio que eu já vi, e apertei a mão dele antes de ter nascido. E ele era judeu. Meu pai conheceu Grant e Sheridan. Ele estava lá quando Sheridan fez sua cavalgada de quarenta quilômetros e ele escreveu tanto a respeito disso que tornou Sheridan famoso. Sheridan era um sujeito assim baixinho. Chamavam ele de Pequeno Phil. George Payne, ele cavalgava com Sheridan, e ele era negro. Voltou pra casa depois da guerra e constituiu família na Main Street, em North End, os primeiros negros por lá, os únicos negros durante anos. Meu pai escreveu tanto sobre George Payne que o tornou famoso. George Payne conhecia Sheridan melhor do que o pessoal de West Point. Meu pai não viveu tempo suficiente para conhecer Jimmy Walker. Ele morreu em um acidente de trem com minha mãe. Ela era um mestiça cubana.

— Sua mãe era mestiça? — perguntou.

— Isso mesmo.

— Mestiços em New Orleans — disse Tremont. — Eu conheço mestiços.

— Mestiços. Sangue misturado — disse Howie.

— Pretos da Irlanda e mestiços — disse Tremont. — Você está inventando isso, George. Por que você está querendo mudar sua pele?

— O que mestiço quer dizer é que ela não queria escravidão — disse George. — Ela conhecia o pessoal importante e arrecadou uma tonelada de dinheiro para a guerra cubana. Meu pai sempre teve que ir para a guerra. Ele participou da Guerra Civil e quando esta terminou ele invadiu o Canadá com os fenianos. Depois, foi para a guerra em Cuba, voltou e se casou com minha mãe, que era uma mestiça cubana.

— Como assim, ela era mestiça? — perguntou Vivian.

— Ela era tão branca quanto dá pra ficar e meu pai conhecia os caras que começaram aquela guerra maldita. Eles eram todos cubanos. Mas foi John Brown, aquele sacana, foi ele que libertou os escravos. Grande sujeito, John Brown. — Em seguida, George cantou:

I got a white man workin' for me,
I'm going to keep him busy you see,
Don't care what it costs, I'll stand all the loss,
*It's worth twice the money for to be a boss...**

— Eu nasci e cresci nesta cidade e vou ficar aqui pra sempre — disse ele, falando pra todos. — Não sei o que vocês têm contra Tremont, a melhor criança da Dongan Avenue, garoto esperto, sabe como chegar aonde você quer ir e como ganhar dinheiro. Trabalha, ajeita pino de boliche, mas não taca pedra em ninguém. É só ir pra rua como Tremont e eu fazemos e encarar o negócio, e no final exigir o que é seu. E eles pagam. Ora, cacete, eles não têm escolha. Eles precisam de você. Você está lá e tem o que eles querem. Essa é a próxima parada da ferrovia pro céu. Abençoa-me, pai, pois eu pequei — e George se benzeu.

— Velho doido filho da puta — disse o jovem negro.

* "Tem um branco trabalhando pra mim,/ Vou mantê-lo ocupado, tá entendendo,/ Custe o que custar, eu arco com o prejuízo,/ Vale até pagar a mais só pra ser chefe..." (N. T.)

Através da janela de vidro, George viu meia dúzia de pessoas em pé na calçada, todos negros. Ainda havia luz lá fora, mas a North Pearl Street estava vazia, nenhum carro em movimento. Dois negros chegaram e se juntaram aos que estavam no bar.

— Alguém jogou um molotov na Sheridan Avenue — disse um deles. — Bateu num ônibus, mas ele continuou indo.

— Aí o coquetel que você estava procurando — Howie disse para Vivian.

— Quem jogou? — Vivian perguntou ao jovem, que olhou para ela, mas não respondeu. O jovem que não confiava em George balançou a cabeça e ambos se afastaram de Vivian.

— Sheridan Avenue — disse George. — Deram esse nome por causa do general Sheridan. Ele nasceu lá. Petey Hawkins tinha uma barbearia na Sheridan Avenue.

— Petey Hawkins. Eu conhecia Petey Hawkins — disse Tremont.

— Vivia na rua 3. Eu conhecia a família toda. Seely, a irmã do Petey, era uma boa cantora. Ela veio a Albany para participar de um musical e eles contrataram meu pai para um dos papéis. Ele tinha dois metros e dez e cantava em espetáculos itinerantes. Era o Gigante de Albany, e quando o musical veio pra cá, eles o viram e o contrataram, e ele era tão engraçado que o levaram pra estrada.

— Dick, o irmão do Petey, era um grande amigo meu. — disse George.

— Não fale dele, George — disse Vivian. — Por favor, não diga o nome do irmão do Petey. Fale de Petey, mas não do irmão. Ouviu, George?

— Não é pra mencionar o irmão dele?

— Não. Por mim, está bem, Georgie?

— Tudo bem, por você eu não menciono.

Matt Daugherty abriu a porta da frente e segurou-a entreaberta, olhando para dentro. Ele viu Tremont e balançou a cabeça, então entrou, deixando a porta fechar sozinha.

— Você fugiu de mim, Tremont — disse ele.

— Eu precisava, bispôu. Eu sabia que você ia me encontrar e tinha que cair fora de lá. Você sabe por quê.

— Não, não sei.

— Eu vi o cara vindo direto para o hospital. Se eu ficasse lá, seria o meu fim.

— Você está sentado aqui esperando por ele. E está bebendo. Eles acabaram de tratar suas "ites" e você já está começando de novo.

— Eles me consertaram, as "ites" tão quietinhas. Eu precisava dar uma sossegada.

— Eles vão escrever sobre você, Tremont. Você e suas "ites" vão entrar nos livros de medicina. Como vai, George?

— Excelente de fio a pavio, e você?

— Eu conversei com Danny. Ele está preocupado com você.

— Danny se preocupa demais. Se preocupar dá urticária. Eu tive urticária quando Dewey proibiu o jogo em Albany. É uma coceira...

— Danny disse que você estava num show.

— Nós vamos se chegarmos lá — disse Vivian. Mas ela estava gostando, o Four Spot era uma novidade e ela não estava apressando George.

— Danny quer encontrá-lo no show — disse Matt.

— Danny não deveria se preocupar tanto — disse George. — Ele vai ficar cheio de urticária.

— Eu vou dizer isso a ele — disse Matt.

Do seu banquinho, Tremont viu Zuki na calçada, conversando com Roy. Agora você não despista mais ele, Tremont. Não tem onde se esconder. Mas por que se esconder? O que ele pode fazer? Bater em mim? Acho que não. O bispôu e Roy estão comigo. Me dedurar? Mas aí ele vai junto. Ele quer fazer alguma coisa, isso eu sei. Aquela conversa sinistra toda não veio do nada. Coisa política. Ele é um Pantera, tipo Joe College? Policial infiltrado? E por que ele viria até você, Tremont?

Quem você sacaneou? Ei, Tremont atira bem, é o gatilho, o assassino. Apague o prefeito, alguém apaga Tremont, todos ficam felizes.

James Brown começou a tocar no ar enfumaçado do bar, dizendo a todos: "I Got the Feelin", e o clima do ambiente subiu — cabeças balançando, corpos gingando, George mexendo a cabeça na batida.

— Bispôu — disse Tremont —, estou com um pressentimento, você tá certo, eu estou parado aqui esperando encrenca. O Zuki tá lá fora, falando com Roy.

Matt olhou para fora, viu Roy com os jovens negros.

— Qual deles é o Zuki?

— O cara pintoso de camiseta e óculos escuros — disse Tremont.

Os dois estavam com oito ou nove jovens na frente do bar. Roy estava falando e o grupo estava ouvindo.

Roy balança a cabeça, não aprova. O quê?

— O que Zuki pode fazer comigo, bispôu, me desovar no rio?

— Ele pode fazer isso — disse Matt. — Mas não se você for a público com essa história, se falar com Doc, o policial amigo de Quinn. Aí você ficaria em vantagem.

— Você acha que devo anunciar que Zuki queria que eu atirasse num político?

Matt sorriu ao perceber o volume em que Tremont falava, e viu que o barman, George, Vivian e alguns negros tinham todos se virado para olhar.

— Acabaram de atirar num dos Kennedy — disse George. — Eu não sei qual. Eu estava em Atlantic City quando Czolgosz atirou em McKinley. Fritaram ele em Sing Sing sete semanas mais tarde.

— Você tá certo de novo, bispôu — disse Tremont. — Ir a público. Eu vou fazer isso.

Howie se aproximou de Tremont.

— Como é que é isso de atirar em político? Que brincadeira é essa?

— Não é brincadeira — disse Tremont. — Um sujeito queria que eu atirasse em alguém.

— Em Albany?

— É.

— Quem?

— Não disse quem. Foi só uma ideia.

— De quem você está falando? Que sujeito foi esse?

— Aquele ali na calçada.

— Qual deles?

— O de camiseta — e ele apontou.

Howie olhou pela janela e em seguida se afastou, indo falar com um garçom. Depois foi para a sala de trás onde a festa embalada por James Brown estava a toda, mais agitada, mais barulhenta.

— Melhor a gente dar o fora daqui — disse Matt. — Precisava anunciar pra todo mundo?

— Vamos tomar mais uma pro santo — disse Tremont.

— Não tem mais tempo. George, Vivian, é melhor vocês virem com a gente.

— Dê meus cumprimentos à Broadway — disse George.

Matt acompanhou os três para fora e foi até Roy, que estava insistindo para que a gangue da calçada entrasse, o Four Spot vai ficar perigoso hoje à noite se a cidade enlouquecer. Policiais passavam com megafones mandando as pessoas manterem as crianças dentro de casa. Sair em grupo é pedir pra apanhar e ser preso. Ninguém se mexeu. Os policiais estão com escopetas hoje à noite. Escopeta é coisa séria. Ninguém se mexeu. Eles não me atendem aí dentro, disse um deles. Estamos esperando um pessoal, ninguém tá aprontando nada, quem é você, um pastor?

— Roy — disse Matt, puxando-o de lado —, Tremont acaba de contar à metade do bar que Zuki queria que ele atirasse num político de Albany. Acho que o garçom chamou a polícia.

— Jesus, Tremont, é verdade?

— Queria que eu atirasse no prefeito — Tremont disse alto.

— Ah, caralho, não pode ser sério. — Roy virou-se para Zuki, que ouvira o que Tremont disse e já caminhava em direção à Clinton Avenue.

— Ei, Zuki — disse Roy —, espera um minuto.

Zuki continuou andando e começou a correr quando Roy apressou o passo em sua direção. Roy se aproximou quando dobraram a esquina, sumindo de vista.

Matt virou-se para Tremont e disse:

— Vamos em frente.

Mas então Roy reapareceu na esquina com Zuki preso numa chave de braço.

— Tremont — gritou Roy enquanto vinha —, é esse o cara?

— Esse é o Zuki.

Dois garçons brancos robustos saíram do bar junto com Howie, o barman, que segurava um bastão de beisebol curto.

— Aqueles dois — disse Howie, apontando para Zuki e Roy — e esse aqui — apontando para Tremont.

Os jovens negros na calçada recuaram da janela. Um garçom tentou agarrar Tremont, mas Matt se interpôs e colocou a mão no peito do garçom. — Não toque nele — disse para o garçom e Howie.

Os dois garçons se aproximaram de Roy e desfizeram a chave de braço que prendia Zuki. Roy pulou para trás, perdeu o equilíbrio e, enquanto um deles se agarrava com Zuki, o outro acertou Roy com um soco potente e pulou em cima dele.

— Deixa o rapaz! — gritou George para o garçom que lutava com Roy.

Um Chevrolet preto virou na Clinton Avenue entrando no Clinton Square, uma rua pequena, de um quarteirão. O motorista diminuiu e dois homens brancos, pendurados para fora das janelas, atiraram dois coquetéis molotov contra a multidão. O primeiro quebrou a janela do Four Spot. Zuki se soltou do garçom que lutava com ele e correu em direção à Clinton Avenue. A bomba incendiou o avental de Howie e ele deixou cair o bastão, abanando as chamas com as mãos. George pegou o bastão e o bateu contra o crânio do garçom agarrado a Roy. O garçom caiu de joelhos e Roy recuou para a rua.

— Te devo uma por isso — Roy disse a George.

— Você fez o mesmo por mim mais de uma vez — respondeu George.

O segundo molotov explodiu contra o alpendre da casa ao lado do bar, espalhando fogo aos pés dos jovens negros e no xale amarelo de Vivian. Matt o tirou do ombro dela e apagou o fogo com batidas vigorosas. O Chevrolet entrou na Orange Street, passou voando pela Pearl Street e sumiu. Os dois garçons e Howie entraram para apagar o fogo dentro do bar.

Meia dúzia de carros da polícia com as sirenes no talo convergiu para o Palace Theater e Roy caminhou para lá também, enxugando o lábio que sangrava. Ele viu Ben Jones na frente do cinema, centenas de pessoas saindo.

— Acabamos de receber uma chamada — Ben disse a ele. — Um garoto branco caiu ou da escadaria ou do balaústre, acho que teve briga durante o filme. O garoto pode ter morrido. Dizem que uns moleques negros fizeram isso.

— Porra — disse Roy. — Porra, porra, porra.

— Estava pensando a mesma coisa — disse Ben.

Tremont tinha atravessado a rua para assistir à ação, sem nenhuma condição de lutar, molotovs voando, os brancos tão ficando loucos. Tremont queria uma bebida, mas não podia voltar. Vá pro Dorsey's. Matt levava George e Vivian pelos braços e estava atravessando a rua, indo para onde Tremont estava.

— Vamos indo, pessoal — disse Matt, e empurrou o trio através do Clinton Square Park até a Pearl.

— Talvez a gente possa pegar uma bebida no Dorsey's, na Broadway — disse Tremont.

— Mostre o caminho — disse Matt, e eles apertaram o passo na Orange Street em direção à Broadway enquanto o grito das sirenes aumentava.

— Tem coisa demais acontecendo naquele bar — disse Tremont.

— Você não está em condições pra nada hoje, Tremont — disse Matt.

— Por que você bateu naquele homem com o bastão, George? — Vivian perguntou.

— Dick Hawkins estava apanhando.

— Aquele não era Dick Hawkins — disse Tremont. — Aquele era Roy Mason.

— Era Dick Hawkins sim. Eu conheço ele tem anos.

— Quem quer que fosse — Matt disse —, você o salvou.

— Eu achei emocionante — disse Vivian. — Gostei de tudo.

George cantou:

Just see the sweat poppin' out of his brow,
I've got him right where I want him now.
Don't you dare to talk back, 'bout the white 'bove the black,
*I've got a white man working for me.**

Um mordomo no Fort Orange Club disse a Quinn que o prefeito estava à espera dele e o levou para um quarto acarpetado no segundo andar, longe da sala de jantar, da movimentação do bar e dos membros lendo jornais e bebericando uísques. A sala era uma das que o clube reservava para jantares privados íntimos, com painéis de carvalho, um

* "Olha o suor na testa dele,/ Agora ele está bem onde eu quero./ Não ouse retrucar, falar que o branco é melhor que o preto,/ Tem um branco trabalhando pra mim." (N. T.)

pequeno candelabro e arandelas na parede oferecendo uma luz um pouco mais brilhante do que a que teria iluminado o lugar oitenta anos antes, quando o clube fora fundado. Duas gravuras de W. Dendy Sadler mostravam cenas do clube masculino preferido do artista — homens brindando com vinho *vintage* e homens polindo tacos de golfe — e ressuscitavam um pouco do passado da elite que ambos os clubes tinham em comum. O prefeito fora presidente do clube havia não muito tempo, seu avô fora um dos seus fundadores e pilares. Ele entrou na sala marchando rapidamente, vestindo seu uniforme: um terno cinza com camisa branca e gravata com listras diagonais.

— Senhor Quinn — disse ele, e estendeu-lhe a mão.

— Senhor prefeito — disse Quinn, e apertou-lhe a mão.

Quinn observara Alex Fitzgibbon por três décadas. Muito articulado, educado nas escolas mais caras, deveras charmoso, ele era o epítome do político melífluo para quem nenhuma pergunta hostil era um problema. A resposta, fosse qual fosse a questão, era que não existe resposta pronta, a situação é muito complexa, bastante ambígua, uma questão de opinião, não o que nós esperávamos, precisa de mais estudos, não posso comentar pois está sob investigação, desculpe, mas não tenho como responder isso, tente novamente amanhã. No início da década de 1940 seu estilo ambíguo denotava a precaução compreensível de um prefeito principiante, mas ele rapidamente elevou essa improvisação diáfana a uma forma de arte elocutória — uma graciosa efusão verborrágica desprovida de especificidade ou significado. Vou dizer o que eu escolho dizer, e nada mais.

Por que, então, Quinn não falou com o chefe de polícia ou o promotor sobre a crise na cidade? Porque *só* o prefeito era autorizado a ter um pensamento público. O partido ainda se lembrava do chefe de convenção que foi autorizado a fazer um discurso e acabou nomeando o homem errado. Quinn estava determinado a desarmar o prefeito através da lógica (improvável) ou por meio de truque, indignação ou vergonha (impossível, mas vale a tentativa), provocá-lo até que ele proferisse uma sentença significativa, o que seria um triunfo.

— Espero que possamos resolver isso rápido — disse o prefeito.

— Vai ser rápido — disse Quinn. — A cidade está um caos, blá-blá-blá, tensão racial, blá-blá-blá, além de tudo isso o assassinato de Bobby Kennedy vem agravar a situação, não é? O que o senhor acha?

— Tragédia nacional, blá-blá-blá, podia ter sido presidente, blá-blá-blá, luto pela família, blá-blá-blá.

— Os democratas de Albany não gostavam de Bobby. Ele não colaborava, seguia o seu próprio caminho com o pessoal dele, blá-blá-blá.

— Não sentimos nada além de admiração por Bobby, blá-blá-blá. Nós o teríamos apoiado cem por cento em novembro, blá-blá-blá.

— Você mandou barrarem Bobby quando ele concorreu para o Senado.

— Você está mal informado.

— Patsy McCall disse em público que Bobby era um pão-duro e parasita. Você nunca reagiu publicamente a esse comentário.

— Isto é uma entrevista ou um ataque, senhor Quinn?

— Como o senhor avalia a raiva pública hoje à noite, blá-blá-blá, o protesto no centro, a vigília para Bobby, a raiva dos estudantes pelo silenciamento do padre Matt Daugherty, os católicos protestando, blá-blá-blá, os negros furibundos desde a morte de Martin Luther King, os tumultos nas outras cidades?

— Sim, isso é blá-blá-blá — disse o prefeito —, estamos fazendo todo o possível, polícia em peso nas ruas, blá-blá-blá, não toleramos terror em nossas ruas, janelas quebradas, blá-blá-blá, cidadãos levando pedradas, blá-blá-blá.

— Meu pai foi um deles — disse Quinn.

— Sim, eu ouvi a respeito, cortado por estilhaços de vidro — disse o prefeito. — Eu me encontrei com ele à tarde na Eagle Street. Ele estava muito alegre.

— Ele é assim mesmo. Você visitou o local?

— Que local?

— North Pearl Street.

— O Palace?

— O Palace?

— Houve um assassinato lá — disse o prefeito.

Quinn esperou. O que era aquilo?

— Um jovem branco morreu, atacado por jovens negros — acabamos de receber a notícia. Você não soube?

— Não. Quando?

— Há cinco minutos.

— Ninguém preso?

— Ainda não.

— Como isso afeta seus planos para controlar a violência?

— Nossa força policial está preparada para tudo, blá-blá-blá.

— Se houver tumulto você blá-blá-blá a polícia estadual?

— Não. Nossa polícia tem gás lacrimogêneo blá-blá-blá, escopetas, eles não vão tolerar blá-blá-blá.

— Vão atirar para matar?

— Vão fazer o que julgarem blá-blá-blá.

— Falei com um homem negro hoje que foi recrutado para assassinar o senhor.

O prefeito apertou os olhos, recostou-se na cadeira.

— Sério? Quem é ele?

— Um amigo meu. Outro negro chamado Zuki persuadiu-o a conversar sobre isso e o levou para prática de tiro com uma AR-15. Já ouviu falar de alguém chamado Zuki?

— Não. Mas seu amigo devia contar ao nosso chefe de polícia sobre isso.

— Eu estou contando a você. Você é melhor que a polícia. Meu amigo acredita que a polícia vai jogá-lo na cadeia, e deve estar certo. Zuki é que é o alvo aqui, um conspirador falando de assassinato. Ele não deve ser difícil de encontrar. Ele frequenta a State University e tem um emprego de meio período na Cruz Sagrada.

— Era por isso que você queria esta entrevista — para fabricar factoides?

— Achei que o senhor devia saber que as pessoas estão falando em matá-lo.

— Fico grato por sua preocupação.

— Mas você não acredita que é pra valer, não é?

— Não acredito? Extraoficialmente?

— Sim.

— Claro que acredito. Muita gente me odeia.

— Eu sei que você tem inimigos.

— Os Panteras Negras falam abertamente em matar policiais brancos e eles têm simpatizantes aqui — você escreve sobre eles no seu jornal. Eles me chamam de racista, mas eu não sou racista e nunca fui. *Eles* são os racistas. Querem me matar porque sou um homem branco com poder sobre a vida deles e querem espalhar a ideia de que o poder branco está ultrapassado e o poder negro é a nova onda. Mas essa bobagem de poder negro e o tal "conflito criativo" não passam de anarquismo antiquado em roupas novas, um câncer nacional que está destruindo as blá-blá-blá pontes blá-blá-blá entre as raças que custamos tanto a blá-blá-blá. Eles estão querendo sangue e acho que vão conseguir. Este país tem de entender esse perigo blá-blá-blá. Negros inteligentes não querem esse câncer que esses bárbaros estão espalhando. Essa notícia não me surpreende, senhor Quinn. Sabemos que eles têm armas e irão utilizá-las.

— Essa conversa de assassinato deve ser só um teatro.

— Tiro ao alvo com uma AR-15 é teatro?

— É tudo muito burro. Meu amigo é um bêbado ruim de saúde e acho que ele não acerta nem o próprio pé. Mas se ele foi recrutado como assassino, qualquer grupo a que ele esteja ligado vai se sujar.

— A que grupos ele é ligado?

— Você os conhece. As agências de inteligência também os conhecem, e tem o cheiro delas nessa história toda. Zuki é o epítome do agente provocador. Ele pediu a sua permissão para assassinar o senhor, por acaso?

— Acho que você devia levar o seu amigo para ver o comissário Tobin.

— O senhor sabia que o pessoal da prefeitura já tentou me incriminar duas vezes por causa do que escrevi sobre raça e política? E alguém me ofereceu um emprego em Chicago para me tirar da cidade. Em uma reunião de protesto, contei cinco pessoas disfarçadas. Não eram provocadores como Zuki. Pareciam uns robôs, observando tudo, uns peixes fora d'água nas reuniões, todos transmitindo informações para algum "grande irmão".

— Você tem um dom para a conspiração.

O mordomo do clube entrou na sala com um telefone dizendo que havia uma chamada para o prefeito. Ele conectou o cabo a uma tomada de parede. O prefeito falou, ouviu, desligou.

— Notícias interessantes, senhor Quinn. Um negro chamado Tremont está no bar Four Spot no Clinton Square falando em atirar num político. Disseram que ele está usando sapatos bicolores. Ele está com um homem mais velho chamado George, que está falando em atirar em pessoas por causa de pedradas. O gerente está tentando detê-los até a polícia chegar lá.

— Os anarquistas estão chegando — disse Quinn.

O prefeito sorriu.

— Peça que parem na delegacia e falem com o comissário Tobin. — O telefone tocou e o prefeito respondeu. Então ele disse a Quinn: — Agora um tumulto racial estourou no Four Spot e alguém arremessou coquetéis molotov.

Quinn se levantou.

— Então a revolução começou. Você quer ir lá e tomar notas?

— Eu poderia ser assassinado — disse o prefeito.

— Há sempre esse risco em uma revolução, senhor prefeito — respondeu Quinn.

Depois de cantar, George andou algum tempo em silêncio, então disse:

— O que é que foi aquilo lá atrás, no bar do Johnny? Que confusão foi aquela?

— Eu diria que foi a mão de Deus que nos tirou de lá — disse Matt —, e Deus foi uma mão na roda com Tremont. Você o ouviu falando em atirar em um político?

— Eu não entendi que diabos ele estava dizendo — disse George.

— O barman entendeu. Ele chamou a polícia e eu tenho certeza de que eles estão procurando Tremont agora mesmo, não acha, Tremont?

— Tem policial atrás de mim desde que eu me entendo por gente.

— O pessoal do bar queria manter você lá pra esperar a polícia. A gente arranja um telefone e eu chamo alguém para nos buscar, aí pensamos no que fazer.

— Em quem você quer atirar, Tremont? — perguntou George.

— Em ninguém, Georgie, não quero matar ninguém. Um cara falou disso comigo, foi só.

— E ele deu uma arma pra você — disse Matt.

Tremont pensou naquilo.

— Tenho que pegar a arma. Ela tá guardada lá na rodoviária e alguém talvez a pegue antes de mim. Zuki, talvez. Ele não sabe onde está, mas não tenho certeza.

— O que você quer fazer com ela?

— Limpar as minhas digitais. Guardar em algum lugar onde Zuki não possa fazer nada contra mim usando ela. Meter no esgoto.

O Dorsey's Cafe estava trancado e suas luzes, apagadas. Um incêndio de outro coquetel molotov deixara cinzas sobre a calçada molhada e parte da parede frontal do Dorsey's foi queimada. Era o último bar negro na devastação urbana que a Broadway tinha se tornado, os poucos quarteirões vitais para a vida noturna que eram chamados de Little Harlem. O Black Elks Club ficava uns dois quarteirões acima, mas só começava a funcionar às dez e então durava a noite inteira. O Taft Hotel tinha desaparecido com seus oito quartos, e também o Martha's Bar, um ótimo lugar para música, e a Missão Carterer, um refúgio para vagabundos pretos e brancos. A Union Station estava fechada com tábuas, não havia mais trens na cidade. A maioria dos bares para brancos e restaurantes tinha falido ou fora comprada pela prefeitura para construir estacionamentos para lojas que também tinham ido à falência enquanto os clientes esperavam para estacionar; e as casas de turfe, os boliches, os apostadores e os motéis tinham todos partido dali em busca de território mais fértil. O centro migrava para os subúrbios. Os postes da Broadway estavam acesos, mas ninguém estava andando na rua, exceto os quatro peregrinos.

— Não tem bebida aqui — disse Tremont.

— A rua toda está fechada — disse Matt.

— Albany nunca fecha — disse George.

— Certo, George — disse Tremont. — O Hapsy's fica na Bleecker Street, ele está sempre aberto.

— Temos de ir ao DeWitt para o show — disse Vivian.

— Você vai chegar lá — disse Matt. — Não quero você sozinha na rua.

— Qual show? — perguntou Tremont.

— De Cody Mason — disse Vivian. — É o último show dele. Ele está muito doente.

— Cody está doente? Tenho de ir ouvi-lo. Você precisa de ingresso?

— Custam vinte dólares — disse Vivian.

— Não tenho vinte dólares.

— Não precisa, Tremont — disse George. — Eu entro com você. Daí nós voltamos e eles vão achar que estamos saindo.

— Tudo bem, Georgie, tudo bem, você tá por dentro dos macetes. O que você acha, bispôu, a polícia entraria no show só pra me pegar? Você viu como o barman foi pra cima do Roy? E o outro tentou pegar o Zuki!

— Eles vão juntar todo mundo, inclusive eu, pra fazer perguntas amanhã — disse Matt.

— Você acha que eles me prenderiam, padre?

— Eu acho que você está segura, Vivian.

— Eu não me sinto segura.

— Devíamos sair da Broadway, andar pelas ruas secundárias.

Foram pela Columbia até a James Street, em seguida até a State Street. Matt manteve todos na esquina e averiguou a rua. Policiais de capacete com escopetas estavam na State Street e na Broadway e também em duas esquinas na State e Pearl Street. North Pearl fora bloqueada para tráfego ao norte por duas viaturas e Matt podia ouvir o balbuciar cheio de estática dos rádios da polícia. Três carros e algumas pessoas subiam a State. Matt seguiu com seus protegidos através da State até a Green Street, que estava tão vazia quanto a Broadway, mas era estreita e menos usada. Quando tinham avançado um quarteirão para dentro da Green, ouviram uma sirene.

— Sirene — disse Tremont. — Devem estar indo para o Four Spot.

— Eu sei como você pode se livrar da arma — disse Matt.

— Ligue para o Doc Fahey, entregue-a a ele, diga a ele como você a conseguiu.

— Fahey, o policial?

— É um bom policial. Ele conhece você, me conhece um pouco, e ele e Quinn são bons amigos. George conhece ele bem, não é, George? Doc Fahey?

— Vincent Fahey — disse George. — Chamam ele de Doc. É o sal da terra. Quando Peg caiu morta colocando o chapéu para ir à igreja, foi pra ele que liguei. Dan não estava por perto, nunca dá pra saber por onde ele anda, então chamei Doc e ele veio em dez minutos. Ele é boa gente a toda prova. Gente de qualidade.

— Entregar a arma a Doc é só uma ideia, Tremont — disse Matt. — Mas você precisa falar com alguém logo, e eu me refiro à polícia. Quinn pode arranjar um advogado pra você.

— Toda vez que eu consigo um advogado, acabo na cadeia.

— Se a polícia vir você com essa arma, você vira alvo na hora.

— Só preciso tirar as minhas impressões pro Zuki não colocá-la em algum lugar e dizer que eu atirei em alguém... O Zuki é filho da puta.

— Você disse que a arma está em um saco preto. Policiais conhecem embalagem de arma. Guarde dentro de outra coisa.

— Ela dobra bem. Não vai ficar parecida com uma arma.

Na rodoviária, Tremont vasculhou quatro latas de lixo e encontrou um saco de aniagem com manchas de óleo. No lavatório, ensaboou algumas toalhas de papel e enfiou no saco. Ele se olhou no espelho, abotoou o colarinho, pôs a camisa para dentro da calça, levantou-a e apertou o cinto. Ajeitou uma dobra da aba do chapéu e abotoou o terno de peito duplo. Então foi até o armário e deslizou a arma para o saco. Então se juntou aos amigos. Arrumado e armado.

Eles seguiram sentido sul na Green Street em direção à Madison. A cidade escurecia e quem sabe o que ainda iria acontecer. George sentiu uma nova urgência de chegar seja lá aonde estivessem indo. Vivian tomou seu braço e George apertou forte, lembrando-se de que a maneira como se pega em uma mulher é um fator decisivo. Peg, ou não, talvez fosse Vivian, quem quer que fosse, estava linda em seu braço, e mantê-la apertada nele era a coisa certa. Você tinha que apertá-la pra ela entender bem. Foi em Snyder's Lake? Faça as jogadas certas e você ficará bem. Os santos da história louvarão o seu comportamento, seja lá qual for. George tinha a sensação de que o amor tinha algo a ver com aquilo.

— Ele estava tão esperto — Vivian diria a Quinn mais tarde. — Ele cantava enquanto íamos e me levou por aquela rua escura com o passo leve e animado. Parecia que estávamos na calçada. Quando eu o encontrei perto da prefeitura à tarde, ele não sabia meu nome nem o nome de ninguém, mas depois eu já o amava porque ele sabia tanto e nem se importava com o que não sabia. A Green Street estava mal iluminada e me parecia muito perigosa, mas ele não tinha medo de nada. Eu estava de olho na polícia e nos fanáticos loucos com bombas, mas George disse: "Bing Crosby veio aqui e cantou 'Shine'. Eu arranjei um piano pra ele".

— Você acha que está tudo bem, George? — perguntou Vivian.

— É tudo muito familiar. Eu trabalhei aqui. Nesta rua.

— Por que estamos vindo pra cá? Fica longe do show.

— Nós estamos tomando o caminho mais longo, Vivian — disse Matt. — Vamos ficar longe da polícia até eu conseguir uma carona. E também, o Tremont precisa de uma bebida.

— Aí sim, bispôu. Arranja uma bebida pra gente e eu limpo a arma.

— Onde é esse lugar que você diz que está aberto?

— É o Hapsy's. Fica na Bleecker, eles contrabandeiam bebida — respondeu Tremont. — É perto do Trixie's.

— Trixie's — disse Matt. — Eu conheço. Tem telefone lá?

— Cinquenta centavos.

— Eu fiz um voto de pobreza, mas tenho cinquenta centavos.

— O Big Jimmy é bem ali na Dongan — disse George. — Ele me deve dinheiro. Vamos fazer ele pagar uma bebida pra gente.

— O Big Jim não está mais lá, George — disse Tremont.

— É uma pena. O Gayety Theater ficava bem ali, tinha teatro de revista, mas também tinha shows de música e de menestréis. O Big Jim começou lá com um papel em *His Honor the Barber.* Eu já fui barbeiro. Vi esse show duas vezes em 1911. Foi de lá que saiu "Shine". Jim foi pra estrada com esse show. A menina dos Hawkins era a estrela, irmã do Preto Dick.

— Não o chame assim, George — disse Vivian.

— Era o nome dele — disse George.

— É melhor não usar mais essa palavra — disse Vivian.

— Qual palavra? — George perguntou.

— Preto — disse Tremont.

— É, é melhor não usar mais essa palavra — disse George. — Há outras palavras. Como "Shine", por exemplo.

E George cantou:

'Cause my hair is curly,
'cause my teeth are pearly...

— Aquela canção de tição antiga — disse Tremont.

Just because
I always wear a smile...

— Você está cantando isso porque está pensando em Big Jimmy — disse Tremont.

— Big Jim cantava o tempo todo — disse George, e cantou:

Just because my color's shady,
That's the reason maybe,
Why they call me "Shine"...

— Ninguém te chama de "Shine", George — disse Tremont.

— Você conhece essa música, Tremont?

— Meu pai me ensinou. Por que você gosta tanto dela?

— É bem animada. Todo mundo adora ela.

— Você está de bom humor, Georgie — disse Tremont. — Big Jim dizia que você trazia sorte e alegria quando entrava no clube.

— Sim, sim, por aqui é sempre tudo ótimo — disse George.

— Ótimo? — disse Tremont. — Você está falando da Green Street, Georgie? O lugar está caindo aos pedaços, é uma das piores ruas da cidade. Eles estão fechando as casas com tapumes, expulsando as pessoas, logo ninguém mais vai viver aqui.

— Eu morava na Green Street quando era jovem — disse Vivian. — Ouvi dizer que tinha prostíbulos.

— Isso é fato — disse George —, mas não estragava a vizinhança. Madge Burns tinha a melhor casa, e a do Davenport era a mais cara. Big Bertha ficava na janela e acenava pra gente, Emma Francesa era a mais barata e a casa de mestiças na Bleecker era muito popular. Muito popular.

— Você sabe isso tudo, George — disse Vivian. — Você ia nesses lugares?

— Graças a Deus nunca tive qualquer necessidade deles. Mas eu anotava as apostas delas. Havia garotas maravilhosas nessas casas, meninas encantadoras, não que eu tivesse necessidade delas.

— Essas meninas sempre estiveram aqui, senhorita Vivian — Tremont disse. — Meu pai dizia que eram cerca de mil quando ele era jovem, e havia ainda mais durante a Primeira Guerra. Todo mundo conhecia a Green Street. Pessoas vinham aqui de todas as partes. Sempre foi um bom negócio.

— Ainda é, mais ou menos — disse Matt. — Há uma meia dúzia de casas bem na Bleecker Street, a rua mais movimentada daqui. Lá, do outro lado da rua, aquela com o toldo na janela do primeiro andar; qualquer estabelecimento com toldo está aberto pra negócios.

— Como você sabe tudo isso, padre?

— Claudia me levou pra conhecer. O Ruas e Lares estava tentando remover as prostitutas do quarteirão para que as crianças não tivessem que crescer vendo aquilo, e Claudia me pediu para ajudá-la. Mas é difícil fechar esses lugares, e se você os muda de lugar e os clientes não conseguem encontrá-los, acontece um monte de estupros. Bom, isso é o que dizem. As proxenetas subornam a polícia e os políticos, então são bem protegidas. Eu levei uma lista de endereços ao escritório do bispo (vinte e duas casas de prostituição) e mostrei-a ao chanceler. Ele disse que Patsy McCall, o chefe político de Albany, nunca deixaria que lugares assim existissem e que eu havia inventado tudo porque eu era um agitador republicano.

— Ele disse isso? — disse Tremont, rindo.

— Eu nunca fui nem democrata. Nunca pertenci a nada organizado, exceto à Igreja, se você acha que ela é organizada. Faço as coisas do meu jeito. Foi por isso que me silenciaram. Eu falei com alguns grupos e critiquei mesmo o prefeito em uns sermões. E naquele dia em que você estava fiscalizando a eleição, Tremont, minha discussão com aqueles paus-mandados entrou nos jornais e a diocese não gostou. Eu falo demais, certo, e eles me mandaram calar a boca e ficar longe da Green Street.

— Mas você não conseguiu.

— Eu não planejei isso tudo, Tremont. Você e sua arma nos trouxeram aqui.

— Minha arma. Tenho que limpá-la, não pode esperar mais, agora, rápido, canta aí, Georgie, não leva nem um minuto.

Eles estavam em Bleecker, a algumas portas do Trixie's e do Hapsy's. Tremont entrou em um beco entre duas casas de tijolo de três andares, ambas às escuras. Matt o viu abrir o saco e a embalagem da arma, retirando o pente da AR-15 e guardando-o no bolso do casaco. Ele dobrou a arma e esfregou o corpo, cano, cabo, telha, bandoleira e a empunhadura com os papéis úmidos e em seguida segurou a arma com uma toalha e deixou deslizar.

George pegou o braço de Vivian e disse:

— Eu me lembro agora que nós saímos sim para dançar em Snyder's Lake.

— Eu estou tão feliz, George. Eu me lembro muito bem.

— Você era boa e honesta, nunca deixava ninguém levar vantagem indevida. Você dançou todas as músicas. — Em seguida ele cantou:

I'm tying the leaves so they won't come down,
So the wind won't blow them away,
For the best little girl in the wide wide world,
Is lying so ill today.
Her young life must go when the last leaves fall.
I'm fixing them fast so they'll stay.
I'm tying the leaves so they won't come down,
*So Nellie won't go away.**

Vivian beijou George, o que o fez muitíssimo feliz. Ele sentiu que havia sido sorteado. Que havia feito as jogadas certas. Havia mais alguma coisa que ele deveria fazer? No beco, Tremont pôs a AR-15 limpa no saco e esfregou a embalagem da arma com um papel úmido. No lado oposto da Bleecker uma perua branca parou e estacionou. Um branco e um negro saíram e subiram até a varanda de uma casa com um toldo no andar térreo. Vivian abraçava George e dava-lhe beijinhos. Matt apressava Tremont para terminar logo com a arma. Tremont abriu o saco e empurrou a embalagem limpa da arma até a metade com o cotovelo. Ele estava segurando uma parte da arma com um papel quando uma mulher gritou e saiu da casa com toldo correndo pelos degraus abaixo com algo na mão direita.

* "Estou amarrando as folhas para elas não caírem,/ Para o vento não levá-las embora,/ Pois a mais linda moça do vasto vasto mundo,/ Está tão doente hoje./ Quando a última folha cair a vida dela acabará./ Estou amarrando bem as folhas pra ficarem no lugar./ Estou amarrando as folhas para elas não caírem,/ Para Nellie não ter que ir embora." (N. T.)

O negro estava atrás dela, e o branco vinha atrás, segurando a orelha e gritando: "Pega essa puta". O negro se aproximou da mulher, que se virou e golpeou com a mão direita, sem acertar. Ela correu em direção à Green Street, passando pelo grupo de Matt, que assistia do outro lado da Bleecker.

Tremont saiu do beco e disse:

— Aquela é Rosie.

Ele montou a AR-15, pegou a munição do casaco e a enfiou na arma. Ele desceu a calçada e viu Rosie sendo esmurrada pelo sujeito negro, que a chutou duas vezes quando ela caiu. O segundo homem, com sangue jorrando da orelha direita, disse:

— Mata essa vaca.

Rosie rolou para longe do negro e, com um movimento de costas, cortou a perna dele com uma faca de linóleo.

— Sua puta — disse o negro. Quando ele tirou a pistola do bolso de trás, Tremont atirou e ele caiu. O metal da arma cantou caindo nas sombras da fachada de uma casa.

Matt puxou Vivian e George para a porta de um porão sob um alpendre. O segundo homem olhou de onde o tiro viera e com a mão direita ensanguentada tirou uma pistola do cinto. Tremont atirou nele e o homem disparou a pistola uma vez contra a calçada e, quando ele caiu, a pistola voou para a rua. Ele se levantou e foi mancando até o veículo; o primeiro homem se agachou, rastejou e desapareceu na esquina da Green Street.

Tremont cruzou a Bleecker e atirou nos pneus frontais da perua, então disparou contra o para-brisa e o motor. Chutou as duas pistolas pro esgoto e gritou para o homem branco que se afastava correndo:

— Ei, amigo, seu pneu furou!

Ele voltou até Rosie, que tentava se levantar, com sangue no rosto e nas roupas.

— O que eles querem com você, Rose? — perguntou Tremont.

— Oh, Trezinho. Você está melhor, que bom. Me ajude aqui.

Tremont meteu a AR-15 debaixo do braço e a levantou.

— Estou um bagaço — disse ela. — Quero ir na Trixie.

— Muito boa pontaria, Tremont — disse Matt.

— Eu andei praticando — disse Tremont. Ele cruzou a Bleecker e recuperou a embalagem da arma e o saco de onde os tinha deixado.

George e Vivian reapareceram.

— Em toda a minha vida nunca vi tanta violência — disse Vivian. — Eles te machucaram, querida?

— Sim — disse Rosie. — Mas eu ranquei um pedaço de um.

— Sério? Você está sangrando? Eu tenho ataduras na bolsa.

— Estou suja de sangue, mas não sei se é meu ou de quem é. Na Trixie eu me olho pra ver como estou.

Tremont pegou Rosie pelo braço e eles seguiram pela Bleecker.

— O que é o Trixie's? — perguntou Vivian.

— A Trixie — disse George. — Eu a conheço há anos. Garota bonita. Ela costumava trabalhar na casa das mestiças.

— Trixie é uma cafetina, Vivian — disse Matt. — Parece que a nossa próxima parada é lá. Na tempestade todo porto é porto.

Eles seguiram Tremont e Rosie um quarteirão para o oeste em direção ao mais antigo bordel de Albany, um marco ininterrupto operando em apenas dois locais no mesmo quarteirão desde 1937 por Trixie, que não tinha sobrenome, nunca precisou de um, nascida Glenda Tilley em 1909, lendária, com visão de negócios, ambição, sexo inigualável, pele bronzeada, uma estocada de seios e amplas cadeiras — arcos e contornos que deixariam você ou qualquer outro maluco —, ela da lendária buceta branqueada, dourada, idolatrada, que não era nem dada nem comprada facilmente, da boca e do sorriso que teriam se tornado clássicos se alguém tivesse sido autorizado a fotografá-los (nas trinta fotos de ficha policial tiradas desde 1931 ela aparecia sempre sisuda), que cresceu de adolescente adorável para jovem beldade e veio a entender que beleza era dinheiro e ficou de amásia por um ano, depois largou essa vida para juntar-se ao grupo de mestiças da Division Street, a única na cidade, viu a tolice de juntar-se a um grupo quando podia gerir as coisas sozinha e então promoveu-se a cafetina.

Em 1954, depois de Averell Harriman tornar-se governador, libertando Albany de doze anos do abominável puritanismo republicano de Thomas E. Dewey, Trixie tornou-se uma cafetina invencível. Em 1958, Nelson Rockefeller trocou Harriman de lugar e revigorou a hostilidade republicana a tudo ligado aos democratas, incluindo a prostituição em Albany.

A revelação pública que as vendas de buceta branca estavam aquecendo em Albany chocou a Igreja e então as lideranças políticas que haviam permitido esse aquecimento por dois séculos de repente declararam-no tabu. A venda de buceta preta era considerada extremamente perversa mas não chocante, e então Trixie, em seu protetorado de três andares e meio na Bleecker Street, tornou-se a rainha da noite. E seu reinado continuou até o desmantelamento da Barriga, tão flagrantemente em evidência naquela noite incrivelmente clara de junho em 1968.

Trixie juntara duas casas vizinhas para dobrar o tamanho de seu domínio. Tremont subiu os degraus frontais do lugar e tocou a campainha. A janela do segundo andar se abriu e uma moça negra pôs a cabeça e um peito nu pra fora e perguntou:

— Cês tão procurando alguma coisa?

— Diga a Trixie que é Tremont e Rosie. É uma emergência — disse Tremont.

Uma luz atrás da porta da frente se acendeu e a garota negra reapareceu com sua nudez parcialmente envolta em um robe azul. Ela segurou a porta que se abria para o salão da frente, onde dois universitários brancos escolhiam entre quatro meninas negras seminuas, de pele morena clara. Trixie, elegante em uma longa camisola floral rosa e de salto alto, cabelo lustroso em dois tons penteado para trás, cumprimentou os recém-chegados, mas após um olhar para Rosie ensanguentada e Tremont armado, ela os levou para a sala de trás, onde se sentaram em poltronas estofadas e sofás. Da parede, uma *Maja Desnuda* os fitava.

— Bebida, Trix — disse Tremont. — Muita. — Ele se sentou no sofá largo e pôs a AR-15 de lado.

— Uísque, se você tiver — disse George.

Trixie murmurou um pedido para a garota de robe azul e então disse:

— Tremont, que arma é essa, em quem você atirou?

— Me deram — disse Tremont.

— Dois efedepês bateram em mim, queriam me matar — disse Rosie —, mas Trezinho atirou nos dois. Salvou minha vida.

— Você matou duas pessoas, Tremont?

— Só feri. Eu matei foi o carro deles.

— Por que estão atrás de você, Rose? Você tem alguma coisa que eles querem?

— Não, mas eles acham que eu tenho.

— Você se cortou ou foi um tiro, ou o quê?

— Tomei chute e tive que sair da rua. Posso estar sangrando. — Ela levantou a blusa. — É, acho que estou sangrando.

— Eu tenho ataduras — disse Vivian, e ela pegou gaze e esparadrapo da bolsa e abriu um pequeno tubo de pomada. — A enfermeira disse que isso impede um monte de doença.

— Ótimo — disse Rosie. — Eu tenho um monte.

— Vocês querem algo além de bebidas? — Trixie perguntou. — Tem umas moças bonitas lá na frente.

— Estamos indo pra outro lugar — disse Tremont.

— Então por que estão aqui?

— Por causa de Rosie — disse Tremont.

— Houve um tumulto no Clinton Square — disse George. — Foi um pega pra capar.

— Foi lá que você deu uns tiros, Tremont? — perguntou Trixie.

— Que tiros? — perguntou George.

Trixie olhou para George pela primeira vez.

— Eu conheço você — disse ela.

— Claro que conhece. Você está muito bem, Trixie.

— George, é você mesmo. Você vinha pegar as apostas!

— Quando você trabalhava com as mestiças e também no Big Jimmy's.

— Isso foi há muito tempo. Não me lembro disso.

— Você não dançava no Big Jim? — perguntou George.

— Eu dançava, trabalhava no bar, fiz o que as pessoas faziam pro Jim.

— Você parece igual, só o seu cabelo está um pouco mais branco.

— Não é branco, George, é oxigenado.

— George — disse Matt —, você conhece *todo mundo* em Albany?

— Eu conheço mulher bonita — disse George.

— George sempre teve bom gosto — disse Trixie.

O barman preto de Trixie, um homem corpulento, de uns trinta anos, útil também com os inconvenientes, apareceu no salão duas vezes, com as bandejas de copos, gelo, um jarro de água, quatro garrafas de cerveja Stanwix e um quinto de Haig & Haig Pinch-Bottle. Ele serviu uísque em quatro copos e acrescentou gelo. Tremont pegou um copo e bebeu tudo em um só gole. Todos pegaram copos e George pegou uma Stanwix. Tremont estendeu o copo para uma segunda dose.

— Você está pagando, Tremont? — perguntou Trixie.

— Ponha na minha conta.

— Eu tenho dinheiro — disse Vivian. — Quanto custa?

— Você está com George?

— Eu conheço George há mais tempo do que você — disse Vivian.

Ela abriu a bolsa e colocou três de vinte em cima da mesa.

— Beba — disse Trixie. Ela olhou para Matt. — Você é amigo de Claudia. Eu vi você com ela por aqui.

— Matt Daugherty. Também sou amigo de Tremont. Posso usar seu telefone?

Trixie levou-o ao fundo do corredor. Havia um telefone em um quarto vazio.

— Você é o tal padre — disse ela.

— Isso mesmo — disse ele. — Eu te conheci anos atrás. Eu vinha aqui quando era mais novo.

— Alguns padres aparecem de vez em quando. Vêm e vão embora rapidinho. Tremont surtou? Ele nunca usou armas. Eu o vi subindo as escadas com aquela metralhadora como se fosse um bebê, ele parece um Pantera Negra. É isso que ele anda fazendo?

— Tremont se meteu em uma situação doida com essa arma, mas estamos cuidando disso. Ele está com uma dor forte, acabou de sair do hospital. Eu quero tirá-lo da rua, mas não há táxis circulando. Violência demais lá fora.

— Sim, Tremont atirando nas pessoas.

— Você nos aguenta aqui até eu conseguir um carro?

— Seja rápido. Quero ele e essa arma longe daqui.

Trixie foi para a sala de estar e sentou-se ao lado da arma.

— Tremont — disse ela —, que história é essa de você andar por aí salvando a mulherada com uma metralhadora?

— É uma AR-15, Trix. E eu estaria cumprindo de cinco a dez anos se não fosse por Rosie.

Ele contou sobre a noite em que ele andava pela Quay Street e viu uma mulher deitada de bruços perto das docas. Ele chega perto e vê que é Jolene. Tenta falar com ela, mas não obtém resposta, ela está morta de bêbada e encharcada. Então os policiais aparecem e levam ambos. Indiciam Tremont como cafetão de Jolene, a quem teria estrangulado, estuprado e jogado no rio. Quando Jolene volta a si, ela concorda e jura que sim, foi o que aconteceu, Tremont era o culpado. Quando Rosie ouve que Tremont está na prisão, ela chama o detetive de quem é alcaguete e conta pra ele que Tremont não é cafetão nem nunca foi disso. Jolene estava trepando com dezesseis sujeitos em um cargueiro e ficou tão bêbada que caiu do barco que voltava para as docas. Um dos marinheiros teve que saltar e puxá-la para fora. Os policiais perguntam como Rosie sabe disso e ela diz que estava com Jolene. Então a acusação de estupro contra Tremont foi retirada e ele foi embora.

— Por que eles querem te prender, Tremont? — perguntou Trixie.

— Os policiais me perseguem desde a eleição quando um democrata me deu cincão pra votar como ele queria e eu aceitei. Eu estava quebrado, Mary estava doente que nem o diabo e dinheiro é dinheiro. Eu contei pro Roy e ele disse pra eu devolver, ir a público com um advogado e dizer quem deu o dinheiro, que os Brothers iriam me apoiar.

Tremont fez isso, mas foi preso e seu advogado mostrou-se inútil. O promotor de Patsy convocou uma conferência de imprensa sobre compra de votos e disse que ia processar quem pagasse ou recebesse os tais cinco dólares. Então quem admitiria ter levado dinheiro, e onde é que alguém ia devolver alguma coisa? O cabo eleitoral que dera o dinheiro a Tremont teve um ataque súbito do coração, um derrame, pra não mencionar seis ou sete tumores cerebrais malignos, e sua família o levou de avião pra algum lugar, ninguém sabia onde, para um tratamento de emergência. Infelizmente ele não pôde ser intimado. Quinn escreveu a matéria para o jornal e arrancou umas risadas, os Brothers avançaram em sua cruzada contra a fraude eleitoral e o voto de cinco dólares foi notícia por cinco minutos. Tremont foi libertado novamente e os policiais ficaram à espera de ele cometer um erro. Um policial decidiu que Jolene era esse erro, mas Rosie não concordou. "Jolene não era coisa boa", disse

Rosie. "Ela não sabia nem trepar direito. Já deve ter morrido, alguém apagou ela ou então caiu do barco de novo."

— Compra de votos, Big Jimmy costumava comprar votos — disse George.

— Sim, comprava mesmo — disse Tremont.

— Foi o que o aproximou dos democratas — disse George. — Havia uma grande afluência de negros vindo do Alabama pra morar em South End, gastando dinheiro no clube do Jimmy. Lá havia um camarada negro de dois metros e dez cantando e o jazz era dia e noite. Patsy McCall viu todos aqueles recém-chegados e teve a ideia de fazer de Jim um cabo distrital. Mas havia uma complicação: os cabos distritais eram todos irlandeses e não topavam os pretos. Então Patsy inventou um distrito que mudava de lugar e colocou Jim no comando. Jim ia atrás dos negros não importava onde vivessem e arranjava que votassem em um dos distritos daqui. Jim viu que as prostitutas não estavam votando e fez a polícia prender todas e levá-las para as urnas de camburão.

— Nesse ano eu votei duas vezes — disse Trixie.

— Jim pagou quatro dólares por voto — disse George — e fazia favores a quem pedisse. Ele arranjou um monte de eleitores para Patsy, que ficou feliz a ponto de fraudar o jogo para Jim acertar duas vezes em um dia. Eu anotei a aposta de Jim naquele dia, uma quarta-feira, mas eu não sabia que haveria fraude. Jim ganhou milhares de dólares e ofereceu cerveja grátis por uma semana. Que grande sujeito. Capaz de dar o chapéu pra quem precisasse. Me lembro dele no bar, usando colete de brocado, relógio de bolso e aquela cartola enorme que ele mandou comprar em Londres. Lembra das canções dele, Trixie?

— Uma centena delas.

E George cantou:

Just because my hair is curly,
Just because my teeth are pearly,

— Eu odiava essa — disse Trixie.

— Impossível odiar essa música. Era a música do Jimmy. Todo mundo pedia bis.

— Eu odiava essas coisas de música *shuffle*.

— Canção de tição — disse Tremont.

E George cantou:

Just because my color's shady,
That's the reason maybe...

— Eu me perguntava como meu pai podia cantar aquelas músicas — disse Tremont. — Eu disse a ele que as pessoas não queriam mais ouvir canção de tição. Na mesma hora ele me corrigiu e falou como nunca tinha ouvido ele falar antes: "Moleque, você precisa saber que se não fossem essas músicas eu não teria trabalho. Ninguém contrata gigantes, especialmente gigantes de cor, mas por dois verões o circo itinerante em Al-Tro Park fez propaganda de mim como o Gigante de Albany — ele sapateia e canta canção de tição. Então *His Honor: the Barber* chegou à cidade vindo de Chicago e Seely Hawkins cantava nela, e ela trouxe o senhor Dudley para ver o meu número. Ele perguntou se eu queria entrar no show dele, e me encaixou cantando uma reprise de 'Shine'. Era a música de Ada Walker, mas eu cantava no final do show e algumas noites pediram bis seis vezes. O show foi pro Harlem, duas semanas na Broadway, depois, Virginia, Georgia, até no Texas, e o povo amava essa música e um monte de outras, com o Big Jimmy Van cantando, e eu fiz meu nome no teatro de cor. Depois fui pro teatro de revista quando o show acabou, me apresentei em alguns teatros do circuito do senhor Dudley, então vim pro norte e fiz os circuitos dos brancos, e gente de todo o país acabou por conhecer o Big Jimmy Van. Eu fiz um bom dinheiro por anos e vim para casa e abri um clube, me casei e tive um filho a quem chamei Tremont. E ele cresceu e odiava canção de tição".

— Aquelas músicas — disse Tremont — puxavam a gente pra baixo: preto engraçado, preto bobo, dá corda nele pra sorrir, pra sapatear. Quando criança eu disse que nada jamais iria me forçar a fazer isso. Mas isso fez de Jim alguém. Ele sempre disse que o *His Honor the Barber* era uma coisa nova no teatro dos negros. O senhor Dudley fazia o papel do barbeiro que sonha em barbear o presidente na Casa Branca e consegue, mesmo que seja só um sonho. E Big Jim me disse: "Ter uma história acompanhando o ragtime e as danças era novidade. Inventamos algumas histórias e entramos na Broadway, e logo um monte de shows de negros também estava usando histórias e abandonou aquela coisa antiga de menestrel".

— Eu já fui barbeiro — disse George. — Eu barbeei o prefeito.

— O prefeito — disse Tremont. — Big Jim conhecia todos os prefeitos, todos os políticos. Ele era o preto mais famoso da cidade, cheio da grana e bem conectado, peça ao Jim e ele dá um jeito, se você estiver do lado dele. Hoje a noitada vai ser boca-quente se Jim mandar, e ele nunca teve vergonha, outras pessoas tinham vergonha. Jim cantou "Shine" tantas vezes que isso ficou no meu cérebro e agora não importa o que significa. Só me faz pensar em Big Jim agora.

— Política — disse Trixie. — Tremont, por que você se meteu nisso de voto de cinco dólares? Se precisava de dinheiro, você devia ter votado duas vezes e pegado duas de cinco, e não devolvido. Você não leva jeito para a política.

— Nunca consegui entrar nela como Big Jim — disse Tremont. — Ele me arranjou dois, três empregos, mas o salário não dava pra comprar nem um par de sapatos.

Assim, Tremont abriu caminho por si só, carregando carvão em uma lavanderia a vapor de South End, trabalhando como auxiliar de armazém ou cozinheiro na lanchonete de Chloe. À noite ele se vestia na estica feito Big Jim e ia pra jogatina que Rabbit mantinha no porão da sala de bilhar na Madison Avenue, Tremont era um jogador sortudo. Depois de um tempo Rabbit o contratou para jogar para a casa e tudo correu muito bem até que jogadores demais perderam dinheiro demais rápido demais no jogo de cartas mais rápido que existe e Patsy McCall mandou a polícia — chega de jogatina em Albany. Uma pequena perda para Tremont. Suas mãos e seus olhos eram mesmo rápidos, mas ele não era talhado para ser um vigarista, da mesma forma que não dava pra política. Tremont era muito papo reto. Ele não sabia o que era, mas algo o mantinha na linha. Ele virou encarregado da grelha em um novo restaurante francês e o dinheiro era decente.

Big Jim fechou a boate no final dos anos 1940, estava ficando velho. As casas noturnas também estavam morrendo com os impostos e todos ficavam em casa para assistir TV. Cora, esposa de Jim, que ensinava em uma escola de gramática para negros, nunca gostou da Barriga, então Jim comprou uma casa no West End, a quilômetros de lá, mas dois dias antes da mudança alguém a incendiou e Cora entrou em depressão. Patsy veio ver Jim após o incêndio e lhe deu uma casa em Arbor Hill. Estava em perfeito estado e a um quarteirão da família Hawkins, pois havia muitos negros ali agora. Jim não era o proprietário, mas não pagava aluguel nem impostos e passou seus últimos anos lá com Cora, e ele precisava dela, pois embirutou no final, dizia às pessoas que podia voar e mostrava como: usando um gorro de vigia, com braços apertados nos lados, dava um mergulho de cabeça. Quando chovia ele queria levar o crédito porque as flores ficavam reclamando de como estavam secas.

Quando Tremont voltou para casa da Coreia, mudou-se para a casa da Dongan Avenue, e quando se casou com Mary ele a levou para lá e eles viveram uns bons anos até Big Jim morrer, e depois Cora também, e um dia Tremont recebeu uma conta pelo correio. Ele foi ao chefe distrital e disse quem era, falou sobre Jim, e o sujeito disse: É verdade, pro Big Jim era grátis, mas ele morreu. Pague seus impostos, Tremont. Ele fez isso por algum tempo e depois não pôde mais, adeus, casa. As coisas correram assim, algum trabalho, nenhum trabalho, e ele e Mary mudaram-se para outro lugar com dois quartos.

Tremont encontrou Minduim e o trouxe do terreno baldio para casa e Mary costurou muito para as mulheres endinheiradas da cidade e Tremont dirigiu uma caminhonete para a lavanderia nova e os dois tinham uma renda e permaneceram firmes e a vida ficou tolerável por algum tempo. Mas tudo rolou ladeira abaixo e havia vinho para amaciar a queda. Mary rolou mais rápido que Tremont, que perdeu o emprego dirigindo o caminhão quando o sindicato organizou a lavanderia e não permitiu sua entrada. Ele teve que entrar na assistência social quando Mary ficou doente e prendiam ele direto por causa da bebida, e eles viviam num buraco e a vida começou a irritar Tremont.

Ele não roubava, se recusava a dar golpes, e ficou tão desesperado no barraco imundo em que viviam que fez uma oração a Jesus: "Querido Jesus, por favor, não me deixe ser encontrado morto neste lugar e não me deixe jamais ser engambelado por ninguém". Ninguém jamais tentara engambelar o pai de Tremont, que era malandro. E Tremont decidiu que a partir dali ele se tornaria algo novo: Eu vou fazer outra coisa, diferente do que me disserem pra fazer. Eu vou fazer o que quero ou acho que quero fazer, ou que nem sei se quero fazer, mas vou fazer assim mesmo. Ninguém disse que eu tinha que participar do piquete com Roy ou me juntar com os Brothers ou fiscalizar as eleições com a Claudia ou aceitar cinco dólares e depois devolver. Mas às vezes a vida prepara a gente pra política mesmo que a gente não perceba.

Ninguém disse a Tremont para pegar aquela arma, praticar sua mira e atirar naqueles vagabundos que bateram na Rosie. Zuki só lhe deu a arma e disse que íamos nos divertir, assustar umas pessoas. Mas então ele diz para Tremont: a gente devia atirar no prefeito.

A gente?

Sim, você.

Opa, diz Tremont, eu não faço nada que me digam pra fazer, e quando olhou com atenção, percebeu claramente que Zuki estava tentando engambelá-lo. E Tremont já tinha recebido o dinheiro e uma arma dele. Qual é o seu problema, Tremont? Ele começou a beber novamente, sem parar, e quando sentiu dor foi para a Dongan Avenue e caiu na varanda da antiga casa do pai, na qual não podia mais entrar, e ficou lá até que Quinn e o bispôu apareceram, e ele contou a eles sobre a arma e o prefeito.

Trixie ensaiou desmaiar de choque, mas não estava em seu repertório.

— Atirar no prefeito, Tremont? Atirar no prefeito?

Tremont serviu-se de uma dose de Pinch e segurou a garrafa.

— Eu sei que você gosta do prefeito, Trix. Você não manda duas caixas disso aqui pra ele na Páscoa e no Natal? Parece que ouvi você dizer isso.

— O prefeito? — disse George. — É ele em quem você quer atirar, Tremont?

— Não quero atirar no prefeito, George. Um cara disse que eu deveria, mas eu acho melhor não.

— Um sujeito chamado Zangara atirou no prefeito Cermak de Chicago — disse George. — Ele estava mirando em FDR, mas errou. Era um italiano com problemas de estômago e perdeu duzentos dólares nas corridas de cachorro. Pegou oitenta anos mas, quando o prefeito Cermak morreu, eles o fritaram na cadeira elétrica.

— A polícia sabe dessa arma, Tremont? — perguntou Trixie.

— Talvez. Está se espalhando.

— Então você tem que sair daqui agora. Não quero saber de nada nisso. Se eles vierem aqui, vou ter problemas pra explicar sua presença. E, Rose, você tem que encontrar seu caminho de casa. E esse sangramento? Você vai fazer um curativo?

— Não posso sair ainda — disse Rosie. — Me dê um pouquinho de tempo.

Matt tinha voltado e estava ouvindo.

— Só precisamos de vinte minutos, Trixie. O carro está vindo.

Trixie levantou-se.

— Contem dez minutos, desçam as escadas de trás e fiquem esperando lá. Não deixem Tremont sair pela frente com essa arma.

— Tem lugar pra mais um no carro? — perguntou Rosie.

— Claro — disse Matt. — Vai ser apertado.

— Não se preocupe com isso, Rose — disse Trixie. — Você já fez o suficiente. Descanse um pouco.

Vivian estivera observando o salão, as cortinas de malva, o papel de parede com a Torre Eiffel e o Arco do Triunfo, a pintura de Maja sobre a lareira, a luz, suave e indireta, o tapete oriental; e a própria Trixie com aqueles brincos crescentes verdes, seis pulseiras e um vestido longo que Vivian agora via ser de seda, e um adorável decote discreto, e suas pernas tão elegantes naqueles saltos altos, negros. Mais de sessenta anos, deve ser, mas tão elegante, tão sexy. Talvez Vivian pudesse tomar umas aulas.

— Senhorita Trixie — disse Vivian.

— É Trixie apenas.

— Trixie. Adorei sua decoração e o jeito como você se veste. Nunca estive em uma casa como esta, será que posso ver o resto? Não quero invadir a privacidade de ninguém.

— Não há muita privacidade aqui, querida. A maior parte está exposta.

Eles saíram da sala de estar e Trixie disse:

— Aqui é um quarto. São nove... e o papel de parede é francês, em relevo... — E a voz dela foi sumindo enquanto avançavam pelo corredor.

— Você é um velho amigo de Trixie — Matt disse a Tremont.

— Conheço ela há anos. Mas nunca me sentei nesta sala até agora. Só sujeitos brancos vêm pra cá. O homem negro quer é abraçar e beijar as meninas, ficar a noite toda. O homem branco quer entrar, sair rápido e ir para casa.

— Negros são sempre bem-vindos na minha sala, você sabe disso, Tremont — disse Rosie.

— Sim, eu sei disso, Rose — disse Tremont.

— É melhor esconder a arma — disse Matt, e Tremont desmontou a AR-15 e contou as balas restantes no pente, doze faltando de um total de trinta. Ele guardou a arma na embalagem e a jogou dentro do saco.

— Uma pro santo — disse Tremont, e Matt serviu outra dose, pegou uma Stanwix para si e passou uma garrafa para George. — De quem é o carro vindo nos pegar, bispôu?

— É um padre de Siena, um amigo meu. Ele pegou emprestado o carro de um aluno.

— Aonde estamos indo?

— Eu achei que sabia até você se transformar no Cavaleiro Solitário. Pra algum lugar onde não vão atirar em você à primeira vista. Tentei contatar Quinn para ver como arranjar um advogado para você, mas ele está na rua, provavelmente indo para o protesto.

— Qual o seu número de sapato, bispôu?

— Quarenta e dois, por quê?

— Eu quero pegar os seus sapatos emprestados. Eles sabem que eu estou usando esses bicolores aqui. Todo mundo conhece meus bicolores e devem estar de olho neles.

— Qual o tamanho dos seus bicolores?

— Quarenta, mas eu venho usando eles direto há muitos anos.

Matt deu a Tremont seus mocassins, tentou calçar um bicolor e conseguiu, mas com os laços soltos.

— Eu vou andar escorregando nesses — disse Tremont, e andou alguns passos. — Sapatos santos. São Francisco, abre caminho que lá vai o Tremont.

— Agora eles vão atirar em mim — disse Matt, e levantou o pé direito e o sacudiu para mostrá-lo.

— Eu tenho sapatos assim — disse George. — Um preto e branco e um marrom e creme. E tenho um par preto e cinza, eu mesmo tingi a ponta de preto.

— Cê se veste bem, Georgie — disse Tremont.

— Bebam, senhores. Temos que ir — disse Matt. E ele foi chamar Vivian, que estava falando com duas prostitutas de pele clara vestindo calcinhas e blusas transparentes. Vivian estava perguntando se elas gostavam do trabalho e dizendo que devia ser difícil ir pra cama com completos desconhecidos.

— Nós fazemos amizade bem rápido — disse uma garota.

Matt acenou para Trixie se despedindo, fez um sinal de cabeça para Rosie e foi com Vivian para perto de George e Tremont, que cantavam:

I'm gonna dance off both of my shoes,
When they play those Jelly Roll Blues... *

Matt levou todos escada abaixo até um beco que dava na Franklin Street. Tremont pegou a arma e pôs uma garrafa de Stanwix no bolso do casaco. Matt deixou os três parados nas sombras no canto e disse que ia voltar com o carro. Ele andou pela Franklin em direção à Bleecker e desapareceu na rua estreita e sem luz.

— Está tão escuro — disse Vivian. — Você está se divertindo, George?

— A vida é sopa no mel — disse George, e pôs o braço em volta dela.

— Eu não me divertia assim há anos — ela disse, e deu um longo beijo em George. Então se lembrou de Tremont e se virou para dar-lhe um sorriso envergonhado por ter sido vista beijando, mas Tremont não estava mais lá, e o beco estava muito escuro.

* "Eu vou gastar meus sapatos de dançar,/ Quando tocarem o 'Jelly Roll Blues...'" (N. T.)

Nick Brady, o padre de Siena de quem Matt era próximo, ensinava Tácito e Virgílio e era apostador de corrida de cavalos (com limite de dois dólares) para seus alunos. Ele pegou o carro emprestado de um aluno que tinha liderado um protesto no campus contra o silenciamento de Matt (claro, leve-o, eu faria qualquer coisa pelo padre Matt) e encontrou Matt a meia quadra do estabelecimento de Trixie. Martin Daugherty, o pai de Matt, estava no banco do passageiro, segurando duas bengalas entre os joelhos. Ele parecia um homem velho, mas com olhos joviais. Ele olhou de esguelha para seu filho.

— Os fidaputa me expulsaram — disse Martin. — Não acredito que Patsy McCall fez isso, mas sei que ele é bem capaz. Eu não acredito.

— Eu recebi a carta há dois dias — disse Matt. — Eu disse a eles que pegaria você amanhã.

— Eles não aguentaram esperar. Me colocaram para fora de mala e cuia. Eu não tinha nem dinheiro pro táxi.

— Uma enfermeira telefonou duas vezes para a casa paroquial procurando por você — Nick Brady disse a Matt. — Eles queriam que você o pegasse hoje à tarde. Eu atendi a segunda ligação hoje à noite, mas não consegui contatar você, então quando consegui o carro, eu mesmo fui lá.

— Filhos da puta — disse Matt. — Eles fizeram isso para se vingar de mim.

— Eu sei — disse Martin —, e estou orgulhoso de você, filho. Você fez mais pela Igreja do que o papa João Paulo. Você redimiu a porra do sacerdócio.

— E você? Como está se sentindo?

— Eu durmo muito. Eu estou cansado, mas não estou doente. Estou apenas velho.

— Você não parece mais velho do que estava há cinco anos.

— Eu estou mais velho que muita sequoia por aí.

— Como você está andando esses dias?

— Que nem aquele ator com pernas de borracha. Leon Errol. Mas eu estou bem com as bengalas.

— Você jantou? Eles alimentaram você?

— Eles me deram um sanduíche de queijo e uma maçã em um saco de papel. Eu comi metade do sanduíche.

— Nós vamos ter que alimentar você. Você precisa se deitar?

— Eu estou bem. Dormi na cadeira na entrada do asilo.

— Onde você quer ficar? Eu vou arrumar um lugar amanhã, mas e hoje à noite?

— Algum lugar que não vá me quebrar.

— Nós ainda temos alguns dólares na sua conta. Eu vou arranjar um lugar. Mas agora temos que pegar três pessoas na próxima quadra. George Quinn e a namorada.

— George. E namorada. Ele deve estar em boa forma.

— Ele anda meio desligado.

— Tem muito disso por aí — disse Martin. — George e eu estávamos na França juntos durante a Primeira Guerra. Estávamos tomando uma bebida em Aix-les-Bains quando encontramos o sargento York em um bar de hotel. Ele tinha acabado de capturar cento e trinta e dois soldados alemães e trinta e cinco metralhadoras sozinho, o maior herói da guerra. Nós pagamos uma bebida a ele.

— George e a namorada estão indo para o DeWitt, para um show de jazz. Nós também estamos indo pegar Tremont Van Ort. Você o conhece?

— O filho de Big Jimmy?

— Ele mesmo. Ele está numa enrascada. Alguém armou para ele atirar em Alex Fitzgibbon e eles lhe deram uma AR-15. Ele atirou em dois bandidos com ela. Estavam espancando uma mulher que ele conhecia.

— Por que diabos você está dando carona para alguém assim?

— Para ajudá-lo. Ele é um amigo meu.

— Ele é um condenado de dedo nervoso e tem uma arma.

— Eu sei, e a polícia deve estar falando dele no rádio agora mesmo. Homem armado. Dan Quinn e eu queremos que ele se entregue, e entregue a arma, para Doc Fahey, o policial de Albany, antes que eles o matem na rua. Você conhece Doc Fahey?

— Não como policial. Eu o conheci criança em North Albany.

— Aposto que essas coisas não aconteciam lá no asilo.

— Lá nós estamos todos no corredor da morte. É muito divertido acordar com a notícia de que alguém no quarto ao lado não acordou mais. O que você quer dizer com "alguém armou pra Tremont"?

— É coisa de política. Eu acho que ninguém queria atirar no prefeito. O que eles querem é derrubar alguns radicais negros daqui. Tremont não é realmente um radical, mas parece um e anda com os Brothers, que aqui são radicais. Você conhece os Brothers?

— Eu li sobre eles. Não conheço em detalhes.

— Dá uma boa história. Você estaria escrevendo a matéria se ainda estivesse trabalhando.

— Talvez sim. Esse era o meu velho território, na verdade. O *Times Union* era algumas quadras acima na Beaver and Green. Todos os jornais eram lá — o *Knickerbocker Press*, o *Albany Evening News*, o *Argus*; e o *Journal* ficava no Plaza. Eu conhecia cada centímetro dessas ruas, incluindo esta aqui onde nós estamos. Esta é a rua de Trixie. Você está na frente da Trixie por alguma razão sacerdotal?

— É uma longa história, mas sim, eu te conto mais tarde. Eu gosto de Trixie.

— Ela é a abelha-rainha daqui já há muitos anos.

Eles dirigiram por todo o quarteirão e buscaram George e Vivian, mas não Tremont.

— Olá, George — disse Martin. — Sou eu, Martin Daugherty. Como você está?

— Martin Daugherty — George disse. — *Aftazardem, siaquinevásskiavass.*

— E ainda fala alemão — disse Martin. — *Voulez vous promenade avec moi ce soir, mademoiselle?* Essa não é Vivian Sexton?

— Sou sim, olá, Martin. Quanto tempo.

— Então, George, eu estava justamente dizendo que nós encontramos o sargento York na França. Você se lembra?

— Nós pagamos uma bebida pra ele. Grande sujeito. Ele capturou quinhentos alemães e setenta e cinco metralhadoras, tudo sozinho. Uma coisa impressionante.

— Você lembra o que ele bebeu?

— Conhaque.

— Certo.

— Ele queria cerveja, mas não tinham. Os franceses não gostam de cerveja. Tudo o que eles têm lá são uvas e melancias.

— Onde está Tremont? — perguntou Matt.

— Eu virei pra ver e ele tinha desaparecido — disse Vivian. — Isso foi há dez minutos. Ele não falou nada.

— Ele está brincando de esconde-esconde — disse Matt. — Dê uma volta no quarteirão, Nick.

Eles circularam o quarteirão e Matt entrou no Hapsy's, uma pequena multidão na frente, uma meca aquela noite já que muitos bares legais do centro tinham fechado devido à tensão. O Hapsy's não era um bar, e sim uma mercearia. Hapsy, um gorducho que usava a copa cortada de um chapéu na cabeça, disse que não tinha visto Tremont. Em meio à multidão Matt viu Cole Travis bebericando de uma garrafa em um saco de papel. Claudia levara Matt para ver Travis e sua esposa, tentando conseguir ajuda para eles. Viviam em um porão em frente a Tremont, e durante o inverno Travis serrara as vigas do teto para alimentar o forno que tomava metade do porão e era quente demais para se sentar perto mesmo quando estava abaixo de zero. O encanamento não funcionava, não havia geladeira, e Travis e a esposa bebiam bastante vinho; sem perspectivas, sem amigos, sem dinheiro; como pagam o aluguel, como conseguem vinho?

Dois mistérios dolorosos. Matt falou com o diretor de planejamento urbano, levou estudantes de Siena para limpar, consertar as vigas, consertar o banheiro. Mas Travis expulsou todo mundo dizendo: Estou mudando daqui.

Matt contou ao chanceler da diocese sobre Travis (durante a mesma visita em que apresentou a lista de vinte e dois prostíbulos) e disse: Nós precisamos ajudar este homem. O chanceler disse que a única coisa que salvaria aquelas pessoas seria a religião, e Matt usou isso em seu próximo sermão, sem mencionar nomes. Ele falou da graça barata de Bonhoeffer* e como ela se relaciona com a tagarelice abstrata, nebulosa e fétida que passa por moralidade nas Igrejas contemporâneas. A graça é um item caro. É preciso trabalhar pra conseguir. A Igreja cura? A Igreja é a luz na montanha? É, sim. A Igreja é o sal da terra? É, sim. Bonhoeffer estava falando do imperativo de ser extraordinário e Matt também incluiu a abordagem de Agostinho para Deus: mais alto que o meu mais alto. Eu trabalharia dia e noite aqui se me deixassem — aquele era o sonho de Matt. Encontrar um jeito de ajudar os Travis. Implorei por um chão para dançar, um quarto para cantar, um chão sem paredes, sala sem teto, e quando a prece se esvai, acabam-se a seiva, a vitalidade, o leite. Quando cada dia é um beco sem saída filho da puta, eu me lembro quando, e então a lembrança tem seiva, vitalidade, leite. Ah, tem sim.

Por dois anos preces tinham vindo a Matt e ele as escrevera direto da alma para a página. Acreditava que elas eram verdades de Deus, também suas próprias, preces ardentes mas cheias de queixume, pois o Deus para quem as escrevia era confuso, não dava pra ignorar. "Pai, eu caminhei por uma rua pavimentada para carroças e cascos. Isto é o Senhor?"... "Pai, eu quero terra, não pó... terra é o trunfo."

* Dietrich Bonhoeffer (1906-1945), pastor luterano alemão, teólogo e mártir da Igreja Unida Metodista, enforcado pelos nazistas perto do final da Segunda Guerra Mundial. (N. T.)

Quinn disse que ele parecia um apostador que gostava dos azarões, mas Matt não esperava que suas perguntas entrassem no grande livro de preces. Matt respondeu: "Deus me ignorou. Ele sabe que eu não sou poeta. Mas as preces continuaram vindo. Eu vou guardando tudo na gaveta até ter suficiente para enviar para um editor, e eles publicam o material, não com o meu nome, não sou tão egocêntrico ou corajoso. Eu gosto de citar Paulo nessa questão: 'O que eu faço eu não entendo, porque não faço o que quero'". E mais, todas as preces a partir dali seriam particulares. A igreja política e o devoto governo proferiram seu dito preferido sobre a comunhão: Que haja silêncio.

No imo d'alma um abismo,
Cama de criança morta, cela de viúva,
Caim de raiva rubro,
Concha vazia da ostra.
Imploro: faminto de Grande Messe.
Só tu enches minha caverna em forma de Deus.

Pai, atrai e pega os predadores.
Sacolas pesadas e eu caminho por um beco
Vendo a sombra estreita em pedra úmida.
Paro de caminhar para obter alívio.
Não posso me mover.
Aqui é uma tumba em forma de Deus.

Me agarro a essa mentira?
Minha alegria é um naco. Minha paz é um covil.
A língua bífida não protege o traidor para sempre.
A resposta é a rendição,
O preço é a alma ressequida.
Mas eu sou o sonho de Deus.

Se largar o manto da preocupação,
Se esfriar o fogo dentro,
Se parar de contrariar minha vontade,
Se deixar a carcaça em Tuas mãos,
Se abandonar a disputa com Deus, a aposta com Deus,
Que eles fiquem com seu silêncio então.

Mas eu não vou. Eu não vou.

Quinn expôs seus argumentos para Doc Fahey sobre Tremont — o assassino de mentira como boi de piranha do provocador — de pé, no saguão do Palace Theatre, enquanto a polícia interditava o lugar depois da morte do jovem branco. Doc mostrou-se razoavelmente compreensivo; ele conhecia Tremont havia anos, um dos pilares da rua, sem o menor traço de maldade, mas um alcoólatra não é confiável, e com aquela AR-15 e o prefeito como alvo, verdadeiro ou falso, Tremont não ia ser bem tratado mesmo.

— Só não quero que ele leve um tiro — disse Quinn. — Ele não fez nada ilegal.

— Se ele mantiver a arma na embalagem, ele vai ficar bem — disse Doc. — O chefe deu ordens hoje: se alguém atirar, queimar, saquear ou estuprar, é pra quebrar mesmo. — Nós estamos armados de .12 com vinte cartuchos de chumbo SG, e se um dos novatos vir Tremont atirando com essa AR-15, babau pra ele. O chefe serviu cinco anos no Pacífico e é bicho ruim pra danar. — Doc usava seu chapéu de palha cinza de aba estreita com fita preta, seu equivalente do capacete de guerra. Elegante como sempre: terno cinza-escuro de dois botões com bolsos com barra, gravata preta de seda, sapato *wingtip* de cordovão.

— Eu vou fazer o Tremont manter a arma escondida — disse Quinn.

— Então talvez dê tudo certo. Estarei no centro. Contate-me pela central e eu chego em cinco minutos, a menos que Albany exploda. Uns caras brancos de carro arremessaram molotovs em negros no Clinton Square e soubemos que os brancos estão aparecendo com espingardas. Já ouvi gente falando de vingança pelo que aconteceu aqui.

Quinn entrara em contato com Jake Hess depois da entrevista com o prefeito para falar de algum modo de render Tremont, e Jake o representaria se ele se rendesse?

— Salvador de assassinos, esta é uma nova faceta de sua carreira? — perguntou.

— Meu avô citou Montesquieu, dizendo que o povo deveria ser julgado por leis, e a vida da classe baixa deveria ser segura, mas que a cabeça do paxá sempre deveria estar em perigo.

— E você quer que eu represente o homem que ameaçou a cabeça do paxá.

— O paxá não estava em perigo com Tremont. Eu só quero ele em segurança e julgado pela lei. Ele é da classe mais baixa desta república, e é boa pessoa.

— Eu nunca discuto com Montesquieu — disse Jake. — Me diga quando devo aparecer.

Quinn podia sentir a tensão no saguão do Palace — estava no ar como pólen. Um garoto branco de treze anos tinha sido atingido na cabeça por um adolescente negro, ou talvez ele fora empurrado ou caíra das escadas do camarote; morrera com os bolsos para fora. Doc disse tratar-se do terceiro incidente na última hora, dentro ou fora do teatro, de jovens negros extorquindo dinheiro de jovens brancos. Um dos brancos que não colaborou foi atingido por uma garrafa. A polícia procurava testemunhas, mas os frequentadores do Palace só queriam seu dinheiro de volta. Doc disse que seis negros tinham sido presos e um era um Brother, Roy Mason.

— Sob qual acusação?

Doc não sabia.

Quinn tinha visto o filme *Up Against* na estreia no Palace, porque conhecia Julian Stewart, a estrela do filme e também seu roteirista. Quinn tinha trabalhado com Julian no *Post* em Havana, em 1957, quando Max era editor. Julian trabalhava reescrevendo e editando texto, mas então uma ordem veio da chefia para Max demitir Julian. Ele era um dramaturgo e ator esquerdista de Nova York, e sua esposa cubana, também negra, era comunista. Max recusou-se a despedir o homem por causa de sua cor e da política da esposa, e Max foi demitido. Seu melhor momento, Max, seu porra, não importa o resto.

No filme Julian fazia um personagem chamado Blink, duvidoso, um bêbado, nada inteligente, expulso de uma organização Black Power radical. Furioso com a rejeição, Blink trai seu amigo, o líder da organização, para a polícia, por dinheiro — Judas em um gueto negro de Chicago em 1967. Julian atuou bem e a história refletia a tensão mortal que o movimento Black Power estava gerando nas grandes cidades da América. Quinn viu o filme com um público de mil pessoas, a maioria negra. Cada vez que um revolucionário negro humilhava ou atirava em um homem branco acontecia uma comemoração e um grito de "poder negro". Quando um negro se dava mal, alguém gritava "poder branco", mas não eram tantas vozes. Quinn não sabia que Max estava no filme, no papel de um detetive. Obviamente Max tinha mantido sua ligação com Julian depois de Havana, mas ele sempre vivera às margens do espetáculo desde a época de Bing. Max, o espião, o editor, o ator, o criminoso, o perene filho da puta.

Quinn sentou no corredor da terceira fileira de poltronas situada no porão da First Church. Ele ouviu a voz de Claudia e virou-se para cumprimentá-la. Ela estava enorme em um vestido simples engomado cor-de-rosa e branco com faixas verticais até os tornozelos, o cabelo enrolado em ondas grossas, e Quinn pensou que ela estava extravagante e adorável. Ela pegou a mão dele e sacudiu a cabeça praquela bagunça, isso nunca termina, então sentou-se em uma cadeira no final do estrado, de frente para a multidão, sem seu pequeno sorriso, lábios se movendo em um sussurro silencioso.

O protesto tinha sido concebido por Baron Roland para reunir queixas contra proprietários e policiais — jovens negros espancados e encarcerados por formação de gangues, os Brothers constantemente assediados, entidades sociais punidas por ajudar grupos como os de Claudia, conflitos em outros lugares levando mudança à prefeitura, mas não ali. Então Matt foi silenciado e Bobby, baleado, e Claudia enviou suas tropas para criar baderna, e ali estavam eles — trezentos onde só cabiam duzentos. Três canais de TV e os dois jornais presentes para cobrir o acontecimento.

Penny, que aquela tarde previra um desastre para Matt, estava sentada com um jovem negro que Quinn não conhecia, os dois falando com Roland, que estava impado de importância com um público daquele tamanho. Quinn contou pelo menos dois espiões do sistema de Albany, mais meia dúzia de clérigos brancos e negros, dois padres franciscanos e um grupo de estudantes de Siena apoiando Matt, o herói do campus, três freiras do College of Saint Rose que apoiavam tudo o que Claudia fazia, e o padre Howard Hubbard, recém-saído do seminário e da universidade, trabalhando fora da Cruz Sagrada com grupos da vizinhança, incluindo o de Claudia. Quinn viu um número considerável de brancos novatos que ele presumiu serem católicos ultrajados com a diocese bajulando a prefeitura. Metade da multidão era negra, a maioria mulheres de sete grupos de vizinhança como o de Claudia, para quem aquele era um grande momento, e — será você, Tremont, ali atrás da porta?

Baron Roland falou primeiro: Que ótimo que tantos estão aqui para apoiar o padre Matt. Amanhã de manhã nós vamos fazer piquete na diocese e na prefeitura, por favor, juntem-se a nós. Deu as últimas notícias sobre Bobby e disse que acreditava que ele fora baleado por ter se tornado um porta-voz para a raça negra, como Martin Luther

King fora morto por ter se tornado o messias negro. Mulheres choravam no Rio de Janeiro, Ralph Abernathy estava conduzindo orações na Campanha dos Pobres, na Cidade da Ressurreição,* Willy Brandt tinha relacionado o tiro em Bobby com a tragédia grega, e o presidente do Chile disse que aquilo fizera todos os homens do mundo tremer. Roland pediu uma prece silenciosa, então apresentou Claudia, a ilustre líder do Ruas e Lares, o grupo com o qual padre Matthew trabalhava. Claudia levantou-se tão rápido que sua cadeira caiu para trás, mas com firme propósito ela moveu seu grande peso para o microfone, fechou as mãos em punho e agitou-as.

— Eu estou louca da vida, estou com vergonha e sinto muito — disse ela. — Eu sinto muito porque quando eu pedi ao prefeito que viesse para South End e visse o quão ruim as coisas estavam, ele disse que já sabia, e eu disse que queria que ele morresse. Eu não quis dizer isso. Quando eu disse foi o diabo que tomou conta de mim. Eu também disse que iria lá tacar um tijolo na janela dele, mas aquilo era coisa do diabo também. Eu não desejo nada de mau para o prefeito. Eu vou morrer também. E se eu morresse com aquilo nas costas? Eu não ia pro inferno direto?

"Eu estou louca da vida porque eles estão tirando o padre Matt de nós. Dizem que ele não pode mais nos ver. Quando esse homem anda por nossas ruas é como uma bênção pra todos nós. Ele está aqui há um ano ajudando a consertar essas casas velhas com teto vazando, rato correndo, pra gente poder morar nelas, é tão frio no inverno que os canos de água estouram. As crianças tudo andando de trenó no saguão e dizendo pros professores que o quarto delas é

* A Campanha dos Pobres foi organizada por Martin Luther King Jr. em 1968, para obter igualdade econômica para os pobres americanos. Cidade da Ressurreição: comunidade estabelecida em 21 de maio de 1968 em Washington, D.C., formada por milhares de destituídos. Durou seis semanas, até ser dispersada pela polícia. (N. T.)

cheio de diamante, que é gelo. E já de manhã a gente sai na rua e vê os traficantes vendendo aquele lixo. Bêbados dormindo nas ruas, não dá pra deixar roupa no varal que eles roubam tudo.

"Daí eu vou numa reunião e tá todo mundo falando de se organizar, e a gente diz o que vai fazer e alguns deles riem e dizem que os proprietários não vão ouvir a gente, que a gente não vai conseguir nada. Mas a gente insiste, vai de porta em porta, e o padre Matt estava conosco, enxotando esses imprestáveis, fazendo os proprietários consertarem os canos, tentando conseguir uma clínica pro bairro. Ele até entra com a gente no escritório do prefeito pra reclamar do lixo nas ruas, assunto com o qual eles não querem se preocupar. Mas eles não querem que ele fale pela gente, o bispo não quer. O bispo diz que ele tem que ficar calado sobre o que está acontecendo em South End. O padre Matt conhece todo mundo, todo mundo ama ele e a gente não quer que ele vá embora. Eles tiraram Martin Luther King da gente, e talvez tirem Bobby Kennedy, e agora nosso padre Matt, que só está fazendo o bem. É por isso que eu estou com vergonha. Mas o bispo é que tinha que ter vergonha, um homem santo de conluio com político. Padre Matt está sendo punido pelo que falou sobre a compra de voto e sobre o prefeito não agir, e eles estão nos punindo porque a gente está tentando melhorar as coisas e eles não querem isso. Fique aí mesmo e viva e morra exatamente como sempre foi. A Igreja que eu conheci não era assim."

Padre Thomas Tooher, um homem alto, de pele bonita, com uns sessenta anos, de óculos, cabelos brancos, colarinho branco, levantou-se da fileira do meio. Até dois anos antes ele fora pastor de uma paróquia com circo de cavalinhos e festas com celebridades quando precisava de dinheiro, mas então ele pediu para ser pastor da igreja de São José em Arbor Hill, onde ele crescera, na época em que a rua era de maioria irlandesa. Agora era majoritariamente negra, com uma congregação esparsa.

— Senhora Johnson — disse ele —, eu gostaria de dizer uma palavra sobre o bispo.

Claudia acenou para ele.

— O bispo não silenciou o padre Matthew Daugherty — disse ele. — O bispo é um homem muito doente e não tem tido contato com os negócios da diocese há meses já. Ele não sabe o que aconteceu em suas ruas que levou ao silenciamento do padre Matthew. Aquela ordem veio da diocese em seu nome, mas não veio dele. Eu digo isso porque não posso suportar escutar mais um ataque a esse homem muito bom e muito doente.

— Se não foi ele, quem foi? — perguntou Claudia.

— Eu não tenho nada a dizer a esse respeito — disse padre Tooher, e se sentou.

Uma voz disse:

— Foi Callaghan — e Quinn se lembrou da lista de prostíbulos de Matt e do monsenhor Callaghan, o chanceler da diocese, chamando Matt de um encrenqueiro republicano.

— Não foi o bispo? — disse Claudia. — Foi só um pau-mandado? Eu conheço o palhaço do Callaghan, não é ele que diz que o padre Matt tem que ser punido por irritar os políticos? Não foi ele quem deixou os políticos dizerem para a Igreja o que é certo e errado?

Claudia apressou as palavras, o volume aumentando.

— Não foi ele quem disse pra esse padre, esse santo homem, que ele não pode mais nos ver? Esse palhaço ridículo, ele cortou a cabeça do padre Matt pra ele não nos ver mais?

Então ela gritou:

— Eles cortaram a cabeça dele! Eles odeiam a gente. Eles odeiam a gente porque nós somos negros. ELES ODEIAM A GENTE! — Ela pulou para a frente com os dois pés, os pulsos latejando, então pulou de novo, gritando: — Nós somos negros e eles nos odeiam!

Ela pulou e pulou, lágrimas escorrendo pelo seu rosto.

Ela pulou, agora sem palavras, apenas um longo grito de raiva e um longo gemido, e então ficou parada, chorando. Uma freira veio e agarrou seu braço esquerdo enorme com as duas mãos e conduziu--a para a cadeira. Claudia se sentou e não conseguia parar de chorar.

O pastor Bob Lamar, da Igreja presbiteriana, ficou de pé e cantou, e a multidão juntou-se a ele:

Oh-o freedom, Oh-o freedom,
Oh freedom over me, over me.
And before I be a slave
I'll be buried in my grave,
And go home to my Lord and be free, and be free... *

Quando a música terminou, outra voz elevou-se do fundo: a de Tremont.

— Ei! Ô toda-poderosa Claudia — disse ele. — Isso aí que cê falou de ser preto, eu sou preto e meu pai era mais preto do que eu. Eu adoro essa canção que fala de ser escravo. Escravo precisa de música. Meu pai nasceu e foi criado em Albany e tinha antepassados do tempo do onça, de quando o irlandês construiu essa igreja onde a gente tá. Meu pai era cantor de teatro de revista e todo mundo conhecia ele como Big Jimmy Van. Ele cantava pelo país inteiro, fez dinheiro, voltou para casa e entrou na política. Não tinha político nesta cidade que ele não chamasse pelo primeiro nome. Ele tinha poder e disse tudo que ele queria cantando, e eu quero cantar uma música que o divertia muito porque quase ninguém gostava dela. Mas era uma das canções de maior sucesso do país. — E Tremont cantou:

... My gal she took a notion against the colored race.
She said if I would win her I'd have to change my face.

* "Ó liberdade, Ó liberdade,/ Abra as asas sobre mim, sobre mim./ E antes de virar escravo/ Vou ser enterrado em minha tumba,/ E vou pra casa do Senhor, pra ser livre, livre finalmente..." (N. T.)

She said if she should wed me that she'd regret it soon,
And now I'm shook, yes good and hard, because I am a coon.
Coon, coon, coon, I wish my color would fade,
Coon, coon, coon, I'd like a different shade.
Coon, coon, coon, mornin', night and noon,
*I wish I was a white man 'stead of a coon, coon, coon.**

— Ei, seus macacos! — disse Tremont.

As pessoas estavam assoviando e vaiando, levantando para olhar para o maníaco, quem é ele? Mas Tremont viu Claudia sorrindo, e então Quinn o puxou pelo braço, conduzindo-o através da multidão para o vestíbulo e subindo a escada até a rua.

— Você tem que sair daqui antes que eles te linchem — disse Quinn.

— Se me lincharem, é porque linchariam meu pai também — disse Tremont.

Quinn viu que Tremont estava bêbado de novo, mas bêbado e se apresentando em memória de Big Jimmy, suicídio pela música, um novo modo de partir.

No Dewitt Clinton, Matt entrou com Vivian e George para ter certeza de que ninguém se perderia de novo. No saguão, George olhou em volta para as paredes de mármore e disse:

* "... Meu amor não gosta mais do pessoal de cor./ Disse que pra me amar era melhor mudar o tom do meu rosto./ Disse que se casasse comigo logo iria se arrepender,/ E agora estou abalado, profundamente arrasado porque sou um macaco./ Macaco, macaco, macaco, queria mudar de cor,/ Macaco, macaco, macaco, um outro tom seria melhor./ Macaco, macaco, macaco, de dia e de noite,/ Era melhor ser branco do que ser macaco, macaco, macaco." (N. T.)

— Este é o Dewitt. Jimmy Walker vivia aqui. Sua esposa nunca estava com ele. Ele dizia a ela: Vamos sair e ver um show, vamos a uma boate, mas ela não saía de casa. Foi isso que aconteceu com ele.

— O quê? — perguntou Vivian.

— Ele saiu com outra pessoa — disse George.

O salão de baile estava cheio de pessoas jantando, mas Quinn não estava lá, nem Tremont. Uma banda de seis músicos tocava "Beale Street Blues". Vivian falou com o responsável pelos ingressos.

— Obrigada pela noite agradável, padre — disse Vivian.

— Você conhecia Martin de antigamente — disse Matt.

— Por alguns anos. Nós íamos aos mesmos lugares, danças, excursões de barco. Ele ficou muito conhecido, famoso mesmo, depois do sequestro do garoto dos McCall. Ele trouxe o menino de volta pra casa do pai. Eu sempre lia sua coluna. Todo mundo lia.

— Acho que ele gostaria de ver o show, se estiver se sentindo bem. Se ele estiver, você fica de olho nele pra mim?

— Isso seria ótimo — disse Vivian. — Ele vai ser meu namorado reserva.

Matt viu os preços dos quartos na recepção, deixar o pai ali aquela noite, por que não? Tudo de que Matt precisava era dinheiro. Ele pegaria emprestado de Quinn, ou de alguém. Estava gostando daquilo — abrigo, jantar, distração e o ótimo piano de Cody. Ele reservou um quarto duplo, talvez ficasse ali também. Ele contou o plano a Martin, que ficou empolgado.

— Você vive uma vida agitada para um monge — disse Martin.

Matt fez o check-in para ele, despachou as malas para cima, deu seus últimos vinte dólares para o recepcionista e, sem nenhum centavo, conduziu o pai para o salão, para um jantar, um show e uma transformação radical de sua noite.

Martin ficara no asilo Ann Lee por seis meses, uma baixa da idade, do tempo, joelhos ruins, aposentadoria do jornal, inabilidade de continuar escrevendo, a morte da esposa, dos amigos, da ambição. Ele nunca guardara dinheiro, tendo se aposentado com o dinheiro da seguridade social e dos direitos autorais de novas montagens das peças de seu pai, Edward Daugherty, principalmente *O corpete em chamas*, sua obra-prima escandalosa. Os livros de Martin estavam todos fora de catálogo. Ele desistiu de morar sozinho e cozinhar para si mesmo e mudou-se para o asilo Ann Lee, mantido pela máquina democrática de Albany, que o recebeu como convidado, um dos seus, depois de uma vida associada com os grandes e pequenos do partido, do chefão Patsy McCall até o fisioterapeuta que tratava de seus joelhos.

Como hóspede, ele não tinha que repassar sua aposentadoria para o condado, como os residentes. Manteve o dinheiro em uma poupança que Matt monitorava. Ele via o asilo Ann Lee como um hostel barato. Podia ir e vir se pudesse caminhar, e ele ainda podia, com dificuldade. Saía para jantares ocasionais com Matt, que o visitava frequentemente e estava sempre a postos para emergências, exceto aquela noite, pois tinha sua própria emergência pra resolver. Quando Martin se mudou para o asilo, já conhecia uma dúzia ou mais de hóspedes e residentes. Alguns eram debilitados mentalmente, outros ainda conseguiam falar de política e história, mas Martin precisava cada vez menos de conversa.

— Este é provavelmente o último concerto de Cody — disse Matt enquanto conduzia Martin até a mesa de George e Vivian. — Ele está morrendo.

— Ele não tem onde cair morto — disse Martin.

— O show é pra levantar fundos para as despesas médicas.

— Então é "Adeus, Cody", um funeral enquanto ele ainda está vivo.

— Eu acho que é isso.

— Uma obra de misericórdia. Celebrar o que sobrou do homem.

A banda tocou uma versão rápida de "Twelfth Street Rag".

— Você aguenta isso tudo mesmo? — perguntou Matt.

— Eu achei que não veria algo assim outra vez. Dá uma acelerada no sangue.

— Estou feliz por você ter saído de lá.

— Era prático. Tranquilo e silencioso. Ele faziam uma salada de ovos muito gostosa.

— Você vai viver até os cem anos. Mas você não teria durado lá, eu sempre achei isso errado. Nós vamos arranjar um lugar novo para você. Estou com algumas ideias, talvez a gente vá morar junto.

— Na casa paroquial?

— Não, num apartamento. No centro, talvez.

— No centro? Você está mudando para o centro? Isso não é meio radical para um padre que devia estar no claustro, no voto de silêncio?

— Quem disse que eu sou padre?

Martin parou de andar e olhou fixamente para ele.

— Você disse. Desde os catorze anos.

— Isso é passado — disse Matt.

— Benza Deus! Estou testemunhando um milagre.

— Parece mais um naufrágio — disse Matt.

— *Dominus vobiscum*, rapaz, quem quer que ele seja. *Dominus vobiscum.**

Quando eles deixaram o porão da igreja, Quinn disse:

— Você quer morrer, Tremont?

— Eu não. Eu só queria molhar o bico pra tudo ficar bom.

— Todo mundo está atrás de você. Você é um homem procurado e mais cedo ou mais tarde eles vão te encontrar. Você precisa se render. Eu falei com o tenente Fahey de você e sua arma, e falei também com um excelente advogado que vai te representar. Se você

* "Que o Senhor esteja convosco." (N. T.)

vier de bom grado, vão te tratar melhor do que se encontrarem você na rua com uma metralhadora.

— AR-15 não é metralhadora.

— Você quer morrer, Tremont?

— Eu vou viver até os noventa e sete como John D. Rockefeller. Ele e eu temos muito em comum.

— John D. não bebia.

— É, nisso a gente é diferente.

— Tudo bem, nós pegamos a arma e encontramos Doc Fahey e você conta a sua história. Tremont, essa é uma saída; ou então eles vão cair matando em cima de você. Vai ser caça à raposa.

— Eles atiram na raposa?

— Os cachorros estraçalham ela.

Eles estavam andando pela Chapel Street, a meia quadra do *Times Union*, e Quinn considerou ir à editoria de cidades informar Markson sobre as últimas. Mas outro repórter estava cobrindo o Palace, e Quinn teria tempo de escrever o resto antes do prazo final. Se não, ligaria para o jornal e ditaria a matéria. Exceto pela história de Tremont. Agora ele tinha que levar Tremont até Doc. Um carro parou no meio-fio ao lado deles e Matt inclinou-se para fora da janela.

— Ei — disse ele, e saiu do carro. — Tremont, você fica sumindo o tempo todo. Onde você foi depois da Trixie? Nós procuramos você por toda a parte.

— Eu vim para o protesto — disse Tremont.

— Ele cantou uma música — disse Quinn. — Teria sido linchado se eu não tivesse tirado ele de lá.

Matt relatou a Quinn como tinha levado George e Vivian para o show de Cody, e a chegada surpresa de seu pai, depois de ser expulso do asilo Ann Lee.

— Mais vingança do sistema — disse Quinn.

— Onde está sua arma? — Matt perguntou a Tremont.

— Na Bleecker Street.

— Você a tirou do armário? — perguntou Quinn.

— Tirou e usou — disse Matt. — Você não contou a ele, Tremont?

— Não tive tempo. Eu atirei em dois camaradas que estavam espancando a Rosie. Não machuquei muito.

— A polícia deve estar procurando por ele — disse Matt.

— Eu estava com o prefeito quando ele recebeu uma ligação sobre um assassino de políticos em Four Spot — disse Quinn. — Mas eles disseram que você estava usando sapatos bicolores, Tremont.

— Eu não — disse Tremont. — Eu peguei estas botas santas de padre. — Ele levantou o pé direito na direção de Quinn.

— Eu peguei os sapatos de Tremont — disse Matt. — Nós trocamos.

— Esse padre é um fanfarrão — disse Quinn. — Escute, eu marquei um encontro com Doc Fahey. Nós precisamos daquela arma.

— Eu vou junto — disse Matt, e avisou Nick Brady que estava saindo do posto de chofer. Os três caminharam para o carro de Quinn e foram na direção da Bleecker Street.

O centro da cidade estava vazio como às quatro da manhã.

— Eu não gosto desse negócio de me render — disse Tremont.

— Você também não quer morrer, né?

— Se eles me prenderem, eu vou ficar lá.

— Você tem um advogado bem astuto. Jake Hess. Ele é próximo do prefeito, mas é papo reto, e aceitou defender você. Ele conhece toda sua história.

— Ninguém conhece toda minha história.

— Nós estamos tentando.

— Você falou com o prefeito a meu respeito?

— Falei. Eu contei a ele que estavam armando para você. Está tudo esclarecido.

— Ele sabe o meu nome?

— Só sabe dos seus sapatos.

— Eu vi Zuki no protesto — disse Tremont.

— Você devia ter me contado — disse Quinn. — Roy está preso.

— O que aconteceu?

— Eles o prenderam no Palace depois que aquele menino morreu.

— Que menino?

— Menino branco. Atingido na cabeça ou empurrado escada abaixo por meninos negros.

— Estão dizendo que Roy o empurrou?

— Eu não sei.

— Roy não fez isso.

— Tudo o que eu sei é que prenderam ele e cinco outros negros.

— A caça aos Brothers começou — disse Tremont.

Na Bleecker Street cerca de dez homens bebiam na calçada em frente ao Hapsy's. O Hapsy nunca deixava os clientes ficarem por ali depois de comprar. Ele funcionava mais como depósito de bebida — vinho e aguardente madrugada adentro, mas aquela noite seu estabelecimento era como uma sala de emergência, o único lugar aberto. Quinn estacionou a uma quadra dali. O restaurante Chloe's na esquina da Green estava aberto, e tinha um telefone pago.

— Onde exatamente está a arma, Tremont? — perguntou Quinn.

— Não tem como explicar. Eu preciso mostrar.

Quinn estacionou, deslizou o caderno onde escrevera o dia inteiro para dentro do bolso do terno e os três andaram até a esquina. Quinn foi até o Chloe's, ligou para Doc e disse onde estavam. Então subiram a Bleecker Street com Tremont conduzindo.

— Foi aqui que Tremont atirou nos sujeitos — disse Matt. — Aquele é o caminhão deles. — E apontou para o cadáver da perua branca: para-brisa estilhaçado, três pneus furados, buracos no capô. — Tremont deixou sua marca.

— Impressionante — disse Quinn, tentando calcular como aquele tiroteio afetaria a rendição de Tremont.

Um Chevy preto com quatro homens brancos subiu lentamente a Bleecker Street vindo da Green. Os brancos olhavam para fora, para os negros na calçada do Hapsy's através de janelas fechadas. As pessoas estavam sentadas nos batentes das velhas casas de tijolos, das mais antigas casas da cidade, banhadas em tensão. A luz quase acabando, luzes da rua agora acesas. Os homens no Hapsy's tinham por volta de vinte anos, alguns eram adolescentes (Hap não pedia identidade), alguns de meia-idade, nenhuma mulher. Matt reconheceu três jovens do Four Spot. Uma música estridente vinha de um carro estacionado e Stevie Wonder, sincopado, dizia que estava tudo bem.

Tremont parou em um beco três portas a leste do Hapsy's e cumprimentou um dos homens, nenhum dos quais Quinn conhecia. Eles não estavam sorrindo. O que esses branquelos tão fazendo aqui hoje à noite, se perguntam. Quinn viu outro carro estacionando atrás do seu, e ninguém saiu. Tremont caminhou nas sombras do beco na direção de um quintal entulhado de lixo e uma montanha de papelão, eram caixas das garrafas de Hapsy? Quinn e Matt o seguiram, mas Quinn voltou para esperar na calçada e três jovens negros moveram-se na direção dele com olhos de briga e então começa. Quinn percorrera aquela quadra por dois anos, escrevendo sobre os negros, e quem dá a mínima? Bom, muitos negros, alguns brancos, uns poucos editores, nenhum político. A maioria das pessoas antagonizava ou se mostrava desconfiada do que ele escrevia, racismo espontâneo, medo dos políticos. Mas nenhuma simpatia para com a vida dos negros impediria que Quinn virasse alvo da raiva negra aquela noite, porque ele é só mais um branco filho da puta. Não me venha com nhe-nhe-nhem progressista, enfia sua solidariedade no cu, saia das minhas ruas, aqui começa o futuro, o código revolucionário perene, eu te amo, irmão, mas te vejo nas barricadas. É isso, não tem o que fazer. Quinn é tão codificado pela cor quanto eles.

Um jovem negro perguntou:

— O que é isso aí?

— Onde?

— No beco.

— Eles estão investigando.

— O quê?

— A situação.

— Qual situação? — O homem enfiou a camisa pra dentro da calça.

— Ninguém sabe.

— De qual situação você está falando?

— Tem um bebê morto — disse Quinn.

— Bebê branco?

— Ninguém sabe. Meu amigo está procurando por ele.

— Qual amigo?

— O cara negro.

— Aquele é Tremont — outro negro disse. — É o bebê de Tremont?

— Eu acho que não.

— Então por que ele está procurando por ele?

— Pergunte a ele. O bebê não significa nada para mim. Está morto. Há uma boa chance de ele nem estar lá.

Quinn continuou a ressuscitar o bebê morto que não existe: morto antes de um nascimento que nunca houve, arquétipo da meritocracia dos perdidos, que deixa uma mancha indelével na imaginação.

Profira a litania: os delicados, os que tropeçaram na corrida e ficaram para trás, os ignorantes, os passivos, os céticos, os decididos vacilantes, nenhum deles sabe ser diferente, os codificados pela cor, os rebeldes suicidas e os destituídos furiosos, os mártires e os clérigos de cérebro lavado pelo mistério, os santos como King que sempre perdem tão grandiosamente, os *santeros* que pensam poder superar problemas nas costas de Xangô e Oxum; também Bobby, que talvez tivesse sido diferente por alguns minutos, Hemingway no final redescobrindo como costumava perder, George e as ilusões inelutáveis, o dueto racial lugar-comum de Gloria e Roy, Cody e sua música moribunda, Max e seu dinheiro sujo, Matt e seu descenso, Renata e sua rebelião entrópica, capacidade de entrega em série e Tremont, o único homem na cidade aquela noite que não precisa de um mapa para chegar ao ponto: todos membros do coletivo heterogêneo e caótico que não vai deixar Quinn dormir em paz.

Matt ouviu Quinn falando e saiu da escuridão na direção da rua.

— Você encontrou o bebê? — perguntou Quinn.

— Ele encontrou alguma coisa — disse Matt. — Pode ser um bebê.

— O que você vai fazer com esse bebê?

— Eu não sei se é um bebê. Pode ser outra coisa. Pode ser um par de sapatos. Pode ser uma metralhadora.

Tremont veio do beco com a arma embrulhada no saco de estopa. Ele ouviu a palavra "bebê" e colocou a mão direita dentro do saco.

— Esses camaradas querem saber se você encontrou o bebê morto — Quinn disse a ele.

— Eu encontrei um bebê em um terreno baldio dez anos atrás — disse Tremont. — Ele não estava morto.

— Essa é a minha arma, Tremont? — A voz era de Zuki.

— Qualquer arma que eu encontro é minha — disse Tremont.

Zuki e um jovem negro pararam atrás dos outros. Zuki estivera com Penny no protesto.

— Você é Zuki — disse Quinn. — Para quem você está trabalhando?

— Eu não te conheço.

— Eu sou o biógrafo de Tremont.

— E eu, o confessor — disse Matt.

— Eu sei quem você é — disse Zuki.

— De onde saiu essa arma? — perguntou Quinn. — É de uso federal?

— Eu não tenho nada pra falar a você — disse Zuki. — Esse sujeito aí pegou minha propriedade. Eu a quero de volta.

— Você é polícia de Albany BCI? FBI?

— Eu preciso disso, Tremont — disse Zuki.

— Tremont precisa dela — disse Quinn.

— Tremont, que brincadeira é essa? — disse Zuki.

— O jogo do bebê morto — disse Quinn.

Zuki deu um passo na direção de Tremont para agarrar a arma. Matt bateu nele com a direita, um golpe de trajetória horizontal, impacto a trinta quilômetros por hora. Zuki cambaleou para trás, mas não caiu.

— Não encoste em Tremont — disse Matt. Ele olhou para Zuki, que fugiu entre a multidão do Hapsy com o companheiro, sempre olhando para Tremont.

O Chevy preto que passara por eles mais cedo chegou a Bleecker Street de novo, e um segundo carro atrás dele levava cinco homens brancos. O Chevy diminuiu a velocidade e dois brancos saindo das janelas da frente e de trás arremessaram molotovs na multidão, um explodindo contra a varanda sobre o Hapsy's, o outro atingindo o muro da frente da casa ao lado, salpicando fogo em dois homens na varanda.

— Faz tumulto mesmo, seus pretos! — gritou um homem do Chevy.

Quinn viu o carro de Doc virando na Bleecker e entrando na Green Street. Ele parou perto do caminhão da perua esburacada. Quinn agarrou o braço de Tremont.

— Agora — disse ele, e os três caminharam rapidamente na direção dos faróis de Doc, Tremont levando o bebê morto embrulhado.

Depois de arremessarem os molotovs, o Chevy acelerou loucamente e derrapou queimando asfalto, a traseira esquerda raspando no carro que tocava Stevie Wonder. O Chevy manobrou tropegamente, subiu o meio-fio passando o Hapsy's, bateu em uma varanda onde estavam três homens e tentou voltar para a rua. Mas os negros cercaram o carro e puxaram o motorista para fora. Seguiu-se uma briga frenética com ferros, canos, e um dos brancos usava um soco-inglês. Duas mulheres em quimonos de seda saíram da casa com vassouras para abafar o início de incêndio na varanda, a varanda da Trixie. Quinn viu Trixie sair da varanda em um longo quimono preto e salto agulha, e lançar água de um extintor no fogo que já chamava a atenção demais. Dois brancos estavam na rua sendo chutados, e na varanda ao lado dois homens estavam em chamas. As meninas de Trixie deram tapinhas nos homens em chamas com as vassouras e meia dúzia de negros balançavam o Chevy, tentando virá-lo.

O segundo carro, um furgão Buick com duas janelas fechadas — levando homens com mais molotovs, não acesos porém prontos para voar, mas a porra do Chevy tá no caminho —, bateu em retirada de volta para a Bleecker feito um foguete e passou a perua esburacada, chegando na esquina segundos depois do carro de Doc, outro bloqueio maldito saído sabe lá de onde, e bateu no para-lama esquerdo de Doc, fazendo os dois carros girarem na rua. Doc e seu parceiro, Warren Prior, pularam para fora do carro, cacetetes a postos, não para os brancos loucos mas para uma dúzia de negros que vinha na direção deles.

— Jesus — disse Doc —, isso aqui virou o centro de Nairóbi.

Homens afluíam das casas na Bleecker Street ao reconhecer a força invasora, prontos para liberar a raiva comum não só nos incendiários brancos, a quem superavam numericamente dois para um, mas também em Doc e Prior, que viam como um terceiro elemento da força invasora na Bleecker Street. Jovens negros saltaram em Doc, surrando-o, tentando derrubá-lo, mas ele era um menir imóvel de cem quilos, de terno cinza e chapéu de palha, o cacetete na mão direita, um apêndice giratório que nunca parava de se mover.

Um homem negro socou Prior repetidamente na nuca enquanto ele tentava enfrentar os agressores, e Prior girou o cacetete cento e oitenta graus e o homem negro caiu. Os brancos no segundo carro saíram brigando e Doc abriu caminho na base da pancada e apagou um homem branco que tentava alcançar uma escopeta no banco de trás do carro. "Gambé amigo de preto", disse o homem, desabando com o golpe. Outro negro abriu uma navalha e golpeou a frente de Doc, cortando seu terno, então sentiu o golpe do cassetete na garganta e caiu.

Quinn, Matt (que tinha perdido Zuki de vista) e Tremont ficaram fora da briga, perto da esquina do Chloe's, e ninguém os atacara. Tremont abriu o saco, revelando a AR-15 já montada. Ele enfiou o pente de balas, gritou "Lá vai bala!" e deu um tiro para o céu. Então mostrou o cano do rifle para os negros que atacavam Doc. O grito, a arma, o tiro, não conseguiram a atenção total de todos os agressores, mas eles pausaram tempo suficiente para Prior golpear um e Doc alcançar sua arma.

— Issaê, irmão — um jovem negro disse a Tremont. — Quebra eles.

— Deixa ele em paz — Tremont disse para o jovem.

— Ele é gorila, porra — disse o jovem.

— Deixa ele em paz — disse Tremont.

— Me dá a arma, eu mesmo faço — disse o jovem.

Tremont disparou dois tiros na lateral do Buick e o jovem se afastou e a briga parou. Os negros que sacudiam o Chevy o viraram na rua, outros se afastando estabanados para se proteger dos tiros, que elevaram a batalha a outro nível, e a lamúria de uma sirene foi ouvida.

Um jovem negro lançou uma caixa de fósforos acesos no banco traseiro do Buick, inflamando a gasolina derramada dos molotovs, e todo mundo fugiu para longe do carro.

Quinn se interpôs na frente de Tremont e agarrou o rifle.

— Porra, cara, eu disse pra ficar com isso escondido. Quer levar um tiro?

Quinn entregou a arma para Doc enquanto três carros de polícia chegavam atrás deles, e os policiais em traje de conflito urbano se espalharam pela quadra. Os combatentes negros e brancos se dispersavam na escuridão profunda.

— Ei, Tremont — disse Matt —, estes sapatos estão me matando.

Quinn alertou Jake sobre Tremont e a AR-15 estar na custódia da polícia e recapitulou a odisseia de Tremont, adicionando seu próprio papel na rendição a Doc Fahey e como testemunha de Zuki ter declarado que a AR-15 era dele. Jake disse que estava indo para a delegacia descobrir se havia alguma acusação contra Tremont e pagar a fiança se houvesse. Quinn disse: Mas eles podem achar que fiança não resolve isso e deixar ele preso como possível terrorista, com meia dúzia de testemunhas. Jake disse: É possível, mas eu duvido.

Quinn foi para o *Times Union* e alertou Markson na editoria de cidades sobre a matéria que vinha aí. Então pendurou o paletó esporte no encosto da cadeira e escreveu a entrevista com Alex o mais rápido que pôde, modificando a hostilidade do prefeito para com os Brothers mas refletindo o duelo de vontades. Escreveu alguns parágrafos sobre o tumulto no saguão do Palace e quanto aquilo acirrara as tensões na cidade. Seria uma caixa de texto na matéria sobre o jovem morto que outro repórter estava escrevendo. Ele também escreveu a matéria sobre a vigília/manifestação, abrindo com a revelação de Tommy Tooher de que o bispo estava doente demais para silenciar Matt por causa de política. Ele fez duas ligações para o monsenhor Callaghan, o chanceler da diocese, e a governanta atendeu e disse que o monsenhor não estava em casa, que não estaria em casa tão cedo e que mesmo se estivesse, não falaria com você, então escreva o que você quiser. Um detalhe maravilhoso que faria as coisas penderem mais fácil para o lado de Matt.

Markson chegou até a mesa de Quinn.

— Me fala de novo sobre o tumulto. Você não escreveu uma matéria sobre as manifestações?

— É parte da história de Tremont — disse Quinn. — Eu posso escrever uma matéria separada sobre os tumultos se você quiser, mas a história de Tremont é a história principal (seu histórico como ativista do Ruas e Lares e os Brothers, e essa trama de Zuki para destruir os Brothers), como tudo isso está relacionado com o tumulto. Eu vou mostrar com detalhes a confusão do tumulto, pode deixar. Mas o tumulto não é a história, é Tremont. Ele é central para o que está acontecendo na cidade hoje à noite, e Matt Daugherty é sua contraparte branca, os dois em uma odisseia de política franciscana e sobras de jazz. Se você der conta, ainda menciono o salto agulha da Trixie e o extintor de incêndio. Eu também quero ressaltar a cultura política dos anos 1920 com Big Jimmy, cabo distrital de um distrito errante, a canção de tição progressista dele em 1911, e envolver a máquina de terraplenagem política de McCall e Fitzgibbon, como ficara aparente aquela noite com esse complô do falso atentado com Tremont como vítima, um homem selvagem com um AR-15 dada a ele por um provocador que queria vê-lo preso com a arma para provar que os Brothers eram terroristas urbanos. Isso é coisa do FBI e eu sei que você não vai publicar isso, mas é. Mas nós não precisamos dessa história. A vítima frustrou o complô, saindo do beco onde a arma estava e acalmando o tumulto na base do tiro.

Markson aquiesceu, obviamente tocado com a complexidade da história, mas compreenderia quando a lesse.

— Preciso da história do quebra-quebra — ele disse, e voltou para sua sala.

Quinn considerou se deveria mencionar sua participação, pegando o rifle e entregando-o a Doc Fahey junto com Tremont.

Mas ele decidiu que isso atrapalharia a parte do tiroteio de AR-15 de Tremont resgatando Fahey e o parceiro das lâminas, facas, porretes e tiros nas mãos dos arruaceiros brancos e negros que convergiam para os policiais como inimigos natos. Não era um tumulto comum, e sim um exercício espontâneo de anarquia em que o objetivo não era a morte recíproca de antagonistas raciais, e sim o caos miscigenado para todas as cores. O ato de Tremont logo seria visto por seus companheiros como seriamente irônico: um súbito anjo guardião dos policiais de Albany, famosos por brutalizar gente das ruas como ele próprio e sabe lá quantos outros negros presos no tumulto.

Para Quinn era a segunda vez em sua vida que ele tomara a arma de um atirador. A primeira fora a de Hemingway no duelo com Cooney. Mas a história não é sobre você, sr. Quinn. E ele decidiu que não havia modo de contar aquela história, que iria emergir em algum lugar a seu próprio tempo.

Quinn estava na página três da odisseia de Tremont, quando Markson voltou e espreitou sobre seu ombro, pegou as duas páginas terminadas e disse: Eu vou levar isto também, e arrancou a terceira página da máquina de Quinn. Ele foi até a mesa, sentou-se, leu e examinou tudo sem usar lápis, depois voltou até Quinn.

— Isso aqui está ótimo — disse Markson —, mas não escreva mais. Nós não vamos falar nada do seu amigo assassino.

— Ele não é um assassino — disse Quinn.

— Bom pra ele, mas seja como for, ele não entra na história hoje. Nem uma palavra sobre Tremont. A direção não quer, acha que é falso.

— Cada palavra que eu escrevo é verdadeira, comprovadamente verdadeira.

— Hoje à noite não. — E ele largou as três páginas na mesa de Quinn.

Quinn retrocedeu, silencioso, e arrancou a página quatro da máquina de escrever. O encosto da cadeira balançou e ele balançou junto. Dobrou as páginas e as colocou junto com seu caderno de notas no bolso do paletó esporte. Ele foi até a editoria de cidades e perguntou a Markson:

— Você quer a matéria do tumulto?

— Preciso de alguns parágrafos. Eddie Fennell está escrevendo sobre a prisão dos negros. Eles prenderam oito ou nove.

— Nenhum branco?

— Quatro estão no hospital. Três negros estão lá também.

Quinn voltou para sua mesa e, sem anotações, escreveu cinco parágrafos sobre molotovs, arruaceiros brancos e negros virando o carro. Colocou a matéria na bandeja de entrada de Markson.

Markson olhou para ele, uma desculpa nos olhos.

— Se nós não escrevermos sobre o complô — disse ele —, então nunca existiu nada e eles não vão poder acusar seu amigo. Eles vão ter que liberá-lo.

— Vão?

— Foi isso o que eu disse.

— É o prefeito quem está mandando?

— Quem mais seria?

— Mas nosso editor aceitou.

— O que você acha?

— Acho que por hoje já chega — disse ele. — E para preencher o silêncio onde deveria estar minha matéria, vou ouvir um pouco de jazz.

— Você vai encontrar um modo de colocar Tremont na primeira página um dia desses.

Quinn decidiu que era de novo uma testemunha fracassada da história, a história de Tremont agora tão perdida quanto a de Fidel, porque a História conspirou contra as duas histórias. O meio — o assim chamado primeiro esboço da história — provara não ser a mensagem, e sim a antimensagem. Quinn, sempre consciente de suas limitações, finalmente decidira que estava furioso consigo mesmo por acreditar que podia trabalhar entre as restrições, escrever o que não seria anulado, revelar história em linguagem graciosa mas moderna, simples mas astuta, revelando as histórias essenciais que ele encontrara e que queria contar para o mundo. Tá bom.

E agora, como contar a história de se tornar um branco obsoleto, mestiço obsoleto? Matt tinha a mesma história para contar, e a de Claudia era parecida. O Black Power estava confundindo a identidade racial a ponto de o FBI ter se tornado negro, a mídia conspirava contra negros e brancos igualmente, e testemunhas como Quinn eram irrelevantes. Markson estava certo sobre Quinn colocar Tremont na primeira página, mas levaria quarenta anos para Quinn fazer isso — em um romance, onde ele iria também escrever o duelo de Hemingway e o desaparecimento de Renata em um silêncio que ninguém sabia perfurar.

Quando ela desapareceu da propriedade dos Holtz, Quinn esforçou-se dia e noite em Santiago e Havana para encontrá-la, procurando seu rastro de um beco sem saída a outro. Ninguém de sua família, ninguém do Directorio com quem Holtz o colocara em contato, nenhum dos amigos dela no museu, ninguém ouvira uma palavra dela ou sobre ela. Encontraram o carro de Renata estacionado a uma quadra do hotel em Santiago. Quinn o dirigiu de volta para Havana, mas Esme mandou que ficasse com ele até que encontrassem Renata. Ele procurou seus locais preferidos, o Country Club, o museu, que estava fechado e em reconstrução devido às balas e ao bombardeio, os cafés perto da universidade (que Batista tinha fechado, interrompendo a educação de Renata). Ele foi ao Ali Bar, que ela amava, segundo disse, e a outra das boates onde ela havia crescido sob os olhares de Esme, mas ele não achava que a encontraria ali. Ela não o abandonara para flanar pelo mundo noturno de Havana. Ele perguntou a Max, a Esme, à mãe de Renata, ele encontrou artistas que ela tinha mencionado, mas nada. A polícia zombou dele como um noivo abandonado no altar.

Ele acordou em seu apartamento em Havana no quarto dia depois do desaparecimento e parou a busca, estéril de ideias, e começou a escrever sua entrevista com Fidel. Ele não conseguia pensar claramente e não conseguiu convencer Henry McMullen, seu ex-editor no *Miami Herald*, que um perfil baseado nas opiniões intelectuais de Fidel sobre a revolução era o fulcro da história. Matthews já tinha feito aquilo, disse McMullen. Não do jeito que eu estou fazendo, disse Quinn. Então ponha isso no corpo da história, mas nós precisamos de uma história forte para justificar isso, disse McMullen. Você não acha que o fato de Fidel estar vivo é uma história forte?, disse Quinn, Ou que depois da nossa conversa ele marchou o dia inteiro e metade da noite e capturou El Uvero? O quão forte você quer? Nós falamos de El Uvero ontem em seis parágrafos, disse McMullen, O que mais você tem? Eu parei de fumar no ano passado, mas fumei um charuto com Fidel, disse Quinn. Isso serve de alguma coisa? Serve sim, disse McMullen. Nós vamos publicar na página de quadrinhos.

Então Quinn escreveu do jeito que quis, mencionando de passagem o ataque a El Uvero, a batalha mais sangrenta na guerra até o momento, um grande sucesso para os rebeldes, e ele usou como gancho a frase de adeus de Fidel: "Eu tenho um encontro com as forças armadas do presidente Batista". Ele desenhou a figura de um líder cuja mãe acredita que ele nasceu como deus guerreiro, um nascimento testemunhado pelo orixá Xangô. Ninguém vai saber quem é Xangô. Deixe que pesquisem. Ele escreveu que Fidel tinha nascido na era a qual pertencia, um homem que encontrara sua hora, como Faulkner definiu. Um herói nasce, não é criado, certo? Quinn realmente pensa isso? Provavelmente não. Se McMullen não usar a história, ele vai dá-la à Associated Press ou ao *Washington Post*, em algum lugar deve haver um editor que valorize a perspectiva pessoal de Fidel sobre sua sobrevivência miraculosa. Apenas escreva isso.

Enquanto ele estava escrevendo, Hemingway ligou.

— Chegou outra carta de Cooney — disse Hemingway. — A mesma coisa, um pouco mais de urgência. Eu decidi que vou encontrá-lo. Pistolas. Já que você acompanhou tudo do começo, quero que você arranje tudo e seja o juiz. Cooney confia em você. Eu também vou levar um padrinho. Vai ser amanhã, se ele não amarelar. Nós vamos nos encontrar no cemitério Colón de madrugada, é assim que se faz aqui. Seis e trinta e dois é o nascer do sol. Eu pego você às seis. Me encontre no portão principal. Vou ter de pagar um dos guardas para nos deixar entrar. O cemitério não abre até as nove. Onde você mora? E sem imprensa, nem mesmo você.

— O que mudou sua decisão?

— Eu vi os brancos dos olhos dele. Você está dentro?

— Estou dentro. Minha esposa desapareceu, mas estou dentro. Três dias e eu não consigo encontrá-la. Contei a Fidel sobre o seu duelo. Ele acha que você deve aceitar, mesmo sendo valioso demais para correr o risco. Se você puder se distanciar até Fidel ganhar a revolução, ele vai ajeitar tudo para que você vença, mas se não, então você tem que encontrar um jeito de não perder, porque você é valioso demais para morrer. Ele disse que tinha *Por quem os sinos dobram* com ele na Sierra, e o livro ensinou coisas a ele sobre a batalha.

— Sempre fico feliz em ajudar uma causa nobre. Mas eu vou lutar minhas próprias batalhas, sem armações.

— O Cooney ainda está no hotel Regis?

— A carta dele veio no papel timbrado de lá.

— Você vai precisar de um médico no caso de alguém levar um tiro. Você acha que alguém vai levar um tiro?

— Eu aposto contra — disse Hemingway.

— Você conhece um médico que aceitaria comparecer?

— Sim. E a sua esposa?

— Quando voltei depois da entrevista com Fidel, ela tinha desaparecido. Ela deve ter sido pega pela polícia ou pelo SIM.

— O que ela fez?

— Ela era próxima de um dos que atacaram o Palácio.

— Iihh.

— É.

— Então você não precisa de um duelo na sua vida.

— Eu não tenho pra onde ir agora, nenhum lugar onde procurar. Estou dentro.

— Você se casou com ela. Como isso aconteceu tão rápido?

— Sempre me falaram contra nariz de cera.

Eles iriam encontrar Cooney no grande arco romanesco que ficava no portão norte do cemitério Colón, que Hemingway dissera ser menos populoso, com amplo espaço para uma bala voar na direção do horizonte e perder o impulso depois de algumas centenas de metros sem acertar nada que não fosse uma árvore. O lugar parecia uma cidade de anões, calçadas e árvores esculpidas, cento e quarenta acres, muitos mausoléus, capelas de família, criptas, estruturas magníficas de mármore (o Monumento aos Bombeiros, em honra a vinte e sete bombeiros que morreram em 1890, parecia ter uns seis andares), estátuas, abóbadas, obeliscos, uma pirâmide egípcia, uma Pietà, uma ampulheta com asas, um mundo de kitsch, um mundo de arte.

— Você conhece este cemitério? — perguntou Hemingway.

Quinn estava sozinho no banco traseiro da perua Chrysler, Hemingway no banco do passageiro ao lado do motorista, Juan, o que aparecera depois do nocaute de Cooney.

Ele seria o padrinho de Hemingway.

— Eu sei é que é um lugar espetacular — disse Quinn.

— É onde eles colocam todos os famosos — disse Hemingway.

— Há também milhares de cubanos que os espanhóis mataram de fome em 1898, e o compadre do seu avô, Máximo Gómez, está enterrado aqui.

— Por que os cubanos travam os duelos em um cemitério?

— Para entrar no espírito. E é prático para quem perde.

— Cooney trouxe dois padrinhos de Miami.

— Ele pode trazer vinte. Tudo o que eu preciso é de Juan para carregar as pistolas. Tenho um par de .38 que eu trouxe da França. Cooney queria .38. Ele pode usar um dos meus, qualquer um.

— Você acha que ele usaria um revólver seu?

— Ele pode testar antes se não confiar em mim. Juan tem balas extras.

— Eu não falei disso com Cooney. Nós supomos que cada um teria a sua própria arma.

— Está tudo bem. Eu não sou enjoado pra isso.

— Você está bem calmo.

— Ficar nervoso atrapalha a mira. Cooney concordou de você ser o árbitro, não é?

— Ele concordou. Quais as atribuições do juiz?

— Você vai ter que inventar, exatamente como seu capítulo seis. Por tradição nós começamos nos dando as costas. Andamos dez passos, contando, então nos viramos e atiramos. Você conta alto e então se esconde atrás da lápide mais próxima.

— Isso é absurdo — disse Quinn —, é loucura você colocar sua vida em risco. Você é tipo o monte Rushmore, e está arriscando morrer por causa de um vendedorzinho de Baltimore. Eu não acredito que você vai seguir com isso... não acredito que estou participando!

— Vai dar certo — disse Hemingway.

— Como?

— Você vai ver.

— Balas são balas.

— Você tem razão.

— Se você matá-lo, é o seu fim.

— Eu vou tentar não matá-lo.

— Ele pode matar você.

— Ele pode, e alguns diriam que eu mereci, que violei a honra dele.

— Se ele te matar, você não vai terminar seu livro.

— Essa é a tragédia real. Eu tenho quatro livros para terminar.

— Você não pode fazer isso. Por que não se desculpar e acabar com isso?

— Nunca se desculpe, nunca se explique, John Wayne.

— Todo duelo que Wayne enfrentou foi com balas de festim — disse Quinn.

— Juan, o que você acha? *¿Qué piensa?*

— Papa *sabe* — disse Juan, sem tirar seus olhos da estrada. — Ele sabe.

— O que ele sabe?

— *Lo sabe todo*. Tudo.

— Se você morrer, minha carreira vai pro buraco — disse Quinn. — Vou ser o sujeito que permitiu que isso acontecesse.

— Você não pode me impedir.

— Isso não vai importar. Eu vou ser o bode expiatório, o homem que deixou o Papa morrer, o homem que armou o duelo. Vou ser como Ralph Branca jogando a bola para Bobby Thomson. Vai estragar todo o meu currículo.

— Escritor não precisa de currículo.

— Você está realmente pronto para morrer?

— Sempre.

Quando Hemingway estourou a cabeça com uma espingarda, Quinn sentiu que ele tinha sido interrompido no meio de uma frase que ia explicar uma incógnita que o tinha obcecado desde que ele decidira se tornar escritor. Ele já não via Hemingway havia quatro anos e sua morte foi um choque que durou dias. A chave para o desconhecido estava agora perdida para sempre. Hemingway sabia onde ela estava. Ele tinha ido lá, segurou-a em suas mãos e voltou para escrever e provar que a tinha encontrado. Se Quinn pudesse encontrar aquele lugar, talvez fosse capaz de descobrir como escrever o que tinha de ser escrito; mas ainda não estava nem um pouco perto de lá, e com Hemingway ausente a solução parecia muito distante.

Espere um minuto... apenas Hemingway tinha a chave?

Outros a possuíam, mas eu o conhecia e podia falar com ele.

Ele não podia contar segredo algum. Tinha quatro livros saindo e não conseguia terminar nenhum. Ele estava se apagando. Você o conheceu tarde demais.

Ele ainda podia falar, mesmo que sua ambição estivesse ultrapassando o que restava do seu talento. Ele encontrou a resposta cedo e continuou nos dizendo o que era, mas nunca falou tudo. Era o princípio do iceberg: apenas a ponta revelada, o resto preso na garganta.

Na rua do arco romanesco um sedã Chevrolet novo desacelerou, os pássaros madrugadores de Cooney, e um guarda uniformizado sentava-se atrás do volante de outro carro. Juan saiu, falou com o guarda e apertou sua mão, então entrou no carro de Cooney e falou com o motorista. O guarda abriu o portão para os dois veículos e Juan entrou de volta no carro e rumou para a seção sul do cemitério, um campo aberto de grama aparada. Os seis participantes saíram dos carros. Hemingway vestia uma *guayabera* branca, calças pretas e sapatos sociais. Era uma ocasião especial para ele. Na luz da manhã Quinn viu uma animação em seu rosto parecida com a que notara quando Cooney cantou sobre farpas de madeira.

— Onde está o médico? — Quinn perguntou a ele.

— Nós não precisamos de um médico.

— Tem que ter um médico.

— Está tudo bem — disse Hemingway.

Cooney vestia um pequeno chapéu, um panamá modificado, de aba cortada, que ele usava para cobrir as bandagens em volta da cabeça. Seu lábio inferior estremeceu um pouco, e por que não? Seus amigos musculosos vestiam camisetas havaianas laranja-claras e seguravam armas, uma em cada mão. Não eram feios ou grotescos, mas seus cortes de cabelo prenunciavam encrenca. Cooney vestia um casaco esporte de anarruga, o qual tirou e arremessou espalhafatosamente no chão ao sair do carro. Ele caminhou na direção de Hemingway com o firme propósito que levara àquele momento, aquele confronto de um arruaceiro de meia-tigela de Baltimore com o maior escritor do século, e eis a América resumida, exceto que aqui é Cuba. Mas Cooney sabia que o tempo, Deus, o fervor e a busca pela felicidade estavam do seu lado. Ele enfrentava o sorriso de um homem de dimensão desconhecida. Seu novo conhecimento de Hemingway não podia realmente abarcar o que o escritor representava na história americana, no cânone literário ou mesmo na alta sociedade, e ele não tinha o que resultaria dali: um fiasco, um desastre, uma tragédia, uma farsa, uma fantasia, um sonho, um manifesto populista, a personificação da causalidade democrática? O que quer que fosse, certamente não era como nada que ele já tinha vivenciado, e ele estava dando o segundo passo na direção de Hemingway quando decidiu cuspir — para a esquerda — e Hemingway notou isso sem comentário. Cooney se perguntou se encontraria uma nova letra para uma canção que retratasse aquele instante — essa confrontação entre ninguém e alguém que não sabe que minha mira é excelente, eu posso desamarrar seus sapatos com um tiro a cem metros, filhão. Você não é ninguém até alguém atirar em você. Mas vamos em frente, Cooney, deixe de bobagem. Vá em frente e cuspa no olho dele. Não, não. Isso não vale. Ele apareceu. Esse aí tem cabelo na venta, aceitou vir aqui resolver isso comigo. Eu vou ficar bem. Tenho as melhores armas e ele também, pelo jeito, mas isso não importa. Vamos lá, xará, diz o que você veio dizer.

— Você me socou sem motivo — disse ele.

— Eu tinha um motivo — disse Hemingway.

— Qual era?

— Eu não me lembro.

— Isso não é motivo.

— Seja lá qual foi o motivo, não era muito bom. Talvez por isso eu não me lembre.

— Eu nunca fiz porra nenhuma contra você.

— É, não fez. Acho que alguma coisa em você, ou na música que você cantou, me irritou. Muita coisa no mundo me irrita.

— E você soca todas elas?

— Eu soco algumas.

— Algumas devem revidar, aposto.

— Você revidou.

— Você não sabe por que me deu um soco.

— Eu estava bravo. Eu não sei com o quê. Você foi o que apareceu pra eu extravasar a energia.

— Coisa de gente doida.

— Não é a primeira vez que eu escuto isso. Você pegou as armas? Eu tenho dois .38 que peguei na França. Você pode usar um. Teste, se quiser. Cada um está com uma bala na agulha. Mas meu padrinho tem mais balas.

— Eu não preciso de arma francesa nenhuma. Eu tenho um Smith and Wesson.

Ele gesticulou para os padrinhos e um dos homens se adiantou com um saco de papel e tirou a arma de Cooney, um .38 de seis balas e cano de quatro polegadas. O padrinho abriu a arma e colocou uma bala no tambor. Ele fechou a arma e a entregou para Cooney. Juan abriu a caixa de veludo verde com os .38 de Hemingway, cabo de madrepérola e cano de duas polegadas, e as ofereceu ao escritor, que pegou uma, confirmou que tinha uma única bala na agulha e mostrou-a para Cooney.

Quinn se interpôs entre os dois.

— Não precisam continuar. Vocês podem resolver isso conversando. Ninguém tem que levar tiro. O que causou isso já passou e vocês falaram a respeito. Sugiro que apertem as mãos e sigam a vida.

— Eu não vim aqui para apertar a mão de ninguém — disse Cooney.

— Muito bem dito — disse Hemingway. — Comece a contagem, senhor Quinn.

Hemingway voltou as costas a Cooney, que fez o mesmo.

— Muito bem — disse Quinn. — São dez passos, então vocês viram e se encaram. Só vale um tiro de cada um.

— Comece a contar — disse Hemingway.

— Um — disse Quinn, e os duelistas deram o primeiro passo. Hemingway se virou e jogou a pistola para Quinn.

— Dois — disse Quinn, agarrando a pistola. — Espere, você está sem arma.

— Três, eu não preciso — disse Hemingway, dando outro passo —, continue a contagem.

Quatro, e Cooney se virou para ver o que estava acontecendo, mas continuou avançando, a arma na mão direita, braço na vertical.

— Cinco — disse Hemingway.

— Ele está sem arma — disse o padrinho de Cooney. — É armação.

— Seis — disse Hemingway. — Não é.

— Sete — disse Quinn, procurando ver se a pistola tinha trava.

— Oito — disseram Quinn e Hemingway juntos.

— Nove — disse Quinn. — Dez.

Hemingway se virou para encarar Cooney e ficou com as mãos do lado do corpo, palmas abertas. Todo mundo tinha uma arma: Quinn segurava o .38 de Hemingway, Juan tinha o outro, o padrinho de Cooney e seu amigo tinham pistolas e Cooney tinha seu revólver. Só Hemingway estava desarmado.

— Atire — disse Hemingway.

— Atirar em um homem desarmado — disse Cooney.

— Eu tenho arma. Escolhi não usar.

— Então você não tem colhão pra atirar em mim.

— Eu tenho colhão. Eu prefiro não atirar.

— Não atire nele, Cooney — disse o padrinho. — É armação.

— Se eu atirar num homem desarmado, é assassinato — disse Cooney.

— Talvez você erre — disse Hemingway.

Conney pensou naquilo. Ele levantou o braço e apontou a pistola para um vaso de metal com uma flor de metal no topo de uma sepultura a quarenta metros de distância. Ele atirou e o vaso saltou pelos ares.

— Muito bem — disse Hemingway.

— Tudo bem, houve um disparo, acabou — disse Quinn.

Ele se interpôs entre Cooney e Hemingway e deu a pistola para Juan, que ofegava e mantinha o outro revólver seguro na mão enquanto recebia a outra arma.

Cooney falou com seus padrinhos e entregou a arma. Eles todos estavam de olho em Juan. Cooney pegou o casaco esporte e o vestiu.

— Então você está satisfeito com o desafio — Quinn disse para Cooney.

— É isso que você acha que foi? Eu não acho. Ele trapaceou.

— Você podia ter atirado nele. Você teve sua chance. Ele disse para você atirar. O que mais você quer?

— Ele é esperto.

— É, sim.

— Foda-se, senhor Hemingway.

— Igualmente, senhor Cooney — disse Hemingway.

Então eles se dirigiram para fora do cemitério, passando pela ampulheta alada.

Quando Quinn saiu do elevador no primeiro andar do *Times Union* para ir ao show de Cody, Renata e Max estavam em seus pensamentos. Eles vão estar lá, mas ela poderia estar em qualquer lugar. Ela vai para onde quer e encontra o caminho de volta pra casa, estranhamente, e eu nunca paro de me perguntar por quê. Mas estou lá quando ela volta, e nunca paro de me perguntar por quê. Max é o seu conforto esta noite, o velho *cunãdo* e salvador. O fugitivo blasé vem a Albany para ver o velho companheiro de escola, o prefeito, que anda comendo sua filha, e também para cortejar a ex-cunhada, que ele já comeu, sim, mas ela insistiu que foi só uma vez. Mas não dá pra acreditar nela. Mas mesmo que tenha sido verdade, essa única vez foi suficiente para trazê-lo aqui para repetir o prato, empresário do tráfico em fuga, uma nova opção de carreira pra ele: Max, o fugitivo, se é isso que ele é. Eu devia ter perguntado na Flórida a respeito dele. E ligar para alguém do *Herald*.

Ele chamou o elevador, voltou ao terceiro andar e foi até sua mesa. Ele ligou para a editoria de cidades do *Herald*, se identificou para o editor noturno e perguntou por três velhos amigos que não estavam lá. E quanto a Charlie Sawyer? Sim, Charlie, um amigo de bebedeira de Quinn de antes do período em Cuba, estava lá. E de fato, Charlie sabia tudo sobre Alfie. Quinn disse: Eu conheci Alfie em Cuba e quando ouvi falar dele, pensei que podia escrever uma matéria a respeito. Agora eu queria uma atualização. Charlie disse que ia buscar as notícias e Quinn aguardou na linha, e então Charlie leu para Quinn a matéria do *Herald* sobre a tal batida. E ali estava Max, um agente importante que tomara uma decisão de carreira fatídica sobre o showbiz e acabara derrubando Alfie.

Um mensageiro de carga de um grande importador de droga, que estava tentando fazer um acordo, entregou Max de bandeja ao promotor, pois tinha visto ele em *Up Against* duas semanas antes e se lembrou dele das reuniões do Drake Hotel em Chicago, e no Plaza em Nova York. O mensageiro chegava, ligava para o número de Max e Max aparecia com dinheiro — dezessete milhões entregues ao longo de quatro meses em doze parcelas, como pagamento das cerca de treze toneladas de droga que os chefes dele tinham vendido a Alfie Rivero para serem entregues em Miami. Assim, Max carregava mais de um milhão em cada mala que entregava ao mensageiro. Eles falavam de outras coisas além de drogas e dinheiro, escutavam o harpista de Palm Court, bebiam rum porto-riquenho escuro, que Max dizia ser o mais próximo do rum cubano, que é o melhor, mas não dá pra comprar neste país imbecil. Max confessou que queria ser ator desde o colegial, ele conhecia alguns astros de cinema, Bing Crosby, e estava tentando, ainda sem sucesso, convencer Bing a permitir que ele criasse um documentário sobre a sua vida. Então, na semana passada, disse o mensageiro, eu vou ao cinema e lá está Max na telona interpretando um detetive de Chicago, foi quando eu descobri seu nome. Não foi difícil rastreá-lo: um apartamento em Miami Beach, perto de Alfie Rivero, um traficante peso-pesado que os federais já vinham tentando prender há um ano. Eles invadiram o apartamento e o *loft* de Alfie, encontraram um pouco de droga, e também invadiram a casa dele na cidade, em Brooklyn Heights. Alfie vivia bem. Obras de arte nas paredes e ternos de alfaiataria no armário. Mas os federais não o encontraram. Charlie disse: Soubemos que ele obteve asilo em Havana e estamos verificando isso.

— Por que você participou desse filme? — perguntou Renata a Max.

— Por que não? O que tenho a esconder?

— Que você é traficante de drogas.

— Isso nunca. Isso foi uma oportunidade financeira, foi um pagamento muito bom pra transferir algum dinheiro. Eu me preocupava em ser roubado, não em ser preso. Alfie gostava do meu acesso exclusivo a boates de Washington, Nova York e Miami, onde ele podia fazer negócio com diplomatas e encontrar os clientes da Sutton Place e Park Avenue. Ninguém na folha de pagamento dele tinha minhas credenciais. E sempre era possível explicar o dinheiro. Alfie paga os impostos de jogo e investe pesado em imóveis.

— A polícia jamais acreditaria nisso.

— Ele já faz isso há anos e eles nunca foram atrás dele até agora.

— Então Alfie não é um traficante de drogas e você é um fugitivo inocente, e aí você passa a tarde inteira em um bar.

— Me escondendo à vista de todos.

— No que ele apostava? — perguntou Gloria.

— Em maconha.

Estavam no Dodge Coronet que Renata alugara para Max em nome dela, com dinheiro dele. Ela dirigira seu carro até o lote da Avis no aeroporto de Albany, com Gloria no banco de trás, colocou a mala de Max no porta-malas do Coronet e deixou seu carro no estacionamento público. Então foram para o show, que Gloria não tinha querido ver até Renata convencê-la de que Roy poderia estar lá e ela poderia falar com ele.

Renata ainda não sabia se Max podia entrar em Cuba, mas ela começara a rota tortuosa de ligações que talvez chegassem aos ouvidos de Moncho em Havana. A questão era, será que o sr. X. consegue entrar em Cuba, e em caso positivo, como? As fontes dela achavam mais provável um voo pela Cuban Airlines de Gander, Newfoundland, para Havana. Todos os voos cubanos para e da Europa eram reabastecidos em Gander, e seria fácil fazer a reserva depois que Max obtivesse autorização. O problema seguinte seria entrar no Canadá sem confrontar a alfândega dos Estados Unidos. Não dá para atravessar de carro ou avião, mas a fronteira é permeável. Dá para passar a pé, e muitos fazem isso — há uma migração de pacifistas e fugitivos da convocação do Exército querendo evitar ir pra guerra. Max precisava de um carro para chegar perto da fronteira e por isso tinham obtido o Coronet. Depois ele precisava de contatos para ajudá-lo a deixar o carro e levá-lo até o Canadá onde ele encontraria um motorista e um carro novo, e tudo aquilo estava em andamento. Dinheiro não era problema. Tudo dependia de Moncho convencer Fidel de que Max era um visitante digno.

O que Max levaria para a revolução? Primeiro, muito dinheiro. E também a cobertura frequente e favorável das vitórias em batalha de Fidel, que Max autorizara como editor do *Post*, apesar da pressão que Batista exercera para que Fidel fosse ignorado. Também haveria a revelação do histórico de Max como homem da CIA em Cuba e Miami, mas será que Fidel acreditaria naquilo? Ele confiaria no dinheiro. Max também é compatriota de Alfie, um dos maiores fornecedores de armas de Fidel, e ele é amigo da grande Renata, e de Moncho, que é próximo do Comandante. À parte o dinheiro, Max, isso não é muita coisa. Mas Renata está trabalhando nisso ainda assim, e negociar sua entrada no Canadá já é um passo gigante para qualquer fugitivo.

O cheiro do interior do Coronet novo fez Renata se lembrar do carro da polícia onde a colocaram quando a tiraram do hotel Casa Granda, levando-a de avião até a pista de decolagem do Campo Columbia em Havana e jogando-a no banco traseiro de outra viatura. O policial que a vigiava manteve o cano de uma Thompson encostado ao seu pescoço, e agora, no Coronet, ela quase conseguia sentir o cheiro de óleo da arma outra vez. Ela conhece a Thompson, sabe desmontar uma, limpá-la, como disparar, e ela também sabe que a arma cabe direitinho debaixo do banco dianteiro de um carro. Ela aprendeu isso quando levava Diego de carro: duas Thompsons entre eles no banco e ele disse: Esconde a arma, e passou uma para debaixo do próprio banco. Ela fez o mesmo quando dois policiais se aproximaram deles, talvez para ajudar, pois o carro tinha enguiçado e não ligava, não ligava, não ligava. Ou estavam indo revistar o carro, sabe-se lá por quê? Então o carro deu partida, e ela acenou para eles sorrindo, obrigada, não precisa, e se afastou do desastre, talvez da morte. Se o policial tivesse revistado o carro e encontrado as armas no porta-malas, ou as armas sob os bancos, Diego teria atirado neles — as duas Thompsons estavam carregadas — e Renata, Deus tenha piedade, teria feito o mesmo.

Ela ainda não fazia parte do Directorio, era apenas uma amiga ardente dos rebeldes, de um em particular. E tal amizade implica que você ajudará seu amigo incondicionalmente. Também implica que uma aliança tão premente transformará você em uma matadora de policiais, Renata, o que sugere que você perdeu o juízo. Mas ela deu de ombros, atribuindo aquilo ao amor e à sua paixão por justiça.

Ao chegarem no DeWitt Clinton, Renata, Max e Gloria sentaram-se com Matt e seu pai, Martin, ele parece tão velho, e George e sua nova namorada, *gordita pero* formosa, e bem estilosa também. George parece feliz como nunca, o pobre coitado fica faminto por afeto, morando conosco. O lugar estava quase cheio, centenas e centenas de fãs sorrindo enquanto Cody tocava, alguns ainda comendo, ninguém dançando ainda, e Cody com um grande sorriso e tocando e cantando a canção que escrevera, "Home in the Clouds".* Sim, ele está magro, mas parece bem, ainda está bonito. Quinn não estava ali, mas logo chegaria, disse Matt. Ele está no jornal, escrevendo as notícias bombásticas de amanhã. E Matt forneceu um resumo da odisseia pela qual tinham passado com o complô do atentado, a briga no Four Spot, a confusão, Quinn conseguindo que Tremont se rendesse e entregasse a AR-15.

— Roy Mason também está sob custódia — disse Matt. — Eles podem indiciá-lo por ter incitado uma confusão e por dizer a um grupo de jovens negros em frente ao Four Spot que eles deviam ter armas e que ele podia conseguir algumas pra eles. Mas são acusações falsas, eles só queriam prendê-lo. A fiança pode ficar entre vinte e cinco e cinquenta mil, e ele não tem esse dinheiro.

— Onde ele está? — perguntou Gloria.

— No segundo distrito, preso. Talvez eles reúnam a Corte policial lá hoje à noite. Estão com quarenta presos lá. Se Roy não pagar a fiança, vão mandá-lo para a cadeia do condado.

* "Lar nas nuvens." (N. T.)

— Eu posso vê-lo? — perguntou Gloria.

— Duvido muito — disse Matt.

— Vamos juntar o dinheiro da fiança dele — disse Gloria. — Será que dá pra fazermos isso, tia Rê? Só é preciso dez por cento da fiança. Eu já fiz isso por algumas pessoas.

— Pode dar uns cinco mil dólares — disse Renata.

— Eu tenho algum dinheiro e posso pegar um pouco emprestado com algumas pessoas — disse Gloria. — Vou ver quanto é. A delegacia fica no fim do quarteirão. Eu conheço alguns detetives.

— Não quero você saindo sozinha — disse Renata.

— Eu vou ficar bem.

— Claro que vai.

— Eu vou.

— Não é bom ficar na rua sozinha, especialmente hoje à noite.

— Eu não posso suportar a ideia de terem prendido ele de novo.

— Vamos lá ver de quanto é a fiança.

— Eu posso fazer isso — disse Max, e se levantou da mesa.

— Eu vou com você — disse Gloria.

Antes de saírem, Renata sussurrou para Max:

— Acho que ela está mesmo caída por esse jovem. Você consideraria pagar a fiança?

— Como um favor pra você?

— Sim.

— Uma boa ação merece outra em troca, e aquela foi uma boa ação com você.

— Sim, foi sim. Mas talvez eu fique um bom tempo sem te ver, e você sempre me ajuda. Você é um homem generoso.

— Minha generosidade está apenas começando. Eu vou pagar a fiança dele.

— Obrigado, Max, querido.

— Você também está caída por esse garoto?

— Não, mas eu já gostei do pai dele.

— Eu me lembro — disse Max.

Quando o policial que a escoltava a empurrou para fora do carro, ela quase caiu, e então percebeu que eles iriam machucá-la de verdade. Você é covarde, Renata, mas não deve deixar que percebam. O que segurava a Thompson enfiou o cano da arma em suas costas para apressá-la enquanto rumavam para a margem gramada do El Laguito no bairro do Country Club. Foi onde encontraram Pelayo Cuervo Navarro depois do ataque ao Palacio com o qual ele nada tinha a ver. Mas ele era um antigo inimigo de Batista e eles meteram-lhe três balas nas costas, cinco no peito, e o desovaram ali às margens do lago.

Outro carro parou atrás deles e um homem de branco saiu e se aproximou de Renata, que ia em direção ao lago. Era o infame Pedro Robles Montoya, o chefe de inteligência naval de Batista, um homenzinho rechonchudo cujo corpo estufava a *guayabera* branca, a calça branca, os sapatos brancos. O guarda a pôs de joelhos, depois de bruços, e a arrastou para o lago. Ele arrancou os botões da blusa de Renata ao segurá-la com força, e a saia dela subiu até o colo. Ela estava exposta com o rosto a centímetros da água. O guarda agarrou seu longo cabelo escuro na mão fechada, deu uma volta e então empurrou a cabeça dela dentro d'água, mantendo-a assim por quarenta, sessenta segundos, e então a puxou.

— Quem organizou o ataque ao presidente? — perguntou Robles.

Ela não falou. Cuspia água fingindo estar sem fôlego. Era uma excelente nadadora e conseguia prender a respiração por até cinco minutos embaixo d'água.

— Não sei de nada — disse ela, finalmente. — Eu sou uma guia de museu, sou estudante, não sei nada sobre o ataque ao Palácio.

— Você está no Directorio.

— Não.

— Quem planejou o ataque?

— Eu não conheço ninguém deles.

— Seu amante, Diego San Román, morreu no ataque.

— Eu mal o conhecia. Eu o vi no museu e nós falamos de arte. Foi só isso, só falamos de arte.

Robles acenou e o guarda empurrou a cabeça de Renata para debaixo d'água, puxou-a de volta, empurrou-a novamente, puxou mais uma vez, mais uma vez para debaixo d'água, atrapalhando sua concentração e respiração. Ele a reteve embaixo d'água por mais de um minuto, virando seu rosto para que ela visse o céu. Ela voltou arquejando de verdade, eles vão me matar. Não seja covarde, você é uma nadadora, sabe como se comportar em caso de afogamento.

— Nós encontramos armas debaixo da sua cama, uma Luger, um .38 automático, panfletos políticos do Directorio, os comunistas, os socialistas, o Vinte e Seis de Julho... a qual desses você pertence?

— Isso foi pra pesquisa, era uma monografia que eu estava escrevendo quando o presidente fechou a universidade.

— As armas eram pra pesquisa?

— Eram do meu primo. Ele vivia conosco e me deu as armas quando morreu. Elas já estão na minha família desde o tempo de Machado.

— Onde estão os sobreviventes do ataque?

— Eu não conheço nenhum deles. Não sei de nada.

— Vamos pro Burô — disse Robles.

O Burô era a central da unidade de inteligência da força policial cubana, uma estrutura parecida com um castelo na rua 23, perto da ponte sobre o rio Almendares. Robles e os dois guardas foram com ela, passando pelo píer do Burô, no rio, onde uma pequena lancha a motor estava atracada.

— Você é uma jovem bonita — disse Robles —, e a beleza às vezes protege quem a possui. Mas hoje não. E você é uma jovem privilegiada, mas o privilégio não significa nada aqui, não hoje. Ninguém com dinheiro ou poder ou influência pode tirar você das minhas mãos. Você vai me contar o que eu quero saber ou você sentirá dor. Nós vamos penetrar você, humilhar você, arruinaremos suas belezas. — Ele apontou para a lancha. — E se você não falar, nós vamos te levar naquele barco, vamos cortar você, e quando estiver sangrando, vamos jogar você pros tubarões.

Já no castelo, fizeram-na subir longas escadas. Chegaram por fim a uma sala sem janelas com paredes de concreto ásperas, uma mesa e algumas cadeiras. Os dois guardas postavam-se atrás de Robles.

— Quem comanda o Directorio?

— Eu não sei nada sobre isso.

— Você está mentindo.

Ele socou seu estômago, estapeou seu rosto com as costas da mão. Ela não caiu. Renata, a mártir, tem o poder de morrer pela revolução ou de viver, falando com um fascista gordo. São só alguns nomes, não tem problema mencionar os mortos.

— Nós sabemos tudo sobre a sua família, seu trabalho, seus casos, sua proximidade com os rebeldes.

— Eu não me interesso por política — disse Renata, gemendo e cobrindo os seios com os braços. Ele a empurrou contra a parede de concreto, machucando suas costas e o braço. Ela sentiu que sangrava. Ele a pôs sentada em uma cadeira e os guardas a seguraram pela cabeça e pelos braços. Ele pegou uma capanga de couro com ferramentas de uma gaveta e a abriu. Pegou uma pequena haste de metal pontuda com cabo de madeira e encostou a ponta na orelha esquerda dela.

— Onde estão se escondendo?

— Eu não conheço nenhum deles — gritou ela.

Ele empurrou mais a haste para dentro do ouvido de Renata, tocando seu tímpano.

— Quem financiou o ataque?

— Eu não sei de nada.

Ele enfiou a haste, rompendo o tímpano, e ela gritou até perder a voz. Ele mudou para o ouvido direito e inseriu a haste. Ela gritou, mas o som diminuía.

— Quem sobrou vivo para chefiar a organização?

Ela abriu a boca, mas produziu um som muito fraco e sacudiu a cabeça. Ele perfurou seu tímpano direito e Renata desabou nos braços dos guardas, desacordada. Ela fechou os olhos e chorou sua dor. Os guardas a puseram de pé e Robles rasgou sua blusa no ombro esquerdo, revelando o colar que Narciso lhe dera — os instrumentos e as armas de Xangô.

— Qual sua religião?

— Católica. — Não era nem sequer um sussurro.

— Então por que você usa o colar de Xangô?

— Um presente.

— É santeria. Você disse que era católica.

Ela rastejava de costas, indo até Babalu Aye, na direção da igreja, arrastando metade de um bloco de concreto amarrado ao tornozelo com corda; estava coberta com uma camisa, mas suas costas já sangravam, e Babalu Aye estava muito longe.

Sangue escorria de seus ouvidos. Robles agarrou sua saia pela cintura e puxou, fazendo-a girar, rasgando a saia e arremessando-a contra outra parede. Ela bateu no concreto com o lado da cabeça, e a dor a entontecia. Ela caiu com a saia nos tornozelos. Um dos guardas a chutou nas costelas, então passou por cima dela e a chutou do outro lado.

Ela se flagelava com um látego enquanto ia em direção à igreja de San Lázaro com a multidão. Suas costas, sua coxa, suas nádegas sangravam com as chicotadas. Babalu Aye! Irmão de Xangô! Babalu Aye!

Robles terminou de arrancar a saia de Renata, agarrou sua calcinha e tentou rasgá-la, sem sucesso. Ele a puxou pelas pernas dela. Os guardas a ergueram e a sustiveram contra a parede. Robles despejou água de uma jarra em um copo e o levou aos lábios dela. Ela engoliu, renovando o sangue em sua boca. Agora estava nua, o sutiã para o lado. Robles pôs a mão entre suas pernas. Ela encarou seu rosto. Sangue saía pelo nariz, da cabeça, ouvidos, braços, joelho, nádegas. Ela ganhará cicatrizes, será uma mulher marcada — ela ganhará status. Do chão ela vira, sob a *guayabera* de Robles, a pistola no coldre e um cinto de contas de Ogum, irmão e às vezes inimigo de Xangô.

— Ogum — disse ela a Robles em uma voz arranhada que saía, suave, bem suavemente, de uma garganta quebrada. — Você é filho de Ogum.

As palavras o detiveram. Roble afastou as mãos, seu rosto a centímetros do dela. Ela cantou com lábios rachados:

Ogum senhor do ferro que mora na faca,
Ogum deus da guerra que dizimou a aldeia,
Ogum magarefe pária que come cachorro.

— Você enfiou o ferro de Ogum em mim — sussurrou ela. — Você está me matando. Mas Xangô não vai deixar você fazer isso. Você morrerá antes de mim. Meu babalaô me disse quando me deu este colar: Mostre ao seu inimigo e se ele lhe fizer mal, diga que Xangô vai lhe conceder uma morte longa e violenta.

Robles acenou para que os guardas se afastassem e fez o mesmo de costas. Apoiada à parede ela meneava a cabeça, movendo-se em ritmo lento, o início de uma dança. Ela queria dançar como Floreal dançara no seu casamento, mas a dor por todo o corpo não permitia. Aquela era sua lua de mel, sem Quinn — em seu lugar o açougueiro. Ela apenas meneou a cabeça, usando a cadência de Floreal, e cantou:

Xangô que sopra fogo no inimigo
Xangô dono da música
Das pedras salta o raio e queima a floresta.

Ela sentia as chagas de Babalu Aye vazando. Lembrou-se do padre Pio canalizando o estigma no corpo. Robles não se mexeu, ficou com o braço dependurado apontando a pistola para o chão. Ela viu o medo crescendo em seu olhar. Ele acreditava. Ela deu um pequeno passo em direção a ele. Depois outro. Então, com uma força na mão direita que ela não sabia ter, Renata enfiou a mão sob a camisa dele, agarrou o cinto de Ogum e o puxou. Robles afastou-se do seu toque e o cinto partido ficou na mão dela, com as contas negras e verdes rolando pelo chão.

— Ogum é inútil — disse ela. — Ogum está no chão.

Ela deixou cair o cinto e mais contas se espalharam.

— Ogum tem a espada de ferro, mas Xangô tem o raio. Você consegue ganhar do raio com uma espada?

— Você é diabólica — disse Robles. Ela leu seus lábios. Não podia ouvi-lo.

— Você está se reconhecendo — disse ela.

Ele a estuprara, a noiva não consumada, mas ela o seduzira. Ele a estava matando, mas ela o conduzira à sua vagina com rezas, ali onde Xangô habita frequentemente, onde tem estado à espera desde o casamento.

E ali o raio de Xangô queimara a vontade do invasor, silenciando sua alma.

— Robles — disse ela —, você não vai mais me matar.

A música fluía suave quando Quinn entrou no salão. As pessoas batiam o ritmo e dançavam no mesmo compasso. Quinn contou pelo menos quinhentas pessoas, vinte a cabeça são dez mil, cinquenta por cento pra casa, então cinco barões para Cody, ótimo, um grupo de meia-idade, talvez um terço deles negros, alguns em smokings e vestidos de gala, deixando o lugar mais classudo para Cody. Cody usava smoking, cravo branco na lapela, tocando tão bem com o apoio do baixo e da bateria, tocando "Poor Butterfly" acelerado mas não muito louco, já não consegue fazer os mesmos breques em tempo dobrado, é um sacrifício pros pulmões. Mas a batida está lá e por que o resto do mundo não reconheceu a originalidade do estilo desse homem assim como Albany fez? Certamente não foi por seus dedos, ele dizia que dá pra se virar com oito, mas com dez é que fica legal, e ele sempre tivera dez dedos, algumas noites até doze. Então o que ele fez de errado? Perdeu o metrô e não apareceu a tempo para a sessão de gravação com John Hammond, o produtor, teria sido isso mesmo? Um fracassado nato? Não aguenta a prosperidade? Não acredita que um dia vai acertar a sorte grande? Ele murmura, zum-zum-za-zum, aqueles pulmões não decepcionam e ele parece muito bem, mais magro, é assim mesmo, todo grisalho e reto feito um milico como se tivesse tomado lições de postura em West Point, e o mesmo bigode estreito, os mesmos fiapos no queixo, sempre a mesma carranca para a música que ele toca, sempre o pior crítico de si mesmo.

Quinn viu Renata sentada entre Max e Martin Daugherty, Vivian com George, Matt não estava lá, nem Gloria. Quinn inalou feito um pombo, estufou o peito, marido irritado. Ela trepou com Max, com certeza. Ela sabe agradecer a um sujeito. Ela parece tão linda, tão deslumbrante, não posso culpar Max pelo desejo que sente. Agora ela dirá a Quinn que não significou nada. Quando ele a encontrou em Miami depois de ela ter desaparecido da casa dos Holtz, ela pediu desculpas por trepar com Max, mas o que ela podia fazer? Ele salvara a vida dela. Ela e Quinn ainda estavam no estágio da lua de mel, duas semanas depois do casamento, que nunca fora consumado porque Fidel dera o golpe. "Eu amei nosso casamento, Daniel, e nossa dança com Xangô e Oxum, e depois Xangô me salvando de Robles. Eu ainda sou sua noiva virgem e Max não significa nada, ele me ajudou, mas eu nunca vou me aproximar dele de novo." Quinn então tornou-se o quarto na fila para receber o prêmio, depois de Xangô, Robles e Max. Uma nova forma de virgindade: eu posso lhe oferecer no atacado.

— Martin — disse Quinn ao se sentar à mesa —, por onde você tem andado, o que o traz à cidade violenta?

— Eu fiquei entediado na cidade do leito de morte — disse Martin. — É bom ir para a cova sendo confortado, mas não estou pronto.

— Fico feliz de saber. E cadê aquele seu filho?

— Está na delegacia reclamando dos métodos dos policiais, é só isso o que ele faz. Eu soube que vocês dois tiveram um dia cheio.

— Nós sabemos nos divertir — disse Quinn. — Você conhece Cody?

— Eu me lembro de quando ele tocou no Big Jimmy, há muito tempo. Muito talento. Eu não o acompanhei. Fui em outras direções. Mas aquele era um jazz muito bom.

— Eu era criança. Mas eu o ouvi. Nunca o esqueci.

— Como vai a vida no jornal?

— Eles me deram uma pernada hoje à noite. Eu tinha uma história ótima, um boato sobre atentado ao prefeito que não passa de uma tentativa de manchar o nome dos Brothers, e Roy em particular, e eles não vão publicar.

— Eu não conheço Roy — disse Martin.

— Ele vai vir. Papai, o senhor está bem?

— Tão bem quanto dá pra ser elogiado, considerando as circunstâncias.

— Bom. Vivian, eu quero saber como foi a noite de vocês.

— Foi emocionante — respondeu Vivian. — Seu pai está bem.

— Dá pra ver. Obrigado por ficar com ele nesse dia difícil.

— Não foi difícil. Ele se cortou um pouco, foi só isso. Nós nos divertimos muito. E ainda não acabou, não é?

— Não que eu tenha notado. Onde está Gloria? — perguntou ele a Renata.

— Ela está com Matt buscando a fiança de Roy.

— Fiança de Roy? Eles não deram fiança.

— Alguém ligou para Cody e disse que ia ter.

— Eu pedi a Jake Hess que representasse Roy e Tremont. Ele deve ter conseguido convencê-los.

— Então você fez uma coisa boa — disse Renata. — E Max disse que vai pagar a fiança de Roy.

— Ah, Max — disse Quinn, olhando para ele pela primeira vez —, que generoso.

— Eu gosto do garoto — disse Max.

— Como foi sua entrevista com Alex? — perguntou Renata.

— Previsível, mas algumas coisas se esclareceram.

— Você falou com ele sobre Gloria?

— Não. Eu não queria escutar ele mentindo sobre algo tão importante.

Quinn mal continha o impulso de se erguer e fazer um dicurso sobre a noite em que cancelaram sua matéria sobre Tremont. Seu editor declarara peremptoriamente a matéria impublicável, e o prefeito, que orquestrara a história, afirmou que nada tinha acontecido. Tremont, o assassino, e Zuki, o mentor, não existiam. Estranho como os paxás se invertem, Tremont livre, Roy tendo a fiança paga, e Renata libertada de sua cela de tortura (com intervenção divina).

Quinn ficou ouvindo enquanto Renata lhe informava da situação com Max: ele agora esperava autorização para entrar em Cuba, e ao consegui-la ele partirá para Gander, no Canadá. É complicado, mas está sendo arranjado. A fantástica Renata, que nunca perdeu o gosto ou o talento para a intriga.

Quinn se inclinou para Max e sussurrou:

— Talvez Alfie esteja em Cuba.

— Eles o deixaram entrar? — perguntou Max.

— Esse é o boato em Miami. O que isso tem a ver com você ir pra lá?

— Eu vou ter que perguntar ao babalaô de Renata.

Quando Robles terminou de torturar Renata, ele lhe perguntou o que ela queria. Eu quero minha mãe, ela disse. Se deixarem minha mãe vir ao Burô, eles não vão me matar porque ela é uma mulher de posses, de status, com influência. Robles disse que influência não importa aqui, mas importa. Robles ordenou que os guardas lavassem o sangue de Renata de seu corpo, do rosto, ouvidos, cabelos. Ele tirou uma camisa de policial do armário e entregou a ela. Quase cabia nela, mas era pequena, não havia ninguém do seu tamanho na força policial. Puseram gelo em seu rosto onde ela tinha se machucado e cortado para reduzir o inchaço, pentearam seu cabelo e a deixaram em um quarto com um estrado onde ela repousou até a manhã seguinte. Ela teve medo de que a matassem durante a noite. Uma mulher apareceu, examinou-a e pingou gotas em seus ouvidos, deu-lhe água e comprimidos e disse: tome três para a dor. Renata não conseguia ouvir sua voz. Ela aceitou os comprimidos, mas os manteve na mão. Diego lhe dissera que comprimidos podiam ser veneno. Ela disse à mulher que não sentia dor.

Robles fez o que Xangô ordenara. Ele mandou que fechassem a cela de Renata, ficou com a chave e passou a noite em uma sala perto do quarto de tortura. Ao nascer do sol lhe trouxeram o café e mais gelo, e às nove a mãe de Renata pôde vê-la no escritório e levá-la para casa nos braços. Robles fazia mesuras submissas para Celia, que agradeceu ao coronel Robles sua bondade e levou Renata até o carro.

Diego avisara-lhe que policiais são mentirosos, então não confie em nada do que disserem ou fizerem. No carro sua mãe dizia que o pai havia comprado passagem para ela, para Nova York, ela ficaria com a prima e teria todo o dinheiro de que precisasse. Estaria fora da ilha na manhã seguinte. Mas Renata tinha outros planos. Ela disse à mãe que usasse suas conexões para levá-la até a embaixada haitiana onde ela poderia obter asilo, e também às embaixadas brasileira e equatoriana, pois seu pai conhecia os militares brasileiros e o embaixador equatoriano estava apaixonado por ela. Assim ela teria três locais seguros para onde ir. Sua mãe insistiu que Nova York era mais segura e Renata disse que sim, mas eu jamais irei pra lá, faça o que peço, mamãe, ou vão me matar, o resto da polícia não tem medo de mim como Robles. Eles logo virão atrás de mim.

Quando chegaram em casa a mãe preparou um banho para ela e examinou as feridas e espalhou anti-inflamatório nelas e chorou quando viu o que o diabo fizera com os ouvidos da filha. Ele a deixara surda. Ela disse que chamaria um médico, mas Renata insistiu que ligasse para todas as pessoas influentes que conhecesse para ajudá-la a entrar em uma das embaixadas. Ela foi para seu quarto e empacotou cinco tipos de remédio, o passaporte, duas blusas, duas saias, a maquiagem e miudezas em uma mala pequena, desceu as escadas pé ante pé e ouviu o pai falando ao telefone sobre a embaixada brasileira.

Ela saiu pelas portas francesas e foi até o jardim, passando pela buganvília e chegando por fim ao ponto de ônibus na Quinta Avenida, tentando não parecer consigo mesma, e esperou seis meses pelo ônibus. Então ela subiu os dois degraus sentindo muita dor nas costelas, sabe lá Deus quantas tinham se quebrado, e por que não a tinham incomodado assim subindo as escadas para o quarto? Ela cambaleou até a traseira do ônibus e cobriu o rosto e os cabelos com uma *mantilla* e ficou sentada sem olhar para a janela. Ela foi até a rua 22 e caminhou dois quarteirões até a embaixada haitiana, um prédio de dois andares no cruzamento da 22 com a Sétima Avenida, onde, ela soubera duas semanas antes, seis rebeldes dos Matanzas tinham encontrado asilo. Mas agora a esquina estava repleta de carros da polícia e policiais cercavam a embaixada, algo estava acontecendo e ela não ficaria ali para descobrir o que era. Ela voltou até Quinta Avenida e cada passo era uma adaga em seus flancos. Ela esperou pelo ônibus que a levaria até a embaixada brasileira, que ocupava suítes em um prédio de escritórios de nove andares na esquina da Infanta com a 23, no Malecón. Ela disse ao guarda que era a sobrinha do embaixador, mas na entrada da suíte da embaixada ela sentiu que não conseguiria dar mais nem um passo. A porta se abriu para ela e ela encarou um jovem que parecia um diplomata em treinamento. Ele lhe deu as boas-vindas e gesticulou para que ela entrasse. Ela tentou dar um passo e atravessar o umbral, mas não conseguia se mover. Ela deixou cair a bolsa e desabou nos braços do jovem.

Se tivesse ido à embaixada haitiana quarenta minutos antes, teria encontrado Carbó e Prieto, dois amigos que tinham tomado parte no ataque ao Palácio, e Javier do vigésimo sexto, um dos assassinos de Quesada em Montmartre. Dois aparelhos para onde talvez fossem estavam sendo vigiados, denunciados sob tortura por rebeldes capturados, e assim os três foram para onde os três revolucionários dos Matanzas tinham encontrado refúgio. Os três tinham quatro pistolas e se recusaram a entregá-las até que recebessem salvo-conduto. Estavam sentados em uma sala no primeiro andar enquanto os diplomatas haitianos debatiam o seu futuro. Em menos de uma hora a notícia da chegada deles chegara aos ouvidos de Rafael Salas Cañizares, chefe da Polícia Nacional Cubana, que reuniu imediatamente uma força-tarefa e alertou os fotógrafos que registravam suas prisões nas primeiras páginas que ele tinha encontrado os bandidos que provavelmente tinham matado Quesada.

Salas entrou com suas tropas na embaixada, peitando a convenção internacional que protege quem busca asilo político, matou os seis dos Matanzas e trocou tiros com os três rebeldes recém--chegados, que tombaram. Um policial se feriu. Salas, que podia ter sido dublê de Oliver Hardy, entrou na sala e postou-se sobre o trio tombado. Ventre e virilha estufados sob a calça debaixo do colete à prova de balas. Javier, morrendo caído de costas com uma visão privilegiada daquele ponto fraco, levantou um pouco a mão direita, que ainda segurava uma pistola, e com a derradeira faísca de energia disparou um último tiro no centro do massa balofa. O chefe de polícia se juntou aos caídos, penou dois dias no hospital e morreu.

Uma hora depois de Renata chegar à embaixada brasileira, a polícia cubana soube que ela encontrara asilo, mas a indignação internacional por causa da quebra de protocolo de Salas os impediu de tentar uma segunda invasão. Renata disse à sua alma que ela faria uma peregrinação a Babalu Aye para agradecer a ele e ao seu irmão por a terem protegido.

Quinn acabara de ter seu jantar de frango requentado servido quando viu Gloria abrindo caminho pelo salão do DeWitt para informar que a fiança de Roy era de cinco mil, realmente. Renata e Max deixaram a mesa com ela e caminharam para o saguão, onde Quinn imaginava estar Max, em um canto escuro, contando os cinco mil e entregando à filha para que libertasse um jovem cuja intimidade com ela a libertara para o quase suicídio.

De um telefone no saguão Renata ligou para seu contato em Nova Jersey, Cuca, que ela conhecia desde criança mas cujas inclinações políticas desconhecia. No entanto, ela trabalhara para Fidel em Havana até ser marcada, então fugiu para Miami onde levantou dinheiro para Fidel; e depois da revolução ela permaneceu na extensa família de espiões de Fidel. Cuca disse que o amigo sem nome de Renata já podia ir. Ele dirige até Plattsburgh e deixa o carro onde Alex pode pegá-lo. Ele encontra o motorista e eles seguem trinta quilômetros até as ruínas do Forte Montgomery em Rouses Point. Max vai para o norte cortando um pasto e um bosque ralo, menos de oitocentos metros, e ele está no Canadá. O motorista cruza a fronteira na 9-B que se torna a estrada 223 e encontra Max a norte da Alfândega. Eles dirigem dois dias até Gander e Max paga ao motorista mil dólares, depois vai de avião pra Havana.

— Eu não vou conseguir levar minha mala — disse Max.

— Não leve muita coisa, deixe aqui — disse Renata.

Max saiu com ela do saguão movimentado e foram até um corredor vazio.

— A mala está cheia de dinheiro — disse ele. — Foi loucura carregar tudo, mas quando eu soube que tinham dado uma batida no Alfie e que estavam procurando por mim, fugi em dez minutos. Seu contato pode estar me levando pela estrada, mas é o dinheiro que vai me fazer entrar em Cuba. Fidel não faz caridade.

— Se você der o dinheiro a Fidel, como vai viver?

— Eu fico com alguma coisa. Ele não vai querer um *americano* recebendo ajuda do governo por lá.

— Esse é o dinheiro de Alfie?

— Eu fiz por meio dele. Mas é meu.

— De quanto dinheiro estamos falando?

— Mais de novecentos mil. Eu não tive tempo de contar.

— Você carregou todo esse dinheiro de avião?

— Eu fretei um avião de Miami.

— Max, o que você fez pra conseguir esse dinheiro?

— Eu comprei maconha com meu dinheiro e vendi para alguns clientes de Alfie. Alfie não se importou. Ele lida com negócios multimilionários.

Renata sacudiu a cabeça. Quem acreditaria numa conversa dessas?

— Eu posso confiar nesse motorista? Ele não vai me roubar? — perguntou Max.

— Eu confio qualquer coisa ao meu contato.

— Eu não confio em ninguém quando se trata de dinheiro.

— Ela não sabe que você tem dinheiro. Enterre e faça um mapa.

— Eu conheço um traficante que enterrou três milhões e não se lembra mais onde. Não confie em ninguém, nem em você mesma. Suas ligações para o seu contato provavelmente estavam grampeadas.

— Nós usamos telefones públicos. Nós sabemos evitar os grampos.

— Eles grampeiam telefones públicos.

— Do jeito que nós falamos, ninguém vai entender. Guarde o dinheiro em uma caixa-forte.

— Isso é tão seguro quanto uma caixa postal. — Max a tocou no ombro. — Renata, preciso que você fique com esse dinheiro pra mim.

— Você não pode estar falando sério. Eu não posso fazer isso. Não posso.

— Pode, sim. Você sabe como proteger o dinheiro, onde esconder. Eu não tenho tempo, e é muito arriscado carregá-lo por aí. Acho que vim a Albany para deixar o dinheiro em suas mãos, e eu não sabia disso até este instante. Eu vou te pagar bem. Que tal cinquenta mil? Considere-o como seu neste instante. Quando eu precisar do resto, mando alguém vir buscar. Se alguém me matar, o dinheiro é todo seu, você vira milionária da noite pro dia. Eu adoro você, Renata. Eu não confio em ninguém, mas confio minha vida e minha fortuna a você, se você acha que um milhão é uma fortuna. Você será minha primeira beneficiária.

— E quanto a Gloria?

— Eu tomarei conta dela. Mas ela não precisa do meu dinheiro. Ela tem Esme.

— Você quer me transformar numa traficante.

— Ninguém vai ligar esse dinheiro a drogas.

— Se ligarem a você, vão sim. Como você vai explicar esse montante? *Esto es ridículo, Max, ridículo.*

— Isso é coisa de família. Sua irmã é rica e eu sou seu cunhado. Nós já passamos dinheiro de um para o outro há anos. Esme vai corroborar. No pior caso, você vai ter que pagar impostos. Mas mantenha o dinheiro escondido. Você é inteligente, meu amor, muito inteligente. Você consegue.

— Eu tenho que contar a Quinn.

— Eu confio em Quinn.

— Ele não confia em você.

— No que diz respeito a você, não ao dinheiro.

— Ele não vai me deixar fazer isso.

— Faça sem ele.

— Eu não poderia fazer isso sozinha. Eu não sou tão inteligente quanto você acha que sou.

— Então você não vai fazer?

Eles voltaram ao lobby e ela olhou para o salão de baile. Ela ouvia a música bem longe. Quinn vai ficar louco.

— Eu vou pedir a ele — disse Renata. Eu sou uma louca, não é? Sim. — Talvez a gente fique com o dinheiro até você chegar em Cuba, mas aí você manda alguém buscar, ou enterro tudo e mando o mapa pra você.

— Perfeito.

— Não tenho certeza de que Quinn vai achar perfeito.

Ela deixou Max no saguão e foi até o salão de bailes, sentando--se ao lado do marido para convencê-lo a se tornar um criminoso. Quinn ouviu a urgência em sua voz e foi com ela até o saguão, mas parou antes de se aproximar de Max.

— Você pode pegar dez anos por isso — disse ele.

— Vai salvar a vida dele. Nós ficamos com o dinheiro até ele chegar em Cuba, então ele manda alguém buscar. Cinquenta mil dólares.

— Dinheiro sujo. Dinheiro de merda.

— Mas é dinheiro. Muito dinheiro, de graça.

— Se eles o ligarem a você, você vai parecer a líder do bando. E eu também.

— Só precisamos esconder uma mala. Dá pra enterrar na floresta.

— Uma vez enterrei um tesouro quando era criança. Uma semana depois fui lá desenterrar e tinha sumido.

— Eu divido tudo, coloco em caixas diferentes em bancos diferentes.

— Tudo no seu nome?

— Então vamos esconder atrás de uma parede, vamos levantar uma parede nova.

— Eu não quero isso lá em casa.

— Você está dizendo não pra Max? Está dizendo não pra mim?

— Estou dizendo que é melhor ele encontrar outro testa de ferro para cuidar dessa grana. Isso é algo escroto que ele está fazendo com você. Conosco.

— Ele é um fugitivo. Você quer que ele vá pra cadeia? Você odeia Max tanto assim?

— Ajudar um fugitivo é outro crime.

— Então você está me proibindo de fazer isso?

Max foi na direção deles.

— Cadê a merda desse seu carro? — perguntou Quinn a ele.

— Ali fora. Bem perto.

— Eu amo você, Quinn — disse Renata.

Ela os levou até a State Street onde havia estacionado o Coronet.

— Você precisa pegar algo da mala? — Quinn perguntou a Max.

— Camisa, meias e o kit de barbear. Eu vou colocar na minha maleta.

— Quanto dinheiro tem na mala?

— Mais de novecentos mil.

— E se acabarem sendo seiscentos mil?

— Nós podemos contar. A maior parte está embalada e marcada.

— Vamos contar — disse Quinn. Mas onde? A cidade está repleta de policiais. Nem as ruas mais escuras estão seguras. Dentro de algum lugar. Quanto tempo leva para contar um milhão? Estou faminto. Quero ouvir Cody tocar.

— Vamos usar a casa de um amigo. Ele deve estar em casa e a rua dele é tranquila. Renata vai comigo, você nos segue e estaciona ao meu lado. Depois é só levar a mala para dentro.

Quinn sentiu um desprezo tépido por Max, o tarado, o diletante fugitivo e solitário, o homem em fuga, vítima dos seus apetites, preso a riquezas trabalhosas, perseguido como fora da lei por mostrar o rosto na telona.

— Fazer o filme foi bem estúpido, Max.

— O fascínio do Rialto, meu filho, o fascínio do Rialto.

— Você realmente acha que seu lugar é no Rialto, Max?

— Não, mas esse sempre foi o meu vício.

— O que você vai fazer em Cuba?

— Tentar ficar fora da cadeia. Depois disso eu penso em outra coisa.

— Você sabe como chegar ao Canadá.

— Sei.

— Nós não queremos seus cinquenta mil.

— Isso é absurdo. Não significa nada pra mim e você está quebrado.

— Eu entortei mas não quebrei, e está tudo bem. Não queremos o dinheiro.

— À vontade.

Jesse Franklin, amigo de Quinn, frequentador do grupo Ruas e Lares de Claudia, vivia na Philip Street com Malinda, que havia seis meses tornara-se sua noiva e falava em sussurros ásperos. Quinn comparecera ao casamento deles. Jesse tinha noventa anos, era filho de escravo, rijo feito um poste e por toda a vida mourejara em trabalhos braçais, o único tipo que aceitava analfabetos. Um homem de mil achaques, nenhum dos quais impedia sua gana de aprimoramento pessoal em busca da sorte grande. Ele acabara de receber um certificado por perfeito comparecimento a uma aula noturna de alfabetização. Malinda era sua quinta esposa. Três ele enterrou e uma fugiu, mas ele não desistiu. Não queria viver só. A primeira esposa ficou tão inchada com um edema que não conseguia se mover. Tiraram vinte litros de água dela uma vez. Catorze litros em outra. Quando Jesse a viu no hospital ela tinha perdido tanto peso que ele não a reconheceu. Malinda tinha sessenta anos, tinha uma perna ruim e era, assim como Jesse, frequentadora das reuniões do Ruas e Lares. Eles se juntaram e agora sobreviviam com dois dólares por dia da Previdência Social, da aposentadoria dele, da pensão por invalidez e do amor sereno que nutriam um pelo outro. Jesse abriu a porta para receber Quinn.

— Você viu alguma confusão por aqui, Jesse?

— Eu falei pra irem mais pra frente se fossem fazer baderna.

Quinn explicou que Max estava de passagem e precisava de um lugar tranquilo para tomar alguns remédios e trocar de roupa antes de voltar à estrada.

— Eu pensei na sua cozinha — disse Quinn.

— Minha cozinha é sua — respondeu Jesse.

Quinn deixou Renata na sala da frente com Jesse e a esposa, então fechou a porta da cozinha e foi contar com Max, que estava certo: novecentos mais setenta mil soltos, bem pouco espaço pra camisas. Max pôs uma camisa, meias e o kit de barbear na maleta. Quinn socou as camisas e meias restantes de Max em um dos sacos de papel de Jesse. Max pegou dois maços de cinquenta mil, pôs um na maleta, marcou o outro com um "Q" e o entregou a Quinn, que sopesou o maço, notando que tinha o peso de quinhentos gramas de café. Ele pegou uma nota de cem e jogou o maço de volta na mala.

— Isto aqui é pelo nosso uso da cozinha.

Max fechou e trancou a mala e deu a chave a Quinn. Quinn levantou a mala, mais pesada que uma bola de boliche. Ele a deixou para Max carregar e foi até a sala.

— Muito obrigado por nos deixar usar a cozinha, Jess. Meu amigo está muito agradecido. — Ele entregou a cédula dobrada a Jesse.

Quinn beijou a mão de Malinda e disse obrigado. Jesse desdobrou a nota, ergueu-a para a luz e disse:

— Se ele quiser a cozinha pelo resto do mês, isso aqui cobre.

— Ele tem outros planos. Virei almoçar com vocês qualquer hora, Jess.

Quinn verificou a rua, ninguém por ali, ninguém nas janelas. Ele abriu o porta-malas do seu Mercedes 59 220S e acenou para que Max levasse a mala. Max a enfiou no veículo e estendeu um cobertor sobre o tesouro, que imediatamente começou a pulsar e emitir raios gama.

— Onde você vai estacionar? — perguntou Max.

— Isso já não lhe diz respeito, não é?

— Suponho que não.

— Agora é problema meu. Você tem outros problemas.

— Eu enormemente grato a vocês dois por isso, com toda a sinceridade do mundo. Os cinquenta são de vocês, ponto final, fim de discussão.

— É de uma generosidade inacreditável — disse Renata.

— Obrigado, mas não, Max — disse Quinn.

— Me ligue se algo der errado — disse Renata.

Max a beijou na testa, acenou para Quinn e eles ficaram observando ele ir embora.

— Onde você vai estacionar o carro? — perguntou ela.

— Na velha Garagem de Albany, logo depois do DeWitt. Nos anos 1920 era usado como ponto de distribuição dos contrabandistas que traziam bebida do Canadá. Não acha que é uma boa simetria? Esconder o contrabando de Max lá, enquanto ele escapa para o Canadá? Também me faz pensar em andar com você no carro de Diego depois do ataque ao Palácio. Você estava dirigindo e o carro estava cheio de armas. Eu achei que você era louca. E estava certo.

— Mas você se apaixonou por mim.

— Já tinha me apaixonado no Floridita.

— E eu também.

— Mas então o que aconteceu?

— Nós fugimos.

— Nós fugimos e nos casamos e não tivemos lua de mel.

— Nós tivemos lua de mel antes de nos casarmos.

— Havia alguém mais na cama aquela noite.

— Ele estava morto.

— E alguém chegou na cama antes de mim quando eu me encontrei com você em Miami.

— Max não significa nada pra mim, nada! — Ela ergueu a voz na última palavra. — Ele salvou minha vida! O que significa uma noite com ele? É como tomar uma bebida no bar. Não é nada, nada, nada!

— E por isso você está tirando o dele da reta e cuidando desse dinheiro sujo.

— *Coño, Quinn, Coño.* Você é *un bobo.*

— E aí ele te dá cinquenta mil e você desce a calcinha...

— Você sabe quanto são cinquenta mil? Sabe o que esse dinheiro pode significar pra gente? Você sabe quanto dinheiro a gente não tem?

— Você cobra bem caro. Mas eu não casei com você pelo dinheiro.

— Pare o carro.

Ele parou a meio quarteirão de distância da Garagem de Albany em uma rua escura de mão única.

— *Lléname* — disse ela. — Agora mesmo. — Ela ergueu a saia e puxou a calcinha. Recostou-se à porta do carro, abrindo as pernas. — Você está tão preocupado em foder, vem me foder!

— Eu ainda não jantei — disse Quinn.

Ele subiu a rampa e entrou na garagem. Estacionou perto da escada no sétimo andar. Não havia outros carros naquele andar. Renata ainda estava na mesma posição.

— O que significam o seu gesto e essa linguagem? Isso é um sinal anunciando intimidade? Se eu fizer o que se espera, isso é um decreto de possessão irrevogável? A sua oferta é feita de boa-fé ou a intenção é mudar o assunto?

— No hotel eu disse que te amava. Você me ouviu dizer isso?

— Sim.

— Eu não digo isso há muito tempo.

— Eu também.

— Você já não me ama?

— É muito difícil de dizer.

— Tente dizer.

— Eu acho bem difícil amar você.

— Mas você me ama?

— Bom, de algum jeito sim, embora eu pense quase sempre nisso como uma infelicidade.

— Mas é amor. Você ainda sabe o que o amor é. Ainda é amor.

— Mesmo assim desse jeito ainda parece amor.

— Então me mostre sua infelicidade. Esta é uma noite como jamais tivemos. Você não entende isso, mas eu entendo. Eu vejo você mais claramente do que nunca. Eu conheço você. Enfie sua infelicidade em mim.

Quinn desabou o peso do corpo sobre ela e a encarou de cima a baixo.

— Muito bem — disse ele —, mas eu não vou pagar por isso.

Eram nove numa mesa para oito. Todos tinham devorado o prato de frango, menos Roy. Duas novas garrafas de vinho e outra rodada de cerveja pra quem gostava de Schlitz estavam na mesa, pedidas por Quinn. George e Vivian, Matt e Martin, depois Tremont apareceu, Roy e Gloria chegaram meia hora depois e Quinn e Renata finalmente retornaram, mas sem Max. Cody estava ao piano e parou para dizer que agora iria tocar uma peça que ele escrevera e gravara em memória de Fats Waller. A música se chamava "Blues for Fats", um músico brilhante, engraçado, que viveu para tocar, agitado demais, tocava o dia inteiro e continuava, morto aos trinta e nove com uma overdose de vida. Cody começara a música como um improviso do que sentia sobre Fats, depois a continuou como Fats em uma festa, meditando sobre sua morte precoce e a profundidade do seu talento, tocando lentamente. Mas a música ficou maior, com oito refrões, a mão direita chorando *arpeggios* melancólicos em tom agudo, Fats gostava de Bach e então um acorde grave e silêncio como Fats fazia. Cody se levantou do piano e o aplauso foi geral, prolongado, verdadeiro e enlouquecido, pondo um sorriso em seu rosto que não se apagou. Ele disse que ia se refrescar, mas que retornaria.

Mike Flanagan e seu grupo retornaram, começaram "If I Could Be with You" e todos dançaram. Cody tentou visitar algumas mesas para agradecer aos amigos que lotavam a sala, mas na segunda mesa ele se sentiu fraco e teve que se sentar. Roy foi até a mesa dele e tocou seu ombro. Cody agarrou a mão dele, se levantou e agarrou seu braço.

— Você saiu — disse Cody, e seu sorriso aumentou enquanto iam até um canto, onde Roy deu a notícia ao pai.

— Estou surpreso por você estar aqui — disse Matt quando Roy retornou à mesa. — Você teve uma noite difícil.

— Esta é a noite de Cody. Eu achei que fosse perdê-la.

— O que eles alegaram contra você?

— Participação em tumulto. O advogado disse que eles me querem por incitação a tumulto. Que eu teria dito pros caras no Four Spot que os policiais tinham escopetas mas que eu podia conseguir armas pra eles contra-atacarem.

— Eu estava lá. Eu não ouvi você dizer isso.

— Os policiais de Albany fazem isso. Nos últimos oito meses eles prenderam todos os dez membros do Conselho dos Brothers, Ben e eu duas vezes, e nós dois ficamos presos. Nenhuma das acusações era merda nenhuma e a maioria foi arquivada, mas eles continuam. É tipo "incomoda esses filhos da puta e quem sabe eles não vão embora?".

— Talvez tenham confundido você com Zuki. Ele podia arranjar armas.

— Esse filho da puta tem muito que explicar.

— Eu apliquei um ato de contrição nele na Bleecker Street. Espoquei o nariz dele. Estava encrencando pra cima de Tremont.

— Foi a melhor coisa que ouvi hoje.

— Você soube que Tremont interrompeu um tumulto na Bleecker Street? — Quinn perguntou a Roy.

— Ouvi dizer que ele fez merda.

— Vieram uns brancos de carro com coquetéis molotov e ficaram presos, as pessoas começaram a se furar, chutar, teve facada, batida de carro, duas ou três casas pegaram fogo, e aí aparece Tremont saindo do beco, desembrulha a AR-15 e ra-tá-tá-tá! Tremont gritou "Já chega!" e o tumulto dispersou. As pessoas correm, os policiais chegam, já não tem muito pra eles fazerem, mas eles prendem uma dúzia de pessoas e levam os feridos. Acho que Tremont salvou vidas. A AR-15 é o instrumento musical preferido dele. Não dá pra adivinhar o que Tremont vai fazer. Na Primeira Igreja ele cantava para os manifestantes: *Coon, Coon, Coon, I Wish My Color Would Fade*.*

— Eu me lembro disso — disse Martin. — Mil novecentos e nove. Foi um grande sucesso.

George cantou o segundo verso:

*Coon, coon, coon, I want a different shade...***

— A gente não precisa cantar, papai — disse Quinn. — Eu vi que iam estrangular Tremont, então tirei ele de lá na hora.

— Eles não iam me estrangular — disse Tremont.

* "Macaco, Macaco, Macaco, Quem Dera Minha Cor Desbotasse." (N. T.)

** "Macaco, macaco, macaco, eu quero uma cor diferente." (N. T.)

— Com esquerdistas, nunca se sabe. Eu não quis arriscar.

— Por que você cantou isso, Tremont? — perguntou Roy.

— Estou de saco cheio dessas canções de superação. O que a gente tem que fazer é mudar de cor. Aí a gente vai ficar melhor. Não ia precisar de segregação.

— Você é um palhaço, Tremont, mas você não pode fazer essas coisas, ficar bancando o preto velho pros outros, coçando a cabeça que nem um macaco.

— "Man in the Moon Is a Coon" — disse Tremont. — "Shine", "All Coons Look Alike to Me".*

— É. Só lixo — disse Roy.

— Meu pai ganhava a vida cantando essas músicas. As coisas eram assim.

— Isso já faz tempo.

— Você já ouviu The Mills Brothers e Bing Crosby tocando "Shine"? — perguntou Quinn.

— Não interessa. "Shine" é o caralho.

Cody tinha estado escutando a conversa, atrás de Roy.

— Eu gravei "Shine" com Count Basie — disse ele, puxando uma cadeira perto de Roy.

— Eu ouvi você tocando com Crosby quando eu era criança — disse Quinn. — Foi ótimo.

— Quando Bing e The Mills Brothers tocam essa música, é só uma brincadeira. Sempre foi. E acaba pegando mal é pra quem chama os outros de "brilhante".

— Tudo bem — disse Roy —, tudo bem. Se é Cody quem canta, então tudo bem.

— Se é Cody, tudo bem — disse Tremont —, mas se é meu pai já é merda então.

* "O Homem na Lua é um Macaco", "Brilho", "Todos os Macacos São Iguais Pra Mim". (N. T.)

— O problema não é o seu pai, Tremont, é isso de "macaco, macaco". Je-sus!

— Satchmo* cantava "Shine" — disse Tremont.

— Satchmo — disse Roy —, ele vive arreganhando os dentes pros brancos.

— Ella cantava "Shine" — disse Cody. — E Django.

— Ei, Roy — disse Quinn —, o que houve com o seu senso de humor? Tremont estava sacaneando todo mundo. Essa música é tão exagerada que acaba sendo antirracista.

— Isso de macaco não tem graça — disse Roy. — Essa história de macaco é uma merda do caralho. Tem que acabar com essa merda.

— E os "brilhantes"? — disse Cody.

— Ah, porra, ah, meu saco — disse Roy, virando-se na cadeira para encarar Gloria.

— Não se irrite, Roy — disse ela. — Hoje é uma noite importante, não brigue com seu pai.

— Porra — disse Roy —, é muito bom você estar aqui. Mas eu não quero você aqui. Quero você em outro lugar. Vamos embora daqui.

— Para onde?

— Algum lugar tranquilo.

O pai e o filho brigando por causa do termo "macaco" cristalizou uma linhagem musical para Quinn — os escravos cantando, dançando, criando passos nas festas nas fazendas, depois brancos imitando os negros, pintando-se de preto e vestindo-se de menestréis, transformando aquilo em um fenômeno teatral que duraria mais de um século. Depois, negros enegrecendo a negritude e criando seu próprio palco de menestréis — zombando da imitação que os brancos faziam de suas danças, a gíria branca e negra, e lotando teatros; Big

* Louis Armstrong (1901-1971), trompetista de jazz americano. A seguir: Ella Jane Fitzgerald (1917-1996), cantora de jazz americana; e Jean "Django" Reinhardt (1910-1953), violonista belga de tradição cigana. (N. T.)

Jim passando dos shows mambembes de menestréis ao teatro para negros e acompanhando a onda quando as danças e canções dos escravos (mais a história do "macaco") chegaram à Broadway, uma longa caminhada saindo da escravidão. Bert Williams é a megaestrela negra da Broadway, dançarino e cantor de rosto pintado de preto, Al Johnson é uma megaestrela branca da Broadway de rosto pintado de preto, Satchmo, o trompetista genial de ragtime canta para o mundo na arcana linguagem do *scat* e o ragtime se transforma em jazz, uma palavra de que Satchmo nunca gostou. Bing Crosby e The Mills Brothers aprendem o *scat* com Satchmo e sacodem o mundo com "Shine" e "Dinah". Fats, outro palhaço sorridente e bruxo da música, descobre que Cody Mason toca piano muito bem e Cody surge no jazz, outrora chamado de ragtime, primeiro acompanhante e amante de Billie Holiday, a bisneta de um escravo: como esses escravos progridem. Cody vê todas essas conexões, entende de onde ele veio e como chegou onde está, também entende que Roy agora deseja destruir a forma que criou seu pai e ele. E Cody implode em silêncio.

Mas ele muda de assunto e diz a Quinn:

— Foi bom você conseguir o advogado. Roy me ligou dizendo que tinha sido preso, disse que talvez saísse com fiança mas não sabia de quanto era. Quando vou ver, ele está dando tapinhas no meu ombro. Você e Max não são de perder tempo.

— A gente faz o que pode. E você, como estão seus pulmões depois desse exercício todo?

— Estou aguentando. Ainda não desmaiei.

— E esse conflito de gerações com o Roy?

— Ele tem pressa de esquecer as coisas.

— Você não quer esquecer.

— É tão difícil chegar a qualquer lugar... é melhor lembrar todos os passos. Big Jimmy não era um macaco. Ele fazia o papel como ninguém e virou o papel do avesso. Sapateador genial, um tição cantor, ele se deu bem com isso. Ele bancava o macaco como eu toco piano, e no fim ele conseguiu sair da macacolândia. Ele era grande e ficou maior, obteve influência. Ele abriu uma boate e me recebeu quando eu saí de Nova York. A gente tocou muito jazz naquele lugar. Eu virei uma esquina, mais lá na frente consegui minha própria boate.

— Como foi aquilo de faltar no dia da gravação em Nova York porque você perdeu o trem?

— Não perdi trem nenhum. Eu fiz um acordo com Brunswick, uma sessão, oito músicas. Eu ia tocar mais oito pra limar as mais fracas, mas os chefes de Brunswick não gostaram dos primeiros *takes*. John Hammond me liga e diz: Tenho que te falar, Sonny. Eles não querem fazer a outra sessão. Sinto muito. Por isso a história de perder o trem.

Eles não tinham gostado do tempo de Cody — meio descompassado em duas músicas. Acelerava, depois atrasava. Ele vinha tocando sozinho havia meses, sem um apoio rítmico. Um baterista teria dado jeito nisso na hora. Mas ele também tinha capado algumas notas em três músicas, assim não dá. Apenas Art Tatum vendia discos solo de piano. Eles o consideraram pelo desempenho de um dia ruim, e isso o corrói. Ele está no bar e passa uma rapaziada e diz: Ei, Sonny, toma uns aqui. Eles lhe dão algum. Ele vai para o camarim, daí batem na porta: Cara, o que você tá fazendo aí? Tô curtindo, responde ele, e eles o levam ao juiz e dizem que ele está vendendo a parada. Seu juiz, eu não vendo nada. Eu tava mal e encontrei uma rapaziada que deixou comigo... Três meses. Minha querida Billie morreu viciada. Os *home* pegaram ela por posse. Ela tinha oitenta e sete centavos com ela. Quarenta e quatro anos, rainha do mundo com oitenta e sete centavos.

— A "Blues for Fats" é muito boa. Você gravou?

— Mês que vem deve sair o disco. Hank O'Neal é quem está vendo isso.

— Então eu devo escrever uma matéria sobre. Tem alguém gravando o show?

— Acho que Hank está cuidando disso.

Vivian estendeu a mão e tocou o braço de Cody.

— Cody, George tem um pedido. Quando você voltar, pode tocar uma valsa? George era um valsista premiado. Você toca valsas?

— Para Georgie, com muito gosto. — E Cody foi até o piano e deu boas-vindas aos valsistas com "All Alone", "When I Lost You" e "Remember". Cody num clima sentimental.

George levou Vivian até o segundo andar e disse: Depois que sairmos daqui, quero ir até a Van Woert Street mostrar a você os troféus que ganhei valsando. Vivian disse: Vamos amanhã, e George a conduziu por seus movimentos premiados, dançando sobre o metatarso sem jamais tocar o calcanhar no solo. O juiz prende arames retos no saltos do sapato e quem dobra o arame é eliminado. Ele pousou as costas da mão nas costas da dama (Vivian, não é?) para que o suor de sua mão não manchasse o vestido dela. E executou os volteios, passadas abertas, reversos, que são sempre difíceis e, para alguns, impossíveis — mas quem não consegue fazer o reverso é eliminado. Ele guiou Vivian pelos giros abertos — para a esquerda, depois para a direita — e, segurando a mão direita dela com sua esquerda, recua em círculo, Vivian colada a ele, certas coisas não se esquece, além disso ela já valsou com George antes, naquela noite no Electric Park. George para, vira, segura Vivian e a gira, primeiro sozinha, então ele a acompanha no ritmo acelerado de Cody e eles se reúnem com graça e delicadeza, braços abertos um para o outro. E seguem deslizando pela pista, as estrelas da noite.

Na mesa, Renata pôs a mão sobre a de Quinn.

— Seu pai é um dançarino maravilhoso — disse ela. — E Vivian parece Ginger Rogers com uns quinze quilos a mais.

— Ele sempre disse que dançava melhor que Fred Astaire. Minha avó retrucava: Menino besta.

— Dance comigo — disse Renata.

— Uma valsa?

— Eu conheço a valsa. Eu não gostava de dançar, mas aprendi. Minha mãe foi uma valsista premiada.

— Ah, sim, é verdade.

Cody emendou "Shine" em tempo de valsa (Quinn jamais a ouvira tocada daquela maneira) e tocou três refrões, então passou para outro compasso, que os pés de Quinn traduziram em um foxtrote. Cody continuou em "Shine" (será que ele está afirmando alguma coisa?) e então Quinn percebeu que aquela seria uma das epifanias de Cody, quando ele dominava tão completamente uma canção a ponto de entrar nela, possuí-la, transformá-la. Quinn parou de dançar e foi com Renata para perto do piano para ver as mãos de Cody. Os longos dedos tão retos, apontando o caminho que revelaria o que a canção ainda iria se tornar. Então Cody começou outro fraseado: "I Ain't Got Nobody", não a música, só os primeiros quatro compassos, e então continuou, lentamente, acordes graves da mão esquerda desafiando a direita, que se ergueu à altura, ressoando, maior contra menor, tudo bem polido. Havia beleza em sua destreza, sua certeza, nenhuma nota capada aquela noite, ele troca as teclas e aumenta o tempo só um pouco, pá-pum, a mão esquerda, o poder dela, ele segue no embalo, seis refrões e contando, sinta a batida, bate, bate, batida maldita, na crista da onda, no embalo gostoso, a invenção brilhante, o coitado não pode evitar, ele sufoca a canção com seu dom, a explode, e o pulso de Quinn acelera e trota, os harpejos da mão esquerda, o glissando que surpreende, ele joga a velocidade ainda mais pra cima, "I Ain't Got", oito refrões e a mão esquerda assume, a direita tenta alcançar, se encontram num galope, Cody murmura zum-zum-zum e Quinn percebe que ele está usando doze dedos, o sexto esquerdo fazendo um voleio ressonante, o direito em um passinho sincopado — Cody Mason e seu passinho. Já está no décimo refrão, saindo dos limites, um frenesi anárquico em tempo desdobrado, impossível detê-lo, uma batida de duas notas pulsante e as duas mãos correndo, pé direito no pedal, pé esquerdo contando o tempo com o universo, zum-zum-zazá-zum-zum, banda de um homem só, "I Ain't Got" é uma corrida de cavalos entre as mãos, e agora Quinn conta quinze dedos, Cody sequestrou o piano e a dança acabou, pé nenhum é tão veloz, a multidão grita e celebra, aplaudindo cada interrupção surpreendente e Cody está queimando, um homem em chamas, maníaco veloz com precisão inumana, invenção colossal — ah, sim, "I Ain't Got" — e ele tosse, tosse, e faz uma pausa, dá dois acordes com a mão esquerda, um com a direita, e para.

Fim.

Ele puxa o lenço de seda branca do bolso da lapela e tosse nele, e todos estão de pé aplaudindo, gritando, celebrando, ululando de prazer, emitindo sons de um júbilo que não pode ser verbalizado, saudações ao inefável. Cody recebe a ovação e enfia a mão com o lenço no bolso do paletó. Quinn vê traços de sangue no lenço. Cody se segura ao piano, sorri para todos, sacode a cabeça como quem diz isso é demais pra mim, eu não mereço, mas o aplauso perdura e Cody ainda sorri. Ele não consegue se livrar daquele sorriso. Ele sempre está sorrindo. É por isso que o chamam de "Brilhante".

À mesa, Martin disse:

— Performance fantástica. Ele não toca como um moribundo.

— Não, mas ele está no fim — disse Tremont. — Parece que só tem uns dois meses, pelo que ouvi.

Roy e Gloria deixaram a mesa para falar com Cody, e Roy disse a ele que a execução fora fantástica e a música não era ruim, pelo menos não tinha letra. Cody ofereceu um sorriso triunfante e eles apertaram as mãos. Gloria disse que iam dar de comer a Cody, já que ele não tinha jantado. Quinn disse que pediria o jantar à cozinha, mas Gloria disse que Cody queria pizza, e Renata disse:

— Daniel, *no quieren comer.* — E então disse a Gloria: — Não fique fora a noite toda, você ainda está se recuperando.

Gloria disse "claro", beijou a tia e soprou um beijo para Quinn.

À mesa, Matt perguntou a Tremont onde ele passaria a noite.

— Você ainda tem aquele barracão com Mary?

— Tenho, mas não vou mais lá. Os ratos comeram a cama.

— Você tem dinheiro?

— Um dólar e vinte e cinco.

— Isso não dá pra passar a noite. A noite passada você dormiu no batente.

— Não vou repetir.

— Eu achei que hoje você estaria no hospital ou na cadeia.

— Perdi os dois — disse Tremont.

— E que lugar você tem pra ficar?

— Com amigos. Era pra ter ficado na Rosie, mas estão derrubando a casa dela. Quem sabe a missão, se tiverem uma cama, tem também a rodoviária. Está tudo bem, não chovendo está bom.

Quinn e Renata retornaram à mesa e ouviram aquilo.

— E quanto ao hotel Corine, você já ficou lá — disse Quinn.

— Lá tem que pagar.

— Quanto, dez, quinze?

— Tipo vinte.

— Se você ficar no Corine alguns dias, uma semana, você consegue se ajeitar? Claudia quer você na reabilitação, acho que é uma boa.

— Ah, sim. O Corine, a reabilitação. Eu preciso.

O público do show se dispersava, George e Vivian voltaram à mesa e Quinn disse baixinho para Matt:

— Eu não posso levar Tremont, meu carro está cheio. Tem como você pegar um táxi e fazer isso? Eu vou te dar duzentos dólares, veja se consegue um quarto pra ele por uma semana. E deixe uns vinte pra ele ir se virando. Daí você guarda o resto. Ou pode usar, se estiver precisando.

— Eu preciso. Tenho um dólar e vinte e cinco a menos que Tremont. Não posso pagar pelo quarto que aluguei por hoje.

— Tudo bem, eu cuido disso. Você fica com o troco da grana. Você não vai mesmo voltar para o campus hoje?

— Não.

— É assim que você abdica da santidade? Você não tem que devolver sua batina?

— Está na lavanderia. Eu passo pela corte eclesiástica, seja lá o que for preciso. Mas acabou pra mim.

— Você é a vida e a morte do mundo em vinte e cinco palavras ou menos.

— Menos. Que grana toda é essa? Onde você arranjou dinheiro pra esbanjar?

— Eu acertei no jogo, mas deixei o envelope no carro. Eu vou lá pegar e encontro você em dez minutos do lado do hotel que dá pra Eagle Street.

Quinn contou a Renata sobre o dinheiro e onde iria encontrar Matt.

— Você não queria o dinheiro — disse ela —, mas agora brinca de Papai Noel com ele.

— Considere-o um empréstimo a curto prazo. Max pode me deduzir do imposto de renda.

— O dinheiro não é de Max. É meu e seu.

— Ainda não.

Quinn agora estava muito consciente da quantia precisa guardada em seu porta-malas. Empresas cresciam e se esfacelavam por menos. Não era possível que Max precisasse de tudo aquilo para entrar em Cuba. Ele tem mais de cinquenta na maleta. Depois, mandar mais cem, isso é uma fortuna. Fidel vai deixá-lo entrar por esse valor. Não vai?

Quinn decidiu que, por cem, Fidel deixaria. Ele guardaria aquela quantia, deixando-a pronta para coleta a qualquer momento, por meio de Max ou de um mensageiro. Talvez usasse um cofre de banco. Lidar com aquela quantia requeria finesse. E ele ficaria com os cinquenta de Renata. Mas o resto era muito dinheiro, setecentos e cinquenta mil mais trocados. Quinn precisava empregar aquele dinheiro em alguém ou algum lugar onde fizesse bem.

Era precipitado já sair dando o dinheiro de Max mesmo antes de ele chegar ao Canadá. Mas privá-lo de três quartos de um milhão era uma perspectiva alentadora. Será que Max reagiria como a maioria dos humanos, com raiva e desejo de vingança contra Quinn? Não. Ele está morrendo e é blasé demais. Dinheiro nunca significou muito para ele. Era só uma maneira de acompanhar a vida na alta roda, em cuja fímbria ele sempre se esfalfara. Tudo bem, talvez cem não sejam suficientes. Devolva os cinquenta de Renata. Ela não precisa. Ela só quer. É dinheiro fácil de Max, e se vem fácil, vai fácil também.

Dê o dinheiro a Matt para ele fundar uma nova ordem: a Igreja do Dólar Beneficente. Ele daria tudo em seis meses. E você está pronto para dar tudo em três horas, Quinn.

Dar a Tremont? Desastre instantâneo. A polícia o prenderia e faria o que fazem tão bem com dinheiro de drogas: um número de desaparecimento.

Claudia e o Ruas e Lares? Ela distribuiria o dinheiro, e também compraria uma casa nova, novos móveis, e todos veriam sua riqueza súbita como fruto das drogas, e seria mesmo.

Dar aos Brothers? Isso os contaminaria de verdade — bem o que o sistema quer. Eles se afundariam para sempre como traficantes.

Deixe na rua em frente ao Hapsy's, deixe que encontrem na sorte. Se Trixie achasse primeiro, iria tudo pro cofre no banco e a aposentadoria precoce finalmente a conquistaria. Albany jamais veria um centavo.

Fique pra você, Quinn. Arranje um contador pra investir discreta, não, secretamente, torne-se ao mesmo tempo filantropo e estelionatário. Não. E nada de esconder em parede, banco, debaixo do chão, tirando os cem. Já isso é um grande risco. Ei, suas digitais estão na grana, na mala. E as de Max, e sabe lá de quem mais? Admita: é um tesouro sem valor.

— Daniel — disse Martin, levantando-se e observando os retardatários brancos e negros —, o que aconteceu neste hotel?

Estou surpreso que tenham cedido o espaço para a festa. Eu venho aqui desde 1926, quando abriram, e eles sempre barraram negros. Barraram Marian Anderson e Paul Robeson.

— Satchmo também — disse Quinn. — Eu o entrevistei em 1956 no Kenmore, quando ele veio para tocar no Palace. Ele era uma celebridade mundial, mas nenhum dos grandes hotéis desta cidade tinha quarto para ele. Agora aqui aceitam eventos mistos. É o sinal dos tempos. Mas lá em cima ainda só tem branco-giz.

Quinn estacionou em frente ao apartamento de Vivian, ligou o pisca-pisca e desligou o carro. George e Vivian estavam no banco de trás. Ele disse:

— Papai, chegamos.

— Onde?

— Na casa de Vivian.

— Vivian? Quem é Vivian?

— Vivian sou eu. — Ela prendeu o rosto de George com as mãos, trazendo-o para perto. — Sua acompanhante esta noite e antiga namorada. É hora de ir pra casa, George.

— Então vamos.

— Sim, vamos.

— Onde vamos ficar?

— Aqui mesmo.

— Aqui? Onde nós estamos?

— Columbia Street. O Fórum fica subindo um quarteirão. O Kenmore, descendo um quarteirão, e eu moro ali, naquele batente.

— Deus te abençoe. Columbia Street, que rua maravilhosa. Foi a rua em que nasci.

— Dê boa-noite a Vivian, papai — disse Quinn.

— Boa noite, Vivian.

— Boa noite, George. Eu adorei.

— Excelente.

Quinn saiu do carro e abriu a porta para Vivian, tomando sua mão. Ele caminhou atrás dela subindo as escadas. Ela encontrou as chaves.

— Ele estava indo para o salão de baile do Beauman's quando encontrei com ele perto do Fórum — disse ela. — O Beauman's fechou há anos. Nós íamos lá quando éramos jovens, dançando, se apaixonando, quem sabe até pudéssemos ter nos casado. Eu notei que George parecia remoçado, lembrando assim um *sheik*, como antigamente. Mas a memória dele está toda trincada. Então, no Kenmore, voou vidro quebrado e bateu na testa dele, e aí você devia ouvir ele falando!

— Eu o ouvi falar a noite toda — disse Quinn. — É um milagre. Ele ressuscitou lembranças que tinham se perdido para sempre, que ele nem tinha permissão para trazer de volta. Ele se perdeu na State Street e estava navegando entre estranhos, e então esbarrou com você. Seja lá o que você fez, Vivian, despertou ele. Ele não sabe o próprio nome nem o nome da mãe dele. — Aí eu vou ter que ver no caderninho, é assim que ele faz. Mas a mente dele clareou e ali estava ele, caminhando pelas ruas com uma mulher linda, que você é, Vivian, e ele era de novo o velho George Quinn saindo pra noitada.

— Isso é lindo, Daniel, mas não fui eu quem causou isso.

— Você teve muito a ver com isso.

— Ele parece estar se afastando de novo.

— Ele bebeu um tanto, pode ser isso. Ou não. Mas o que aconteceu foi espetacular, o George de antigamente, cantando, dançando, voltou. Foi uma ressurreição, e ninguém vai me dizer que isso não fez bem pra alma dele. Não importa se ele se lembra ou não. Ele ainda tem que ser levado em conta. Se ele consegue cantar, então ele ainda está nos conformes em algum lugar daquele cérebro quase vazio. Ele vai ver a vida de outro jeito amanhã, quer ele saiba ou não, graças ao que ele experimentou com você hoje.

— Ah, eu espero que sim — disse Vivian. — Ele estava tão vivo. Nós estávamos muito felizes.

— Logo nós faremos algo juntos de novo, Vivian, mas mesmo ele tendo lembrado de tanta coisa hoje, talvez da próxima vez ele não te reconheça.

— Eu vou fazer ele lembrar — disse Vivian.

— Tenho certeza de que ele mal pode esperar, mesmo sem saber disso.

George abriu a porta do carro e subiu a calçada de Vivian. Renata abriu a porta.

— Você quer alguma coisa, George?

— Olhem aquilo — disse ele e apontou para o Fórum, traçando uma linha pelo céu cheio de estrelas.

— O quê, George? A rua? O céu? O quê?

— O quê — disse George —, o quê. — Ele olhou para Quinn e Vivian no batente e cantou:

What's that, who am I? Don'tcha know that I'm the guy,
I'm the guy that put the foam on lager beer.

Ele se cutucou no peito com o polegar:

I'm the guy that put the salt in the ocean,
I'm the guy that put the leaves on trees.
What's that, who am I? Don'tcha know that I'm the guy,
I'm the guy that bites the holes in Switzer cheese.
I'm the guy who put the hole in the donut,
I'm the guy who put the bones in the fish.
What's that, who am I? Don'tcha know that I'm the guy,
*In the wishbone I'm the guy who put a wish.**

* "Comequeé, quem é que eu sou? Você não sabe que eu sou o cara?/ Eu sou o cara que pôs espuma na cerveja.// Eu sou o cara que pôs sal no oceano,/ Eu sou o cara que pôs folhas nas árvores./ Comequeé, quem é que eu sou? Você

— Boa noite, Georgie, amor — disse Vivian.

— Boa noite, minha jovem. Meu coração bate por ti.

— Ai, ai — disse Vivian. — Ai, ai.

Quinn guardou o carro na garagem e abriu a porta lateral da casa. Ele deixou que George e Renata entrassem, subindo a escada até a cozinha. Fechou a porta atrás deles e passou o cadeado na garagem. Foi até a porta da frente para ver a caixa de correio, enfiou as cartas entre as páginas de uma revista, pegou o *Knickerbocker News* na porta do vestíbulo e abriu a porta interna. George estava em pé na sala de estar, ainda de chapéu.

— De volta em casa no mesmo dia — disse George.

— Na verdade, é o dia seguinte — disse Quinn. Já passa da uma, já é amanhã. Tire o chapéu e fique um pouco.

George tirou o chapéu e o colocou em cima da lâmpada de mesa. Quinn acendeu a lâmpada e tirou o chapéu de cima. Pôs a correspondência na mesinha de centro e pendurou o casaco e o chapéu de George no cabide da sala de jantar. Ele viu as ataduras de George e perguntou:

— Sua cabeça está doendo?

— Não. Deveria?

— Não se você acha que não. Como você se sente, está pronto pra ir dormir?

George aquiesceu.

— Dormir cedo e sair bem antes da esposa trair com dois visitantes.

— Sabedoria a cavalo.

Renata veio da cozinha.

---

não sabe que eu sou o cara,/ Eu sou o cara que fez os buracos no queijo suíço./ Eu sou o cara que fez o buraco na rosquinha,/ Eu sou o cara que pôs espinhas no peixe./ Comequeé, quem é que eu sou? Você não sabe que eu sou o cara/ eu sou o cara que realiza desejos." (N. T.)

— Você quer alguma coisa? — perguntou ela.

— Vou tomar a última da noite. Rum com gelo e um pouco d'água. Faça um pra você também.

— Você gostou da saída? — perguntou ela a George.

— Teve um quê de fac-símile muito confortável.

— Que bom que você gostou. Foi bom Vivian fazer parte disso.

— Vivian.

— Você se lembra de Vivian?

— Vou ter que olhar no caderninho.

— Ela foi sua parceira de dança hoje à noite.

— Aquela era Paggy. Pog.

— Você está falando de Peg — disse Quinn.

— Peg.

— Peg Phelan. Margaret. Você se casou com ela. Sua esposa, Peg.

— Peg era uma menina maravilhosa. Dançava tudo que é dança. Era forte mas não era difícil.

— O que isso quer dizer, "não era difícil"?

— Era boa e honesta. Ela não deixava ninguém se aproveitar.

— Você se lembra de como a pediu em casamento?

— Por que você pergunta isso?

— Eu nunca ouvi você falar de como foi o casamento. Sempre me perguntei como foi.

— Você não ama sua mulher, pelo amor de Deus?

— Sim.

— Eu a decepcionei, mas ela ainda aparece para amar o que restou de mim. Não tem espaço no meu coração pra tristeza.

— É uma boa atitude. Você se lembra de que Peg era minha mãe?

— Era? Deus o abençoe. — Ele encarou Quinn. Um longo silêncio.

— Você se lembra?

Ele aquiesceu. Olhou para Renata e de volta para Quinn.

— Só você, foi só você quem veio. Meu bonequinho.

— Fico feliz de ter vindo.

George olhou ao seu redor.

— Este hotel é o melhor. Tudo aqui é bem granfa.

— Nós fazemos o que podemos. Estamos felizes de você estar conosco. Acho que é hora de dormir.

— Hora de dormir — disse George. — Sempre tem espaço para mais um. — Ele pegou o chapéu e subiu as escadas. Renata foi para a cozinha.

Quinn ligou a televisão e topou com uma retrospectiva sobre Bobby Kennedy. Não havia notícia de sua condição atual em nenhuma estação. Ele voltou para a retrospectiva: Bobby tendo as roupas rasgadas como uma estrela de rock na campanha para presidente. A multidão amando cada centímetro dele. "Nós queremos Kennedy", gritavam. Quinn colocou no mudo e deixou que as imagens passassem.

Ele se sentou no sofá e olhou a correspondência: uma carta do seu editor sugerindo um cronograma para a publicidade do livro, sessões de autógrafo em duas livrarias da área, uma entrevista de rádio em Nova York, três entrevistas para rádios locais, e nada daquilo teria influência ou peso algum. Assim, o livro criará impulso sozinho ou não. Uma carta do delegado do condado de Albany para George Quinn, datada do dia anterior. Em sentenças curtas o delegado informava George que a partir de 15 de maio de 1968 ele sairia da folha de pagamento e seu período de serviços prestados à polícia e ao Fórum terminaria. George não tinha retornado ao trabalho desde suas duas operações de catarata, três meses antes. Já havia alguns meses — impossível saber quantos — ele parecia definhar, mas Quinn culpava a anestesia geral que o médico dera no pai para apressar o efeito. A operação começara com um sedativo mais fraco, que não tinha pegado, e George chutou uma enfermeira quando alguém tocou em seu olho. As operações foram um sucesso, mas o paciente ficou senil.

Até duas semanas antes o cheque do seu pagamento semanal sempre chegara pontualmente. Um prenúncio, e nada incompreensível, depois de três meses; mas a carta adiada tinha um quê de hostil: após a expulsão de Martin Daugherty do asilo Ann Lee, temos a demissão de George Quinn, ambas coincidindo com a decisão dos democratas de punir Matt e Quinn, um par de pés no saco, punindo os pais deles. O promotor público sorrira para Quinn no dia anterior em um corredor no Fórum e disse, misteriosamente: "Você se esqueceu do seu pai". Quinn, o repórter, deveria ter considerado as consequências antes de publicar tantas reclamações dos cortiços sobre o prefeito e o partido.

Renata entrou na sala trazendo consolo, dois copos de rum com gelo, gelo extra e a garrafa escura de Bacardi, de Porto Rico, para onde a destilaria se mudara depois que Fidel ganhou a guerra. Quinn a observou se movendo e viu nela todos os elementos que ele sempre amara; e também viu outra criatura que em nada lembrava a original: um camaleão, dúplice, esquizoide. Mas você acreditou, Quinn. Sim, mas como é que eu podia ter entendido essas metamorfoses sob a influência da simples sentença declarativa? A simples sentença declarativa é uma ilusão.

— Eu pus água demais?

— Não, não — disse Quinn.

— O que tem na correspondência?

— Eu vou encarar uma turnê promocional pro livro que não vai dar em nada e George foi demitido.

— Por quê?

— Por que a turnê não vai dar em nada ou por que George?

— George.

— Ele não estava mais comparecendo ao trabalho, não consegue pensar, funcionar, nem mesmo encontrar o Fórum sem um guia. Era inevitável. Eles foram bons com George, embora achem que estão me punindo ao despedi-lo. Vamos ficar sem os US$34,50. Como vamos conseguir viver sem isso?

— Fizeram o mesmo com o pai de Matt.

— Você é perspicaz. Nós os ferimos, eles nos ferem. Eu decidi escrever um romance sobre isso.

— Sobre terem despedido George?

— Sobre ele, Matt e Martin, Tremont, Roy, Zuki, você, eu, o prefeito, Gloria e Max, e por aí vai. O elenco não termina.

— Quer mais uma dose?

— Da última vez que recusei um drinque... Você ouviu Martin e papai falando da Primeira Guerra Mundial hoje?

— Uns pedaços.

— Papai sempre contou histórias das Guerras Mundiais, as histórias do pai dele também (da Guerra Civil, de andar com os fenianos desgarrados e com os ex-escravos combatendo os espanhóis em Cuba). Mas ele só tinha oito anos quando o pai morreu, e nunca esclareceu os detalhes de nenhuma dessas guerras.

— Então seu novo romance é sobre George.

— É mais sobre você do que sobre George.

— Eu não dou um romance.

— Dá uns dois ou três. Eu tenho que incluir Tremont também. Ele dá uns dois ou três romances. Se eu escrevesse sua história, você teria medo dela?

— Você não sabe minha história.

— Eu sei bastante.

— Eu não tenho medo do que você sabe.

— Devia ter.

— Você só sabe o que imaginou.

— Bom, é um romance. Eu teria que escrever sobre nosso reencontro no Fontainebleau, com aquele conforto todo patrocinado pela máfia.

— Aquilo foi coisa de Alfie. Max pediu a ele que recomendasse um hotel na praia e Alfie ligou para um amigo.

— Eu sabia disso. Alfie também arranjou o seu voo saindo de Havana; seu primo Holtz vindo salvar o dia outra vez. Mas naquela época eu não sabia nada do que estava se passando.

Mas quando Quinn entrou na suíte do Fontainebleu, ele sabia de tudo. Ele ligou para a recepção e pediu outra suíte. Não dava pra consumar a lua de mel na cama ainda quente de outra pessoa. Max abdicara e Renata agora era uma loira oxigenada (debaixo da ocasional peruca loira), livre de Batista e Robles, e se reencontrou com o recém-chegado, o marido Quinn, mas incapaz de ouvir qualquer coisa do que ele dizia. Ela vestiu a lingerie de noiva, com abertura embaixo, e a partir do momento em que se tocaram na nova cama ela executou cada elemento da paixão em seu repertório, falou com ele na linguagem do amor que ela vinha aprendendo desde a puberdade, e o convenceu de que ele era tudo o que havia no mundo pra ela, que ficariam juntos para sempre, nada podia separá-los, ela morreria antes de abandoná-lo, e sim, ele se sentiu abençoado ao reivindicá-la, possuí-la na nova cama configurava uma união além do amor — era a consumação.

E sim, eles continuariam para sempre, começando ali, estendendo-se para o segundo dia, dezesseis horas de amor e comida e sono e rum e mais amor. Ele repetiria na lembrança cada telefonema para companhias aéreas, polícia, hospitais, amigos, a investigação que fracassara. Mas Max não fracassara. Ele a encontrara por meio de um diplomata brasileiro e armou o resgate sem ligar para Quinn ou a família de Renata (que sabia onde ela estava e não contou a ninguém — por temer por ela). Quinn chegara a ligar para a embaixada brasileira e para duas dúzias de outras: Minha esposa se perdeu, vocês estão dando asilo a ela? Não, *señor*, chame a polícia. Max enviou a ela um pacote para a saída: peruca loira bufante, vestido branco, sapatos brancos, óculos escuros brancos (Max sabia o quanto os adeptos da santeria gostavam de roupa branca?) e disse que ela os usasse no dia seguinte. Ele chegou à embaixada com Inez, amiga de Alfie, que usava o mesmo tipo de peruca, vestido, sapatos e óculos brancos. Dez minutos depois Max saiu da embaixada com Renata, a cópia de branco, enquanto Inez vestia uma roupa escura para poder sair.

— Talvez eu tenha seduzido Max desde que o conheci, com aquele vestido baixo demais, e o decote. Se eu fiz isso, não posso culpá-lo por tentar me ganhar, mas eu não o amo, eu repito, *eu não amo Max*. Ele foi para Cuba para sempre e nós temos o dinheiro de Max e eu não quero o amor dele. Sinto muito se não foi você quem me salvou dos bandidos, Daniel. Sinto muito.

Quinn preparou mais um drinque para ele e para Renata. Ela emanava calma, *donaire*, um feito de recuperação notável depois do episódio na Garagem de Albany, quando tinham se atracado em um acesso de sexo selvagem, breve e autojustificativo, terminando sem fôlego, suando e temporariamente limpos.

— Quando você pensou em me deixar pela primeira vez?

— Eu fiquei entediada, Daniel.

— Eu perguntei quando, não por quê.

— Você também estava entediado. *El ladrón juzga por su condición*. Gente igual se reconhece. Nós nunca conversamos sobre terminar.

— É fácil. Você mete sua lingerie na mala e vai embora. Eu fico com a casa, você fica com os novecentos mil.

— Mas isso foi ontem. Hoje nós temos uma segunda chance.

— O que aconteceu hoje?

— Eu decidi que você estava se comportando como um orixá.

— Xangô?

— Algo assim. Subvertendo as coisas. Jogando bombas.

— Quem, eu? Eu sou repórter.

— Matt disse que você ia escrever uma bomba hoje. E você escreveu uma sobre ele ontem.

— Eu estava escrevendo uma história séria, inacreditável, sobre Tremont, mas não quiseram publicar.

— O atentado, não é? Matt nos contou.

— Os editores disseram que não acreditavam, mas estavam é com medo.

— Então era uma matéria sobre Xangô.

— Só se Tremont era Xangô. Era ele quem estava soltando raios. Eu vi acontecer e fiz anotações que não tenho onde usar. Vou ter que usá-las no romance.

— Então será um romance sobre Xangô.

Quinn notou nova atividade na tela da televisão e aumentou o volume. Frank Mankiewicz, o secretário de imprensa de Bobby, falava em um microfone: "O senador Robert F. Kennedy morreu à 1h44 da madrugada de hoje, 6 de junho de 1968. Na hora do óbito, estavam acompanhando o senador Kennedy sua esposa Ethel, suas irmãs, as senhoras Stephen Smith e Patricia Lawford, seu cunhado senhor Stephen Smith e sua cunhada, a senhora John F. Kennedy. Ele tinha quarenta e dois anos".

Mankiewicz se afastou do microfone.

O telefone tocou. Quinn olhou para Renata, que não se moveu. Ele foi atender na sala de jantar e Renata baixou o volume da TV.

— Dan?

— Doc.

— Sua sobrinha Gloria está na ala de queimados no Hospital de Albany. Roy Mason também. Foi um incêndio feio.

— Espere um minuto, Doc. — Quinn fez um gesto com o telefone para que Renata viesse escutar. Ela ficou do lado dele. — Pode falar, Doc. O senhor falava de Gloria e Roy.

— Eles estavam no apartamento de Roy na Van Woert Street. A casa já era. Um homem no terceiro andar morreu, os bombeiros não conseguiram chegar a ele a tempo. O quarto dele não tinha janelas. Joe Crowley me disse que o fogo já estava bem forte na frente e na escada dos fundos quando eles chegaram, e o corpo de bombeiros fica só a três quarteirões e meio daqui. Gloria e Roy pularam da janela do segundo andar enrolados em lençóis e se feriram na queda. Dan?

— Estou aqui.

— Eles se queimaram muito. Roy não conseguia falar. E respiraram muita fumaça.

— Doc, o incêndio foi proposital?

— É muito cedo pra saber. E você sabe que não posso falar isso.

— Mas é o que você acha. Você.

— Nós encontramos dois focos de incêndio na casa...

— Você está no hospital?

— Acabei de chegar.

— Me espere se puder. Estou saindo agora com Renata.

— Escute, Dan. Eu vi os dois. Eles estão machucados, estão queimados, mas não morreram. Estou contando a você o que vi.

— Cody já sabe?

— Não.

— Você tem o número dele?

— Vou pedir pra alguém arranjar.

— As coisas mudaram, doutor.

— Sim, mudaram. Olhe pros dois lados ao atravessar a rua.

George desceu as escadas metido em seu terno de gabardine azul-marinho e usando um borsalino de feltro cinza, uma gravata cinza sem estampa e os sapatos cinza com o bico preto: o homem da beca.

— Eu ouvi a campainha — disse ele. — Já estamos prontos?

— Era um telefonema, papai. Nós temos que sair.

— Vamos ao clube?

— Hoje à noite não. Talvez amanhã. Eu tenho que sair, mas não posso levar você.

— Eu fico com George — disse Renata. — Não podemos deixá-lo sozinho.

— Você tem que ver Gloria.

— Eu vou vê-la. Vou pedir que Ursula pegue um táxi e fique aqui hoje. Ela não tem que fazer nada na casa, só cuidar dele, já que ele a obedece. Ela faz tudo com a mão nas costas. Eu dobro o que pago a ela normalmente. É mais importante que você esteja lá se houver algo que precise ser feito e que eu não saberia fazer. Vou assim que ela chegar.

— Bom pra Ursula, isso.

— Você tem que fazer alguma coisa com esse dinheiro. Você não pode ficar com ele por aí.

— Eu vou fazer alguma coisa.

*

Na garagem às escuras, com as portas fechadas, Quinn abriu a maleta de Max no porta-malas do carro, separou cento e cinquenta mil do dinheiro embalado e pôs no saco de tecido onde ele guardava os mapas das estradas. Ele desceu a escada até o porão e pôs o saco em uma prateleira baixa do lado da serra elétrica. Ele pegou dois trapos, voltou à garagem e esfregou todas as impressões do exterior e do interior da maleta. Então ele fez o mesmo à duas camadas superiores da pilha de dinheiro. Ele não tinha tocado nas camadas de baixo. Max, sim. Ele fechou e trancou a maleta e o porta-malas, abriu a porta deslizante da garagem e saiu de ré com o carro. Ele saiu, passou o cadeado no portão da garagem e então voltou para o volante e partiu descendo a Pearl Street em direção à zona de guerra.

Ele virou na Van Woert Street e viu a casa queimada. A antiga rua irlandesa era agora quase toda negra. Dois muros tinham ruído parcialmente e o entulho se esparramara pela rua úmida, bloqueada com cones de tráfego. As ruínas estavam a três casas de distância de onde George Quinn fora criado pelos Galvin, primos de Clonmel, depois que seus pais morreram no descarrilamento de trem em 1895. A casa dos Galvin era a gêmea de três andares da casa queimada. Os Galvin tinham partido de Van Woert havia muito tempo.

Quinn os conhecera quando criança, acompanhando o pai nas entregas ou coletas de dinheiro do jogo, mas George se indispôs com eles no fim dos anos 1930 por causa de uma dívida de jogo. Quinn visitou a casa pela última vez em 1945, quando estava no último ano do ensino médio. Tinha ido lá coletar os pertences que George deixara em um baú de viagem trinta anos antes.

Quinn chamou Ben Galvin, que trabalhava na pintura, nas oficinas de ferrovia em West Albany, e era o único parente que restara na Van Woert Street. Ben encontrou o baú no sótão, onde George achava que estaria, e ali estava ele, na sala de Ben, aberto e vazio.

— O que ele quer com isso?

— Ele não quer o baú — respondeu Quinn. — Ele quer os troféus que ganhou nos concursos de dança, são seis. Nós falamos disso a noite passada. Ele disse que os sapatos de dança de couro envernizado e um smoking também estariam no baú.

— Não tinha nada disso aí não — disse Ben. — Só isso aqui. — E ele apontou para dois livros em cima de um embrulho de papel marrom amarrado com um cordão e para um grosso caderno repleto de recortes de jornal dobrados. — Só tem papel aí. Papel. É só o que tem.

Quinn desatou o cordão e abriu o embrulho: um manuscrito a tinta escrito em papel de linho. Ele leu a primeira linha: "Eu, Daniel Quinn, não o primeiro nem o último de uma linhagem de Quinn". O livro estava entupido de notícias sobre batalhas da Guerra Civil, sobre tropas fenianas a cavalo saindo de Albany em direção ao Canadá em 1866, sobre a derrota de Custer em Little Big Horn. A lombada de tecido dos dois livros tinha se rasgado e se soltou quando Quinn os pegou: *As memórias pessoais do general Philip H. Sheridan,* 1888, e *Indo ver o herói*, de Daniel Quinn, 1872. Ben se inclinou para a frente para ver melhor as mãos de Quinn, que manuseava os livros.

— Você sabia que tinha esses livros?

— Pop pensou que talvez houvesse livros, mas não se lembrava de quais seriam. Meu avô era escritor. Esse é dele.

Ele ergueu *Indo ver o herói*.

— Não deve valer muito — disse Ben. Deve ter uns sessenta, setenta anos já.

Os troféus de dança também não deviam valer muito e pelo jeito tinham sido penhorados havia muito, junto com o smoking e os sapatos. Quinn alisou a lombada do *Indo ver o herói*. Ele podia colá-lo.

— Eu ouvi falar desse livro mas não achava que nós o tínhamos — disse ele.

Quinn imaginou que Ben cortara a encadernação em busca de dinheiro escondido. E ele acha que ainda pode estar ali em algum lugar, e que eu sei como pegar.

— Então é isso? — perguntou Quinn.

— Eu devia cobrar o aluguel por ele ter deixado isso aqui por trinta anos.

— Quanto isso daria?

— Eu não sou esse tipo de pessoa.

Quinn, atrás do volante, olhou para a casa dos Galvin, pensando na odisseia que o livro do *Herói* tinha desencadeado: uma carreira no jornalismo e na ficção que o levaria à órbita de Hemingway, que levaria à perpétua revolução e Renata, Max e Fidel, Tremont, Matt, outros, e por fim de volta a George Quinn e à casa dos Galvin. Próxima parada: a ala de queimados do hospital e as duas últimas vítimas da revolução perpétua.

Depois da partida de Quinn e da ligação para Ursula, Renata disse:

— George, tire o chapéu. Não vamos mais sair. Que chapéu bonito. Muito charmoso.

— Eu estava de chapéu quando entrei.

Ele colocou o chapéu em cima da lâmpada da mesinha de centro. Renata pegou o chapéu e o pendurou em um dos ganchos do porta-casacos. Os dois estavam sentados cada um numa ponta do sofá.

— Eu adorei o que você respondeu a Daniel quando ele perguntou a você sobre Peg. Você disse: "Você não ama sua namorada, pelo amor de Deus?".

— Eu disse isso?

— Disse. Foi uma resposta maravilhosa.

— Aceito emocionado todos os elogios.

— Aposto que você tinha muitas namoradas antigamente.

— Tive algumas na fábrica de camisas.

— Você disse que Daniel era seu único filho. Disse que ele foi o único que chegou pra vocês.

— Daniel. É ele o dono daqui?

— Ele mesmo.

— Ele é um sujeito muito bacana. Vale o peso em ouro.

— Você disse que ele era o seu bonequinho.

George pensou a respeito.

— Meu bonequinho. — Ele fez uma pausa. — O garoto.

— Daniel Quinn. O seu filho.

— Ele era ótimo, era um azougue! Acertou um buraco com uma tacada quando tinha doze anos com o taco que eu dei a ele.

— Ele é meu marido.

— É mesmo? Eu não sabia. Ele vai ser um bom marido.

— Vai, sim. Mas nós não temos filhos. Não temos bonequinhos nossos.

— Os filhos vêm quando querem.

— Daniel quer ser pai, mas não conseguimos fazer isso acontecer.

— Não conseguiu na primeira, tenta na segunda.

— Sim. É um bom conselho. Nós tentamos de novo essa noite. Eu tentei.

Mas Renata sabe que não precisa ser mãe de ninguém. Ela foi criada para ser esposa ou amante, e a vida que ela leva é oportuna. Ela faz o que intui. Teve uma acompanhante até fazer dezenove e três amantes antes dos vinte.

— Eu tenho uma sobrinha que é como se fosse minha filha. A filha de minha irmã. Gloria. Você conhece Gloria.

— Gloria?

— A loirinha linda que vive aqui. Você a vê todos os dias.

— Sim. Acho que já a vi.

— Ela está no hospital. Ela estava no incêndio na Van Woert Street.

A menina de Renata agora exibe cicatrizes, pois tem algo de Renata nela. As duas são parecidas, descendentes de Margarita, nascidas para andar nas ondas da mudança obstinada e apaixonada, a onda que estava prestes a separar Quinn e ela. Mas que agora os lança juntos à praia com Gloria, e eles a receberão, cobrindo-a, e ela renascerá para eles da maneira mais estranha. Se ela não morrer.

— Eu morava na Van Woert Street — disse George. — Eu morei lá com meus primos depois que meus pais morreram.

— Eu sei disso. Por isso mencionei.

— Eu lembro que os Fitzgerald tiveram um incêndio, eles moravam algumas casas mais à frente. Os bombeiros salvaram o porão.

— Gloria se queimou gravemente hoje à noite. E Roy também.

— Que Roy?

— Roy Mason. O filho de Cody Mason. Cody tocou piano hoje.

— Cody Mason é um sujeito decente.

— E Roy também. O incêndio foi causado de propósito. Alguém queria feri-lo. Ou matá-lo. Não conseguiram, mas um homem no andar de cima morreu.

— Quem faria uma coisa dessas?

— Pessoas que têm medo de Roy porque ele não gosta do que acontece com os negros. Ele fala disso em público, ele dá voz às pessoas.

— Os negros têm problemas — disse George. — Eles tentam fazer suas coisas e os dinheirossauros pegam eles assim e tacam lá longe.

— Dinheirossauros? Como assim? São dinossauros com dinheiro?

— Sim, é isso, é a rapaziada velha com dinheiro. Quem não tem dinheiro não tem sorte. Eles podem acertar a sorte grande alguma vez, mas tudo fica contra eles. Às vezes nem chegam a ser pagos quando dão sorte, a rapaziada da grana se recusa a pagar. Eles têm que mudar de sorte. Quem tem sorte vende até geladeira no Polo Norte.

— É verdade, George. Sabe, agora nós temos dinheiro.

— Temos?

— Muito mais do que jamais tivemos nesta família. Eu não sei por que estou dizendo isso a você, mas chega a quase um milhão de dólares.

— Se você tem um milhão de dólares, quero ser seu melhor amigo.

— Vou me lembrar disso. Você quer uma cerveja?

— A melhor amiga do homem, depois do cachorro.

— Ótimo. Ursula estará aqui em quinze minutos. Beba sua cerveja e quando Ursula chegar, você pode ir pra cama. Ela vai passar a noite aqui e cuidar bem de você.

Ela levou uma Irish Cream Ale e um copo para ele, depois abriu a vitrola e colocou um disco de Mitch Miller que tinha algumas valsas, como "You Tell Me Your Dream" e "Let Me Call You Sweetheart". Daniel comprara meia dúzia de discos de Mitch Miller para George e os tocava aleatoriamente, às vezes para acalmar a ansiedade do pai. Era a música da época dele, sugestões líricas para acalmar a memória assolada. Às vezes George se sentava e escutava, ou murmurava junto. Às vezes ele saía da sala. Renata sentiu vontade de dar a ele algum dinheiro e deixar que ele comprasse o que quisesse. Mas ele não saberia o que comprar, ou onde. Ele estava fora dos padrões financeiros. Ele deixaria pedaços rasgados de papel ou talvez uma gravata dobrada na mesa da cozinha como gorjeta para a garçonete Renata. Mitch e o coro cantavam "If You Were the Only Girl in the World".

— É uma valsa — disse George.

— Sim, e você é um valsista premiado.

— Eu danço valsa. Danço sim. — Ele largou a cerveja e se levantou. — Quer me dar a honra?

— Com certeza — disse ela —, mas eu não chego aos seus pés.

— Não se preocupe, basta mexer os seus.

Ele abotoou o paletó, abraçou Renata e avançou com ela, executando um pivô no espaço aberto entre a sala de estar e a de jantar. Ela seguiu George, que sempre conduzia com ímpeto e graça, e sentiu que pisava nos passos da mãe. Ela deveria estar no hospital com Gloria, mas estava dançando com o sogro. Seria esse o prelúdio de alguma cena mais primitiva? Ela recuou um pouco do abraço para encarar o rosto dele. Ele sorria, não para ela, mas apreciando sua própria perícia enquanto a conduzia com controle impressionante. Ele está dançando comigo de volta no tempo, ela percebeu. Ele está morto para o presente, mas está vivo na História. Você está dançando com um fantasma, Renata.

Mitch cantava:

A garden of Eden, just made for two,
With nothing to mar our joy... *

Ela tentou imaginar o que Matt lhe dissera sobre George usando o taco, acertando o homem que espancava Roy, porque Roy parecia com o amigo negro de George de sessenta anos antes, outro fantasma. George movera-se com velocidade e decisão, acertando a cabeça do sujeito uma vez só, derrubando-o e fazendo com que ele largasse Roy. George largou o taco e atravessou a rua, partindo para encarar aquela noite tão perigosa.

— Você teve um dia cheio hoje, George — disse Renata.

— Tive? Talvez sim.

— Teve sim. Você se perdeu no centro, se cortou, foi pro hospital, namorou um pouquinho, se meteu numa briga, num tumulto racial e num tiroteio, depois foi a um bordel e assistiu a um show, dançou valsa e fez serenata para uma linda mulher que parece estar apaixonada por você.

— Eu não iria a esses lugares.

— Claro que não, só em emergências.

— Eu não gosto de romance. Romance não tem qualificações.

— Mas acontece. Todo mundo sabe que romance é ótimo, George, é uma grande aventura.

— Tem algumas inferências.

Eles continuaram a dançar. George a segurava de um modo que muitos considerariam ardente, seu estilo tradicional era obviamente absurdo e, no entanto, ali estava. A música com letra nostálgica,

* "Um jardim do Éden, feito pra dois,/ Sem nada pra atrapalhar nossa felicidade..." (N. T.)

o próprio movimento despertando nela o que era impróprio e nem deveria ser contemplado. Mas estava nela como estivera depois do tiroteio no Montmartre, como estivera quando ela aliviara sua tristeza pela morte de Diego nos braços de Quinn, o estranho. O que também surgia nela agora era um ódio intenso pelos quase assassinos de Roy e Gloria, os assassinos racistas, os políticos, os provocadores, quem quer que fossem, o inimigo sem rosto. Ela pensou em Oxum, em quando foi ao apartamento de Gloria e encontrou o colar de Oxum que Gloria deixara para trás ao fugir. Renata tinha lhe dado o colar quando Gloria fez vinte e um anos, afinidades da beleza. Beleza, salve a beleza agora — e ela conjurou Oxum para se unir a ela e a George naquela dança peculiar. Quando ela fechou os olhos, pôde ver o belo orixá e a dança se tornou um ritual: juntos no mesmo tempo, vida, amor e morte movendo-se em um compasso três por quatro.

A presença evocada de Oxum a comoveu e ela apertou George com força. Ele reagiu fazendo-a girar em uma série de viradas estonteantes. O movimento gerou a mesma excitação que ela sentira ao dirigir rumo ao perigo com Diego; e ela não sentira tamanha coragem desafiadora desde a marcha em Selma. Ela faria qualquer coisa para neutralizar os agentes do ódio. Mas sua aceitação incondicional do movimento fora rejeitada nos meses seguintes em nome do poder negro, e os brancos já não eram bem-vindos. Condicionar a dignidade a servir a causa racial não era a revolução que ela queria. Ela sentiu nova urgência de fazer algo contra o inimigo. Ela e Quinn encontrariam uma maneira de enviar a mensagem. Talvez pudessem fazê-lo com o dinheiro. Dá pra fazer tudo com dinheiro. Quando a canção terminou ela viu Ursula sair do táxi e se dirigir para a porta da frente. Ela se afastou de George, beijou-o na bochecha, então outra vez, quase na boca. Ela foi até o telefone para chamar um táxi. No hospital ela encontraria um canto, uma sala vazia, e faria amor com Quinn.

A campainha tocou.

*

Quinn entrou no salão. Seu cabelo preto retinto e espesso, volteando à direita, emprestava-lhe um ar de autismo relaxado com vocação de guerreiro. Ele sorriu para o grupo, a maioria homens, algumas mulheres esparsas. A plateia parecia vir diminuindo, mas tão imperceptivelmente que ele não tinha certeza. Ele tinha o texto em mãos, mas não olhava para o papel ao falar.

— Todas as guerras são parecidas — disse ele. — Nós acabamos de testemunhar a batalha se intensificando, passando de reclamação matriarcal para ameaça anárquica. Com quatro livros inacabados, inacabáveis, o guerreiro Hemingway pendurou uma placa dizendo "Ex-Escritor" na porta do quarto na Clínica Mayo, onde estava recebendo tratamentos de choque.

Ninguém pareceu compreender a conexão que Quinn estava fazendo.

— Dinheiro é o mal do qual os pobres não podem prescindir. La buena vida es cara. *A boa vida é cara. Há outros modos de vida que não são caros, mas isso não é vida. — Então ele acrescentou, ritmadamente: — Doosaday sosadah spokety spone.*

A audiência irrompeu em gargalhada eufórica e Quinn ficou mais confiante, embora apenas algumas poucas pessoas restassem no salão. Ele falou de duplicidade política e de como precisamos dela para sobreviver, o que foi uma gafe, pois todo mundo na plateia estava morto.

— Nós tratamos nossas divindades políticas como bichos de estimação — disse ele. — Sem a vontade resoluta de passar à significância não se chega ao heroísmo.

Ele esperava muito aplauso dessa observação, mas as duas mulheres que restavam na sala se levantaram e partiram em silêncio.

— Nosso cosmo está em movimento — disse ele —, movendo-se implacavelmente em um arco de justiça. — Ele sorriu, plenamente cônscio do quanto de ameaça havia no que dizia. A sala agora estava vazia.

— Em um arco de justiça — disse ele.

Que frase.

— Em um arco de justiça — repetiu ele.

Sempre termine com uma piada.

ESTE LIVRO, COMPOSTO NA FONTE FAIRFIELD,

FOI IMPRESSO EM PAPEL PÓLEN SOFT 70 G/M^2,

NA GRÁFICA IMPRENSA DA FÉ,

SÃO PAULO, BRASIL, SETEMBRO DE 2014.